*Breaking the Silence*

# 谜一样的女儿

[美]黛安娜·夏伯兰（Diane Chamberlain）/著
程亚克　王立鹏/译

CNS PUBLISHING & MEDIA
湖南文艺出版社
HUNAN LITERATURE AND ART PUBLISHING HOUSE
博集天卷
CS-BOOKY

# 目 录

谜一样的女儿
Breaking the Silence

# 1. 遗愿

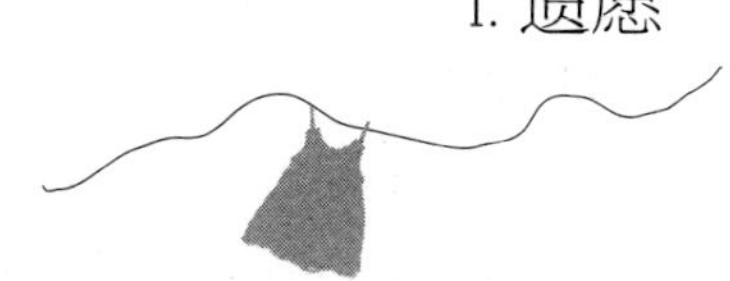

圣诞夜二十三点已经过去几分钟，电话铃响了。劳拉正和往常一样坐在书房电脑桌旁，她马上拿起话筒。她知道是谁打来的电话。

“他想见你，”护士说道，“你最好快点儿过来。”

“我马上就过去。”

劳拉家住一栋联排别墅。她穿过客厅，跑过已经灭了灯的圣诞树，爬上二楼。劳拉不想惊动家人，想尽量不作声，可卧室的门还是发出吱吱的声响。雷闻声抬起头来，他睡觉一直很轻。

“医院来电话了，”劳拉说着匆匆脱掉睡袍，从梳妆台的抽屉里取出一条牛仔裤，“我得走了。”

雷坐起来，打开床头灯。“他是不是……”雷边说边伸手去拿床头柜上的眼镜。他看起来睡眼惺忪，不停地眨眼睛以适应室内的灯光。

“他还没有咽气，”劳拉说道，“不过我觉得也差不多了。”劳拉听出了自己语气中的冷淡，科学家的理智与淡定占了上风。

“我跟你一起去吧，”雷说着掀开被子，“我去叫爱玛，我和她跟你一起去……”

“不用了。”劳拉将毛衣套到头上，俯身亲了一下雷，“你跟爱玛就待在家里吧，别叫醒她了。而且，我这就要走了。”

“好吧。”雷伸手捋了一下稀疏的灰白头发，“要是你临时改变主意，想让我们过去的话，就往家打电话。”

雷看起来就像个大个子小男孩，穿着条纹睡衣，坐在床头，一阵爱意顿时涌上劳拉心头。“嗯，”她边说边给了雷一个拥抱，“谢谢。”

走出家门，外面的空气静谧而充满寒意。劳拉开着汽车，快速驶出小区，旁边的住宅和树木映着彩色的灯光。劳拉驶上李斯堡的主道，一路上都是红灯，虽然街上空荡荡的，可她还是在每个红灯前乖乖地停了下来。

劳拉的父亲之前不想接受高危的抢救措施，所以医院一直没有进行高危疗法。尽管劳拉在理性上同意父亲的观点，但在情感上却是另外一回事，她在过去的几天里一直渴望有奇迹出现，她还不想失去父亲。父亲卡尔·布兰登和劳拉相依为命，是劳拉永远的依赖。劳拉与父亲的关系也不是没有摩擦，可是谁没跟自己的父亲闹过矛盾呢？几个月前，布兰登过了八十大寿。在这之前，他的癌症又复发了。当时，劳拉带着父亲在美国国家航空航天博物馆参观了几小时，给他打开了天文馆的灯光，随后给他举行了生日晚会。那将是父亲最后一个生日晚会，劳拉知道父亲最喜欢的事情莫过于举头凝望繁星。父亲那天被天文馆用机械效果创造出的星空所吸引，几乎无视了到场的客人。

医院的公用停车场上没停几辆车子，劳拉在医院入口附近找了个车位停下。进入大厅，里面空荡荡的，灯光昏暗不清。穿过大厅时，劳拉还打着冷战，准备迎接眼前将要发生的事情。她觉得父亲的情绪应该会很稳定。他老人家并不惧怕死亡，这让劳拉感到很宽慰。父亲有天文学家的胸襟，看到了自己的渺小。如果一个人的满腔热血倾注于穹庐、星辰和宇宙，那他的生命就不过是沧海一粟。

所以，劳拉设想着父亲的手从自己手中滑落，自己无比坚强地开车回家。然后，雷会过来安慰她。等到明天早上，自己会告诉爱玛说她外公死了。劳拉已经努力向五岁的女儿解释她外公的病情了，她想试着用她养的那只小白鼠去年的死亡来解释外公的去世。爱玛虽然问了很多问题，可似乎还是无法理解什么是永远。虽然劳拉向来对天堂的概念不屑一顾，可现在却想用天堂来安慰爱玛，有时，也用来自我安慰。

一进病房，劳拉就知道父亲的情绪并不稳定。他的状态显然比劳拉下午过来探望他的时候糟糕很多。他的呼吸更加急促，肤色更加惨白，情绪也躁动不安。父亲伸手来够劳拉，长长的手臂在空中颤抖，曾经俊朗的脸庞上满是挣扎。

劳拉抓住父亲的手，坐在床边。

“我在这儿，爸爸。”劳拉觉得父亲拼命挣扎，只是想临死前再看女儿一眼，这时劳拉恨不得自己刚才能够闯过那些红灯，早点儿赶到医院。

父亲抓着劳拉的双手，有气无力，虽然女儿就在身边，可是他老人家的神色中依旧带着挣扎。他想说话，几个字从他急促的喘息中传出：“本该……早点儿……就跟你说……”

劳拉向前凑近，仔细倾听。这时，透过医院的窗子，劳拉可以看见白羊座的星星。“别说了，爸。”劳拉说着将父亲鬓上的一撮白发向后捋了捋。

“有个女人，”父亲接着说道，“你得……”他吃力地说着，憔悴惨白的脸庞紧绷着。

“我得怎么样，爸？”劳拉柔声问道。

“照……”父亲费力地说着，嘴唇开始颤抖，“照顾她。”父亲说道。

劳拉将身子向后挪，仔细打量着父亲的脸庞，心想：父亲是不是灵魂出窍了？“嗯，”她回应道，“我会的，别再说了。”

父亲松开劳拉的手，将手伸向床头柜，胳膊一动便抽搐了一下。劳拉看见父亲努力想要去够一张纸片，便伸手拿了起来。父亲用几乎难以辨认的笔迹在这张纸上写下了一个人名。看着父亲那潦草的笔迹，劳拉的心都快碎了。

“萨拉·托利，”劳拉读道，“她是谁？”

“朋友，”父亲说道，“重要的朋友……没有……家人。”他用力咽了口气，喉结就像是嗓子口一把尖锐的刀片，“答应我。”

父亲想让她去照顾一个名叫萨拉·托利的女人。

“可是……她究竟是什么人呀？”劳拉问道，“她住在哪儿？”

父亲的双眼已经合上了：“米多……伍德……”

“米多伍德村？”劳拉想起李斯堡郊区那个美丽迷人的维多利亚式养老院。

父亲点点头。至少在劳拉看来，父亲是点头了。

“能告诉我，您想让我为她做什么吗？”劳拉问道。

“照料……”

“照料她？”劳拉问道，“可我并不认识她呀，爸。以前从来没有听您提起过她。”

父亲薄薄的眼皮费力地睁开了，劳拉看见父亲的眼神中写满惊慌。“答应我！”他说道。父亲激动地伸出手，似乎想要抓住劳拉的肩膀，但只是够到了劳拉的项链。项链断了，上面的垂饰掉到了劳拉腿上。

父亲的惊慌使劳拉心神不宁，她握住了父亲的手。“好吧，爸，”劳拉开口说道，“我保证。我会照顾她的。”

“发誓……”

“我会说到做到的，爸。”劳拉说着，身子往后仰了仰，将纸片塞进了牛仔裤的口袋里，“您别担心了。”

他重新靠到枕头上，颤颤巍巍地举起手，指着劳拉的脖子：“我弄坏了……”

“没关系。”她拿起掉在腿上的项链，也塞进了牛仔裤兜里。“修一下就好了。”劳拉再次握住父亲的手，放在自己腿上。“您躺会儿吧。”劳拉说道。

老人顺从地闭上了双眼，劳拉和父亲之间的这场小战争也暂告一段落。对他俩来说，小战争并不是什么新鲜事。劳拉七岁那年，母亲就去世了，父亲从来不是个好相处的人，他对劳拉要求很高，管得很严，但也呵护有加。劳拉知道，父亲一直都把她放在心里。尽管天文学只是一项他热爱的副业，并非他的职业，但他还是给女儿灌输了自己对天文的喜爱，这深深地影响了劳拉的成长。父亲对劳拉的教育一丝不苟，甚至达到了苛刻的地步，这有时会带给她些许烦恼，并引起父女二人之间的争论。但是，劳拉还是对父亲满怀感激之情。

劳拉在那儿坐了几小时，一直握着父亲的手，感觉他的手渐渐变冷，失去了力量。墙上有一幅用胶布粘贴的图画，那是几天前爱玛画给外公的画。那幅画显然是五岁孩子的手笔。湛蓝的天空，金色的太阳，还有一个身着蓝紫色衣服的小孩，脸上露出灿烂的笑容。在现实生活中，爱玛自己就常常露出这样的笑容。劳拉打量着那幅图，画中小孩的欢快与此情此景是那么格格不入，劳拉不禁心生悲痛。

劳拉再次将视线移到窗外。此时，白羊座已经看不到了，但在靠近水瓶座中心的地方，她看到了木星。劳拉闭上眼睛，一两分钟后，她意识到父亲的呼吸已经停止了。她一动不动地坐着，手中还握着父亲冰凉的手。屋子里没有一点儿声响，如夜空般沉寂。

## 2. 争执

劳拉从医院回到家时，天已经快破晓，东边的天空已经露出紫色的霞光。洁白整齐的厨房里，雷穿着蓝色的厚绒布睡袍，正在煮咖啡。劳拉一进门，雷就朝她走了过来，伸出双臂，看出来他昨晚又没睡好。雷的眼睑下罩着浓重的黑眼圈，下巴上的胡楂儿白白的。就在那么一瞬间，劳拉害怕自己也会失去眼前的丈夫。雷今年已经六十一岁了，比她大二十一岁。最近几年，他的身体每况愈下。劳拉将头倚在雷的肩膀上，泪水盈眶，她不知道自己的泪是为谁而落，是父亲呢，还是丈夫？

“他是大约一小时前走的。”劳拉说着从雷身边走开。用纸巾擦擦眼泪，端着雷递给她的咖啡，在桌旁坐了下来。

“你能赶过去见到他最后一面，就没什么可遗憾的了。”

“我真不知怎么办才好。”劳拉用冻僵的双手捧住咖啡杯，“在他……走的时候，我就坐在他旁边。可是他看起来心神不宁，极度焦虑。他叫我去照顾一个我从来都没有听他提起过的女人，他还要我发誓。好像我不答应他，他就死不瞑目似的。”

雷听到这里，皱了皱眉头：“那女人是谁？你爸说的‘照顾’又是什么意思？”

劳拉把手伸进裤兜，拿出纸片，平铺在桌面上。“萨拉·托利，”她说，“她住在米多伍德村。你知道那家养老院吗？”

雷转过身去，给自己续了点儿咖啡。他一言不发，劳拉猜想他也在试图揣测卡尔的话。穿着睡袍的雷看上去臃肿不堪。雷太胖了。体重这么重，对他身体不好。劳拉真希望雷可以照顾好自己。

“而你也不知道她跟卡尔是什么关系？”雷还是开口了，不过是背对着劳拉说的，并没有转过身来。

“我什么都不知道。卡尔说她是个特别的朋友，或者是个重要的朋友。我记不清他到底用的是哪个词了，当时他几乎都说不出话来了。”劳拉觉得自己与父亲的对话已经有些模糊，记不清了，好像这一切都是在梦里发生的一样，“他说，或者至少暗示说，这个萨拉没有任何人照料。她没有家人。”

“亲爱的。”雷在旧式橡木桌前坐了下来，将他的手放在劳拉手上，“我认为那只是一个临终老人的胡言乱语罢了，”他说，“你也知道，在过去一周里，他常时不时地陷入痴呆状态，药物治疗——”

“这我知道，但他说这话的时候看上去是清醒的。雷，你是没看到他当时那个样子。对他来说，这件事要命极了。再说了，他还能从哪儿知道这个名字呢？”劳拉抽出手，去拿那张小纸条，“这个人对我爸来说肯定很特别。也许爸爸有他不为人知的一面。再过一会儿，我就要给米多伍德村打电话，看看那个女人是否住在那儿。”

雷脸上露出了他在国会山游说政客时的表情。他一脸的隐忍，紧闭双唇，劳拉知道他这是在谨慎措辞。

“也许现在不是说这个的时候，”他的声音听起来非常平和。同时，他再次把手放到劳拉手上，“现在你因为卡尔的事，心情很乱，这点我可以理解。但是，我希望你好好想一下，在他活着的时候，他把你攥在手心里。现在他人不在了，可还想要试图控制你。”

劳拉知道雷说这话是什么意思。有些时候，父亲对她的爱好像跟她的成就密不可分，他总是督促劳拉不断努力，不管劳拉做出什么样的成绩来，他总是觉得不满足。可是，雷把父亲的临终遗愿说成是他老人家对自己人生的最后一次操控，这么说未免尖刻，甚至有点儿过分。

她靠到丈夫身上，再次泪水盈眶。“这是我父亲让我做的最后一件事情，”她说道，“我答应要满足他的遗愿，我要践行自己的诺言，雷。我不知道这个叫……”她说着看了看那张纸片，“……萨拉·托利的女人是父亲什么人，可是我绝不能对她不闻不问。”

“该死！”雷把咖啡杯猛地摔到桌上，咖啡溅到桌布上，吓了劳拉一大跳。雷站了起来。“你又来了，坠进无底的深渊里，而且是头先扎进去。你还没做够吗？你眼里还有没有我和爱玛？”

看到雷怒火中烧，劳拉怔得一时失声，只能眼睁睁地盯着雷接着往下说。

“你为什么总是要一下子揽那么多事情，让自己忙得不可开交？”雷问道，“你有没有想过自己最近过的是什么生活？你刚刚从巴西做完一个月的研究回来；你现在每星期还要花一天时间开车去巴尔的摩的霍普金斯大学讲课；你在航空航天博物馆的任务繁重；上星期，你还告诉我说你打算明年夏天再回巴西搞研究。你把对我和孩子的承诺都放到哪里了？”雷靠在桌子上，双手攥拳，指节发白。

劳拉伸手去摸丈夫的手，对他的脾气突变感到无所适从：“可是，你说过我自己可以……”

“你还说过我们明年夏天可以去湖边别墅度假，只有我们一家三口，”雷打断了劳拉的讲话，“过个正常点儿的家庭假期，而不是身为妻子和母亲，拽着孩子来回跑，追踪哈雷彗星，到全球各地演讲领奖，鬼知道你还忙活些什么别的事情！留下丈夫独自待在家里，面对着一封又一封他妈的回绝信。”雷站了起来，用手背抹了一下下巴，短硬的白色胡楂儿映着红通通的脸颊，看上去格外显眼。

劳拉把拳头放到嘴边，丈夫少有的愤怒震住了她。雷以前从来没有用这种方式跟她说过话，也从未埋怨过她的工作。劳拉不知道丈夫对她的不满竟如此之深。

“妈咪？”

劳拉转身，看见爱玛站在厨房门口。爱玛纤细乌黑的头发乱糟糟的，蓝汪汪的大眼睛望着她，脸颊上露出一条条睡毯的压痕。小丫头手上抱着陪伴她多年的旧兔八哥玩偶。虽然爱玛在圣诞节刚收到两个新玩偶，可是她还是没有抛弃这只兔八哥。爱玛穿着红色的法兰绒睡衣站在那里，看起来娇小而柔弱。

劳拉站了起来。“早上好，小宝贝儿，”她说道，“是不是被我们给吵醒了？”

“怎么了？”爱玛问，眼睛在劳拉和雷之间来回徘徊。

“回去睡你的觉去，小家伙。”虽然雷脸上不动声色，但语气中却透着愤怒。

“没什么事，”劳拉哄着爱玛，“我和爸爸刚才讨论问题的声音太大了，没想到会把你吵醒。”关于外公去世的事情，劳拉得等会儿再说。她现在还没办法跟女儿提这件事。

爱玛看着雷。这时的雷已经转身去水槽清洗咖啡杯了。

“天还没亮你们怎么就起床了？”爱玛问道。

“好了。”劳拉抓住爱玛的一只肩膀，“你说得对，现在起床确实有点儿早。让我把你送回床上去吧。或许，我们都应该回床上再睡上一两个小时。”

上楼梯的时候，爱玛紧紧抓着劳拉的手，她睡眼蒙眬，跌跌撞撞。劳拉把她抱进被窝，床单上还留有爱玛体温的余热。

“爸爸是不是在生我的气？”爱玛问道。

“生你的气？当然没有。”劳拉抚摸着女儿光滑的发丝。爱玛有时候确实会把雷惹烦。雷有时候抱怨爱玛在他写书的时候添麻烦，他也冲爱玛大吼过。“爸爸一点儿都没有生你的气，”劳拉安慰女儿，“他现在只是有点儿不开心。如果你想聊的话，我们以后再慢慢聊，等到正式起床的时候再聊。”

“好吧！”爱玛说着合上了双眼。

劳拉俯身亲吻女儿，将被子撩到女儿下巴处。然后，她站了起来，看着爱玛床边的一排芭比娃娃。虽然屋里光线很暗，但劳拉还是可以看到爱玛把芭比娃娃放得乱七八糟，或许是将它们当成体操运动员来摆放了吧。劳拉脸上泛起一丝笑容。这是她回家之后第一次露出笑容。

她得先自己待上一会儿，才能回厨房面对自己发怒的丈夫。劳拉穿过门厅，走回自己的卧室，从牛仔裤口袋里取出坏掉的项链，打开梳妆台上的首饰盒。首饰盒里面只有几对耳环和两只手镯。劳拉不怎么喜欢珠宝首饰，因为这不符合她的生活方式：一会儿跑去巴西搞研究，一会儿又到全世界做演讲。雷那充满火药味的话语，令劳拉这时还心有余悸，脸上不禁抽搐了一下。雷的这些愤懑究竟是从哪里冒出来的呢？难道他一直都在隐忍吗？

劳拉端详着手中的项链。因为她一天到晚都把项链戴在身上，所以很少这样把它放在手中打量过。在劳拉八岁那年，父亲就让她戴上了这条项链。爸爸曾告诉过劳拉，说这条项链是她奶奶生前戴过的，而且劳拉的名字也跟她奶奶的名字一样。项链的垂饰是个金护身符。每个看到这个形状精致的金饰的人都会产生不同的联想，每当劳拉看到这个护身符就会想象出一个戴着宽檐帽子的女人。劳拉拿起项链，在自己光溜溜的脖子上比了比，打量着梳妆镜里的自己，突然注意到了头上灰白的发根。劳拉之前没有注意到自己的发根竟然白得这么明显。头发两端的银丝梳理得整整齐齐。劳拉还没到三十岁的时候，发根就提前变白了。自那以来，她一直都在用自己天生的棕黄色发色来掩盖这一事实。她的头发依然很长，拂过肩膀，而且发质很好，浓密，富有弹性。这头靓丽的秀发是劳拉向虚荣做出的唯一妥协，虽然不是完全妥协。劳拉爱慕虚荣，她会烫头发，但不会一看见白发根显眼就立马冲进理发店做头发；她爱慕虚荣，但也不会一看见鼻子出油就涂粉，也不会记得在做演讲前抹口红。劳拉天生丽质，这很幸运，因为她经常在望远镜和梳妆镜之前选择前者。

劳拉应该下楼去找雷了，可是她没有，而是继续坐在床边。自从和雷相识以来，劳拉就知道他一直情绪消沉，但这却是她头一次见他发这么大的火。一封封回绝信让雷备受打击。雷是个退休的社会学家，是劳拉见过的最有慈悲心肠的人。多年来，雷一直努力着，想为无家可归者撰写一部书，他把大半辈子都献给了这项事业。他这么做完全是心甘情愿的。这本书扣人心弦，笔触优美，读起来令人心碎。雷一年前就开始给各个出版社投稿。从那时起，他办公桌上的回绝信也越摞越高。

雷以前从来没有因为劳拉以事业为重，忽视家庭和孩子而抱怨过一句。她确实有些操劳过度，这倒是事实。不过，在她满世界跑的时候，她常常带着爱玛，她以为雷喜欢有自己的时间和空间来写书。也许，在过去的时候，他曾经很喜欢这样。可现在不一样了。几个月前，劳拉在位于乡间的湖边别墅观测星空时发现了她天文事业中的第十颗彗星。除了拖着长长的宽尾巴的第五颗漂亮彗星之外，劳拉发现的其他彗星体积都很小，对它们感兴趣的主要是其他天文学家。但这第十颗彗星却非比寻常，十分特殊。虽然现在就是用上好的天文望远镜观测，它也只是个模糊的小点，而且人们在未来一年半时间里用肉眼也观测不到。不过，各种奖项已经纷至沓来，演讲邀请函如雪片般飞来，媒体报道铺天盖地。不管劳拉提出什么研究项目，马上就能得到资金。然而，这时的雷却接到一封封的回绝信。她现在开始担心，自己的成功成了深深刺痛雷的利刃。

劳拉听到雷在爬楼梯，脚步缓慢，从容不迫。不一会儿，雷进了卧室，走到劳拉身边坐了下来，搂着她的肩膀。

“对不起，”他说，“请原谅我，劳拉。”

“不，”劳拉说，“该说对不起的是我才对。你说得没错，我最近确实过于专注自己的事业了。我忽视了你和爱玛。”

“没，没有的事，”雷反对道，“我没那个意思。我只是——”

“我觉得你就是那个意思，雷。你刚才很生气，你终于说出了自己的真实想法。我明年夏天不去巴西了。”

“哎呀，劳拉，我真的不是想让你这样改变自己的——”

“我现在不想去了。”劳拉很坚决，她是认真的。过去的日子里，雷为她牺牲了自己的需求。现在该是她回报的时候了。“下学期结束之后，我打算休息一段时间。我们一家人去湖边别墅，尽享天伦之乐，就我们三个，在那儿待上一个夏天，好吗？”

雷犹豫了。“那你不再为那个住在养老院的女人费心了？”他终于还是吐出了这句话。

“她不会占用我太多时间的，”劳拉回答说，“我只需要核实一下，确认她安然无恙就行了，父亲也没让我干别的事情。”

雷的手从劳拉肩膀滑落。“求你别去了。”雷乌黑的眼睛里写满了恳求。

“雷，我不会让这件事影响我们的生活的。”劳拉说道。雷对劳拉说的话产生的忧虑似乎超出了正常反应的范围。“我知道父亲对我要求很高，但他也是我的灵感源泉和最坚定的支持者。现在，他已经不在了。”这时，劳拉泣不成声，“我不能让他失望，我不能答应了他一件事，一件这么小的事情，却不坚持到底。你能明白我的心情，是不是？”

雷叹了口气，站了起来。“我下楼去我的工作室了。”雷说道。劳拉知道雷已经不想再继续谈下去了。

看着雷穿着厚绒布拖鞋轻声踏出卧室，劳拉有心要追上去，但是她太累了，一点儿都不想动弹。不管怎么说，让两人都先冷静一下也好。也许，时间会让两个人都更加理智。

劳拉安静地脱了衣服，钻进自己的被窝里睡了。被窝是冰冷的，劳拉觉得再盖多少被子都无济于事。她感到深深的孤独。父亲已经不在了。除了雷和爱玛，她再没有别的亲人。而在这时，劳拉觉得即使是雷，那个她曾熟悉并深爱着的雷，也似乎离她越来越远。

## 3. 养老院

爱玛正坐在她房间的地板上，头也不抬地玩着热带鱼拼图。这款拼图小游戏是小保姆雪莉送给她的。劳拉弓腰坐到了爱玛身边。圣诞节已经过去两周了，爱玛今天才开始玩拼图游戏。小姑娘因为外公的去世，着实难过了好一阵子。

“妈妈要出去一会儿，”劳拉对爱玛说道，将一绺发丝捋在爱玛耳后，“爸爸在楼下工作室里。”爱玛全神贯注地玩游戏是件好事。这样她就不会打扰雷了。

爱玛举起一块拼图。“我知道这是什么，”她用银铃般清脆的声音说，“妈妈，你知道吗？”

“鱼鳞？”劳拉摆出一副自己不知道的样子问道。

“对啦！它应该在这儿！”爱玛把鱼鳞放到了拼图里，“你要去上班吗？”爱玛边伸手去拿另一块拼图，边问劳拉。

“不，我要先去趟珠宝店，把项链放到那儿修理。然后，妈妈还要去拜访一个人，”劳拉站了起来，“很快就回来。”

“这是一只鱼眼睛，”爱玛又说，“我等不及了，我要快点儿把它拼好。我们能不能用糨糊把它贴到墙上，就像上次那样？”

“你要是喜欢的话，当然没问题。不过那样你就再也不能重新拼着玩了。”

“好吧。”爱玛抬头看着劳拉。她的蓝眼睛和身上的淡蓝色毛衣颜色一样。“妈妈？”小丫头问道。

“宝贝儿，妈妈真得走了。”

“我知道，不过你想不想跟我一起看本书呀？”

“今天晚上，睡觉前吧。”劳拉俯身去亲女儿的额头，“妈妈一会儿就回来。”她说道。

“好吧！”爱玛回答道，接着又开始全神贯注地玩拼图。

爱玛很独立，比劳拉见过的同龄的孩子要独立得多。爱玛也参加了外公的葬礼，人们很吃惊。不过，劳拉已经让爱玛做好了参加葬礼的准备，包括她会听到什么，看到什么。劳拉坚信带女儿参加葬礼是个正确的决定。葬礼仪式结束后，爱玛好像明白外公已经永远地离开了她。在葬礼期间，女儿一滴眼泪也没有掉。每当劳拉落泪时，她就拉住妈妈的胳膊，安慰她。

走到楼下，劳拉看见雷正坐在工作室。虽然桌前摆着手稿，但雷的眼睛却凝视着窗外。劳拉把双手放到雷的肩膀上。雷穿着灰色方格衬衣，劳拉的手放上去感觉很温暖。

“我很快就回来。”劳拉开口道。她也看了看窗外，想知道丈夫究竟正在看什么，可是除了一列联排别墅什么也看不到。这些房子千篇一律，跟他们家的房子别无二致。房顶上都覆盖着一层薄雪。

“求你了，别去了。”雷的眼睛依旧盯着窗外。劳拉知道丈夫又陷入了消沉之中。她跟雷认识有十年了，结婚也快六年了。在这期间，雷看过几个精神病专家，也吃了各种抗抑郁的药，但每次都过不了多久就复发。

在劳拉父亲去世后的两周里，雷一再为自己发脾气道歉，并向劳拉保证，说他从来没有因为她的事业心烦意乱。但是，雷那天尖刻的话语仍在劳拉耳畔回荡，她觉得雷那天不是无心之语。她觉得雷在发怒的时候，才吐露了他的真实想法。为了照顾雷的情绪，劳拉试着将父亲的遗愿暂时放到一边。她默默坚持了一段时间，然后有一天，父亲的律师打来了电话。

“这个叫托利的女人是谁？”律师问劳拉。律师跟劳拉说，她父亲在五年前支付了萨拉·托利进米多伍德村的入住费用。他不仅坚持每个月支付萨拉在养老院的生活费用，而且还给她留下了一大笔钱，以保证在自己去世之后，萨拉还能有人照料。

“我对此一点儿都不知道。”劳拉回答道。不过，父亲的这番安排让劳拉更加确定，这个叫萨拉·托利的女人一定在父亲的一生中扮演了十分重要的角色。劳拉得去见见这个女人。当她把这个想法告诉雷的时候，他就又郁郁寡欢起来。

“我这就准备走了，”劳拉说着弯下身子，将脸颊贴到丈夫的太阳穴上，“我一小时后就回来。我保证不超过一小时。爱玛正着迷她的热带鱼拼图呢，没人会打扰你工作的。”

雷没有开口。劳拉将手从他的肩膀上移开。雷不支持劳拉做这件事情。即使在以前最抑郁的时候，雷也没有这么冷落过劳拉。劳拉满足父亲遗愿的渴望似乎就代表着对雷的漠视。劳拉不知道今天能不能把爱玛和丈夫单独留在家里。

“我很快就回来。”劳拉说着转身离开了房间，生怕雷又把她拦住。

劳拉把项链送到珠宝店修理，然后开车穿过市区，向养老院驶去。

米多伍德村养老院是个美丽的地方，一栋三层高的楼房。虽然占地很大，盖了也没多久，但是看起来却很古朴，很有家的温馨气氛。大楼的墙体是淡蓝色的，百叶窗是白色的。大楼前环绕着一条引人入胜的门廊。住在这样一个地方，一定能够让人忘却对年老的恐惧，劳拉一边向大门走去，心中一边暗自思忖。

养老院大楼的内部跟外部一样温馨宜人，散发着类似樟脑和香草的气息。地毯和其他装潢上都绘着柔和的淡紫色图案。劳拉走到咨询台，接待员从一堆文件后抬起头来。

“我找院里的一个老人，她叫萨拉·托利。”劳拉说道。

“我这就把她的护理叫过来。”这个女接待员一边说着，一边向着大厅里示意，“您先坐会儿吧。”

劳拉沿着一张高靠背的沙发坐下。没过几分钟，一个身穿法兰绒外套的年轻丰满女子走进大厅。

“您是来看萨拉的吗？”女子问道。她看起来满腹狐疑。

“嗯，”劳拉回答道。“我叫劳拉·布兰登。我其实并不认识这个……这个叫萨拉的人，”劳拉说道，“她是我父亲的朋友。我父亲刚刚过世，他生前希望我能看望这个人。”

那个女子坐到离劳拉最近的沙发上，她身上的一切都是圆的：圆滚滚的身材，圆圆的脸蛋，圆圆的鼻头上托着一副圆框眼镜。

“我叫凯罗琳，是萨拉的护理，”这个女子说道，“我不得不说上一句，您的来访让我有点儿吃惊。之前还没有一个人看望过萨拉呢。”

“我父亲以前肯定来过，”劳拉说道，“他叫卡尔·布兰登，身高大概有一米八，身材修长，八十来岁，而且……”

凯罗琳摇摇头，打断了劳拉：“从来没有一个人来看过萨拉。要是有的话，我不会不知道。”

“这不可能啊。”劳拉从这名护理人员的眼镜片中看到了自己疑惑的表情。“呃，你能跟我介绍一下萨拉吗？”劳拉问道，“她今年多大岁数了？”

“今年七十五岁了。而且她现在患上了早期老年痴呆症。这个你知道吗？”劳拉往里坐了坐：“不知道，我一点儿都不知道。”

“从身体上来说，她现在状况很好，”凯罗琳说道，“她在我们养老院上游泳班。从目前的情况来看，她老年痴呆的症状一点儿也不明显。”凯罗琳往沙发前面挪了挪身子。“我们米多伍德养老院现在有三个生活区，”她解释道，“一个自理生活区；一个有人护理的生活区；还有一片单独的厢房，专门提供给那些二十四小时都需要照顾的病人居住。萨拉上个星期还住在自理生活区呢，但是我们不得不把她挪到这个有人护理区来，这样好有人照顾她的生活。你知道的，在这儿不用自己生火炉，也不用锁门。她在外面散步的时候曾经走丢过几次，所以我们觉得应该给她更换生活区了。我们不能再让她单独出门。”

劳拉点点头：“那她平时都喜欢些什么呢？”

凯罗琳又往前靠了靠。“有件事情特别好，你知道吗？”她问道，“如果你能带着萨拉一起出去散散步，当然是在天气暖和的时候，她会特别乐意。”

劳拉想象着书房里的雷，虽然自己就来了这么一次养老院，他现在肯定陷入了极度的失落中，难以自拔。“我不知道，”萨拉回答道，“我是说，我还从来没见过她呢。”

“还有一件事你可以帮忙，”凯罗琳接着说道，好像没听到劳拉说话，“很简单，那就是听她说话。听她诉说过去的故事。现在托利的主要症状是意识模糊和短期失忆。不过以前的事情，她还是记得很清楚的，她也喜欢讲过去的事情。但就像我刚刚说的，除了我，没人愿意听她讲了，但是我还要照顾别的病人。”

“我只是想——”

“尽管托利热衷于玩宾果游戏，也很喜欢电影之夜，”凯罗琳滔滔不绝，“她待在房间里看电视的时间还是太长了。那样不好。我的意思是，要是别的病人的话，那足够给她们的生活添乐了。但托利需要更多关怀。”

“嗯——”劳拉举起手，示意凯罗琳让她插句话，“我刚才说过了，我还从来没有见过她呢。我也有自己的家庭要照顾，有自己的工作要做。我来只是想弄清楚我父亲是怎么认识她的。仅此而已。”但凯罗琳很清楚父亲让她做的不止这些。

“好吧，”凯罗琳站了起来，她显然很失望，“那跟我来吧。”

凯罗琳跟着这个护理员穿过嵌着淡青色房门的漫长走廊。门上的装饰五花八门：有的贴着相片；一扇门的门环上挂着一只泰迪熊；还有扇门上挂着一双芭蕾舞鞋。

她们停在一扇门前，门上贴着一张黑色电影放映机的剪贴画。

“这就是萨拉的房间，”凯罗琳说道，“她喜欢看老电影。我们在门上贴上图片什么的，方便老人找自己的房间。不过萨拉还没严重到那个地步。”凯罗琳匆匆说了一句，按响了门铃。

一分钟后，门开了，是位上了年纪的老太太。她看到凯罗琳，露出了亲切的笑容。“快进来，亲爱的。”她说着。

劳拉跟在凯罗琳后面，进了客厅。客厅不大，摆设着现代家具，布置得相当美观舒适。装潢使用米灰色，家具很有质感，另外还有一张橡木桌。

“萨拉，这位是劳拉·布兰登，”凯罗琳说道，“她是来看望你的。”

“太好了。”萨拉笑着转向劳拉。劳拉身高一米六七，萨拉个子更高，比她还要高出几厘米。萨拉一头银发，梳理得一丝不苟，从她身上隐隐约约可以看到埃莉诺·罗斯福[1]的影子。虽然不明显，但确实很像。她的穿着也无可挑剔，清一色的米黄色：米黄色裙子，米黄色长筒袜，米黄色高跟鞋。不过你还是可以从一个地方看出萨拉有时候确实不是很清醒，因为她那件黄白条纹相间的上衣纽扣没有扣齐。上衣在裙子腰带上面一点的地方露出了小缝隙。不知为什么，看到这个老太太本可以高贵的气质由于这点儿小疏漏蒙上了阴影，劳拉一时哽咽了。

凯罗琳看了看表。“我先走了，”她说，“你们俩慢慢聊。”

凯罗琳出去以后，萨拉请劳拉坐到沙发上。“亲爱的，请坐吧。”她说。

---

① 美国第三十二任总统富兰克林·德拉诺·罗斯福的妻子。

“谢谢。”

“想喝点儿咖啡吗？还是喝柠檬水？我冰箱里应该有柠檬水。”萨拉说着就要朝狭小的厨房走去，劳拉把她叫住了。

“不了，我不渴。”她说。劳拉盯着自己的膝盖，有些不知所措：“我想跟您解释下我为什么会来看望您。”

萨拉坐到沙发的另一头，两手放在膝盖上，聚精会神地看着劳拉。

“我想您应该认识我的父亲，”劳拉说，“他叫卡尔·布兰登。”

萨拉的表情没什么变化。

“他几周前去世了，去世前他叫我来……看望您。他想确认您一切安好。”

萨拉的脸上闪过一丝疑惑。“他人真好，”萨拉说道，“不过，我记不起来他是哪位了。我的记性一天不如一天了。”萨拉脸上带着歉意，问道：“你父亲叫什么来着？”

“卡尔·布兰登。”

“我是在哪儿认识他的呢？”

劳拉苦笑一声：“我不知道。我还指望您能替我解开这个谜团呢。我父亲没有说你们是怎么认识的，也没说在哪儿认识的。我猜你们可能是多年的老朋友。您住的房子是他付的钱，当然，他还会继续付钱。”劳拉赶紧加了最后那句，免得萨拉担心。“在我父亲的遗书中，他为您设立了一份信托基金。”

“天哪！”萨拉激动地说道，“我还以为是用我的社保资金支付的呢。”说着她用手指按住太阳穴，“我肯定是昏了头了。我就是记不起你父亲。你说我是在哪儿认识他的来着？”

“我不知道，托利夫人。我父亲一九一八年出生在纽约，在布鲁克林长大。我想他可能是十二岁左右搬到布鲁克林的，然后在那儿一直待到二十岁出头。您在纽约住过吗？”

“新泽西州，”萨拉回答说，“我是在贝永长大的。”

“哦，那么您可能不是在纽约认识的我父亲。那您到过费城吗？他大概二十四岁时去了费城，在艾伦科技公司工作，是位物理学家。他酷爱天文学——每个认识他的人都知道这一点。我父亲四十岁左右娶了我母亲。在我还年幼的时候，我母亲就去世了，我父亲没有再婚。我不清楚他有没有跟别人谈过恋爱。有没有可能，他就是在那个时候认识您的呢？您有没有跟他约会过呢？”

“应该没有，我不记得自己是怎么认识你父亲的，但肯定不是你说的那样。我这辈子只跟一个男人约会过。”萨拉的目光转向了茶几上相框里的黑白照片，照片有些年头了，上面是一张俊朗的年轻面孔。

“他就是跟您……约会过的男人？”劳拉问道。

萨拉点头说道：“乔·托利。他是我丈夫。是我一生永远的爱人。”

劳拉从萨拉的语气中觉察到了什么。那张照片后面肯定有着说不完的故事，而劳拉却没有时间细问。

“看来您没有跟我父亲约会过，”劳拉说，“那你们是不是一起工作过呢？”

“我是一名护士，”萨拉说，“我从来没有去过费城。我待得比较多的两个地方是马里兰州和弗吉尼亚州。”

“呃，那就更不好说了。”劳拉笑了笑，尽量掩饰自己的沮丧，“您说您是护士，那有没有可能他曾是您照顾过的病人？我父亲去世之前，身体一直不是很好。他得了癌症，没少进出医院。”说完之后，劳拉就意识到自己的想法是多么滑稽了，想象七十多岁的萨拉是八十多岁父亲的护士，怎么也不可能。“看来这也不可能了。”劳拉说。

“我是在贝永长大的。”萨拉又重复了这个地方，劳拉猜想这可能是老年痴呆症在作祟。

“是的。”劳拉回应道。

“我在游轮上当护士。”萨拉站起来，给劳拉看另一个相框。照片中的人是萨拉自己，五十多岁，站在一棵棕榈树下，远处一艘游轮隐约可见。

“那是在圣托马斯照的，”萨拉说道，“也有可能是在圣罗西亚。不过我最喜欢的还是阿拉斯加。”

“哇，这工作太棒了。”劳拉说，“您有机会环游世界。”

“有时电视上会播有关阿拉斯加的节目。”萨拉从茶几上拿起《电视指南》，翻了起来，这时的劳拉心烦意乱。她想到家里的雷，想着他独自待在书房，闷闷不乐地望着窗外；她又想起爱玛，想到她在自己房里一个人玩拼图。劳拉看了看表，发现此时离她从家里出来早已过去一个多小时了。

劳拉站了起来，说：“我得走了，托利太太。”

萨拉略有几分惊讶地看着劳拉：“啊，你这就要走了吗？”

“对不起，我还是没搞清楚您是怎么认识我父亲的。”

“你刚才说他是大夫吗？”

“不，是物理学家，同时也是位业余天文学家。”

萨拉看起来没理解劳拉在说些什么，但还是点了点头：“嗯，那你以后记得再来看我，亲爱的。”萨拉说着向房间的门口走去。

劳拉勉强笑了笑，不想许下什么承诺。这一趟算是白来了，劳拉还是不知道父亲为什么要让自己照料这位名叫萨拉·托利的老太太。

# 4. 自杀

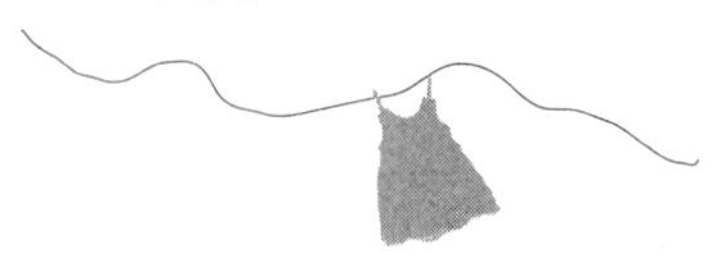

出事了。劳拉把汽车停进车库刚出来，就感觉不太对劲儿，但也说不上来这种不祥的预感是从何而来。走进屋门时，她听到有孩子的哭声。是爱玛吗，还是别的孩子？劳拉没听过这样的哭声，是一种哀号，又像是恸哭。

劳拉惊慌失措，匆匆将钥匙插进门锁，弄了好一阵终于推开了门。走进门厅，劳拉看到爱玛蜷缩成一团，坐在楼梯底层的台阶上，像是肚子疼捂着肚子似的。正在呜呜哭的爱玛看见劳拉，尖叫着冲进劳拉的怀里。

“宝贝儿！”劳拉竭力控制住自己的语气，“怎么了？发生什么事情了？”也许是在雷情绪不好的时候，爱玛缠着让他给她读故事，雷又冲她大吼大叫了。但即使是那样，爱玛的反应也不应该这么强烈呀。爱玛的承受能力没这么脆弱。

爱玛没有回答。她只是牢牢抓着劳拉，脑袋紧紧贴着劳拉的屁股。

劳拉的目光穿过客厅，朝雷的工作室望去，突然，她感到颈背凉飕飕的。爱玛的尖叫声衬托得整个房子更加死寂。“爸爸呢？”劳拉边往雷的工作室走，边问爱玛。每走一步，爱玛就抓她抓得越紧。劳拉边走边喊："雷？"

工作室没人，雷的手稿依旧堆在书桌上。"雷？"劳拉边喊边走回门厅，走上楼梯。

"待在这儿别动，"劳拉对爱玛说道，轻轻地将女儿的胳膊从自己的腰上挪开，"妈妈马上就回来。"

劳拉向楼上走去，刚才颈背的寒意已经蔓延到了脊柱。她走进自己与雷的卧室。卧室也没人，雷一定是出去了。他把爱玛一个人丢在了家里，所以爱玛才这么焦躁不安。

但爱玛也不至于被吓得这么魂不附体呀，而且她刚刚明明看到雷的车子还停在车库里。劳拉正准备出卧室时，猛然看见床对面的墙纸上有一丝印迹：蝴蝶形状的红色印迹。劳拉咬住嘴唇，慢慢绕过床边，来到窗户前，发现雷躺在血泊里，手中还拿着枪。

劳拉吓了一个踉跄，身子猛往后退，撞到梳妆台上，抽屉里的珠宝盒掉到了地上。劳拉匆匆冲出卧室，跑到楼下，脚下的首饰散落了一地。

爱玛的哀号声变成了啜泣，她蜷缩着坐在门厅的地板上，两眼盯着劳拉。劳拉抓住女儿的胳膊，将她拉进厨房，拿起电话拨打了911[①]。

"发生什么事故了？"电话那头的调度员问道。

劳拉大脑一片空白。雷已经死了。急救人员就算能飞过来也无力回天，一切都于事无补了。

"是有紧急情况吗？"调度员又问了一声。

"我丈夫开枪自杀了，"劳拉说道，"他已经死了。"劳拉突然

---

① 美国911报警电话。美国大约50%的国土面积已接通911号码，其中95%是加强版系统，可提供每个呼叫者的姓名与位置信息。

很想马上离开这座房子。她顾不上回答调度员的问题，将话机丢到厨房地板上，拉着爱玛冲出屋外，来到屋前的小门廊。

劳拉坐在雷从旧货市场买回来的木椅上，将爱玛揽到自己的大腿上。*我吓蒙了*。劳拉神志总的来说很清醒，也十分淡定。她觉得有些恶心，还有点儿眩晕。虽然心里知道外面很冷，但却一点儿都没觉得冷。*这就是吓蒙的表现*。警车、救护车和消防车一辆接一辆地开到了自家门口，可劳拉的眼神却无法集中。街坊四邻有的走出院子，有的从窗户里探出头，可劳拉只是死死地盯着院前草坪上覆盖的雪花。卧室墙纸上的蝴蝶状血迹还一直萦绕在劳拉的脑海里。

“他在楼上。”劳拉对第一个走到她跟前的男警察说道。一群救护人员从劳拉身边走过，她用下巴紧紧抵着爱玛的头顶，闭上双眼，不去想这些人将在楼上卧室里看到什么景象。

爱玛已经不哭了，但小脑袋仍然埋在劳拉的臂弯里。她的个头已经不小了，坐在大腿上确实有点儿不合适，可她现在坐在劳拉腿上，刚刚好，劳拉也不想让爱玛离开自己的怀抱。爱玛只穿着一件薄毛衣，身子瑟瑟发抖，劳拉不停地来回搓着她的手臂。爱玛究竟看到了什么？她是不是听到枪响后，跑进卧室想看看怎么回事？还是说雷自杀的时候，她就在卧室里面？劳拉真不该让女儿跟雷单独待在家里，她也不该出去一小时还不回来。

似乎过了很久之后，一个警察回到门廊，给劳拉和爱玛各拿来一件外套。警察把雷的绒外套递给劳拉。劳拉穿上外套，将领子紧紧拉到鼻口，努力嗅着衣服上丈夫的气息。

“事发时，有谁在家呢？”警察一脚站在走廊，一脚踩着台阶，边问边从公文包中取出一个笔记本。

“爱玛。”劳拉看着女儿，点了点头。这时，爱玛又蜷起身子，坐到劳拉大腿上。

警员观察了一会儿爱玛，决定暂时先不问她。

“当时你不在家吗？”警员问劳拉。

“嗯。”

“那你知道为什么首饰盒和里面的东西会掉地上吗？”

“那是我发现雷的尸体之后，往外跑的时候撞到地上的。”劳拉说。首饰撒落在地板上的那一幕刚过去没有几分钟，可劳拉感觉好像已经过去了好多天似的。

“卧室里有张字条，”警员说，“你看到了吗？”

“字条？”

“是的，就贴在梳妆台的镜子上。上面写着：‘我说过叫你不要去的。’你知道他为什么这样说吗？”

劳拉用力闭上眼睛，说道：“我上午必须要去见一个人，雷不想让我去。”

“哦，”警员如释重负，好像解开了苦寻已久的谜团，“你和你丈夫岁数相差很多，是吧？”

这个问题听起来有些无礼，但此时的劳拉连抗议的力气也没有了。“是的。”劳拉回答说。

“那么你要去见的这‘一个人’是别的男人喽？”

劳拉看着这个警员，一脸疑惑。“别的……不，不是。我要见的是个女人，老太太。不过雷让我别去，可我还是去了。我总是不在他身边，我总是一个劲儿地工作。让他一个人孤孤单单太久了，是我的错。”

“女士，别过早下结论。你丈夫是患有抑郁症吗？”

劳拉点了点头。“还很严重。我早该意识到他的病情严重了，可是——”

“他左肩处有一道旧疤痕，明显是枪伤，”警员说，“他以前是不是有过自杀未遂的经历？”

“没有，那个疤是朝鲜战争时期留下的。”雷挺过了朝鲜战争，却没有挺过与劳拉的这段婚姻。罪恶感像一块大石头，开始压得劳拉喘不过气来。

这时，警员望了望爱玛：“我能问她几个问题吗？”

劳拉身子向后靠了靠，将爱玛的头从自己怀里移开。“宝贝儿，”她说，“能告诉警察先生发生了什么事吗？能告诉妈妈吗？”

爱玛看着警员和劳拉，一声不吭，目光呆滞。就在此时，劳拉意识到自打她进门之后，女儿还没有说过一句话。

## 5. 葬礼

雷的追悼会是在乔治城大学举行的。劳拉坐在斯图亚特身旁。他是雷的弟弟，也是雷唯一的手足亲人。雷曾在乔治城大学执教多年，现在这间小教堂挤满了前来吊唁的人。一些人站在教堂后面，一些人则被挤到了门厅。他们中很多人都是雷教过的社会学学生和他生前的同事。雷在这所大学着实很受欢迎。

在无家可归的流浪者中间，雷也很受欢迎。劳拉进来时，就看到一汽车流浪汉和几家收容所的工作人员已经坐在教堂里了。雷自杀的消息让整个哥伦比亚特区都沉浸在悲痛之中。人们爱戴他、尊敬他。劳拉多么希望雷生前能意识到这一点。过去这几年，雷满脑子想的都是自己如何无能，连本书也无法出版，而忘记了其实他也拥有很多。看到眼前教堂里一脸沉痛的人们，劳拉心如刀绞。她不知道自己怎样才能坚持到追悼会结束。

劳拉瞥了一眼她的小叔子。斯图亚特眼睛直直盯着正前方，劳拉可以看到他下巴绷得很紧，正在竭力压制自己的痛苦。劳拉轻轻挽住他的手臂。雷离开后，劳拉打电话报丧时，最难通知的就是斯图亚特。斯图亚特住在康涅狄格州，是一家教科书公司的市场代表，常年在外奔波。劳拉担心他有可能出差不在家，不过，电话打过去的时候，斯图亚特正好在家。他听到消息就哭了。电话里他失声痛哭，几度抽噎，劳拉感到害怕，因为她认识的斯图亚特从没有这样过。斯图亚特敬爱自己的兄长，崇拜他。雷是他在世上唯一的血亲。

斯图亚特在李斯堡的日子里，住在劳拉家的联排别墅，不过也就他自己住。自从发现雷的尸体后，劳拉就再也无法踏进那个家门了。警员已经派人收拾了现场，一切有关雷自杀的迹象都已找不到。但是，踏进房门，在那儿过夜，劳拉就会感觉到雷的存在。斯图亚特对这栋房子倒没有什么不好的印象。而且，他还告诉劳拉，住在那儿，他感觉离哥哥最近。

事发之后，劳拉和爱玛一直住在朋友家闲置的车库小房间里。劳拉想理清自己的思绪，然后带着爱玛搬出去，回湖边别墅去住。劳拉已经通知美国国家航空航天博物馆，说她需要休息一段时间，那边听到后便开始手忙脚乱地找人接替她。劳拉打算卖掉联排别墅。她知道自己再也不会踏进那个家门了。

南希·查尔斯是劳拉的同事，是名地质学家。这时，他走到劳拉身边，俯身握住她的手。

“我非常难过，”南希对劳拉说，“你还好吗？”

“我没事。”劳拉强作笑脸。

“令尊刚刚过世，现在雷又去了。老天爷真是太不公平了。”

“是不公平。”劳拉回答说。

“爱玛呢？”南希问，“我没看到她，她在这儿吗？”

“保姆在照看她。”

“爱玛的事，我能帮上什么忙吗？”

“不用了，不过还是谢谢你，”劳拉说，“发生的一切对她来说确实太不幸了，不过爱玛会挺过去的。”

牧师约翰·罗宾斯曾经跟雷一起组织过帮助无家可归者的项目。这时他朝着教堂的布道台走去，南希见状后跟劳拉轻声告别。约翰开始说话了，可不管劳拉再怎么努力，她也听不进去，她满脑子都是爱玛。爱玛今天不肯来参加雷的葬礼。在“妥当”安排爱玛参加她外公的葬礼后，劳拉已经没有精力告诉女儿如何应对这个新降临的悲剧了。爱玛刚刚失去外公不久，雷便离她而去。雷让小爱玛在这么短的时间内承受双重打击，劳拉感到很气愤。当然，她也为自己的这种气愤而内疚。

雷去世四天以来，爱玛一句话都没有说。雷去世当天，一位女警察找爱玛谈话，警察的声音很温柔，问问题也小心翼翼。爱玛却两眼呆滞地盯着女警察，将拇指伸到嘴里。要知道，爱玛已经一年多没有舔手指了。这个女警察安慰劳拉说，爱玛会好起来的。她让劳拉跟女儿好好聊聊，让小丫头把内心的苦楚诉说出来。可劳拉还是没办法让女儿开口。好言相哄，交心，甚至使用伎俩进行哄骗，都于事无补。爱玛已经失声了。

不断有人走上布道台致悼词，可劳拉心里想的只有女儿。轮到斯图亚特上台了。劳拉无法抬头面对台上的小叔子，因为他跟雷长得太像了：一样大块头，下巴圆厚宽大，鼻梁直挺，戴着和雷一样的边框眼镜。他们兄弟二人唯一的区别就在于斯图亚特依然一头浓密的黑发，而雷几乎谢顶。

“雷·达罗是个好哥哥、好丈夫、好父亲。他投身教育事业，他致力于为无家可归者服务。此外，他还是一位才华横溢的作家。”斯图亚特说道，“雷是我唯一的手足兄弟，唯一的亲人，也是我最好的朋友。你有什么心事都可以跟雷说，他绝对不会说三道四，指手画脚。想必诸位都知道，雷生前最关心他人的福利。他是个好人，好人一般受苦受难。他一生都在跟抑郁症战斗，这让他心力交瘁。他无法承受挫折。他觉得自己帮不了别人，他为自己的无能为力而饱受内心煎熬。他写了一部名为《小店客满》的作品。这本书笔触生动，感人至深。他希望借此书唤起公众对无家可归者和穷人的关注，但没有一家出版社愿意出版这部书。这对雷来说无疑是个巨大的打击，他终于再也无法承受这一挫折了。”

斯图亚特垂下头，劳拉可以看出来他在竭力控制着情绪。她希望斯图亚特可以稳住自己的情绪，但她自己却早已无法自持。这时，劳拉听到身后传来了一阵呜咽的抽泣声。

斯图亚特接着念悼词。“诸位志同道合的人从事着和家兄一样的事业，你们的举动让家兄甚为感动。请诸位看在他的分儿上，继续你们的事业，”他说道，“家兄最想看到的，就是诸位能够继续这项事业。”

那天晚上，劳拉和斯图亚特坐在车库小房间内。爱玛已经睡了，但是卧室的门留着一条小缝，好让里面不那么黑。劳拉说话声音很小，生怕女儿听见。

“我觉得雷并不是因为那本书的压力才自杀的。”劳拉说。劳拉跟斯图亚特挨着坐在双人沙发上，对面的窗户上挂着蓝色窗帘，正对着朋友家的房子。“我觉得他之所以自杀，其实是因为我。”

“你？”斯图亚特说道，“雷觉得你就是他宇宙的中心，劳拉。别犯傻了。”

“你不知道，我们之间发生了很多事情。”劳拉说着从毛衣袖上拣出一根头发，“我觉得事情是从我发现最后一颗彗星的时候开始的。从那以后，雷就觉得自己特别失败。我不断获得这样那样的科研基金，还登上了《新闻周刊》和《时代》周刊的封面，而他却收到一封又一封的回绝信。我在巴西天文台待的时间太久，我太自我了。我一心只想着自己和自己的事业。我让雷独守家园的时间太长了。”

“我觉得我哥他理解那是你工作的一部分。他很为你感到自豪。”

“斯图亚特，我不知道为什么。就在我父亲刚刚去世时，我跟雷之间有过一场大……呃，他冲我大发了一通脾气。”

“我哥？”

“他好像对我的工作和成功很反感。我想他肯定老早之前就有这种感觉了，他一直都在压抑着自己。”

“哎，你说他隐藏了自己的感受，没告诉你，可他也没告诉我呀。我从来没有听他对我说过类似的话。”

劳拉朋友家楼上的卧室灯亮了。她朋友一家五口，过着安逸、幸福、平常的生活。劳拉很羡慕他们。

“就是我在家的时候，”劳拉接着说，“也常常会在凌晨两点起床去看天文望远镜。他以前跟我说过，说他半夜起床看不到我，以为失去我了。”劳拉噙着泪水说道，“我太自私了。”

“我一点儿都不知道，”斯图亚特说道，“真想不到我哥会因为你的工作跟你生气。不过，他肯定不是因为你取得的成就而难受。他不是那种爱嫉妒的人。”

“也许他并不是一时的消沉，而是老早之前就开始抑郁了，只是我没有察觉出来而已。我本应该早点儿发现的。”

“别这样苛求你自己，劳拉。”

“我还没有跟你提他生前留下的留言条。”

“你还没跟我说，我哥生前还有留言条呢。”

“当时在电话上，我不想说这事。”虽然嘴上这么说，其实劳拉现在也不想让斯图亚特知道这件事。可是她必须告诉他。

“我哥的留言条上说些什么？”斯图亚特动了动身子，看着劳拉。

“上面写着：‘我说过叫你不要去的。’”

“他这句话是什么意思？”

“呃，这说起来还有点儿复杂。”劳拉用手揉了揉眼睛，“是这样的，有个老妇人住在离这里不远的一家养老院……”

“就是你父亲叫你照看的那个人？”

“你怎么知道？”

“我最后一次跟我哥打电话的时候，他跟我说过这件事。他说你说什么都要过去照料那位老人，他对此感到很生气。”

“我觉得他有点儿小题大做了，可能是因为他当时的心情太糟糕了吧。我觉得他那时候头脑不是很清醒。”

斯图亚特迟疑了片刻。“我也觉得我哥的反应有点儿过激，”他说道，“这么说来，他在留言条上说的就是这件事情吗？是说他之前说过不让你去找那个老妇人？”

“嗯，不过我不得不去，斯图亚特。”劳拉转过头看着斯图亚特，“这是我父亲的遗愿，我……”

“但不管怎么说……”斯图亚特打断了劳拉，“你父亲已经死了，永远不知道你去了没有。”他说的声音很轻柔，好像不知道这么说会伤劳拉的心，“雷还活着呢。不管是出于什么原因，你都应该让他知道你在乎他的想法，希望满足他的愿望。”

劳拉本以为斯图亚特能够理解自己，可听到这儿后，她顿时语塞。

“这么说，你还是去找那个老妇人了？”斯图亚特问道。

“嗯，找是找到了，但我还没有搞清楚父亲为什么让我去找她。她患了老年痴呆症，对我父亲一点儿印象都没有。”

“老年痴呆？呵！”斯图亚特居然低声笑了出来。

“我没觉得有什么好笑的。”

“你说得对。这确实不好笑。”斯图亚特语气严肃起来，不过看上去他费了不少劲儿才止住笑。“你还打算再去看她吗？”他问劳拉。

“我想不会了。”说到这儿，劳拉忍不住打了个寒战。一想到上次去看萨拉，她就想到了雷的死。

“很好，”斯图亚特接着说，“那边是否有人在精心照顾她？”

“我想是的。”

“那就别再想她。你知道她过得好就足够了。你也没发现她跟你父亲之间有什么特殊关系，就别管她了。”

斯图亚特说得对。父亲已经委托律师管理他留给萨拉的财产，律师会处理所有的账单。劳拉没什么可做的。这时劳拉想起萨拉的护理凯罗琳说过，萨拉多想再出去走走，多想跟人说说话，但劳拉立刻告诉自己不要再想了。

斯图亚特从椅子上站了起来，呻吟了一声，跟雷一模一样。“我要回联排别墅，”他边说边伸了个懒腰，“今天很累了。”

劳拉也起身，送斯图亚特到门口，他给了她一个兄长式的拥抱。

“雷为你做了很多牺牲，你知道的。”斯图亚特对她说。

劳拉靠在斯图亚特肩上，点了点头。

斯图亚特亲了亲劳拉的脸颊，然后出了门。劳拉回到双人沙发上。

*雷为你做了很多牺牲。*

一想到雷曾为她做过那么多，劳拉就很心痛。正是因为有了雷在经济上和精神上的支持，劳拉才得以继续自己的职业生涯。不管劳拉怎么成功，雷自始至终都爱着她，而他自己却承受了一个又一个失败。

而且，雷还愿意给爱玛做父亲，这个孩子连劳拉自己一开始都并没打算要。

## 6. 沉默

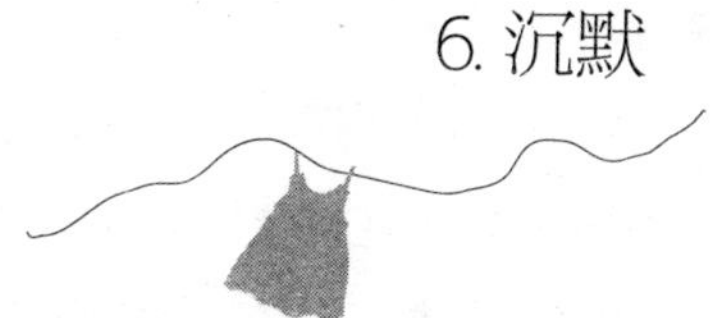

劳拉透过两面镜，看着爱玛的新心理医生希瑟·戴维森在一大张

纸上画着什么。

“做一个非常非常生气的表情。”希瑟对坐在桌子旁的爱玛说道。劳拉看到游戏室中摆满了各式各样的玩具。

爱玛照她说的做了，扭曲着脸，龇着牙。站在镜子这边的劳拉看着爱玛的表情，露出了笑容。

“非常好！”希瑟说着，大概把爱玛的表情临摹到了那张纸上，画得还挺像，至少从劳拉坐的这个角度看上去爱玛就是那个表情。

“现在做一个很悲伤的表情。”希瑟说。

现在是七月。雷离开已有六个多月了。六个多月来，爱玛一直一语不发。这不可能啊。曾经的爱玛在幼儿园里话多到老师打电话跟劳拉抱怨。在家时，爱玛就跟在劳拉和雷屁股后面问这问那，叽叽喳喳，一分钟也没闲过。现在的爱玛突然缄口，就好像该说的以前都说完了，突然没话说了。

在其他方面，爱玛也倒退到了更小的年龄段。现在的爱玛极度怕黑，她晚上睡觉要开着夜灯，敞着门才睡得着。一周会尿床几次，并开始重新吮吸拇指。

上个月，劳拉最终带着爱玛搬到了湖边别墅，打算以后就住那儿，或者说至少在劳拉想好下一步该怎么走之前就住那儿。劳拉将爱玛接回了家，不打算让她再去幼儿园，并且无限期搁置了自己的事业，全心全意照顾爱玛。劳拉和爱玛如果想一直住在湖边别墅并住得舒适的话，还需要做大量工作，好好收拾收拾这个地方，但劳拉已经想好先住进去，然后再粉刷修整。

别墅坐落在弗吉尼亚州帕里斯一个小村庄的阿什顿湖畔，离李斯堡有一小时的路程。雷和劳拉几年前买下了这栋别墅。雷觉得很多人无家可归，而他们却要购买第二套住房，所以起先有些犹豫不决。但是，他知道劳拉需要一个地方观察星空，而乡村的天空远离灯火辉煌的城市，最好不过。

湖边除了她们家的别墅，只有七户人家，并且，从劳拉家往外看，根本找不到那些房子的影子。环湖生长的树木茂密阴暗，就是从遮阴门廊看去，也只能看到密林那边星星点点的水光。绕湖一周，有条小径，或骑着自行车自在游荡，或踱着步徜徉其中，都无比惬意。湖畔还有个游戏场以及一个小沙滩，在湖的对面，有一座摇摇晃晃的钓鱼码头。

劳拉希望搬到湖边别墅对爱玛能有帮助，劳拉猜想爱玛之所以沉默，之所以充满了恐惧，是因为她们住在狭小的车库房，离联排别墅太近的缘故。而湖边别墅却充满了爱玛快乐的回忆。她在这儿还有自己的小伙伴——住在她家附近的克莉，爱玛每年夏天来湖边别墅度假时都会和小姑娘玩耍，自爱玛蹒跚学步起年年如此。不过现在看来，搬到这儿后，爱玛的情况并没有改善。在某一方面，反而更糟糕了，爱玛过去喜欢在水中嬉戏，现在却连岸边也不敢靠近。

“让我看看你最开心的笑脸。”希瑟对爱玛说。

爱玛努力挤出笑容。劳拉觉得女儿确实在努力使自己笑出来，但是她脸上那勉强的笑容却骗不了任何人。尽管如此，希瑟还是试着将爱玛的表情画到了纸上。

自从走进希瑟·戴维森诊疗所开始，登记处的那个女人的眼睛就几乎没离开过爱玛。“好漂亮的小姑娘啊。”劳拉透过两面镜看着女儿，觉得女儿的美丽好像在过去六个月里也受到了摧残。爱玛的皮肤变得苍白，在一头黑发的映衬下，更加显眼。她那双淡蓝色的眼睛下也有了黑眼圈。

“好的，”希瑟对爱玛说，“现在，我们这里有各种小脸的画像，你能告诉我哪张小脸上的表情是你今天的心情吗？”

爱玛打量了一会儿，然后指了一张图片。从劳拉坐的地方看不到女儿选的是哪一张。

“哪一张小脸能让你想起妈妈的脸庞呢？”

爱玛又指了一张，劳拉努力伸长了脖子，可还是看不到。

希瑟是劳拉给女儿找的第三个心理医生。上个心理医生也是女士，她说劳拉应该带着爱玛参加雷的追悼会，“让她理解现实”；还说她应该让爱玛给雷准备一份礼物，放到他的灵柩里；并且她应该马上搬回联排别墅，让爱玛知道雷的鬼魂没有在家里游荡。

“真是太感谢了。”治疗进行到一半的时候，劳拉便决定离开。她无法克制自己语气中的嘲讽，“您说的这些太有帮助了，等我下一任丈夫去世的时候，我一定不会忘记您说的这些方法。”

朋友们也不断给她出谋划策，有人说应该让爱玛吃点儿苦头，有人建议带爱玛住院治疗，还有人说应该给爱玛买条小宠物狗。最后，有个朋友建议劳拉带爱玛去找希瑟·戴维森，说这个心理医生成功治好过几个小孩不说话的病例。劳拉把这个叫希瑟的人当成了自己最后的希望，可当她刚见到这位心理医生的时候却有几分失望。希瑟看起来不到三十岁，说起话来一点儿都不像是心理医生，倒更像是乳臭未干的少年。她穿着牛仔裤和T恤衫，扎着金色的马尾辫。不过，爱玛很喜欢希瑟，这才是最重要的。劳拉也很喜欢希瑟在治疗开始前跟爱玛说的那句话。

“你爸爸的死跟任何人都没有关系，”希瑟这样说道，“你爸爸的精神有些问题，所以才杀死了自己。可是你并没有那种病，你妈妈也没有那种病，一般人都没有。”

希瑟看了看手表，站了起来。这一期治疗结束了，劳拉盼望的奇迹并没有出现。在接受治疗的半小时里，爱玛一个字都没说。

在游戏治疗室外面的门厅里，劳拉看到了希瑟和爱玛。爱玛一看到劳拉就扑了过去，搂住她的双腿。在过去几个月里，爱玛越来越离不开劳拉，几乎到了寸步不离的地步。

“嘿，宝贝儿！”劳拉问女儿，“玩得开心吗？”

爱玛点点头。

希瑟将她们母女带回到接待区。“爱玛，”她说道，“我想跟你妈妈在别的房间单独说一会儿话。你先在这儿玩一会儿吧。”希瑟指了指五颜六色的游戏区。四十五分钟前，当爱玛跟劳拉刚走进候诊室的时候，她就被这个游戏区给吸引住了。“奎因太太就坐在桌子那边，她会照看你的。”

爱玛咕哝着，用力地抓着劳拉的腿。

劳拉弯下身子，对女儿说：“妈妈就在隔壁房间里，我们几分钟就出来。”她领着爱玛走到玩具堆，让她拿起蜡笔和着色本，陪她玩了几分钟。

“我过几分钟就回来，”劳拉对女儿说，“你就好好待在这里玩吧。”劳拉感觉到自己语气中的果断坚决，与其说是对爱玛说的，倒不如说是说给希瑟听的。劳拉现在真正想做的事情不是跟希瑟谈话，而是将女儿抱到腿上哄着，告诉她一切都会好的。她现在跟爱玛一样害怕母女分开，哪怕只分开一小会儿。

希瑟带劳拉走进自己的办公室，就在游戏区的附近。办公室有几张舒适的成人座椅游戏，劳拉找了一张坐下。

“我怕我女儿以后再也不会开口说话了。”劳拉开口道。

“哦，别这样想，”希瑟回应道，“爱玛现在不说话，确实让我们更加难以理解到底是什么东西困扰着她。但有一点是很清楚的，像她这么大的小孩需要通过游戏和行动释放出自己内心的痛苦，而不是说出来。所以，我会采用游戏疗法，看看效果怎么样。”

“我现在一点儿也不了解她对外界事物的感受了。”劳拉接着说。

“我懂的，”希瑟说道，“失去亲人对于小孩子来说是痛苦的。你在自己的世界里还有很多朋友，可是爱玛只有你和她爸爸。她现在一下子失去了一半的支撑。如果爸爸可以死去，妈妈也会死去。到现在为止，我可以看出她有一种深深的被遗弃感。”

“被遗弃？被她爸爸雷给遗弃了？”

“我觉得是一种比较宽泛的被遗弃感，”希瑟慢慢说道，“我觉得这种感觉可能在她爸爸死之前就有了。”

“可是，我每次出差基本上都把她带在身边呀，”劳拉争辩道，“当然了，在白天的时候，我都会给她找个保姆陪着……”其实晚上的时候劳拉也常常让保姆照看爱玛。劳拉闭上双眼。“爱玛看起来总是很开心，适应性也很强。她喜欢跟那些保姆待在一起。在巴西的时候，保姆家有个跟爱玛年纪一样的小孩。两个孩子在一起玩得开心极了。爱玛性格外向，说起话来没完没了。我真的很难理解她怎么会变成现在这个……”

“不，这不难理解，”希瑟解释说，“你的话很鼓舞人心。如果她曾经那么坚强，那么快适应新环境，那她内心深处肯定有可以让她克服现在这个困难的力量。我对爱玛康复的前景很有信心。”

劳拉点点头，对希瑟的话半信半疑。

“不过，我还是要说上一句。小孩子缄默一般都是有选择性的，而不是跟谁都不说话，”希瑟接着说道，“通常情况下，小孩子在学校和家外面不说话，但是在家里跟家人在一起是会说话的。爱玛这个病例的特殊之处就在于，她不跟任何人说话，甚至跟你都不说。”

劳拉双手交叉着放在腿上，低下了头。她肯定是什么地方让爱玛失望了，所以她连跟妈妈说话都不敢。

“你跟我说过你丈夫自杀的时候，爱玛就在家里，”希瑟说得很快，显然意识到劳拉正在陷入自责之中，“单是这个不好的经历就足以引起这种病症，所以你不要太自责了。”

劳拉噘了噘嘴，说道：“嗯。”

“我还了解到一件事情，你女儿对男人的印象不好。”

“真的吗？”

“你看见我刚才让她选出一张最像男人的小脸了吧？她选了一张愤怒的脸庞。”

“嗯，我知道她一直喜欢亲近女人。不过，我从不知道她会对男人……印象不好。”

希瑟挪了挪身子，脑后的马尾辫晃了晃。劳拉明白为什么女儿喜欢这个心理医生了：希瑟可能让爱玛想起了自己的芭比娃娃。

“关于爱玛跟她父亲的关系，你还没怎么提过呢，”希瑟问，“就是跟雷的关系。”

劳拉不知道该从哪儿说起才好。“爱玛不是雷的亲生女儿。”劳拉说。

“哦。”希瑟边听边草草记到本子上。

“是这样的，我曾跟另外一个男人有过短暂的关系，然后就有了爱玛。当我知道自己怀了爱玛的时候，我吓坏了。我不——”劳拉在找合适的词语，“我并不是那种玩一夜情的人，其实我也不适合长久的恋情。”说着，劳拉冲希瑟笑了笑。“我是位天文学家。天文就是——曾经是——我生活的全部。我不觉得自己有时间谈恋爱。我那时候已经三十四岁了。按理说应该更加理智。总之，我就是怀了爱玛。”劳拉隐约意识到自己跟这个希瑟说过头了。“当时我跟雷是好朋友，仅此而已。不过他一直很会为别人着想，而且比我年长很多。对我来说，他像是个父亲，也像兄长，还是朋友。当时怀孕后，我心烦意乱。我没想过自己会有小孩，但我也不想打掉孩子。可是，我当时还没有结婚呢。这时，雷向我求婚。我就答应了他。我很爱他。不过我们的婚姻跟一般人的不太一样。我和雷更像是朋友，而不是爱人。”结婚六年了，劳拉和雷亲热的次数大概只有二十来次。劳拉希望能有更多，可是雷在接受抗抑郁治疗后，对那种事完全没了兴趣。劳拉很小心翼翼，从来没有逼过他，也尽量不让雷觉得他自己不行。雷是个好丈夫，对爱玛也视如己出。很多时候，劳拉也觉得很满意。

“那他跟爱玛的关系怎么样？”希瑟问道。劳拉这才意识到自己的回答跑题了。

“他是爱玛的父亲，这一点确定无疑。他也是一个好父亲。”

“举几个例子吧。”

“爱玛睡觉前，他会给她讲故事。他还……他喜欢开车带着爱玛绕着华盛顿的街道转悠，让爱玛了解街边流浪汉的状况。”

希瑟睁大了眼，一脸的不相信，劳拉看到她的表情后笑了：“雷确实有些另类。”

“确实，我也觉得。”希瑟说，“雷还为爱玛做过什么别的事情吗？”

“嗯……”劳拉搜肠刮肚，最终摇了摇头，“我想不出其他具体的例子。但是雷是爱爱玛的。他待爱玛跟待他的亲生骨肉一样。”

“除了去华盛顿街道以外，他还带爱玛去过别的地方吗？他跟爱玛一起玩过游戏吗？他教过爱玛怎么骑脚踏车吗？”

“没有，他倒没有特别做过这些事情。但是他……”劳拉泄气了，“对不起。我现在脑子一片空白。”

“你知道吗……”希瑟低声说道，“当我们挚爱的人离开后，我们往往会把他理想化。”

“他当时娶了我，”劳拉说，“他担起了爱玛父亲的责任。他不需要做这些的。”劳拉也承认雷对爱玛倾注的爱心并不多，他关心爱玛的时候心里想着的也是他自己的事情。他偶尔会给爱玛念书，可书全是有关流浪儿童的。不过，劳拉没勇气把这些事告诉希瑟。

“雷有没有可能有过猥亵儿童的行为？”希瑟问道。

“绝没有！”

“我必须得问这个问题。”希瑟脸上带着些许歉意，“我没别的意思，只是我们必须排除这个可能性。”

“没关系。雷并不是一个很……不是一个对性很感兴趣的人。他全部精力都在社会问题上，你应该也看出来了。他致力于促进各种社会变革。他深入到流浪汉中间。他拼命的程度丝毫不亚于我对天文的热爱。并且，他还忍受着抑郁症的煎熬，所以才选择结束自己的生命。”

“当雷抑郁消沉的时候，一般是什么表现？”

劳拉脑海里立即浮现了雷的画面。“有时候，他会完全陷入无我的状态，难以自拔。有时候，他会变得急躁易怒。每当这个时候，雷就会冲爱玛发脾气。”劳拉并不想承认这个事实，“雷会对爱玛大吼大叫。爱玛会招雷心烦。但是发生这种情况的次数不多。”不过，雷自杀前的那些日子，他吼叫爱玛的次数变得更多了。劳拉不能否认这一点。

“你认为你这个母亲当得怎么样？”希瑟问劳拉。希瑟突然将注意力转移到劳拉身上，这让她有些猝不及防。

“说老实话，”劳拉回答道，“我觉得自己不是个好母亲，也不是一个好妻子。”曾经有一位教授告诉劳拉说，一旦女人进入到一个由男性主宰的领域，比如说科学领域时，她们会逐渐丧失“人际交往能力”，女人天生的直觉、温柔，以及善解人意，都将离她们远去。劳拉担心自己现在就是这样。“我在某些方面是个天才，但有些方面，却又像个大笨蛋，这正常吗？”

希瑟笑着回答说：“我想大多数人都是这样的。”

“我跟父亲相依为命，度过了我人生大半部分的时光。我知道他爱我，对我关怀备至，可我从他那儿学到的天文学知识，远远超过了如何跟人打交道的学问。因此，看看我做了什么好事？我跟几乎一无所知的男人有了孩子，然后跟另外一个男人结婚。结婚的理由是我没有安全感并且想找个人做伴，婚姻并不是建立在爱情的基础之上。最后，我变得跟我的父亲一样狂热，一样的不切实际。而这就是爱玛的命运。她现在没别的亲人了。没有兄弟姐妹，没有外公外婆，没有叔叔婶婶，也没有堂兄弟姐妹。现在她连父亲也没有了。她只有我这个母亲。可我却不知道如何做一个好母亲。我怕我会毁了爱玛的一生。”

希瑟冲劳拉微笑着说：“劳拉，你没有毁了她。你说过爱玛以前无忧无虑、好奇心强、果敢、外向并且讨人喜欢。这无疑证明了你的教育方法有很成功的地方。现在爱玛心灵受了创伤。我们都要帮爱玛渡过这个难关，这样才能还你一个天真烂漫的爱玛。你养育的这个孩子比你想象的要坚强。”

劳拉叹了一口气。

“最近你背负了不少重担，是吧？”希瑟问劳拉，“我是说负罪感。你觉得自己应该要负责任。你也承受着恐惧的煎熬。”

“嗯，我最近都快喘不过气了。过去这一年发生的事太多。雷自杀了，在这之前，我父亲病情加重，还有……”劳拉想起了上周看的一则新闻报道，讲的是老年人的孤独感。那则新闻这些天一直困扰着她。

“还有？”希瑟让劳拉继续说下去。

“这件事跟爱玛的病情毫无关联。”

“没有关系！”

“我答应父亲照顾一位老太太。”劳拉跟希瑟讲了讲发生的故事，并且告诉希瑟，在她看望萨拉·托利之后，雷就选择了自杀。

“雷没理由不让你去。”希瑟表情严肃。

“是没错，可是他——”

“你要为他说话到什么时候？”希瑟开口道，“他让你左右为难，本来就是他不对。事实就是这样。那你还打算去看望托利吗？”

希瑟的直截了当让劳拉有些不安。可是，劳拉还是忘不了那幅画面，忘不了老父亲用恳求的目光看着她，让她照顾托利，眼神中写满了渴望。过去六个月来，父亲临死前的场景一直让劳拉饱受煎熬。

“想。”劳拉承认道。

“那就去吧，”希瑟说道，“这是你这周的任务。”

## 7. 回忆・童年

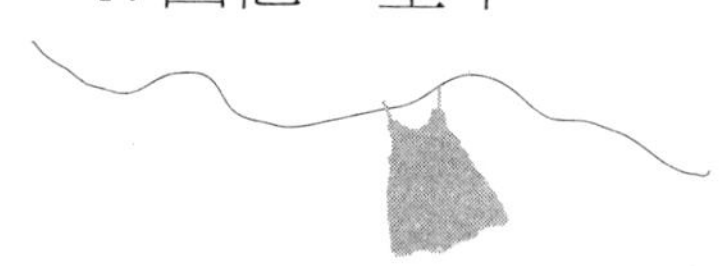

湖边蜿蜒的小径林木茂密，走在其中就像穿行在隧道里面。劳拉放缓了步子，尽情享受着这份意境。爱玛好像并没有注意这一点。她在劳拉前面小跑着，手里抱着一个蓝色塑料盒，里面放着心爱的芭比娃娃和这些娃娃的生活必需品，迫不及待地向贝克尔家跑去。

今年五岁大的克莉就站在贝克尔家的前院，她看见爱玛就跑了过来，红色发卷随着步子在脸旁舞动。

“我这里有‘爱心牙医芭比’！”克莉尖叫道。她一把抓住爱玛的胳膊，爱玛跟她一起跑上门前台阶。克莉的母亲艾莉森为她们打开纱门，两个小姑娘从她身边跑过。

“小孩子就是这样，真不好意思。”艾莉森面带微笑地对劳拉说道。艾莉森留着红色短发，鼻梁上有些许雀斑。“你该给女儿买个‘古生物学家芭比’或者别的新娃娃了，要不然她在街坊家这些小孩中间就要落伍了。”

劳拉笑了。她站在院子里，用手遮住透过树影射进的阳光。“谢谢你能帮我照看孩子，”她说，“我下午四点之前就赶回来。”

“别着急。”艾莉森双手抱在胸前，“要是她们俩不想玩芭比娃娃了，我就带她们到我们家的儿童游乐区玩上一会儿。”

劳拉走回家，庆幸贝克尔一家今年夏天也来湖边消暑。克莉的举动令她诧异。当劳拉告诉克莉说爱玛今年夏天不会跟她开口说话的时候，克莉只是回应了一声：“哦。”当她们两个人在一起玩耍的时候，一直都是克莉一个人在说话。克莉的爸爸在华盛顿特区上班，只有周末的时候才回这个别墅。劳拉和艾莉森可以彼此帮忙照看小孩，对两家都很方便。

劳拉开车走了三十多分钟，来到了米多伍德村。在路上的三十分钟里，劳拉心情焦虑，不管怎么努力都无法忘却自己上次来找萨拉·托利给雷和爱玛带来的沉痛打击。

步入养老院，劳拉便开始找寻那个门口贴着黑色投影机轮廓海报的房门。找到了萨拉的房间敲门后，出来应门的就是萨拉，她冲劳拉笑了笑，问道：“请问有事吗？”萨拉今天穿着一件白色衬衣，外面套着淡蓝色的纯棉套头衫，上面印着方格花纹。她的满头银发似乎刚刚理过。

“嘿，托利太太。”劳拉从萨拉的眼神中看出来，这个老太太并不记得自己，“我叫劳拉·布兰登，今年一月的时候来看过您。”

萨拉引劳拉入门，虽然脸上仍旧挂着笑容，但看起来还是很疑惑。

“我父亲让我过来看您，”劳拉问道，“您还有印象吗？”

“你父亲？他是不是已经去世了？”

“没错！”看到萨拉还记得这么多，劳拉顿时兴奋起来，“上次来的时候，您记不起他是谁。所以，我今天来给您带了张我父亲的照片，看看您能不能认出来。另外，您想不想出去走走，散散步。”

“散步？出门？”萨拉看起来有几分不相信自己听到的话。

“嗯，出去散散步。”

“啊，我当然喜欢了。”萨拉欢快地拍着手说道，“他们都不让我出去了，把我关在这里，跟坐牢似的。”萨拉打趣地说道。

“今天外面很暖和，”劳拉说道，“您觉得天气可以吗？”

“暖和也好，寒冷也罢，管他什么天呢，能叫我出去就行。”萨拉说着就冲门口走去。

“您还有没有其他更适合出去散步的鞋子呢？”劳拉问道。

萨拉低头看看自己脚上的那双米黄色高跟鞋，说道：“嗯，问得好。你在这儿等我一会儿。”

萨拉走进卧室。劳拉的眼神落到了萨拉丈夫乔的照片上。他叫什么名字呢？这个小伙子看起来很英俊。劳拉从钱夹里取出父亲的照片。

没过几分钟，萨拉就穿着一双看起来很结实的旅游鞋出来了。劳拉不知道萨拉的衣物是不是也是父亲花钱买的。

“您的衣服真漂亮，”劳拉说，“您是怎么出去买衣服的呢？是不是会有人带着您出去买衣服？”

“我喜欢漂亮衣服。”萨拉说着又要往门口走。

“那您是怎么买的这些衣服呢？”劳拉问道。

萨拉停下脚步，显然迷茫了片刻。“哦，有人带我们出去，”萨拉回答道，“一个月出去一次，他们开车把我们带到一个地方，那儿……有各种各样的商店。”

“大商场。”

“对。”

萨拉说完又想往门口走，劳拉赶紧把父亲的照片递过去，说道：“这张照片上面的人就是我父亲。您能想起他吗？”

萨拉拿起照片，走到茶几的台灯下，仔细打量起来。

“他叫卡尔·布兰登。”劳拉解释道。

“我不认识他，”萨拉耸耸肩，把照片递给劳拉，“现在能出发了吗？”

劳拉和萨拉穿过长长的走廊，朝大厅走去。一路上，萨拉跟所有碰到的人问好，包括米多伍德村的工作人员和其他一些住户。萨拉似乎在说：“我要出去了，再见啊。”她步子迈得很快，脸上挂着满意的笑容。看到萨拉仅仅因为能出楼走上半小时就这么高兴，劳拉心里有点儿不是滋味。她应该早点儿来看望萨拉的。同时，她也对希瑟充满了感激之情，正是希瑟的鼓励，让她再一次来到了这里。

走出门外，萨拉大吸了一口新鲜空气。“咱们走哪条道呢？”她问道。

“您想走哪条都行。”

看来劳拉的回答不怎么恰当，萨拉脸上的笑容消失了，变成了困惑。“我没有方向感。”萨拉说。

“好的，那我们就直接走吧，”劳拉说着向左转，上了人行道，“其实我们去哪儿都无所谓。”

“你说得对。”萨拉脸上又浮现出了笑容，她也走上了人行道。萨拉步履矫健，速度很快。劳拉迈着大步，拼命想赶上萨拉的脚步。看来，不管萨拉是哪儿出了问题，肯定是脑子的毛病，她的身体一点儿问题都没有。

走着走着，两人陷入了沉默。沉默也不是件坏事，虽然劳拉还是想要打破沉默，问问萨拉跟父亲到底是什么关系。不过想到这么问，萨拉又要陷入困惑，劳拉犹豫了。劳拉想起了凯罗琳曾说过：萨拉爱说话，但是没人愿意倾听。

“在游轮上工作感觉怎么样？”劳拉问。

“很好。”萨拉回答说。

“您在上面待了多久？”

“我记不清了。一年，也有可能是三四年。”

“凯罗琳说您喜欢看电影。”劳拉又说道。

“噢，是的！”萨拉又拍了拍手，眼睛闪过一丝欣喜。

“您最近都看什么片子了？”

“我喜欢看老电影。”

“有最喜欢的片子吗？”

“哦，有。就是……”萨拉皱着眉头，噘着嘴，活像一个生气的小孩，“我想不起名字了。”萨拉说道。

看来这段对话并不怎么成功。“好吧，我之前跟您说过我父亲是在哪儿长大，在哪儿生活的，”劳拉说，“现在跟我说说您的故事吧。您说您是在贝永长大的？”也许通过萨拉的故事，劳拉可以获得线索，搞清楚她跟自己的父亲是什么关系。

接着，萨拉打开了话匣子，劳拉觉得自己正在挖一口很深的井，井里的矿藏比她想的要丰富得多。

## 萨拉，1931—1945

学校三年级计划演一出《灰姑娘》，到时候全校师生都会前来观看。萨拉热爱戏剧。她一直梦想着自己能出演灰姑娘，可尽管萨拉在角色选拔时竭尽全力，这个垂涎已久的角色还是给了班上最漂亮、最受欢迎的女生。

于是，萨拉开始竞选继母女儿的角色，想扮演其中一个姐姐，萨拉试图让自己的声音听起来阴险刻薄，同时脸上也露出邪恶的表情，可还是没选上。

“谁想扮演恶毒的继母？”当其他角色都敲定时，老师问同学们。

“这个角色应该给萨拉·怀尔丁。”萨拉班上的一个男生喊道。

萨拉听后露出了微笑。她的努力终于没有白费。她希望老师直接把这个角色给她，因为班上就属萨拉参加的选拔最多。

“为什么这个角色应该由萨拉来演呢？”老师问。

“因为萨拉是班上最丑的，由她来演继母最合适不过了。”小男生回答道。

孩子们哄堂大笑。就连老师也低下了头，想竭力止住发笑，可萨拉还是看到了，她立刻涨红了脸。

老师终于抬起了头。“你们这样说太伤人了，”她责备了那个男生，脸上的表情变得很严肃，“如果别人对你说那样的话，你会怎么想？我觉得你应该向萨拉道歉。”

小男孩转过身，看着萨拉。“对不起。”他说道。

萨拉避开男孩的眼睛，大口咽着唾液，不想让眼泪流出眼眶。

“萨拉，你想演继母的角色吗？”老师问，“这个角色对演技的要求非常高。我觉得你能胜任。”

萨拉不知该怎么回答。她当然想演，可她不想以这样的方式获得角色。她不想自己是因为长得难看才有机会出演。

“不，谢谢老师了。”萨拉回答道，脸颊依然通红。

所有演员的角色都敲定后，老师宣布下课休息。终于可以逃脱这个人间地狱了。其他孩子都去操场玩耍了，萨拉却一路狂奔回家。

萨拉知道家里只有姨妈在，不过那就足够了。她父母都在她家的服装店上班，可姨妈没有工作。她哪里都不去。萨拉需要她时，她永远都会守候着萨拉。

萨拉知道姨妈肯定像往常一样，坐在顶楼的房间里缝被子。萨拉家每一间房子里的被子都是姨妈缝的，就连街坊四邻家的被子也不例外。那些五彩缤纷的方块布料几乎铺满了姨妈的整个卧室，萨拉每每看到那些被子，心里都会感觉很踏实。

萨拉走进屋子，姨妈简抬起头，很是意外。

“你吓我一跳，”姨妈边说边用手按着丰满的胸部，“今天怎么回家这么早，你怎么了？不舒服吗？怎么哭了？”简直起身子，朝萨拉走来。“发生什么事了，小可爱。”

萨拉紧紧抱着姨妈，贪婪地吸着她身上熟悉又眷恋的花香味。姨妈骨架大，站在那儿，就像一棵树，让萨拉依靠。

“来，坐床上，告诉姨妈发生了什么事情。”简说着在床上腾出一些空间，让她的小外甥女坐下。

萨拉坐到床上，但是想到自己刚刚忍受的羞辱，想到还要再讲一遍，萨拉就开始支支吾吾。可是，现在坐在她身边的是简，跟姨妈说什么都没有关系。要是萨拉跟母亲说这事，母亲肯定会说大家奚落萨拉是应该的，因为萨拉一直都不注重自己的仪表。虽然萨拉的父母经营着小镇上最高档的童装店——怀尔丁童装，可最让他们头疼的是，不管夫妻俩怎么精心打扮自己的女儿，又高又瘦的萨拉还是看上去相貌平平，瘦得跟火柴棍一样。“要是萨拉给我们做广告宣传，那估计我们就没什么生意了，”有一次她偷听到父亲对母亲说，“她跟你妹妹一样相貌平庸。谢天谢地，简倒是大门不出，二门不迈。”

萨拉将班上发生的事情一五一十地告诉姨妈，姨妈用怜悯的目光看着她。

“哦，亲爱的小可怜，”简说着往萨拉这边挪了挪，搂着萨拉的肩膀，“但是你知道吗？”姨妈稍作停顿，想等小外甥女抬头看她时再开口。“这个经历会给你的生活带来一些变化，好变化，你懂不懂？”

萨拉顿时听迷糊了。“什么？”她不解地问道。

“你长大了就会有张厚脸皮，”姨妈简说道，“厚脸皮很重要。”

萨拉抬手摸了摸自己的脸庞。“厚脸皮？”她问道。

姨妈笑了笑：“只是一种说法而已，意思是说再也没有任何人能够伤害你。你不会变得过于敏感。你现在的经历是痛苦的，也是宝贵的，是在为你的未来做准备。”

姨妈接着给学校打了个电话，萨拉在一旁听着。姨妈跟校长解释了一下刚刚发生的事情，说萨拉提前回家了，今天不去上学了。萨拉边听边想象着电话那头的校长会说些什么。姨妈的这番话让萨拉舒心不少，她知道经历过这件事情后，会有好事发生。那几个嘲弄她的同学的可憎面孔在她印象中渐渐模糊，看不清楚了。

姨妈撂下电话，把手头的被褥放到一边，陪萨拉玩了一下午纸牌。到吃晚饭时，萨拉的脸上又露出了笑容。

萨拉十几岁的时候才意识到姨妈简跟她同龄的女人不一样。其他像简那么大的女人都结婚生子了，她们逛市场，买衣服，还喜欢去饭店吃饭，喜欢上剧院。姨妈可不是这种人，她连自家后院都不敢迈进去半步。姨妈说自己不想结婚，说既然已经有萨拉在身边了，还生孩子干什么呢？不过事实情况却是，姨妈还是十几岁少女时，每次出门都令她恐慌不已。如果一个女人连自己的家门都不敢出的话，连个男人都见不到，更别说跟人约会了。

萨拉喜欢姨妈这样整天待在家里，但是她知道自己这种想法很自私。在萨拉的生活中，姨妈是最关爱她的人，永远都守候着她。姨妈从不出家门，温暖的拥抱和关爱的话语随时为萨拉准备着。随着年纪的增长，萨拉开始同情起自己的姨妈来。人们都说简是疯子，但是萨拉知道姨妈和自己都有一张厚脸皮。

姨妈年少时想要成为一名护士，但在护理学校读书时，她不幸患上了精神疾病，辍学后就再也没有回去。虽然没有完成学业，但她很乐意将自己所学的知识传授给外甥女萨拉。她教萨拉怎么把被子叠成医院那种棱角分明的形状，教她测脉搏和体温，还教她怎样做海绵浴。萨拉喜欢跟姨妈学东西，并且渐渐地自己也想成为一名护士。姨妈告诫她说，要想成为一名护士，在中学要刻苦学习。

萨拉的社交生活很贫乏，不过还好有学习可以充实自己。她有很多女性朋友，但是男孩子却故意躲着她。有时萨拉走在大街上会有男孩冲她走来，好像对她很感兴趣，可一旦靠近了，他马上就会移开眼睛。如果碰到两个男孩，他们就当着萨拉的面聊天讥讽她。这倒不是因为萨拉长相丑陋，她只是长得太一般了，不够吸引人。她的鼻梁又尖又长，下巴也很小。不管怎么变换发型，用什么化妆品，好像都起不了多大作用。

“没有男人，你也可以很幸福，”姨妈曾经这样跟萨拉说道，“但是，你需要有自己的工作，而且要找一份与人打交道的工作。为什么这么说呢？看看我，要是没有你父母跟你在身边的话，我早就疯了。”

萨拉这才知道，原来姨妈并不知道别人其实早就把她当疯子看了。但是其他人都没有像萨拉这样真正了解姨妈。如果姨妈是个疯子，那世上就没有正常人了，世人也将更加幸福。

所以萨拉就下定决心要成为一名护士。不管怎么说，她在高中最后一年觉得自己已经算是半个护士了。就在快要毕业的时候，萨拉得知自己的成绩是全班第一，将会在毕业典礼上做演讲。

她恳求姨妈参加她的毕业典礼。一天晚上，萨拉在帮姨妈熨布料时说道："我之所以能走到今天，多亏了你的帮助。我真的想要你出席我的毕业典礼，这对我来说很重要。"

姨妈放下熨斗，看着外甥女。"在这个世界上，没有人比你跟我更亲近了，"姨妈柔和地说着，"但你还是不够了解我。我不能去，萨拉。我真的去不了。"

"我求您了，"萨拉恳求道，"试一下好不好，就算为了我行不行？"

最后，姨妈同意试试，但这次努力竟酿成了一次重大的错误。那一天，萨拉和父母、姨妈准备先搭乘有轨电车，在离学校几个街区的地方下车，然后步行到学校。等到四个人下了电车，姨妈就开始哭了。她坐在路边的长凳上，不断地喊着："送我回家，送我回家。"她一边哭，一边颤抖，不管怎么哄都不管用，她不愿意继续往学校走。萨拉被姨妈的惊慌吓住了。她还从来没有见过姨妈这样呢，因为姨妈之前都是待在家这个小窝里。

"我就知道会出事。"萨拉的父亲嘟囔道。

萨拉最后放弃了劝说姨妈继续走到学校的念头。她觉得自己恳求姨妈来参加毕业典礼简直是一种残忍的行为。就跟姨妈之前说的一样，萨拉根本无法理解她内心的恐惧有多么深。萨拉现在算是知道了。

“我们待会儿乘下一班电车回家。”萨拉说着也坐到长椅上，紧紧靠着姨妈。

“不行，”萨拉的母亲说话了，“萨拉，你去学校，要不就该迟到了。我跟你爸带着简回家。”

萨拉看着姨妈苍白的脸庞，她不能把姨妈就这样丢在这里，就这么让她颤颤巍巍、胆战心惊地坐在长椅上。“我要等你们都安全坐上电车才走，”萨拉说道，“过不了几分钟，下一趟电车就过来了。”她说着将胳膊搭在姨妈的肩膀上。“可是要坐回家的电车的话，你得穿过马路，到对面坐车。”

简看了看马路对面，仿佛眼前并不是几米宽的柏油路面，而是一片汪洋深泽。她摇摇头。“我过不去。”她说道。

“简，”萨拉的爸爸说道，“你已经三十九岁了，有点儿大人的样子好不好？”

萨拉狠狠瞪了爸爸一眼，冲到马路边，挥手叫住一辆汽车。“我姨妈现在有点儿不舒服，”萨拉对车里穿着西装的司机说道，“能不能麻烦您帮忙把她跟我的父母送回家呢？我家就在格瑞森路那边。”

司机同意了。他们费力地把姨妈弄到了车后座上。萨拉看着这辆汽车消失在街头，然后自己步行穿过几个街区，向学校走去。轮到她上台进行毕业演讲了，她有点儿激动得说不出话来，但总算控制住了情绪。不管怎么说，她成功了。

在那个年代，没有几个人知道恐惧症是怎么回事，更别说抑郁症了。就在萨拉离家去特伦顿就读护士专业两周后，姨妈简吞服了两百颗镇静药，安详地死在了梦中，享年四十岁。萨拉知道姨妈为什么这么做。现在萨拉已经离家读书去了，那个冰冷的家里再也没有什么让她牵挂了。由于精神障碍，姨妈甚至无法走出家门。简苦苦撑了这么久，帮助萨拉度过了痛苦的童年。现在的萨拉已经长大成人，而且年轻有为，姨妈觉得再也没人需要自己了。

姨妈去世的噩耗让萨拉悲痛不已，因此，她立志要成为一名精神科医生。只要是她能接触到的心理学方面的书籍，她都认真研读，她想了解姨妈的世界。在学习的过程中，萨拉渐渐培养出对这门学科的兴趣，了解了其他一些精神方面的疾病。

萨拉拿到学位后，开始在新泽西州的哈德菲尔德上班。刚开始，萨拉担心自己会过于执着，把每个病人都当作姨妈简。那样的话，萨拉就不能对他们的病情做出客观的评价并且帮助他们。不过，萨拉发现自己能够将这些病人跟姨妈区分开来。每个病人都有各自的特点。他们需要的帮助也不尽相同。萨拉要怜悯并尊重这里的每一个病人，这是姨妈教会她的，萨拉永远也不会忘记姨妈。

## 8. 出版

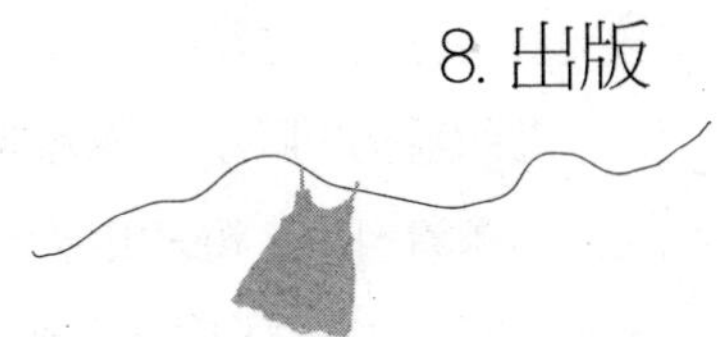

劳拉靠在床头板上，给女儿念书。这本书是很早之前为小丫头

头的。以前给爱玛念书时，如果是她熟悉的故事，她就能认出其中的一些词语。然后就会自豪地指给劳拉看，并大声地读出来。可现在就算她认出了这些字，她也不念了。爱玛蜷缩在劳拉身边，嘴吮着大拇指，上眼皮开始跟下眼皮打架。太好了。要知道，每晚哄爱玛睡觉也是一场战斗。噩梦、尿床、怕黑，以及失眠的困扰，种种问题自雷死后就开始折磨爱玛。不过她今天下午肯定是跟克莉玩累了，劳拉还没读到最后一页，爱玛的小眼睛就合上了。

从李斯堡看望萨拉·托利回来后，劳拉发现艾莉森·贝克尔跟爱玛坐在她家门廊上，两人中间的台阶上放着装芭比的蓝色塑料盒。劳拉打开门，让她俩进了屋，艾莉森解释说她丈夫吉姆这周末回家了。吉姆一进家门，爱玛就丢下手中的芭比，冲出门外。艾莉森随后追了出来。不管她怎么劝，爱玛就是不愿再进她家门，因此，她不得不收拾好爱玛的芭比盒，将她送回家。

“爱玛的心理医生说过，她讨厌男人。”劳拉告诉艾莉森，这是劳拉第一次承认希瑟说的可能有几分道理。不过，吉姆确实与众不同。他有一副好心肠，身材健硕，不过却一脸严肃。他一说话，整个房子都在震。

劳拉把书放到床头柜上，小心翼翼地抽离爱玛的身子，把玩具兔放到女儿身边，盖好被子。

劳拉看了一眼小巧玲珑的夜灯，确定插头已经插到墙上的插座上之后，顺着门厅，朝家里的空卧室走去。自那天下午拜访过萨拉·托利后，劳拉就一直期待着这个夜晚的来临。

在这间卧室的壁橱中，放着一个大纸板箱，里面装着父亲卡尔·布兰登的一些旧文档和纪念品。父亲过世后，劳拉收拾他的住所时，留下了这些看上去比较重要的东西，装满了这个纸箱，其他的都扔掉了。在这个纸箱里，肯定藏着某些线索，通过这些线索，劳拉有可能发现父亲与萨拉之间的关系。

萨拉能记住那么多的细节，劳拉确实有些吃惊。在那天的拜访结束之后，劳拉又去找了萨拉的护理凯罗琳。

“她记住的事情真是不少，”劳拉对凯罗琳说道，“你确定医生的诊断无误？”

“她记得的事情都是很久以前的事了，对吧？”凯罗琳问劳拉。

“是的。”

“对萨拉来说，那段记忆仍然是鲜活的，”凯罗琳说道，“我们上周五放的电影是《费城故事》，台词她能倒背如流。看着她背，大家都难以置信。可是，第二天我问她我们昨天看的什么电影时，她都不记得。”

凯罗琳说得没错。萨拉确实不记得曾跟劳拉见过面。

萨拉端庄大气。她算不上标准的美女，但她身上散发着温暖的光芒，举手投足间表现出翩翩风度。不过，劳拉还是能看出来，在萨拉端庄的外表下，藏着一个小女孩的心，一个相貌平庸的小女孩的心。同时，劳拉也知道萨拉说的这些童年苦恼不是凭空想象。

劳拉将父亲留下的文件拿了出来，放在大号床上，铺展开来，进行分类整理，希望其中能提到萨拉·托利或是萨拉·怀尔丁的名字。劳拉找到了一张父亲签名的合约副本，合约说要把萨拉搬到米多伍德村。而至于父亲与萨拉的关系，上面只写着“朋友”二字。此外，劳拉还找到了父亲之前住过的房子的房产抵押证明，以及父亲几年前就卖掉的那辆车的维修保养记录。纸箱里面还有她父亲年轻时的几张照片，劳拉把它们放到了床头柜上。劳拉想下次去看望萨拉时带上那些照片。如果萨拉对父亲的记忆存在于遥远的过去，那么这几张照片就能唤起萨拉的记忆。

劳拉还发现了一张她父母结婚当天的照片。除此之外，她没找到任何人的照片，劳拉想起那天在收拾父亲的房间时，自己丢掉了很多陌生人的照片，顿时懊恼不已。

劳拉坐在客房的床上，发了几小时的呆。快半夜时，她才躺到满是纸张的床上，闭上了双眼。

“为什么啊，爸？”劳拉仰天长叹，“我真搞不懂。”

第二天清晨，电话响时，劳拉还睡在满是纸片的床上，衣服也没脱。听到电话后，劳拉慢慢地下了床，跌跌撞撞地朝卧室里走去，拿起了电话。

是玛德琳·夏尔斯打来的电话，她是雷的文稿代理人。

“有好消息，”玛德琳说道，“卢肯斯出版社要出版雷的《小店客满》了！”

卢肯斯出版社？刚从睡梦中惊醒的劳拉头脑还有些迷糊。她听见门厅那头女儿的卧室已经有了响动。“你的意思是说……有出版社愿意出版雷的那本书了？”

“铁定出版，这家出版社算不上大，”玛德琳·夏尔斯说，“不过他们110%会出版雷这本书的。他们已经准备好购买书稿了，而且愿意采用一流的推销宣传。”

“我不知道雷的这本书还在不断投稿。”劳拉说道。

“嗯，你当然不知道了。我一直都没有停止投稿工作。你现在坐稳了吗？”没等劳拉开口，玛德琳就接着说道，“预付稿费是五万美元。”

劳拉这才坐到床边。“可是，”她感觉昏昏沉沉的，“雷已经不在了呀。”

“但他的作品将流传下去，劳拉。多么激动人心啊，不是吗？你不激动吗？”

“我不知道自己现在是什么感受。”劳拉说道。此刻，她首先感到的是愤怒。这一切为什么没有发生在雷去世前啊？

“有件事情你还不知道，国会马上就要颁布一项关于街头流浪人员的重要法律了，”玛德琳说道，“雷的著作在这个时候出版，正赶上好时机。卢肯斯出版社计划尽快开始出版的准备工作，好赶在法律出台时出版上市。”

劳拉顿时语塞，几乎说不出话来。“这也太不公平了。”她说。

“我知道这很不公平，”玛德琳的语气中流露着真切的同情，“可雷要是在世的话，肯定希望能出版这本书。他不想让自己所有的努力就这样付诸东流。”

挂断电话，劳拉胃里翻江倒海地难受，泪水灼烧着她的双眼。她仿佛看见夜深人静了，雷还坐在工作室里，认真写着自己心爱的著作，不断地改呀改呀，搜肠刮肚地遣词造句，希望能够得到某个出版商的认可。劳拉仿佛又看见玛德琳每次寄来出版社的回绝信时，雷脸上那沮丧的表情。

她拿起电话，拨通了斯图亚特的号码。

“有人想要出版雷的书。”劳拉向斯图亚特介绍了一下情况。斯图亚特的反应和劳拉一样：开心中夹杂着愤怒，愤怒到现在才有人想出版雷的著作。

“造化弄人，这太不公平了。我真有点儿接受不了。”劳拉说道。

“我懂。”斯图亚特叹了口气，“不过，亲爱的劳拉，你知道吗？雷已经走了，再也回不来了，但生活还要继续。我们是想让雷的作品随着他一同死去，还是想要他的作品继续流传呢？”

劳拉笑了笑，躺到床上。“这还用说吗？”她回答道。

“好，”斯图亚特说道，“那就让我们在今晚开香槟庆祝吧。你在电话那头，我在这头，咱们为雷干一杯。”

“好吧！”劳拉闭上眼睛，依旧疲倦，心中愤懑不平。

“我的小侄女现在怎么样了？”斯图亚特换了话题，“我希望她现在已经找回了自己的声音。”

“恐怕还没有。”劳拉翻了翻身子，侧躺着，昏昏欲睡，“不过，我现在给她找了一个新的心理医生，这个医生给了我一些希望，希望爱玛能重新变回‘话匣子’。”

“一定会的。我很怀念在电话里听到爱玛甜美的声音。”斯图亚特顿了顿，“劳拉，你自己最近怎么样呢？”

“没事，我现在还能撑得住。”劳拉从自己的话语中听到一声叹息。

“你听起来很疲惫呀。”

劳拉笑了笑。“我以前做两份兼职，同时进行全天候的科研，都没有这么累过。这些工作跟当全职妈妈相比，简直就是小菜一碟。”她回答道。

“那你有没有再去找那个叫萨拉的女人呢？”

自从雷自杀之后，劳拉只跟斯图亚特通过几次电话。可是每次通电话，斯图亚特都会问这个同样的问题。

“说实话，我昨天刚刚见过她。”

“你这是怎么了呀？”斯图亚特问道，“你为什么还要操这份闲心呢？”

“你是知道原因的，就是因为我父亲。不过我现在还没能搞清楚他们之间的关系。”

“可你为什么还要再给自己增加不必要的负担呢？”

“你说起话来跟雷一个样。”斯图亚特说话确实很像雷。他跟雷不仅相貌相似，就连声音也都同样深沉。

“唉，也许雷只是不想让你自己操劳过度了。你也知道，你总是让自己忙得团团转。你刚刚也说了，自己现在很累。”

“其实也不算累，”劳拉说道，“只是有点儿操劳过度罢了。我还是可以每个星期抽出一下午时间，去李斯堡看看萨拉，陪她聊聊天、散散步。可我就是搞不清她跟我父亲之间到底是什么关系。”

“她的老年痴呆症还没好吧？”

“当然没有好了。”劳拉开始有点儿气愤了，“老年痴呆症好不了，只会越来越严重。”

“那你跟她肯定也没什么好聊的。”

“不过她还记得很多往事。”

“唉，我还是讨厌你就因为对父亲的内疚，而把自己有限的时间和精力用来看望一个素不相识的痴呆老太太。”

劳拉趴到床上，气得火冒三丈。“斯图亚特，这是我的生活。”

她的话里带着刺，“我知道，雷在世时不喜欢我去看萨拉，所以你也不想让我去看她。可是你刚刚说什么来着？雷已经走了，可生活还要继续啊。”

斯图亚特沉默了。劳拉为自己的尖刻而内疚，她自己都没有完全搞清楚刚才说了些什么。她内心依旧对雷的去世充满深深的内疚。

“好吧，”斯图亚特终于开口了，“劳拉，对不起，我不该喋喋不休地老说这件事。时间是你自己的，你想干什么就干什么吧。”

劳拉盯着天花板：“斯图亚特……你真觉得雷的死是因为我吗？”斯图亚特是不是还记得雷的临终遗言呢？

“哦，没有的事，劳拉，”斯图亚特赶忙说道，“千万别那样想。我只是担心你而已，没别的意思。”

“嗯，我没事的，”劳拉说道，“你也不用替我担心。”

对话又持续了几分钟，两人都变得彬彬有礼了，努力缓解着刚刚的紧张气氛。挂断电话后，劳拉没有立刻从床上起来。她听到门厅里传来爱玛的脚步声。不一会儿，爱玛抱着小兔子走了过来。她爬上床，依偎到劳拉身边。劳拉将女儿抱住，仍旧因为刚才跟斯图亚特的对话而感到不快。不过最起码，爱玛不会质疑她的选择。她瞥着女儿的脸，感受到了她无条件的爱。爱玛看着劳拉，眼白泛着珍珠一样的乳白色。

“宝贝儿，想什么呢？”劳拉问道。

当然了，爱玛不会做出什么回答。劳拉挪挪身子，将这个谜一样的女儿紧紧抱在身边。

# 9. 谜

“我很担心。”劳拉边说边在希瑟办公室找了个座位。她刚刚跟希瑟和女儿做了个游戏。“爱玛不说话的时间越久，她就越有可能失声。我在想，爱玛打手势时，我是不是应该装作看不懂。我是不是应该逼爱玛开口，让她知道只有开口说话，她才能得到想要的东西？”

“这个方法是可以，不过还得过一阵子才行，”希瑟对劳拉说，“现在爱玛最需要你的支持。她希望不管发生什么事，你都能陪着她，不离不弃。不管爱玛会不会开口说话，你都会接受她，疼爱她。”

希瑟今天没扎马尾，云泽锦缎一样的秀发散在肩上。一身背心裙，脚上一双凉鞋。就希瑟平常的装束来看，今天她算是穿得很正式了。

“到了秋天开学时，爱玛要是还不开口，幼儿园是不会让她入学就读的，”劳拉解释道，“我跟校长谈过这件事情。”

“要是爱玛还没准备好上幼儿园的话，天也不会塌下来。不是所有孩子一到年龄就非得马上到幼儿园读书的。我们肯定能为爱玛找到适合她的学校。”

“我只是……”劳拉叹了口气，闭上了眼睛，“可爱玛是个聪明的孩子。”

“她现在依然聪明伶俐，劳拉。”希瑟说着踢开凉鞋，把腿放到椅子上，双手抱膝，用裙子盖住腿。“今天跟你一起做游戏，很有意思，”她说道，“我不知道你有没有发现，你来了之后，爱玛的表现跟平常不太一样。她想护着你，不想让你知道她有多难受。”

劳拉伸手去拿希瑟桌上纸巾盒里的纸巾。“我不想让她小小年纪就背上负担，”劳拉边说边擦眼睛，“她还只是个孩子。”

“爱玛是个细腻体贴的孩子，这些都是你教给她的。这不是什么坏事。”

劳拉擤了擤鼻子。“其实那都是雷的功劳，”劳拉对希瑟说道，“还记得吗，我跟你说过，雷告诉爱玛很多无家可归者的故事。”

“你跟雷都有功劳。”希瑟坚持道。

看来希瑟是不想听劳拉说一点儿有关雷的好话，不管劳拉说什么，她都要纠正。不过，劳拉决定不理会希瑟的话。“如果说我参与游戏，爱玛会更拘谨的话，我是不是应该退出游戏，那样会不会好一点儿？”劳拉问希瑟。

“不管怎么说，先停一段时间吧，”希瑟赞成劳拉的提议，“不过你可以在镜子后面看她表现。”

“行。”

“现在我最担心的还是爱玛对男人有偏见。”希瑟说道，“每次一拿起男性玩具娃娃，爱玛脸上就写满了敌意。”

“我也发现了。”劳拉说道。在这次与女儿的游戏中，爱玛对男性的不屑一顾表露无遗。

“我担心的是这种负面情绪已经有些日子了。可能雷死之前就有。这种情绪会影响爱玛以后的人生观的。”

“前几天，爱玛在邻居小伙伴家玩，然后，小伙伴的父亲回来了，”劳拉说道，“他人很好，就是有些严肃。他一进门，爱玛就跑出了房门。”

希瑟听后，并没有很惊讶。“有件事也许你不愿意听，可是我不得不说。我觉得你丈夫和爱玛的关系不是很好。我让爱玛选一张像她父亲的图画时，她指给我的是那张大喊着生气的图画。”希瑟凑过来，一脸的真诚。“在爱玛的世界里，男人都会大喊大叫，”希瑟接着说，“而且男人还会自杀。”

“那我们能做什么呢？”劳拉无助地问道。

“嗯，游戏疗法只能到现在这个程度。”希瑟靠回到椅子上。“我想问你件事，”她说道，“这个问题一直困扰着我。”

“什么呀？”

“是关于爱玛的生父。你能跟我讲讲他吗？”

劳拉笑了笑：“关于他没什么好讲的。我们是在一个派对上见的面，仅此而已。不骗你。我以前从没有做过那种疯狂的事。那天晚上我心情太低落了，然后就——”

“那不重要。”希瑟摆了摆手，没有要听劳拉解释的意思，“我想的是他会不会想知道自己有个女儿？”

“噢，不。”这次劳拉打断了希瑟。找到迪伦·吉尔，告诉他他有个女儿，想想都觉得不可能。“我想他可能连我都不记得了。而且我也不知道他住哪儿，是干什么的。再加上——”说到这儿，劳拉又苦笑了一下“——我不想让爱玛有这样的父亲，第一次见面就跟别人上床。她已经有了一个这样的母亲，足够了。”

希瑟自己也笑了。“好吧，”她说道，“不过我还是希望你能好好考虑一下。其实我也不想把他卷进来。不过，他要是个好父亲的料子，并且愿意为爱玛付出的话，那就另当别论了。另外，说不定他就是那个改变爱玛想法的人呢，他可能会告诉爱玛，不是所有的男人都是龇牙咧嘴的怪物。很难说。还是值得一试的。”

湖边别墅的天窗屋子是劳拉亲手设计的。屋子在二层，不大不小，四四方方，屋顶用的是有机玻璃板。地板上铺满了巨大的褥垫，只留出一小块空间，放劳拉的桌子和电脑。躺在地板上仰望星空，就好像置身野外。屋子的一角摆放着劳拉的望远镜，她随时都能推出望远镜，二层四面都有宽阔的露天平台，多亏了它们，劳拉可以随时随地从任何一个角度观测天空。

多少个夜晚，劳拉就在这间屋子里进入了梦乡。而今夜，可能也不例外。劳拉穿着夏天的睡衣，舒适地躺在软软的褥垫上，望着天上的武仙座，陷入了沉思。自她上次跟希瑟·戴维森见过面之后，劳拉就一直在思考一件事。

迪伦·吉尔。这个名字让劳拉感到十分难堪，却又让劳拉神往。难堪是因为多年前的那个夜晚，劳拉做了不该做的事。而神往是因为迪伦·吉尔的确很有魅力。对劳拉来说，跟迪伦·吉尔发生一夜情确实是件疯狂的事，完全不是她的风格。她不是那种一见到帅哥就花痴的女人。对拉扯大劳拉的父亲而言，最惬意的事莫过于泡在图书馆科学区的时光了。跟这样的父亲相依为命，劳拉自己也以为那就是最美好的时光。班上其他的女孩都觉得劳拉太奇怪了。她过去确实很奇怪。她是学校天文学会的主席，也是科学学会以及国际象棋学会里唯一的女性成员。虽然劳拉有很多异性朋友，但大家都只当她是朋友——仅此而已。

早在中学时期，职业规划就成了劳拉关注的重点。到了晚上，爸爸就会跟她一起研究大学的招生目录，让她列出自己的强项和技能。那时，劳拉就怀疑自己这辈子会不会结婚。要想追求理想的事业，她的生活里就没有足够的空间容纳丈夫和子女。后来发生的事证明这个论断一点儿都没错，她确实对雷和爱玛关爱不足。

劳拉第一次偷食禁果是在大学期间。一个男性朋友想要让劳拉体验一下她从未有过的感觉。劳拉很享受那次经历，特别是跟自己喜爱的人那么亲近的感觉。其他女孩说，当一个充满魅力的小伙子拥过来时，她们有种“无法抗拒”的感觉，不过劳拉还从来没有过这种感觉。

直到六年前的一天，劳拉才体会到了这种“无法抗拒”的感觉。在那天的晚会上，她跌跌撞撞地倒在了迪伦·吉尔的怀抱里。

晚会的组织者是罗德·吉丁斯，航空航天博物馆的一名女同事，跟劳拉也不算很熟。吉丁斯刚搬到波托马克的新别墅，邀请航空航天博物馆的同事聚会，庆祝自己乔迁新居。

等劳拉赶到罗德家的别墅时，天空已经飘起了雪花。就在当天，她一直努力争取的一项研究项目被否决了，所以她的心情很糟糕。苦恼气愤的劳拉端起了酒杯。平时几乎滴酒不沾的她自然不胜酒力，刚喝一点儿就醉了。从客厅往厨房走的路上，她踉跄倒在一个男人怀里。劳拉抬头看了一眼，这个男人令她怦然心动。就在那一刻，她体会到了其他女人说的情不自禁是什么感觉。她知道，自己将会跟这个男人同床共眠。

劳拉躺在天窗屋子里的特大号地板垫上，凝视着星空。劳拉记忆的阀门打开了：炯炯有神的蓝眼睛，乌黑的头发，开心的笑容。在走进楼上卧室之前，他们肯定有过对话，可劳拉连一个字也记不起来了。劳拉也想不起来那个男人是干什么的，不知道他住哪儿，也不知道他跟罗德是什么关系。劳拉只记得自己当时全身心的兴奋——吻他，跟他一丝不挂地躺在四柱床上，看着窗外雪花飘飘。劳拉清晰地记得这个男人当时的每一个抚慰，每一个身体动作。这么多年过去了，每次跟雷亲热前，劳拉都会回想当时的场景，让自己兴奋起来。所以她有可能是把当时亲热的场景美化了吧。但是她跟迪伦之间除了性之外，什么都没有。她跟雷之间是基于友情的爱。

那天晚上过后，劳拉开始想自己是不是之前一直有那种欲望，只不过因为怕分散工作精力，所以才将那份渴望深埋在了心底。是酒精让劳拉释放出了自己。也许劳拉觉得自己不食人间烟火，只是自欺欺人，就像她自欺欺人地以为自己不想要孩子一样。得知自己因为那天晚上的事情怀上了身孕，劳拉突然欣喜若狂。不过她也知道，要想兼顾事业和孩子并非易事。父亲很快告诉劳拉，说这个孩子将会影响她的事业，强烈建议她堕胎。在劳拉的一生中，那是她唯一一次违背父亲的意愿。

爱玛的房间传来一阵哭声，打断了劳拉的思绪。劳拉坐起身来，看看手表：11:15。可怜的孩子。

爱玛正光脚站在房间外的门厅里，身上穿着短睡袍。虽然晚上很暖和，可小丫头的身子却不停地颤抖。

“宝贝儿，怎么了？”劳拉问道。

听到妈妈的问题，爱玛将拇指吮在嘴里。她脸颊通红，泪流满面。

劳拉蹲下身子：“告诉妈妈发生什么了，宝贝儿。是什么东西把你吓到了吗？”

爱玛的小脑袋靠到妈妈的肩膀上，刚刚哭完的她身子还有些抽搐。女儿内心恐惧却无法诉说，这着实让劳拉心如刀绞。

劳拉向女儿的房间望去，屋子里漆黑一片：“你的夜灯灭了，是因为这个吗？宝贝儿一觉醒来，屋子里面太黑了，吓着宝贝儿了？”

爱玛点了点靠在妈妈肩膀上的脑袋。

劳拉站起来，说道：“妈妈待会儿往小彩灯里再放个灯泡，然后宝贝儿就回去睡觉吧。”

走进女儿的房间，劳拉发现爱玛又尿床了。她换了条床单，给女儿换上一件干睡袍，改变了主意，不想让女儿再回房间睡觉了。

“想不想跟妈妈一起去天窗房间看星星啊？”劳拉问道。

爱玛点点头。

劳拉牵着女儿的手穿过门厅。自从雷自杀以后，爱玛几乎天天晚上都往劳拉的床上爬。要想把女儿从自己身边劝回到她自己的床上，可不是件容易的事。劳拉跟爱玛一样，都渴望有个人依靠。但是，劳拉知道，如果让爱玛跟自己睡的话，从长远来看对女儿不好。不过，天窗房间就不同了。

母女二人靠在褥垫边上。

“你能找到武仙座吗？”劳拉问她。

爱玛指了指武仙座。

“那天鹅座在哪儿呢？”

爱玛又指了指天鹅座。

“那这个星座看起来像什么呀？”劳拉等着女儿回答，心里知道女儿不会回答。“看起来就像是只大天鹅，”她自问自答道，“你还记得吗？”

爱玛连头都懒得点了，她合上双眼，头靠在劳拉的肩膀上。劳拉突然回想起自己小时候跟爸爸一起仰望星空的夜晚。父亲总会考考她。仙女座在哪儿？三角座在哪儿？英仙座最亮的是哪颗星？每到晚间小测验的时候，劳拉总是感到有些紧张，好像自己答不对的话爸爸就不爱她了似的。她不会考爱玛的，难道不是吗？劳拉的手指抚过女儿柔滑的头发。女儿跟劳拉小时候一样孤单，都是单亲家庭，我和我的父亲一样的狂热，一样的不切实际。最要命的是，女儿跟自己的“父亲”关系并不好。

男人会大吼大叫，男人还会自杀。

希瑟说得没错。劳拉确实应该考虑一下，是不是可以让那个迪伦·吉尔走进爱玛的生活。这是她亏欠爱玛的。

## 10. 迪伦

迪伦拉动燃料罐阀门，以控制热气球的高度。他们现在已经偏离方向了。虽然问题不大，但已经不可能在通常的降落点着陆了。

“我从未见过如此绚丽的日落。”热气球内的女士对她丈夫说道。这对夫妻为了庆祝银婚纪念日，选择乘坐迪伦的热气球来一段空中之旅。降落前的几小时里，妻子终于放下了紧张，也不再牢牢抓着藤条吊篮的皮革边儿了。不过，迪伦马上就得让她重新抓牢。

“看那儿。”丈夫边说边指着蓝岭山脉。一抹粉红色的晚霞渐渐变成了蓝紫色，天快要黑了。

看来他们并没发现出了问题，迪伦暗自思忖。不过他已经用无线电通知工作伙伴，说风力渐强，热气球正在朝降落点以北前进。这也好，就让他们好好享受剩下的旅程吧。

天就要黑了，他们得赶紧找个地方降落。前方不远处有片玉米田，但是选那儿的话会很麻烦。伙伴们必须先取得农户的许可，在降落的过程中，可能会毁坏一些农作物，而且在那儿降落的话，离伙伴们停车的地方还有一段距离，他的乘客们得步行穿过玉米田才行。迪伦依稀记得那位太太说过她有腿部关节炎。不行，不能降在玉米地里。

迪伦对着无线电对讲机说道：“亚历克斯，听着。”

“嘿，热气球先生。”亚历克斯声音清脆。热气球上的三人头顶燃烧着的火焰有时会发出一两声轰鸣，然后一切又归于平静。

“我打算这次还在分隔车道的安全岛降落。”迪伦开口说道。就在这时，他看到夫妻俩的注意力转移到了他身上，他们先是看着他，然后面面相觑。迪伦微笑着看着他们，眨了眨眼睛，不过由于天色渐晚，不知道这两人是否能看清他脸上的自信。

“行啊，”亚历克斯回答道，“跟上次一样？”大概一个月之前，迪伦曾不得不降落在安全岛上。

“对。你们能及时赶到那儿，提供帮助吗？”

“哥们儿，那我们只有飞过去了。开玩笑，别担心，我们肯定能赶过去。”

“那好，”迪伦说道，“地上见喽。”

迪伦将无线电对讲机夹在腰带上，核对了高度计的高度。

“出问题了吗？”丈夫问道。

“出了点儿小问题，”迪伦回答说，“登热气球前，我跟你们说过，热气球可能会受阵风影响，偏离方向，还记得吗？”

两人点了点头，聚精会神地看着他，夕阳已经被他们抛在了脑后。

“现在我们就面临这样的状况。我们已经不能在通常的着陆点降落了。我打算降落在主干道的安全岛上。”迪伦思量着还是不要说试着降落的好。没必要让他们听到这个词。“你打算什么？”这位太太问道，“那过往车辆怎么办？”

“不会影响的，”迪伦说道，“等下你就知道了。”看到迪伦一脸自信，两人释然了一些。“现在我们要做的是，”迪伦接着说道，“看到前面那排树了吗？”

落日的余晖给树梢罩上了一层梦幻般的粉色。夫妻两人点点头。

“我打算驾驶热气球掠过树梢，”迪伦对两人说道，“这会让我们稍微减速。树丛的另一头就是大路，中间是安全岛。还记得我说过强风着陆时该怎么做吗？”

“面朝降落方向。”丈夫回答道。

“很好，还要屈膝，抓牢绳子。这样就没事了。”

那位太太看了迪伦一眼，半信半疑。

“我保证。”迪伦又说。

靠近树丛时，迪伦放掉热气球里的一些空气，这样他们就能够顺风滑过树梢。有树枝折断的声音，还有树叶哗哗作响的声音。迪伦倒是很喜欢听到这种声音，可是热气球上的那位女士却将绳子抓得更牢了。

“你们怎么样，还好吗？”迪伦问夫妻俩。

“我们好不好没关系，”丈夫说道，“我们担心的是你。”

迪伦听后笑了笑。飞过树丛后，迪伦调整了热气球高度，慢慢下降，下面就是双向车道。现在他们已经离地面上的车子很近了，如果不是天色已暗，他们都能清楚地看到车内司机惊恐的表情。

看来伙伴们还没赶过来，不过，迪伦倒也没指望他们能这么快。

“屈膝，”迪伦对他的乘客们说道，“抓牢绳子。”

热气球缓缓下降到地面，受风力影响，在草地上滑了几英尺，然后停了下来。鉴于他们面临的状况，这个着陆还是很漂亮的。吓得两脚发软的夫妻俩相互拥抱，露出了笑容，如释重负。

好几辆车停在安全岛附近，司机和乘客们纷纷下车，想看看究竟发生了什么事。这时，迪伦看到了亚历克斯的卡车。他刚到，车就停在那几辆后面。再后面就是布莱恩的货车了。

“我们的后援到了。”迪伦对夫妻俩说道。布莱恩拽着绳索，亚历克斯支好活梯，以便夫妻俩能走下热气球。

“真不知道你还要我们过来干什么。”布莱恩对迪伦说道，承认他的单人着陆表演很成功，很安全。

“有时我自已也想不通呢。”迪伦开玩笑地说道，然后帮助夫妻俩走出热气球。

双脚重新踏上大地后，一帮人打开香槟庆祝成功。路上的行人在远处充满敬意地望着。迪伦知道，不出几天，他们中就会有人打电话预约，找他进行热气球旅行了。

夫妻俩坐上布莱恩的车，准备返回仓库，然后开自己的车回家。

迪伦和亚历克斯摸黑拆除热气球，迪伦时不时瞥一眼手表。他今晚有个约会，对象不是贝瑟尼，这点他倒是可以肯定。不过他要是知道是跟哪个女人约会的话，反倒奇了怪了。

不要紧，迪伦边想边帮亚历克斯把热气球放进卡车。管她是谁呢，只要她到我家门口，不就知道了吗？

# 11. 生父

虽然罗德·吉丁斯已经不在国家航空航天博物馆工作了，但劳拉还是找到了她的新工作单位。

“真高兴接到你的电话，”罗德说道，“最近怎么样啊？”

“还好。”劳拉撒谎道。她不想谈及上次见面后发生的种种变故。“我想问一下……”

“你最近发现的‘布兰登号’彗星的最佳观测期什么时候开始呀？”罗德问道，“我听说这颗彗星会很好看呀。”

“希望好看吧，”劳拉说道，“明年夏天达到最佳观测期。”

“太棒了。”

“我打电话过来，是想请你帮个忙，罗德，”劳拉说道，“我想找个人，那个人去过你的派对，有好一阵子了，六年前吧。”

“啊？”罗德笑道，“我得先提醒你一句，我记性可大不如从前了。你想找谁来着？”

“迪伦·吉尔。”从自己嘴里说出来这个名字，劳拉感到有点儿不自在。劳拉不知道那天晚上有多少人知道她和迪伦溜进了楼上的卧房。

“迪伦·吉尔！你找他干什么……哦，你一定是想乘坐热气球了，是不是？”

“热气球？”

“难道不是吗？”

“嗯，不是。我找他有点儿私事。不好意思。”

“没问题。不过我应该没有他的私人电话，但我有他公司的电话。你等一下，我去包里找一下地址簿。”

劳拉听到罗德在包里翻找东西，然后是她翻看地址簿的声音。

“去年我丈夫过生日的时候，我带他去坐热气球了。”罗德说道。

“这么说，迪伦现在在经营热气球生意？”劳拉问道。这跟劳拉想象中爱玛父亲的职业不太一样，不过还挺有意思。

“嗯，你也知道，自打从航空公司辞职以后，迪伦就跟变了个人似的。”

面对这些零零星星的信息，劳拉完全摸不着头脑，心情变得沮丧起来。“我对他不是很了解，”劳拉说道，“我那时候不知道他在航空公司上班。”

“我不知道究竟发生了什么，可他很久前就辞职不干了，搬到葡萄酒之乡后，开始做起了热气球的生意。据我所知，他现在可以说是个花花公子。”

好吧，这可不是什么好消息。

“我给你读一下他的电话号码。”罗德说道。

劳拉记下电话后，赶紧挂断电话，拨通了迪伦的号码。

“无限可能热气球旅行公司。”接电话的是个男人，声音悦耳，一本正经。如果不是因为有点儿紧张，这个公司名肯定会惹她发笑。

“我想找一下迪伦·吉尔。”劳拉说道。

“我就是。”

“迪伦，我叫劳拉·布兰登。我们六年前在罗德·吉丁斯家的一次聚会上见过面。”

那边顿时沉默下来。“不好意思，”迪伦过了一会儿说道，“我已经没印象了。”

看来，事情并没有想象中那么容易。“呃……这个说起来有点儿尴尬。不好意思，我就这样突然冒出来，一股脑儿倒给你这些事情。”劳拉很紧张，语速飞快，“那天罗德刚搬进波托马克的新别墅，天还下着暴风雪。我们就在她家见面，然后……呃，然后咱们俩就上床了。我现在给你打电话是想告诉你，我现在有个女儿……那天晚上过后，我就怀孕了。爱玛，孩子的名字叫爱玛。然后，我就结婚了，我之前根本没计划着要找你，不过，我丈夫最近刚刚去世，爱玛的神经受到惊吓，说不出话来了。她的心理医生建议我找找你，看看你是不是……”

“等……等……等下，”迪伦打断了劳拉的话，“你慢慢说。从头开始说。你说我们……在罗德家上床了？”

“嗯，就在六年前。那天还下着暴风雪，我们差点儿被大雪困住了。”

“不好意思，我一点儿印象都没有了。你叫什么名字来着？”

“劳拉·布兰登。”劳拉这才意识到，自己那天晚上可能连名字都没有告诉迪伦，“我身高一米六五左右。浅灰色长头发。”

“你确定没记错人？”

“嗯，我敢肯定。”

“这么说，你觉得我就是你女儿的父亲？”

“我敢肯定她就是你女儿，绝对错不了。”

“会不会是你跟你丈夫生的？”

“我那时候还没结婚呢。”迪伦竟然认为劳拉跟他睡觉的时候已经是有夫之妇，劳拉心里觉得很不好受。不过，话说回来，劳拉那天晚上的所作所为确实也不怎么光明正大。“我那时候没跟任何男人交往。”

“可你刚才说你结婚了……”

“我是在那天晚上之后才结的婚。在得知我怀孕之后，一个朋友就娶了我。可是他几个月前刚刚去世，还有……”

“所以你现在需要给女儿找个爸爸，我就是那个‘备胎’？”

劳拉很讨厌迪伦说话的口气，真想把电话给挂了，但她还是忍住了。“爱玛的心理医生建议我看看她的亲生父亲——也就是你——愿不愿意跟她相认。医生觉得爱玛生活中要是能有个体贴的男性长辈呵护的话，病情可能会好转。”

“简直太荒谬了。”迪伦笑道，“我根本不认识你。你现在突然给我打电话，想让我照顾一个我根本不认识的小女孩。”

“她是你女儿。”

“我不觉得她是我女儿。我根本不记得什么时候见过你，更不记得跟你睡过觉。”

“咱们是不是至少找个地方谈谈呀？我们能当面谈谈吗？”

劳拉听到迪伦叹了口气。“我看没这个必要，”他说道，“如果你女儿真的生病了，我很遗憾，但我觉得自己也帮不上什么忙。我现在还有好多电话要回复，要不……”

“也许你确实帮不上什么忙，”劳拉说道，“可我想至少……”

“又有电话打进来了，”迪伦说道，“不好意思……劳拉，你是叫劳拉吧？祝你好运。”

迪伦说完就挂断了电话。劳拉手握话机，过了几分钟后才放下。她刚才就不应该打这个电话。要是她亲自过去找迪伦的话，迪伦可能早就已经认出她来了。要是见面了，迪伦不可能这么轻易就避开劳拉，逃避真相。可就从这通电话来看，这个家伙也不像什么好人。或许，没有他，爱玛会更好。

吃过晚饭，劳拉带爱玛去杂货店购物。雷死之前，劳拉每次带女儿出来，都得时时盯着她，要不然，爱玛就会到处乱走，尽拿些不要的商品，还会跑去跟陌生人说话。而现在，爱玛不是寸步不离地跟着劳拉，就是紧紧抓着手推车。她还想爬进手推车里呢，不过购物车已经装不下她了，劳拉也不允许她那样做。现在若有人跟爱玛搭话，爱玛就咬着手，赶紧转移视线。

“我们去买点儿桃子吧，宝贝儿。”劳拉边说边推着车朝农产品柜台走去。

如果自己是迪伦的话，会怎么想？看着爱玛挑选桃子，劳拉陷入了沉思。如果她是迪伦，一天突然有人打来电话，说她六年前就有个女儿，她会怎么想？她肯定会担心这人是不是要提起生父确认的诉讼程序。她肯定会认为这个女人陷入困境了，想要找个人负担孩子的生活费。

劳拉认真观察着女儿在商店里的一举一动，她发现女儿随时回避着店里为数不多的男顾客，每当有男顾客朝她们走来时，爱玛就会藏在劳拉和货架之间的狭小空间里。她以前也这样吗？这个小细节劳拉以前还真没注意。

男人会大喊大叫，男人还会自杀。

回到家后，劳拉又看了一眼迪伦公司的电话号码。没多想，劳拉拿起电话，再次拨通了那个号码。电话那头是录音服务，劳拉松了口气。劳拉把音量提高，脱口而出一个名字，苏珊·莱恩。她留言说她想预订一趟热气球旅行，庆祝自己四十岁生日。挂断电话后，劳拉望着镜子里的自己，不知道劳拉·布兰登怎么会做出这样疯狂的举动来。

## 12. 诡计

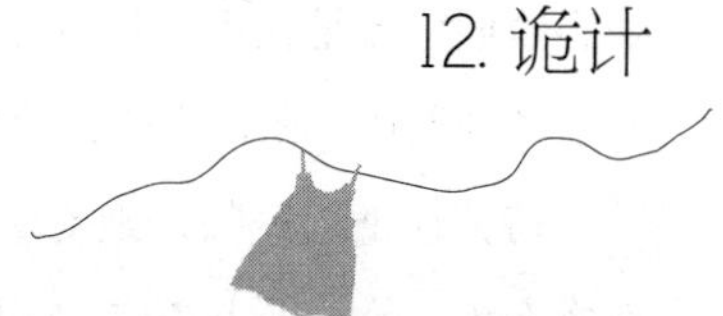

劳拉到葡萄酒之乡时，天还是黑的。迪伦让她在五点之前赶到他家，这样她就有机会在空中领略壮美的日出了。

“到你家？”劳拉很惊讶。

“所有装备都放在我家的仓库里，”迪伦解释说，“我有一片牧场，当风速合适的时候，我就在那儿起飞。”

从阿什顿湖驾车到迪伦家需要半小时，如果是白天，沿途的风光还是很美的。大半夜的，把爱玛独自留在家中，劳拉确实于心不忍。因此，劳拉前一天就把爱玛以前的小保姆雪莉从李斯堡接了过来，让她陪着爱玛。今天爱玛就由雪莉照看了。

劳拉把车停在路边，打开车顶灯，开始研究迪伦发给她的打印版路线图。再转个弯，就到他家所在的街道了。劳拉发动引擎，上了路。路边树林茂密，绵延不绝，就是在大太阳下，这里应该也十分阴暗。接着，劳拉看到了路线图中提到的信箱。信箱很普通，木制的，但是在信箱上方，一束隐蔽的灯光下，支着一个热气球，栩栩如生，也是木头做成的。

车道绕来绕去，走了半英里，劳拉终于看见了一座房子。路灯照亮了这段道路，连房子的窗户也闪闪发亮。车库前停着一辆货车，劳拉也将车停在那儿，下了车。听到右面传来声响，劳拉顺着声音望去，隐隐约约看到牧场那头有座仓库。有几个人站在牧场中央，劳拉猜想他们应该是在组装热气球。劳拉突然开始对这次热气球旅行本身有了些许期待。在这之前，劳拉的心思一点儿都不在热气球上。

待劳拉走近一些，她发现迪伦家其实就是个小木屋。不大，应该新建不久。劳拉走上楼梯，刚要敲门，迪伦就打开了门。

“苏珊？”迪伦问道。

劳拉一见迪伦，突然说不出话了。在前廊的灯光下，迪伦像极了爱玛。深蓝的眼睛，乌黑的头发。就是那一闪而过的笑容，劳拉也能在爱玛身上找到影子。最起码，爱玛曾经也这样笑过。

“是我。”劳拉说着伸出手，希望迪伦能认出她来，然而，迪伦只是礼貌地握了握她的手，脸上没任何表情。可能是过去的六年中，自己变化太大了。在房子的灯光下，劳拉看到迪伦两鬓已经开始发白，发际线也开始后移。迪伦穿着短袖连衫裤，有点儿蓝，又有点儿灰，胸前口袋上有个热气球图案。

“我的伙计们正在后面组装热气球呢，”迪伦对劳拉说，“过去看看吧。”

他俩一起朝牧场中央走去。“你只在清晨和傍晚起飞吗？”劳拉问迪伦，想缓解自己的紧张情绪。

“嗯。那时候的天气最适宜飞行了。”

“那要是碰到雨天怎么办？”

“下雨确实是个头疼的问题，遇到大风天气就更不好了。我有四成的预订飞行最后都得取消。”

“看来我还算走运。”今天清晨天气温和晴朗，“那你每天其余的时间都干什么呢？”

“睡觉啊。”迪伦笑着说道，“我几乎每天凌晨四点就得起床。”

他们走到牧场中心，热气球躺在地上，一个巨大的鼓风机正在往球囊里吹气。虽然劳拉看不清球皮是什么颜色，但却可以看到它如波浪般起伏。气球旁边停着一辆卡车，两个男人正在汽车的后保险杠边上忙碌着。

“嘿，亚历克斯，布莱恩，”迪伦招呼道，“这位是苏珊。”

这两个男人抬头看了看劳拉。至少从微弱的灯光下看，这两个人还很年轻。其中一个人留着长头发，脑后扎着辫子。另外一个则一脸浓密的络腮胡。两个人都戴着手套。

“现在感觉怎么样，苏珊？”其中一个男人问道。

“还行，希望你们别出什么差错。”劳拉回答道。

“我也希望他们别出什么岔子，”迪伦说道，“这是他们第一天上班。”

劳拉吓得往后退了一下。

“只是跟你开个玩笑，”迪伦拉住劳拉的胳膊，“他们跟着我干了好几年了。”

“哦，那就好。”

迪伦变得一本正经，一遍又一遍地向劳拉讲解在热气球里应该站在什么地方，可能会出现什么突发情况，以及遇到各种突发情况后应该怎么做。劳拉努力想要认真听他说，还不断地点着头示意，可就是无法集中注意力。劳拉心里每时每刻都期望迪伦能够认出她。

“准备完毕。”一个男人说道。

“先失陪一下。”迪伦说着从劳拉身边走开，向气球走去。迪伦点燃热气球吊篮里的燃烧器，一股蓝红色火焰冲向气球口。慢慢地，球皮晃动起来，升到半空，活像一头刚刚苏醒的巨兽。劳拉现在看清了，气球的个头大极了，球皮上还画着螺旋状的条纹格子。

等到气球膨胀着到了迪伦头顶，他就纵身爬进了气球吊篮。

三个男人读着飞前检查清单，一项项检查，劳拉就在一旁听着。过了一会儿，那个长着络腮胡子的男人在吊篮边上放了一架梯子。

“上去吧，”那个男人说着向劳拉伸出一只胳膊，“上吧。”

长胡子的男人扶着她的一只胳膊，让她往上爬，爬到吊篮边上时，迪伦从吊篮里伸手，抓住劳拉的另一只手臂。

“把脚踩在丙烷罐子上，”迪伦喊道，“对，就是这儿。”

劳拉先把脚踩到丙烷罐子上，然后踩到筐底上，按照迪伦的要求走到吊篮的一角。迪伦说什么，劳拉都跟着照做。

“没问题了吧？”迪伦问道。

劳拉点点头。

“起航！”迪伦向两个手下喊道。

那个长胡子的男人解开捆在卡车轮轴上的一根绳子，帮迪伦把绳子放到吊篮底部。迪伦向气球里面放了两把猛火，声音震耳欲聋。在这期间，梳辫子的男人一直扒着吊篮。然后，他也松手了，气球开始冉冉上升。

气球的上升过程没有劳拉预想的那么快，也没有想象中的那种剧烈晃动，只是一点点慢慢上升。东方的天空已经露出了旭日的色彩。

“真是太美了。”劳拉说道。她心想，这句话迪伦每天上班肯定都会听到好几十遍。

他们开始飘过树顶，吊篮里没有一丝晃动的迹象。除了偶尔发出的火焰声音之外，整个世界都悄然无声。

“找不到一个胆子大点儿的，敢跟你一起来庆祝生日的人吗？”迪伦问道。

“说句老实话，我只想单独乘坐这个热气球。”

“嗯，可以理解，”迪伦回答道，“独自一人乘坐热气球的感觉确实很特别，不过恐怕我必须待在上面陪着你了。我会尽量不打扰你的。”

劳拉本来一直在看日出，这时她把脸转向迪伦。金色的阳光照得他那双蓝眼睛更加清澈。劳拉想起了女儿脸上同样的眼神，这才想起自己来这里的目的。她深吸一口气。“迪伦，”她说道，“我没跟你说实话。”

迪伦扬了一下眉毛：“呃？”

“我不叫苏珊……”劳拉这时已经想不起来自己编的那个姓氏了，“我叫劳拉·布兰登。”

迪伦还是没反应。

“我上星期给你打过电话，”劳拉说道，“谈了谈关于我女儿的事情。”

迪伦脸上的笑容顿时消失了，眼睛眯成一条线。“我简直不敢相信，”他说道，“你到底在搞什么呀？”

这本来就不是什么好点子。除了愤怒，劳拉还能期望迪伦有什么反应呢？

“我知道那天在电话里你不相信我，”劳拉解释道，“只要你肯看一下爱玛的照片，你就知道我没骗你。”劳拉说着从衬衣口袋里取出爱玛的照片，双手抖动着要递给迪伦。迪伦不肯接。“哪怕只看一眼，你就知道她是你女儿。”劳拉恳求道。

“你真是个疯子，”迪伦喊道，“他们应该把你锁到精神病院去。”

“我知道。”劳拉手里还拿着那张照片，“这是我做过最荒诞的事情了。可是，我是清醒理智的，我发誓，而且……”

“我从来都没有见过你，”迪伦说道，“不客气地讲，我以后也不想再见到你。”他说着从腰带上取下无线电对讲机。

“呼叫呼叫，亚历克斯。”迪伦对着对讲机喊道，然后对劳拉说，“你觉得把我困在这里就行了吗？我就不得不听你说话了吗？不过，不好意思，你错了。”

“收到，气球请讲。”亚历克斯的声音在对讲机上嚓嚓作响。

“我们现在就准备降落。”迪伦说道。

“机械故障？”亚历克斯问道。

“没那么简单，”迪伦回应道，声音很坚决，“我几分钟后在戴尔·拉索家的果园着陆。”

“我们会赶到那里的。”亚历克斯回道。

迪伦把对讲机重新别到腰带上，劳拉说道：“对不起，我不应该这样做。”

“别跟我说话，好不好？没看到我正在工作吗？”

看来在降落期间，劳拉最好还是别说话为好。劳拉向气球飘浮的方向望下去，眼睛直盯着下面的树木。他们在树木上空飘浮，吊篮的底部擦着树叶。树木突然一下子从视线中消失了，一片果园映入眼帘，一排排整齐的藤架一眼望不到边。

两个男人正向他们即将着陆的地点奔来。过了一分来钟，劳拉才认出来这两个人正是亚历克斯和布莱恩。气球径直冲向一排藤架，劳拉吓得赶紧准备应对可能发生的碰撞。就在这时，迪伦猛地拉了一下吊篮边上的一根绳子，热气球马上坠落到地面，不偏不倚地落在两排藤架之间，干净利落，震动强度也完全在预料范围之内。不出几秒钟，鼓鼓的热气球就缩成了一堆五颜六色的球皮，散落在果园地上。

“你们帮她下来。”迪伦语调生硬地对手下人说道。

扎着辫子的男人又支好活梯。劳拉爬出热气球，双腿发软。

“布莱恩，你开车带她回去，让她开自己的车回家。”迪伦指挥手下人的时候连看都不看他们一眼。

劳拉看到亚历克斯和布莱恩互换了一下眼神，不明白老板怎么突然这么生气。

“遵命。”留着络腮胡的年轻人转身对劳拉说，“我们走吧。”

劳拉跟着他穿过果园，晨曦给葡萄藤罩上了一层朦胧的黄晕。

“在上面感觉不怎么好？”走到货车跟前时，布莱恩问劳拉。

劳拉点点头。确实不怎么好。

布莱恩为劳拉打开车门，劳拉上了车，系好了安全带。

“别难过，”货车开动后，布莱恩说道，“有时会出现这种情况。我女朋友在热气球上也会感到不适。我永远都不会再带她乘热气球了。”

“谢谢。”劳拉说完后，又陷入沉默。她宁愿布莱恩把她沉默的原因看成是身体不适，而不是尴尬和懊悔。

布莱恩把劳拉载到迪伦的小木屋后，劳拉跟他说了声谢谢，然后上了自己的车。开了一段路后，确定布莱恩看不到她了，劳拉踩了刹车。将头靠到椅子后背上，闭上了双眼，竭力控制着自己颤抖的双腿。自己刚刚就是个大傻瓜！迪伦的确是个浑蛋，可劳拉也不能全怪他。他肯定以为自己被一个疯子困在空中了。

几分钟后，劳拉再次发动引擎，车子缓缓前行。到了上面支着木制热气球的信箱前，劳拉又停了下来。她从衬衣口袋里取出爱玛的照片，匆匆在背面写下自己的电话号码。接着，劳拉打开车门，走到信箱旁边，将照片丢了进去。

## 13. 照片

迪伦正在厨房给三文鱼上调味汁，听到门开的声音，他抬头往客

厅方向看了看。“嘿！”迪伦露出笑容，“看到你真高兴，亲爱的。”

“我也是。”贝瑟尼说着走进厨房，怀里抱着个纸袋子，亲了迪伦一下。

“我现在不能抱你，”迪伦说道，“手上有调味汁。”

“嗯，我带了甜点。”贝瑟尼说着从杂货袋中取出了几盒班杰瑞冰激凌，迪伦忍不住笑了。贝瑟尼知道他的弱点是什么。

“我还拿来了你的邮件，你今天显然没去看信箱。”贝瑟尼说着将一沓信封和邮寄的广告宣传单放在厨房台面上。

“谢了。”迪伦在水槽洗了洗手，轻吻了贝瑟尼一下。

“哎，这是什么呀？”贝瑟尼拿起信堆上的照片问迪伦。

迪伦盯着那张照片好一会儿，心头的怒火又升了上来。

“你在哪儿找到的？”迪伦问，“在信箱里？”

“嗯，它就躺在那儿。她是谁？”

“我不知道。”迪伦说着将照片正面朝下，扔到那一堆信件上，就在这时，他发现劳拉·布兰登还在照片上留下了她的电话。

贝瑟尼还是一脸的不相信，但她也没多问。迪伦还是很欣赏贝瑟尼这点的。

这些年交往过的女人当中，迪伦最喜欢的还是贝瑟尼。她是个美人坯子，除了拥有自己的摄影事业，她还是个兼职模特，迪伦喜欢翻看贝瑟尼在《华盛顿人》杂志上的照片。贝瑟尼有一头乌黑亮丽的短发，一身健康的巧克力色肌肤。更重要的是，贝瑟尼了解迪伦，比他交往过的任何女人都了解他。她知道迪伦不喜欢束缚；在这点上，迪伦已经十分明确地表达了他的看法。贝瑟尼也知道迪伦还会跟别的女人约会，她自己也可以有别的男性朋友。不过，迪伦还是担心贝瑟尼虽然嘴上说无所谓，可心里却有自己的小想法。贝瑟尼才三十一岁，她肯定想结婚，想有个家，然而，迪伦只想过好自己的小日子。她要的是爱情，可迪伦能给她的只有恋爱的感觉。迪伦坦白自己的这些想法，确实有些残忍，但贝瑟尼是不是只是表面上表示理解，实际上却希冀他有所改变，迪伦就不得而知了。迪伦不止一次地告诉贝瑟尼，如果她想要的是婚姻，是承诺，那她就找错人了。

不过，有一件事，迪伦妥协了，那就是他向贝瑟尼保证，她是他唯一的恋人。贝瑟尼说她不能同时跟几个男人有性关系，因此她希望这对她的另一半也同样适用。事实的确如此，倒不是因为同时有几个性伴侣会让他饱受道德的煎熬，而是因为迪伦承担不起这样做的健康风险。在这一点上，迪伦确实有点儿难以捉摸。他是想过一天算一天，不在乎明天会怎样，但可别中途染上艾滋病或是别的什么疾病，那可就真倒霉了。他俩只有彼此一个伴侣——起码性关系上是这样——这点让迪伦很安心。

贝瑟尼在准备沙拉，用微波炉烤了土豆，迪伦则在屋前的露天平台上烤鱼。院子大树底下有张室外餐桌，他们做完饭后点燃香茅蜡烛，驱赶蚊虫，然后就吃了起来。

迪伦已经两个星期没见贝瑟尼了。今天的贝瑟尼看上去格外动人。吃饭时，迪伦的眼睛一刻都没离开她。吃罢晚饭，迪伦将餐盘放到洗碗槽，把贝瑟尼拉进卧室。他们亲热了一番，迪伦觉得有什么不对劲儿。刚才吃饭的时候，贝瑟尼就默默不语，现在亲热起来也一声不吭。虽然迪伦很想倒头就睡，可想来想去最好还是问问她吧。

迪伦用枕头撑起脑袋，好看见墙对面的鱼缸。迪伦在卧室和客厅之间的墙上凿开一个洞，把鱼缸安置在里面，这样从两侧都能看见鱼。这时候，客厅的光线隔着鱼缸折射进来，卧室的天花板上泛起点点蓝色水光。

迪伦抱着贝瑟尼。“有心事吗？”他问道。

贝瑟尼向迪伦身上靠了靠：“没，真没什么事。”

“我不信。”

贝瑟尼长舒了一口气。迪伦不知道她要说什么，只能做好准备听了。

“嗯，”贝瑟尼开口道，“我有点儿被你信箱里面那张照片吓到了。”

“吓到？为什么？”

“我不知道这张照片怎么会出现在你的信箱里。是谁放进去的呢？”

迪伦叹了口气。一条神仙鱼冲到水面，倏而又游回缸底，在陶瓷城堡里来回穿梭。“这个女人今天来乘坐热气球。”迪伦说道，“就她一个人。等到气球升到空中，我无处可藏时，她就跟我说我是她女儿的父亲。我甚至都认不出来她是谁——就那个女人。我认不出她的相貌，也想不起她的名字。我当然烦透了，起飞刚十分钟，就降落着陆了。肯定是她走的时候把照片塞进了我的信箱。”

“这么说来……”贝瑟尼说道。

“什么？”

“她的话可能是真的吗？”

“我不知道她想要搞什么。她女儿今年五岁，所以我跟她上床应该是六年前的事情了。我觉得我至少应该有点儿印象，是吧？你也应该知道我多么注意避孕吧。”

贝瑟尼沉默了一分钟：“可是那时候，正是你心情最不好的时候。”

迪伦不想往那方面想，可贝瑟尼说得没错。他很有可能在那时候跟某个女人有了孩子。他也有可能跟很多女人搞出了孩子。虽然他觉得自己很小心谨慎，可他那时候就是个酒鬼。什么事情都有可能发生。

“嗯，”迪伦承认道，“我那时候心情是不太好。”

“所以说，那个女人的女儿可能真是你女儿。”

“就算那个小女孩真是我女儿，我又能怎么样呢？那个女人说，她不是冲着钱来的。这还不错，因为我本来就没有钱可以给她。不过，我更没有父爱可以付出。”

贝瑟尼抚摸着迪伦的胸膛。“你觉得自己没有父爱可以给予，这么想是不对的。有时候，我在想……”贝瑟尼的声音降了下来。

“想什么？”

“我想你可以成为一个好父亲，迪伦。你很风趣，是个善良、体贴、真诚的男人。”

迪伦想起劳拉·布兰登说过体贴这个词。她说她女儿需要一个体贴的男人进入她的生活。

“我可没什么责任感，”迪伦说道，“你还没有发现吗？”

“或许，有一天你会有的。”

“贝瑟尼……我担心你对我的期望或许太高了，我满足不了你。”

“我知道。”贝瑟尼呜咽地说道。

迪伦伸开双臂，紧紧抱住贝瑟尼，他知道这个动作已经足够了。他能给贝瑟尼的，也只有拥抱。

## 14. 回忆·火车事故

萨拉·托利的房门上贴着的那张电影放映机图画的一角松动了。劳拉将它按回原处，接着按了一下门铃。她听见屋里电视机嚓嚓作响。不一会儿，萨拉打开了房门。

“嘿。”劳拉笑道。

萨拉也笑了笑。从她一脸茫然的表情不难看出，虽然这已经是劳拉第三次过来看她，可萨拉还是不敢肯定眼前的人是谁。

“今天又到散步的日子了吗？”萨拉问道。

“嗯，”劳拉说道，她很高兴萨拉还能记得这个，“我叫劳拉，您还记得我吗？我上个星期带您散过步。今天过来，是想看看您还想不想再跟我一起出去走走。”或许劳拉应该尽量每星期都找同一天过来。这样的话，萨拉心里多少还能有个盼头。

“嗯，当然可以了。”萨拉转身往房间走，引着劳拉进来。“我记得你呢，”萨拉说道，“你那天还带着一个男人的照片。”

“那是我父亲，没错。我现在带来几张很老的照片，您看看能不能认出年轻时的他。”

萨拉走到沙发前，拿起遥控器关掉电视机，回到劳拉跟前。她从劳拉手中接过照片，放到灯光下眯着眼仔细瞅着，然后皱皱眉头，直摇头。很明显，萨拉认不出照片里面的人，她感觉很失望。看到萨拉那痛苦的表情，劳拉真希望自己没有带这些照片过来。

“没关系。”劳拉说着将照片放回包里。她发现萨拉今天裙子穿反了。“我帮您重新穿好裙子吧，”劳拉说道，“然后我们就出去走走。”

“我的裙子？”萨拉低头看了看露在外面的浅色里子布，“哦，我穿反了吗？”

“嗯，我来帮您，好吗？”

萨拉费力地往下拉拉链，劳拉帮了她一把，真不知道她之前是怎么反着穿上去的。裙子从萨拉瘦小的身上滑落，滑过白色蕾丝内衣，接着，在劳拉的帮助下，萨拉这次穿正了。

“好了，”劳拉说道，“看来您已经穿上旅游鞋了，我们可以出发了。”

“我这几天每天都穿着这双旅游鞋，就怕那个女孩……也就是你过来带我出去散步。”萨拉说道，劳拉的心一下子绷紧了。原来萨拉一直在等她，她应该早点儿过来的。

走出养老院，萨拉和劳拉踏上了人行道。

“你家里人呢？”萨拉问道。劳拉一听萨拉竟然问自己问题，不觉吃了一惊。

“呃，我丈夫已经去世了。”劳拉回答道。

“哦，我丈夫也过世了。”

“就是你房间照片上的那个男人吗？”

“嗯，至少我觉得他应该是不在了。”

萨拉连这么重要的事情都记不住，劳拉顿时心中有点儿不是滋味。

“我有个女儿，年纪还小，”劳拉说道，“她叫爱玛。”

“爱玛。她现在几岁了？”

“她五岁了。”

“那她肯定很想爸爸。”

“嗯，她的确很想念她父亲。”劳拉沉思了片刻，寻思着萨拉的神志是不是清醒，“我过世的丈夫其实不是我女儿的亲生父亲，”劳拉说道，不知道萨拉能不能听明白，“她亲生父亲不知道自己有个女儿。”劳拉笑着摇摇头，“这说起来话可就长了。”劳拉自己都不明白她在说什么，觉得自己的第一句话就把萨拉搞糊涂了。

“嗯，那他是怎么说的呢？”萨拉问道，“你女儿的亲生父亲怎么说？”

“呃，我给他打了电话，他不想见我女儿。后来呢，就在昨天，我去乘坐了热气球，跟……太复杂了，说不清楚。”

“你就在其中一个热气球上？”萨拉抬头望着天空，好像她俩头上飘着一个热气球似的。

“嗯，他开了一个……他为别人提供热气球旅行服务。既然他不想在电话里面跟我说，我就扮成其他人，预订了一次热气球旅行。等到我跟他乘热气球飞到天空的时候，我就亮明了身份，想要让他看一眼他女儿的照片——爱玛的照片——但是他却很生气，然后我们就马上着陆了。事情的经过就是这样。”

“不像话。”萨拉说道。

“不像话？”劳拉吃惊地问道。

“嗯，你欺骗了他。在孩子这么重要的问题上，你都欺骗他。”

听到萨拉的批评，劳拉确实感到有点儿理屈：“我当时实在没有别的法子了。相信我，我现在真后悔自己去乘热气球了。”

“嗯，那你现在要去向他道歉，不是吗？”

“我看最好还是不要再想他了。”劳拉这时觉得萨拉比自己还要清醒。走着走着，萨拉停住脚步，朝劳拉四周看了看。

“咱们现在是在船上，还是在陆地上？”萨拉问道，“我有时候就忘了。”

“咱们在陆地上呢，”劳拉说着轻轻拍了拍萨拉的后背，“看见了吗？看见那边的树了吗？”

“哦，嗯。”萨拉又抬起头，仰望天空。“我第一次看见热气球的时候是在火车上。”萨拉说道。

“火车？”

“嗯，”萨拉说道，“我在火车上没有一个熟人。”

## 萨拉，1955

“看！”小男孩脸贴着火车窗子，用手指着远方。坐在男孩旁边的金发女人顺着孩子的目光望去。

“哦，啊！”女人说道，“有个热气球。不，还是两个呢！”

萨拉与这两个人之间隔着走道，无意中听到了这两人兴致勃勃的谈话。她忍不住探着身子，也向窗外张望。萨拉远远望见两个热气球，一黄一蓝。映着落日飘来飘去，看起来美极了。

“实际上有三个气球呢。”小孩座位后面几排的一个男人说道。

好奇的萨拉忍不住从自己的座位上起身，穿过走道，走到那个男人前面一排的座位坐了下来，好看个清楚。

车厢里一共四个人：那个女人和男孩，那位看见第三只气球的先生，还有萨拉自己。这位先生在费城上车的时候从萨拉身边经过，萨拉注意到他是因为他看起来太像詹姆斯·斯图尔特了。这位先生二十四五岁，瘦高个儿，面目和善，但说不上有多帅气。萨拉在贝永探望过家人，现在正准备坐车回华盛顿的家。在贝永，萨拉刚跟表亲姐妹看过电影《后窗》。她本来还在想这个看起来像詹姆斯·斯图尔特的人说起话来是不是也很像詹姆斯·斯图尔特，结果证明不是。这个男人的声音深沉自信。

“看见那个了吗？”男人趴到萨拉车座后靠上，指着偏北一点儿的方向。

“哦，真是！”萨拉也看到第三只热气球了。这只气球紫中透白，跟落日的颜色相似，几乎跟天空融为一体。“要是能坐到气球上，感觉肯定特别好。”

“嗯，我觉得也是。”男人说着回到自己的座位上。萨拉听见他翻看报纸的声音，然后自己也回去接着看书了，偶尔瞟一眼气球，直到它们淡出视线。

天色已经黑了，萨拉沉浸在自己的书中。就在这时，列车突然剧烈向左颤动起来。小男孩惊叫了一声。

“这是怎么……”那个看起来很像詹姆斯·斯图尔特的男人还没说完，车厢又开始向右侧剧烈颤动起来，紧接着是一声刺耳的刹车声。萨拉感觉到了列车正在车轨上颠簸。顷刻间，萨拉跟车厢里的几个人从座位上跌落，碰到车座，被掉下的行李撞来撞去。萨拉一头撞到过道对面的座位上。那个男人的报纸从她面前飞过，接着小男孩的玩具车也越过了她的头顶。萨拉吓得想喊，可喉咙好像被什么东西塞住似的，发不出声来。车厢里的灯光忽闪了几下，全都灭了，车厢顿时陷入了一片漆黑。

没过几秒钟，车厢就停止了晃动。透过外面微弱的亮光，萨拉知道车厢已经倾翻了。她趴在车顶上——现在已经成了车底——吊袜带露在了裙子外面，鞋子也不知去哪儿了。

“大家都没事吧？”男人问道。听声音，他应该就在萨拉身后的某个地方。

萨拉赶紧把裙子拉下来，试着慢慢坐起来，检查胳膊腿有没有摔断或者扭伤。“我觉得应该没事。”萨拉回答道。

“多尼？”蜷缩在车厢角落的女人喊道。

“我出不来了。”小男孩的声音从萨拉身边传来。

“你没事吧，夫人？”男人朝车角的女人走去。

“没事。”女人小心翼翼地站了起来，想在车顶上保持平衡，“但是多尼，你在哪儿呢？”

“他在这儿呢。”萨拉跪在地上。透过昏暗的光线，萨拉看见小男孩被困在行李架和变形的车顶之间了。“你没事吧，宝贝儿？”萨拉问道。

那个女人跟男人跌跌撞撞地朝萨拉和小男孩走来。

“哦，多尼，”女人喊道，“你伤着没有，宝贝儿？能出来吗？”

男孩哭了起来。光线太暗了，看不出来他有没有受伤。

“我出不来了，”多尼抽噎道，“我想出去！”

“我们会把你弄出来的，孩子。”那个男人说道。他用力抬了一下行李架，可怎么也搬不动。

男孩呜咽了一声。“我好怕！”男孩喊道。

“不会有事的，宝贝儿。”女人安慰小男孩。

“我们需要找点儿东西支住行李架。”男人说道。

萨拉想起刚才自己的行李箱飞过了车厢，于是她爬过去摸索着找到了行李箱，拖过去递给男人。

“太好了！”男人说道。

有了萨拉的帮助，男人开始慢慢地撬行李架。他把行李箱放到行李架和车厢顶之间，向小男孩的方向缓缓挤动，行李架与车厢之间的空隙越来越大。

“是细菌炸弹吗？”多尼问道。

“不是，宝贝儿。”金发女人说道。她轻声对萨拉和那个男人说：“有人跟他说苏联人要向我们投炸弹，所以他一直处在恐惧之中。”

萨拉心想，这个小男孩可不是唯一一个害怕苏联炸弹的人。萨拉家附近有三个邻居都在后院建起了防空洞。

“多尼，”女人说着抓住男孩的手，“还记得天空那些漂亮的热气球吗？想象一下，我们现在就在热气球里面呢。好不好？”

真是个聪明的想法，萨拉暗自赞叹。

“可是我们没有在气球上啊。”多尼哭着说道。

“你演技很好的，不是吗？”女人说道，“想象一下，我们现在不是困在车下，而是坐在气球上呢。太阳正在落山，周围的色彩美极了。你在气球上能看到什么呢？”女人声音很让人宽慰，正在忙着救小孩的萨拉感觉自己和那个男人也顿时平静了下来。

“我看见我的新家了。”男孩说道。

“对了！”女人说道，“看见你新的家人了吗？他们看起来怎么样？”

“看起来很小，这个地方太高了。”

女人笑了，听起来像是松了口气。看来多尼还能开玩笑，不错。

“好了。”这个男人说道，终于把行李箱挤到了合适的地方。

“能出来了吗，多尼？”萨拉问道，“慢慢往外挪。”要是男孩受到什么伤害的话，萨拉可不想让他的伤势进一步恶化。

过了一分钟，男孩从挤压的空间中爬了出来，扑到女人的怀里。刚才那个女人跟男孩说“新的家人”，萨拉猜想这个女人并不是男孩的母亲，不过看来能把男孩抱紧在怀里，她宽慰了不少。萨拉也伸出手，抱了抱这个潸然泪下的金发女人。

“我是护士，”萨拉说道，“让我给孩子检查一下，看他有没有受什么伤，行吗？”

“嗯，好的，谢谢。”

光线太暗，看不太清，不过看起来多尼好像安然无恙，至少没什么皮肉伤。萨拉给孩子做检查，男人则过去试探车厢两侧的车门能不能打开。

“两个门都关得死死的，一个都打不开。”男人对萨拉和那个女人说道。

萨拉远远地听到了汽笛声。过了一会儿，火车外面就挤满了救护车和警车，车灯照得车厢通明。在倾翻的车厢里，被困的四个人可以看见整辆列车了。只见大部分车厢都侧躺在地上；还有少数几节车厢跟他们的车厢一样，底朝上倾翻着。有几节车厢看起来好像被撞了一样，还有一节车厢从中间断开了。眼前的景象惨不忍睹，金发女人赶紧把小孩的脑袋藏到自己怀里，不让他看。

“这真是一场灾难！”男人说着从口袋里取出钢笔和笔记本，开始写了起来。

车窗外突然出现一名穿着消防服的男人，他敲打着破碎的玻璃。“有人受重伤吗？”他问道。

“没有，”那个看起来很像詹姆斯·斯图尔特的男人说道，“我们都没事。”

“那你们能在这儿等一会儿吗？”救援人员问道，“有几节车厢里面有些重伤员。我们会尽快赶回来救你们出去。”

“好的。”男人说道。救援人员走开后，他转向两个女人。有辆救护车的灯光照射进来，现在已经可以看清两个女人的脸庞了。“希望你们别介意。救援人员说前面有重伤员，我们没什么事，起码没什么大碍。”

“我们还算安全。”金发女人坐到了行李架上，怀抱着男孩，“还可以再等等。”

萨拉坐到这个女人旁边，借着灯光仔细打量着男孩。小男孩看起来安然无恙，他眼泪汪汪，昏昏欲睡。

“那个，”这个男人也坐到对面的行李架上，“我叫乔·托利，是《华盛顿邮报》的记者。”原来是记者，怪不得他膝盖上放着笔记本，手里还拿着笔。“两位女士这是要去哪里呀？”

“去华盛顿，”萨拉说道，“我刚回新泽西州老家探亲，现在住在华盛顿特区。”

“跟你丈夫住在一起吗？”男人挑起一只眉毛问道。

“不是，”萨拉笑道，“这不关你的事情吧。我在慈爱医院上班，是个护士。我叫萨拉。”

“我叫安，从事社会工作，”那个带着孩子的女人说着把嘴唇贴到男孩的额头上，“我们要去弗吉尼亚州，带这个小家伙去见领养他的新家庭。他经历的不幸已经够多了，今天又遇上这种事情。”

女人眼中饱含泪水，萨拉轻碰了碰她的手臂。安这么有爱心，萨拉深受感动。

“你这么关心这些孩子，那你还怎么做你的工作啊？”萨拉问安，“面对小男孩遭遇的不幸，你比他还难过。”

安笑了笑。“这的确是个问题，”她说，“我做这一行也才几个月，主任说这份工作不适合我。我太爱孩子了。”

“要让我说呀，像安这样的人才应该做那样的工作，”乔·托利说，“只有真心喜欢孩子的人才能做好这份工作。”

“但是这对安来说太痛苦了，”萨拉说，“作为孤儿院的看护人，如果她们什么都跟孩子们感同身受的话，那她们得多难受啊。”

安点了点头：“是的。你说你是护士，对吗？那你一定能理解我的心情。”

车厢外人声鼎沸。一辆救护车扬着喇叭，声音渐远。

“我是个心理医生，”萨拉说道，“我能懂你。当看到病人时，总会情不自禁地把病人当作自己。你必须小心翼翼，保持客观，要不然，你就什么也帮不了他们。

“你说话真像我们主任。”安说道。

“我不懂。”乔注视着小男孩，“我觉得小多尼是幸运的，因为陪他渡过这个难关的是安，而不是某个冷冰冰的、不关心他死活的老蠢货。”

“嗯，主任说我是因为没有自己的孩子，所以给这些孩子倾注了自己的母爱。”说到这儿，安低头看了看趴在自己腿上已经睡着的多尼。

“你结婚了吗？”萨拉问她。

“没有。我今年已经三十四岁了。”安对萨拉耳语道，声音很轻，就像在向萨拉透露小秘密似的。安比萨拉大两岁。不过，跟萨拉不同的是，安认为她总有一天会踏入婚姻的殿堂，而萨拉却从未奢望过会有这么一天。

“跟那些精神上有疾病的人相处，感觉如何？”乔问萨拉。

“不容易，可是很值得。有挑战但却让人振奋。”

乔脸上露出了笑容：“嗬，还真是丰富啊。有没有很危险的病人？”

“也有。”

“那你不怕吗？”乔问萨拉，“有时候会不会很反感？”

“没有。我会告诉自己他们这样做是有原因的。我会去了解他们的生长环境，了解他们在人生路上的不幸遭遇。我想知道是什么事情给他们的心灵留下了创伤，使他们崩溃。然后，我自然而然地就开始同情他们。”

乔面带微笑，用温柔的眼神看着萨拉，萨拉顿时感到脸上热辣辣的。

“这么说你在《华盛顿邮报》工作？”萨拉问乔，急于将大家的注意力从自己身上移开。

“嗯，我确实走运，”乔说，“之前我也在一些小报社待过，不过去年我终于敲定了这份工作。”

“那你都写些什么文章？”安问道。

“有时候会写社论专栏，有时候写新闻报道。偶尔也会写个电影评论什么的。我最喜欢的就是写电影评论。”

“啊，那你有没有看过《朱门巧妇》？”萨拉坐在行李架上，忍不住朝前凑了凑，“我已经迫不及待地想看那部电影了。”

“嗯，我已经看过了，很不错，你可千万别错过啊。”乔对萨拉说道。

“我去年看了《向上帝挑战》，”萨拉说道，“太震撼了。”

“看来我俩喜欢的差不多嘛。”乔对萨拉说道。萨拉又看到了那双会笑的温柔眼睛，两片红晕顿时飞上脸颊。

“在你写的文章里面，你觉得最棒的是哪篇？”萨拉问，“也就是你最满意的那篇。”

“可能没有哪篇是最满意的，”乔说道，“不过我很喜欢用独特的视角写文章。报道新闻时，我总想要挖掘出人性的那一面。我不是那么痴迷于客观事实。所以我喜欢写社论。要我写文章而不能掺杂个人感情，那真是太难了。”

三个人继续聊着天，小多尼还在熟睡。萨拉心里暗想，在如此短的时间里，大家就变得这样亲密，真是太奇妙了。萨拉觉得自己跟乔和安两个人就像是一辈子的老朋友，而且这两个朋友她都很喜欢。她甚至觉得自己爱他们俩，不过萨拉也知道这种想法滑稽至极。虽然明知这样，他们身上的温暖和散发出的人性光辉，还是让萨拉感动。后来，当救援人员成功进入车厢，救出他们时，萨拉心里却感到莫名的失落。她知道，从那一刻开始，她和她的同伴们就要踏上各自的人生旅途了。

三人分手之前，乔的笔记本派上了用场，他们互留了姓名和住址。最后，他们给彼此一个真诚的拥抱，朝各自的救护车走去。

两天过去了，萨拉还对火车上的几个同伴念念不忘。就在那天，她在《华盛顿邮报》上读到了乔就两天前发生的事故写的社论。乔提到在灾难面前，陌生人变成了朋友，他说灾难将三个成年人、一个小孩的命运紧紧相连，他还说每个人都是那么善良、那么关心人，整个场面十分令人感动，最后大家离开的时候，都怀着“对车上陌生人无限真诚的爱”。

“如果我们的邂逅都发生在生死攸关的时刻，彼此之间因而变得亲密，不用担心什么，自然而然，”乔写道，“我们的世界就会变得更加美好。”

开车从米多伍德村回家的路上，劳拉满脑子想的还是那节倾翻的车厢，那趟倒霉的列车。萨拉讲故事的水平真是一流。她把灾难现场描述得活灵活现，劳拉轻而易举就勾画出了当天的情景。

围湖一周的树丛一角，有一排信箱，劳拉将车停在了那儿，取出自己的邮件。信箱里没几封邮件，回到车上，劳拉打开了那封看起来不像是账单的邮件。细长的白色信封，前面赫然印着她的名字。打开信封后，雪白的纸片上就只有短短一句话，还是打印的：别再管萨拉·托利的事情了。

劳拉看了看信的背面，空空如也，再翻看信封，也没找到寄信人，上面只有费城的邮戳。劳拉背脊一阵发凉。这封信会是谁寄过来的呢？为什么？

劳拉盯了这张纸不下一分钟，眉头紧锁。这太离谱了。劳拉很恼火，将信扔到了车后座上，发动引擎，穿过树丛，朝家驶去。不管寄信的是何方神圣，他算是打错如意算盘了。太迟了，劳拉已经对这个陌生的女人产生了好感，她也不忍心将萨拉再次推入孤独的深渊。

# 15. 电话

贝瑟尼把照片拿到迪伦家的时候，迪伦就应该把它丢进垃圾桶。可迪伦没有扔，只是若无其事地放下了。每次从厨房走进走出，迪伦都会瞥一眼放在台面上的照片，然后扭头走开。他没有把照片丢掉，但也没有看。他怕一看这张照片，自己现在这种玩世不恭的生活方式就要彻底改变。迪伦怕看到照片上的人。

一天下午，迪伦正在做火鸡三明治时，突然放下刀，不由自主地拿起了那张照片。这是一个小女孩的写真照——一个漂亮的小女孩。这个孩子是迪伦的。迪伦仔细打量着照片，一看就是他的骨肉。她跟迪伦的妹妹小时候一模一样。乌黑的头发，左眉毛向上弯，嘴唇饱满。还有迪伦家族遗传的蓝眼珠。迪伦每次照镜子，都能看见自己的蓝眼珠。看着照片上这个小女孩的眼睛，迪伦仿佛看到了镜子里的自己。

迪伦放下做了一半的三明治，将照片放进衬衫口袋，走到屋外的露天平台，躺在吊床上。暖风吹来，头顶的树枝轻轻摇曳。

好吧。他是跟别人睡过了。现在照片也看过了。一切都知道了。可又怎么样呢？

迪伦没有骗劳拉·布兰登，他确实不记得她了，但那个派对和那场暴风雪他确实有印象。派对是为了庆祝罗德乔迁新居，那栋大别墅起码有五六个迪伦的小木屋那么大。罗德家宽敞的别墅，迪伦至今仍记忆犹新，但那夜发生的其他事情迪伦就记不得了。贝瑟尼说得没错，他那段时间心情确实糟透了。

迪伦的很多朋友都在一次坠机事件中丧生，其中包括一直跟他同居的凯蒂。迪伦往常并不怎么饮酒，但在事故发生后几个月里却变成了酒鬼，每天都喝得酩酊大醉。在那几个月里，他天天靠酒精、香烟和性来麻醉自己。管他什么东西，只要能让他忘却痛苦就行。

迪伦从口袋里取出照片，又看了起来。从这孩子脸上的笑容，一下子就可以看出她是吉尔家的孩子，绝对错不了。这么看来，这还真是迪伦的孩子。就算真是他的孩子，迪伦也不一定要做什么。听起来，劳拉好像并不缺钱。迪伦从来没有想过要孩子——起码在凯蒂死后就没想过。迪伦不想承担养育孩子的责任，不想承受可能失去亲人的痛苦。但这个孩子就在这里，在照片里眼巴巴地看着迪伦。迪伦一看到孩子在照片中的眼神，就什么都知道了。

在接下来的几天里，迪伦试着埋头工作，让自己忙个不停。可不管做什么，他都会不时地把照片从口袋里掏出来，提醒自己有个女儿。

一个闷热的午后，迪伦从仓库出来，想回小木屋给瓶子灌水。他隐约知道自己可能要去打电话。经过水槽边时，他没有停下脚步，继续往前走，然后取出照片翻过来，拨通了照片背面的电话号码。

劳拉·布兰登刚刚接通电话，迪伦就听出了她的声音，一丝厌恶顿时涌上心头。劳拉欺骗过迪伦，他现在还有点儿生气。

“我是迪伦·吉尔。”迪伦说道。

“迪伦！”劳拉有点儿吃惊，“我真的很抱歉，我那天真是犯傻了。”

迪伦笑了笑：“别提那件事情了，我觉得自己那天也好不到哪儿去。”

“或许，我本应该给你写封信，而不是在几百英尺的空中，把这摊子事情一股脑儿丢给你。”

“唉，这个现在已经不重要了，”迪伦说着把照片翻过来，看着小女孩的脸庞，“重要的是，我最后还是看到了这张照片，我知道你一定没有骗我。她长得……我说不清楚，她的眼睛、眉毛，还有……我很想就当没这么一回事，可又做不到。我不知道你想要我做些什么，也不知道自己应尽的义务是什么，只觉得咱们有必要好好谈谈。”说出这些话的时候，迪伦的身子颤抖着，一丝恐惧掠过心头。

劳拉舒了口气。“你能这么说，我很欣慰，”劳拉说道，“我跟你说过，我不需要你的钱。我只是想看看你想不想跟她相认。这件事情现在变得很复杂。”劳拉无奈地笑着。

劳拉听起来有点儿紧张，迪伦竟然对她感到一丝同情。

“可是如果你不想这么做的话，我也可以理解，”劳拉接着说道，“要是我最后觉得你不应该见她的话，我希望你能理解。好吧，咱们至少见面谈谈吧。”

“好，那你想再过来我这边吗？或者咱们另外找个地方见面？”

“我看咱们一起跟孩子的心理医生见个面吧。她能给我们提些建议，看看到底怎么办好。”

“她……你女儿叫什么名字来着？”

“爱玛。”

“爱玛现在正在接受心理治疗？”

“嗯，我之前跟你提到过，但估计你没有听进去。”劳拉的语气中并没有责备的意思，“她爸爸……她的养父，也就是我丈夫，今年一月去世了……”

“我记得你跟我说过这个……”迪伦插话道。迪伦从小没有父亲，所以才对这件事情这么用心。

“爸爸的死让爱玛很受打击，所以她到现在都还没有说过话呢。”劳拉说道。

“你的意思是说，爱玛到现在还没学会说话？”

“我是说，她现在不说话，什么都不说。有时候她会做做手势，或者点点头，仅此而已。”

“已经过去几个月了，她一直都是这样吗？”

“嗯。”

“在你丈夫去世前，她……正常的时候是什么样的呢？”

劳拉笑了笑：“正常时候，她简直就是个惹人烦的‘话匣子’。”

“可怜的孩子，”迪伦说道，“这么说，她现在真是性情大变了？”

“这对孩子来说，打击实在太大了。”

“哦，那咱们什么时候能够约到心理医生？”

“我已经约好了这周五下午一点跟她见面，你那时候有空吗？”

周五可是大忙天，早上和傍晚都有人预约乘热气球。而且一点见面的话，迪伦就睡不了午觉了。没啥大不了。“我没事，”迪伦说道，“你把地址告诉我吧。”

# 16. 回忆 · 新婚

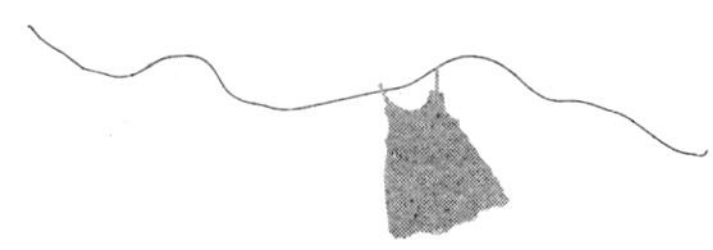

劳拉走到萨拉门口，刚要敲门，萨拉的护理凯罗琳就看到了她，并从大厅朝她走了过来。

“哎，布兰登太太，”她匆忙赶过来，“能碰到你，真是太好了。”

一丝忧心涌上劳拉心头：“没事吧？”

“哦，没事。”凯罗琳气喘吁吁地说道，“我就是想跟你说声谢谢，谢谢你来看望萨拉。你的来访对她非常重要。”

“是吗？”劳拉有些惊奇。

“萨拉逢人就聊你们散步的事。‘咳，那天我去散步，看到过这个，还看到过那个’她常这样说。”

“真的吗？可我跟她就出去过两次呀。”

“对萨拉来说可是很难忘的两次。”

“不过她好像对我完全没有印象。”

“嗯，像她这样的病人，有这种症状是很正常的。不过你要相信我，萨拉最开心的时刻就是一周能跟你出去一次。”

劳拉犹豫了一下，然后从钱包里取出那封神秘信。她原本是想拿给萨拉看的，可在来养老院的路上，劳拉还是决定不给萨拉看为好，劳拉不想让她担心。现在，她把信递给了凯罗琳。

“几天前，我收到了这封信，”劳拉说，“你知不知道谁会寄这封信呢？”

凯罗琳盯着纸上的那行字，皱了皱眉头。“哦，天哪，不，”凯罗琳一阵战栗，“这真让人毛骨悚然。”

“我也想不出谁会寄这种信，”劳拉说道，“不过你刚刚提到萨拉跟病友们聊过我们散步的事……”说着劳拉望了望其他房间的门。一扇门上挂着粉红色的芭蕾舞鞋，舞鞋已经破旧不堪，还有一扇门上贴着圣伯纳犬的照片。“会不会其他病人眼红了，想用这种方式阻止我带萨拉出去？”

凯罗琳抬头看着天花板，好像在筛选可疑人选：“我真想不出来谁会做这样的事。我们这儿是有人嫉妒萨拉，因为她总是穿着得体，而且……嗯，她确实比有些女人优秀。可是她们应该没法儿打印这封信，更别说寄信给你了。”

“还有，”劳拉记起另外一件事，“信件是从费城寄过来的。”

凯罗琳摇了摇头。“那应该不是养老院的人寄的，”她说着把信还给劳拉，“不过，千万别让这封信就把你吓跑了。”

“你真的很关心萨拉呀，是不是？”

“所有的病人我都关心，”凯罗琳赶忙说，但她后面又加了一句，“不过确实，萨拉是个与众不同的女人。”

她俩又站着聊了几分钟。接着，凯罗琳走回大厅，劳拉按响了门边墙上的门铃。

萨拉打开门，看到劳拉，面露喜色。“我随时出发！”她说道，劳拉看到萨拉今天还是穿着运动鞋。

“萨拉，”劳拉说道，“今天我们先坐会儿吧。”

萨拉一脸疑惑，还带着些许失落。“好吧！”萨拉说着走到客厅另一头，坐到了沙发上。劳拉也找了把椅子坐了下来。

“我以后告诉你我过来找你的具体时间吧，好不好？”劳拉说，“这样的话，你就知道咱们哪天要去散步。我的到访也不会让你始料不及。而且，你也不会因为我没有出现而失望。”

“那太好了。”萨拉点点头。

“今天是星期三，我以后每周星期三过来怎么样？只要不下雨，我都过来，行吗？”

“星期三我们玩宾果游戏。”

“哦。这么说星期三不行了？”

“宾果是晚上玩的。”

“那就是说星期三我可以过来？”

“是的。”可萨拉脸上还是一脸茫然，“今天不是星期六吗？”萨拉问。

“啊，亲爱的，今天不是星期六。”会用*亲爱的*这个词，劳拉自己也没想到。她以前也从未这样称呼过别人。“不是，今天是星期三。你有日历吗？”

“没有。”

“我下次给你带一个吧，我们可以把星期三都圈出来。这样你就可以知道我哪天会过来。”劳拉心中暗想，以后的星期三，爱玛都得托付给艾莉森了，还不知道她有没有时间。

“很好。现在我们可以出发了吗？”萨拉像小女孩一样雀跃，劳拉不禁笑了笑。

“当然。”

就在她们朝门口走时，劳拉注意到厨房墙上挂着一本日历，上面显示的是上个月的日期。劳拉装作没看见。

一走出养老院，萨拉就脚步轻盈，快活得很。

“你还记得上次我们的谈话吗？我跟你提到我女儿生父的事，他叫迪伦。”走了一段路后，劳拉问萨拉。

萨拉眉头紧锁。“迪伦？”她问。

看来萨拉不记得迪伦了。“他是飞热气球的，”劳拉说道，“还记得吗？那天你还跟我讲了那场火车事故。”

“啊，火车事故，”萨拉说话了，“我在火车上谁都不认识。”

“对。”萨拉的困惑让劳拉心烦意乱，但她还是调整好自己的心情，去倾听这个老妇人重回清醒理智的声音。劳拉喜欢跟萨拉散步，跟萨拉在一起，劳拉能走进一个久远的年代，那个年代的萨拉是清醒的，也是理智的。

## 萨拉，1955—1956

萨拉刚给自己病房的病人配完药，前台小姐就来护士当值处了，她手里拿着花瓶，里面绽放着鲜红欲滴的玫瑰。

“萨拉·怀尔丁，”前台小姐喊道，“这些花是给你的。”

有那么一瞬间，萨拉觉得这肯定是谁在搞恶作剧。萨拉从来都没有享受过鲜花快递到她面前的待遇，一次也没有过。再说了，今天又不是什么特殊的日子。萨拉从护士学校毕业时，她父母倒是给她送过红罂粟和满天星。不过萨拉觉得那是父母想补偿她，因为他们没能亲自到场参加萨拉的毕业典礼。

“这是给我的？”萨拉边问边伸手接过花瓶。护士当值处四面都是玻璃，萨拉抱着花瓶，走到桌子后面。这时，她周围已经聚集了好几个同事。甚至几个病人都伸长了脖子，想看看谁是那个幸运的女孩。

“这花是谁送的呀？”一个叫保利娜的护士开口问道。

萨拉抽出夹在花束间的信封。打开信封，里面没有卡片，只有一张票。票面上写着《朱门巧妇》，星期六晚，六排三十二座。大家纷纷传看了这张票，但萨拉却没作声。

“究竟会是谁送的呢？”保利娜问道。

萨拉摇摇头。“不知道。”她回答道。其实萨拉已经猜到是谁了，不过她怕自己猜得不对，所以不敢去想。

“有人暗恋我们萨拉！”保利娜说着抱了一下萨拉。

“怎么只有十一朵玫瑰？”一位护士助理说道。

“这就怪了。”保利娜说着也数了数那束玫瑰。

萨拉盯着电影票。她老早就想看这部电影了，但这件事她只跟两个人说过。

自那晚火车上的遭遇以来，萨拉就一直对乔·托利念念不忘。她在报纸上读到乔写的那篇关于火车出轨事件的报道后，就开始留心他写的每一篇文章。从那以后，她每天都会把《华盛顿邮报》从头到尾翻个遍。萨拉想过给《华盛顿邮报》打电话找乔，只为了再听听他的声音。萨拉觉得自己简直傻极了，竟然喜欢上了一个不可能跟自己在一起的人。首先，他比萨拉年轻好几岁，太年轻了，其次他还那么有魅力。虽然萨拉人缘也不错，还很活泼，并且聪明能干，但算不上貌美。那天火车上的灯光有点儿暗，乔肯定没看清楚。可即使是这样，乔·托利会送她电影票和鲜花，怎么想都很荒唐。或许这些礼物是那个叫安的社工送的，她只是为了表示一下问候。也有可能确实是乔送的，只不过萨拉自己想太多了。乔是不会去看《朱门巧妇》的，他只是想买张票送给萨拉罢了，毕竟他已经看过这部电影了。而且乔也很小心，只送了十一朵玫瑰，而不是十二朵，要知道，只有十二朵玫瑰才代表浪漫。可它们的确是红玫瑰呀。总之，各种各样的可能性在萨拉的脑海中打转。想着想着，萨拉简直都快崩溃了！万一要是乔·托利怎么办呢？为了以防万一，萨拉决定星期六晚上去电影院，还要把自己打扮得漂漂亮亮的。

萨拉走进电影院时，乔已经坐在萨拉旁边的座位上了。他手中拿着第十二朵玫瑰，面带微笑地将花递给萨拉。萨拉坐到座位上，心怦怦乱跳。

“真高兴，竟然是你。”萨拉说着把借来的黑绸裙子往上拉了拉。

“你难道没有猜到是谁送给你电影票吗？”乔问道。

“我希望是你。”萨拉说道。她简直不相信自己会这么直白，一点儿都不含蓄。

电影开始了，但想到自己身边坐着这个男人，萨拉就心神不宁，没心思看电影。乔身上的味道很好闻，他外套的袖子就贴在萨拉袒露的胳膊上。萨拉暗想，*真是太不可思议了*。

到中间休息的时候，他们俩在影院大厅一边踱步，一边聊着电影。他们叙了叙旧，聊了聊彼此在火车上分别之后的情况。他们还猜想安和那个叫多尼的小男孩现在怎么样了。在乔身边，劳拉很自在。可是当乔停下步子，把脸转过来的时候，萨拉知道自己的容貌将在大厅的灯光下暴露无遗，她顿时感觉很不自在。

可乔依然满含深情地望着萨拉。他脸上一直挂着笑容，眼睛发光。乔在看她，面对面盯着她，好像被她的容貌给迷住了。萨拉感觉越来越好。等到电影结束，萨拉就跟换了个人似的，充满了自信。

电影结束后，乔带着萨拉来到一家小咖啡馆喝咖啡，吃夜宵。他们聊彼此看过的影片。萨拉喜欢的每一部电影，乔竟然都看过，萨拉还是头一次碰到这样的人。萨拉告诉乔，她读了他写的文章，并对每一篇文章提出了自己的看法。乔显然被萨拉颇有见地的想法吸引了，他边听边在本子上匆匆做着笔记。“你比我想象的还要有意思得多。”乔在聊天中说道。

虽然咖啡馆关门的时候已经很晚了，但萨拉并不关心时间，她只觉得意犹未尽。萨拉有太多的话想对乔说，好像攒了一辈子的话就是为了等到今天一吐为快。没想到乔好像也有同感。虽然乔已经告诉过萨拉，说他今年二十五岁，可当萨拉告诉乔自己已经三十二岁时，她一点儿也不担心乔会介意自己的年纪。

他们走出咖啡馆，走进温暖的春夜。他们俩穿过马路，走到公园，找了张长椅坐下，在星空下畅谈至第二天清晨。在这期间，萨拉去电话亭打了个电话，跟室友说自己没事，让她不用担心；乔也给家里报了个平安。乔说，妈妈听电话时很不高兴。不过他跟妈妈说自己正在写一篇重要的稿子。“有可能是我一生中最重要的稿子。”他这么说道。

从聊天中，萨拉得知乔的父亲几年前就过世了，他一直跟母亲和姐姐共同生活。听起来，乔的母亲和姐姐都很依赖他。“她们很守旧，让人受不了，简直就是老古董。”乔说道。他家里人信奉天主教，母亲和妹妹都是很虔诚的天主教徒，但乔却很少去教堂。乔说，有组织的宗教仪式对他来说并不重要。人们在日常生活中的行为，要比在礼拜天的行为更加重要。萨拉告诉乔，她家信奉卫理公会教。虽然萨拉几乎每周都去教堂，但她从心底里认同乔的观点。

此外，萨拉还向乔介绍了自己家的情况。她父亲十年前就去世了，没过多久，母亲也离世了。现在家里的亲人只剩下几个堂表兄妹。

乔从外套口袋里取出一支烟斗，点燃了。萨拉这才知道乔身上那股淡淡的烟香是从哪儿来的了。乔让萨拉尝了尝烟草的味道。萨拉喜欢自己的嘴唇碰到乔刚刚碰过的地方的感觉，不过萨拉在乔来不及提醒之前吸了一口，被烟呛到了，萨拉高兴地哈哈大笑，乔赶紧上去拍打她的后背。萨拉很享受乔帮她拍背的感觉。

乔说他想周游世界，最想去非洲，因为那里听起来很原始，令人向往。萨拉马上就幻想着跟他一起泛舟河上，就像影片《非洲女王号》里的赫本和博加特一样。萨拉很喜欢乔身上的这份野性。

乔开车把萨拉送回她的公寓。萨拉很不想下车，她舍不得离开他。萨拉不知道乔会不会吻他。出人意料的是，萨拉竟然没等乔探过头来，自己就靠了过去。不需要耍什么花招，也不需要躲躲闪闪。萨拉喜欢上了乔，想得到他身体的每一部分。

乔轻轻吻了萨拉一下，然后回过身子，冲她微笑着问道："嗯，这周日能不能不去教堂做礼拜了？咱们一起爬山吧。"

这只是个开始。从那以后，除了晚上几小时为了遵守礼节，两个人必须各自回家以外，他俩每个周末都一起度过。在工作日，他们也时常见面，而且每天都打电话。他们一起逛剧院，一起参观博物馆。一有新电影上映，他们准会一起去看。他们俩还一块爬山，一起骑着双人自行车在市区转悠。乔是个爱冒险的人，他喜欢走别人没有走过的路，也喜欢骑着自行车在路上横冲直撞，不过跟乔在一起待着，萨拉感觉很安全。他们两人发展出亲密、热烈、爱意浓浓的感情。这是萨拉以前从未奢望过的。

他们面临一个难题。不，事实上，两个难题。乔的母亲和姐姐。不管乔选哪个女人，她们俩可能都不会同意，她们需要乔，没他不行。萨拉的出现，更是对她俩的公然挑衅，她岁数比乔大，而且还不是天主教徒。另外，萨拉还担心她们会觉得相貌平平的自己配不上她们英俊的儿子和弟弟。虽然萨拉是乔眼中的美人，但她心里清楚地知道，别人可能并不这样想。

一天，萨拉说她跟乔的母亲和姐姐只有过几次简短的对话，还没什么真正的相处。萨拉想博得她们的好感，于是提议四人一起出去吃顿饭。

此次就餐由乔负责。他告诉萨拉，他选的餐厅叫"塞维利亚风情"，是一家温馨舒适的小餐馆，最适合安静地聊天。

等到托利太太和乔的姐姐玛丽·露易丝就座后，萨拉也坐了下来。她环顾一周，发现乔说得没错，这家小店确实很安静，也很温馨。餐厅里灯光昏黄，散发着低调的奢华。可是待萨拉细细看去，她发现昏暗的墙壁上挂着的都是裸体画。萨拉立刻意识到，乔带她们来这个餐厅是有目的的，乔要给她们点儿震撼。乔太坏了。不过，萨拉忍住没笑出声来。

乔的母亲和姐姐看来还没注意到墙上的艺术杰作。托利太太一进来就抱怨她们的桌位不理想，嘴一刻也没闲着。

"离厨房太近了。"她说道，可明明厨房转门离他们还有好几个桌子的距离。"哎哟，我的玻璃杯上有脏东西。"

"咱们真走运，"玛丽·露易丝低声咕哝，"服务生还是个黑鬼。"

看到服务生朝她们走来，萨拉不禁出了身冷汗，她希望服务生没有听见。

托利太太开始对服务生指手画脚，乔坐在萨拉对面，冲着萨拉直笑。萨拉搞不懂，乔这样一个活泼、爱说笑、大度的年轻人怎么会来自这样一个讨厌的家庭。

“啊，天哪。”玛丽·露易丝在服务生离开后低下了脑袋。她的脸变得通红，萨拉知道她肯定是看到墙上的那些画了。“妈妈，我都不敢看墙上的画了。”

托利太太马上朝自己左边的墙上望去，萨拉听到了她发出的厌恶声。

“你之前知不知道餐厅里有这种画？”托利太太问儿子，面露愠色。

“当然知道啦，”乔回答说，“我觉得这些画很特别。去年我来过这家餐厅，当时我就写过一篇文章。”

托利太太瞪了儿子一眼，然后看着她女儿，说：“我们走。”

玛丽·露易丝俯身抓住她母亲的手：“妈妈，菜都已经点好了，我看我们还是待着吧。”

托利太太闭上双眼，好像在积聚力量。终于，她睁开了眼，这次她看着萨拉，问她“照顾疯子的工作”感觉怎么样，萨拉听得出她在努力让声音听起来自然些。

“挺好的，”萨拉回答说，“我热爱慈爱医院的工作。”

“你能不能找份正常的工作，做个正常的护士？”玛丽·露易丝问萨拉，言语间还透着些许期待。

“我现在就是个正常的护士。”萨拉对她说。

“我的意思是，照顾那些，嗯，你知道的，那些真生病的人，而不是……你懂的。”

“我照顾的那些病人是真的生病了，”萨拉竭力保持着语调的平稳，“你只要跟他们相处一天时间，就会明白他们真的是无法控制自己的行为。”

“啊，你真以为是那样？”托利太太大叫道，“依我看，一个人只要家教好，衣食无忧，没受周围什么坏影响的话，肯定不会有精神问题的。”

“妈，您这样说就太可笑了，”乔说，“那您的老朋友杰克逊太太呢？您怎么解释？她为什么最后疯了？”说完乔转头看着萨拉，一脸歉意。“请原谅我措辞不当。”

“杰克逊太太不一样，”托利太太解释说，“如果她没嫁给那个懒酒鬼的话，她就不会出事。”

“上周在教堂您看到她了吗？”玛丽·露易丝问她妈妈，“头上盖着手帕，她还以为是帽子呢。”

“哦，我看到了，”托利太太说着把脸转向萨拉，“在你们的教堂，人们都不用戴帽子，是不是？”

“嗯，不需要。”萨拉回答说。

托利太太晃了晃头：“我看不见得。我猜是因为你们那边不懂什么是尊重人吧。”

“妈，”乔说话了，“您说话尊重点儿。”

“管好你自己就行了。”托利太太厉声喝了儿子一句。然后又转向萨拉：“他就是这样没大没小！估计只有到了你的岁数，他才能改掉这些坏毛病。唉，希望我能看到那一天啊。”

“妈！”乔这下真火了。萨拉从来没有见过乔这么生气。

“没事的，乔，”萨拉说道，“我没那么敏感。”可萨拉就是很敏感。托利太太的无礼让她心里隐隐作痛，她希望这顿饭快快结束。

不管乔的母亲和姐姐多么傲慢、无知，萨拉还是保持了自己的风度。至于她们问的关于精神病患者的问题，萨拉也彬彬有礼、充满善意地一一作答。不过，萨拉的心思早已飞到了墙上的艺术画，她决定不再理会另外两个女人。这的确是个逃离现实的好方法。

乔左肩正上方挂着一幅画，萨拉从没见过如此美丽的油画。餐厅灯光昏暗，可百无聊赖的谈话让萨拉眼前的这幅图画慢慢变得清晰。画面上有两个人，一男一女，赤身裸体，男的站在女的后面。只露出一条腿，可以看出他大腿丰厚结实。萨拉双眼直盯着他极具诱惑力的臀部，虽然看不到，可萨拉还是不禁浮想联翩。男人一只手放在女人乳房上，手刚好盖住了女人隆起的胸部，另一只手摸着女人婀娜的臀部。画上的女人很漂亮，一头披肩红发。女人的深色乳头，坚挺饱满。腹部下面那片三角区域男人伸手可触。

看着这幅图，萨拉感觉到自己的乳头也开始坚挺了。四人的谈话有一句没一句地进行着，突然，萨拉意识到乔正盯着自己。乔肯定知道她在看什么。他坏笑着，挑了挑眉毛，好像在挑逗萨拉。乔跟萨拉还不曾有过床笫之欢。不过现在，萨拉希望烦人的托利太太和她女儿以及其他的就餐者都赶快消失。她想脱光自己，和乔一起站在桌子上，摆出画中人的姿势。

吃完饭后，萨拉和乔向乔的家人道别，离开饭店，向萨拉的公寓走去。

“继续，”乔说道，“别忍着。”

萨拉一愣，还以为乔指的是她刚刚的激情。“忍什么？”她问道。

“关于我妈和玛丽·露易丝，你想说什么就说吧。尽管说，我能承受得住。”

“哦，”萨拉笑了，“不行，不能说你的家人。”

“说出来总比憋在心里好。”

“呃，首先，你是故意带她们到这家餐厅的。”

“我看你好像很喜欢这家餐厅嘛。”乔说道。

“店里的饭菜确实不错。”萨拉同意道。

“我可没说饭菜。”

萨拉又笑了。店里那幅图一笔一画她都历历在目，印在了心里。一想到那幅图画，萨拉就浑身发热。

“接着说，”乔说道，重新回到刚才的话题上，“再说说我妈和玛丽·露易丝。”

他们拐了一个弯，道路两旁都是联排别墅。“呃，她们有点儿虚伪、偏执、小心眼儿，肤浅得很，一点儿涵养都没有。”萨拉说道。

乔笑了笑。“你还有个词没说，‘犯贱’。”

听到乔用这个词，特别是用来说自己的母亲和姐姐，萨拉感到有点儿吃惊。不过她不得不同意乔的说法。“嗯，说得没错。”萨拉说道。

“你应付得好极了。”乔说着突然停在人行道上，转脸看着萨拉。他把手搭到萨拉的肩膀上，吻了她。“这是对你的一大考验。”他说道。

“可我输得一败涂地。”

“在妈妈和玛丽·露易丝看来，你也许是输了，但在我眼中，你是个大赢家。”乔将萨拉的手高高拉起，领着她走到最近的联排别墅门口台阶上。一时兴起的乔脱下外衣，放到最高的台阶上，示意萨拉坐下来。

萨拉瞥了一眼别墅的窗户，坐了下来，跟小女孩似的咯咯笑了。

"咱们这是干什么呀？万一要是有人走出来……"

"嘘，"乔单膝跪地，轻吻萨拉的手，"现在，我知道你可以应付我妈跟我姐了，"乔说道，"我敢向你求婚了。嫁给我吧，好吗？"乔问道，"嫁给我吧。"

萨拉顿时不知所措，她知道乔肯定会向她求婚，但没想到会这么早。就在刚才，他的母亲和姐姐还那么露骨地奚落她，嘲弄她的宗教信仰和职业。

"跟我在一起的话，你很可能会失去她们，"萨拉说道，"失去你的家人。"

"我爱她们，"乔说道，"尽管她们有点儿……所有你刚才说的那些毛病，她们都有。可是，我想跟你共度此生，而不是跟她们。嫁给我吧？"透过别墅走廊的灯光，萨拉看见乔炯炯有神的眼睛里充满了期待。

"我当然愿意嫁给你了。"萨拉说道。

萨拉的室友周末出去了，公寓里就她和乔两个人。萨拉给乔端上一杯茶，然后走进卧室。心怦怦乱跳的萨拉脱了衣服，套上睡衣，把乔叫了进来。

乔站在卧室门口，看见萨拉换上了睡衣，显然有点儿惊讶。他一言不发地靠在门框上，脸上露出一丝微笑。

萨拉解开睡衣，让它滑到地上，一丝不挂的她感觉公寓的空气有几分凉意。萨拉向乔走去，看着乔的眼睛在她身上漂移。

萨拉走到跟前，乔还不碰她。看样子，乔想要萨拉主动一点儿，而萨拉正有此意。她解开乔的衬衣扣子，脱了下来。然后解开他的腰带，拉开裤门拉链，不小心碰到了乔内裤下面硬硬的东西，这时，萨拉听到乔猛喘了一口气。他控制不住了，脱光身上的衣服后，乔疯狂地亲吻着萨拉的脸庞、脖子和肩膀。萨拉顿时浑身发热，酥软起来。乔紧紧贴着萨拉，萨拉感觉到了他的勃起。

然后乔摊开萨拉床上的被褥，将她轻轻放下，躺到她身边，不断地爱抚和亲吻着她。萨拉知道自己的人生终于完整了。

他们的婚礼就在一座卫理公会教堂举行。教堂不大，是萨拉多年来一直做礼拜的地方。乔的母亲和姐姐拒绝出席他们的婚礼，不过乔并不埋怨她们。有了萨拉的陪伴，乔似乎什么也不在乎了。

结婚后，他们去佛罗里达州度蜜月，到大沼泽地的外围找寻类似非洲的风土韵味。举行完小型的喜宴后，他们马上收拾东西乘飞机出发了。这是萨拉第一次乘坐飞机出行，她紧张地攥住乔的手，感受到他男子汉的力量。长大成人后的萨拉第一次有了可以依靠的人。想到这里，她不禁喜极而泣。她赶紧把头扭向窗户，不想让乔看到自己的眼泪，以免他会瞎想。

洞房花烛后的清晨，乔凑到萨拉身边。

"我有个结婚礼物要送给你。"他摸着萨拉的脸颊说道。乔下了床，走到梳妆台前。萨拉看着身材高大、帅气的丈夫朝梳妆台走去。只见乔从梳妆台最上面的抽屉里取出一只包裹着的小盒子，拿到床边。萨拉等着丈夫钻进被窝才打开包装。

盒子里面装的是一枚漂亮的金质胸针。萨拉拿起来，在手指间来回摆弄。

"这枚胸针的设计很有讲究，"乔说着从萨拉手里拿过胸针，"上面刻着咱们俩名字的首字母，看见了吗？"乔说着用指尖在胸针上轻轻滑动着，“这个‘J’代表我，这个‘S’代表你。[①]看见了吗？”

“哦，好漂亮啊！”萨拉说道，“哇，乔，谢谢。我会一直都戴在身上的。”

乔轻轻地将萨拉拥到自己身旁，亲吻着萨拉的秀发。“咱们俩的婚姻一定要超凡脱俗，萨拉，”乔说道，“咱们要一起去旅游，一起看电影，一起欢笑。你要每天都戴着这枚胸针。咱俩至少每个星期都去一趟塞维利亚风情，重拾激情。”

萨拉笑着，伸手将胸针放到床头柜上。然后，她把丈夫抱在怀里，希望在他们新婚宴尔的第一天，他们超凡脱俗婚姻的第一天，能跟乔这样抱着到永远。

等到萨拉说完她的故事，她们已经走到了养老院的门口。劳拉帮萨拉把门推开，萨拉看起来却有几分吃惊。

“是这儿吗？”萨拉问道，“我就住在这里吗？”

“嗯，”劳拉说道，“我们今天走的路可不少。”

“哦，天哪，我们的确走了很长一段路。”萨拉进了养老院的大门，然后将手高举到头上，做出一个胜利的手势。劳拉不禁想起了《洛奇》系列电影里面史泰龙的形象，忍不住笑了出来。

一进大厅，萨拉就指了指自己房间的方向，“是那边吗？”萨拉问道。

“嗯，没错。”劳拉跟着萨拉一起穿过走廊，生怕萨拉会走错房间。这时的劳拉不禁感到一种莫名的失落。萨拉讲起她跟丈夫亲密接

① 乔的英文名为Joe，萨拉的英文名为Sarah。

触的细节时，毫无顾忌，这让劳拉感到有点儿不是滋味。与其说不是滋味，倒不如说是嫉妒。是的，她嫁的男人也不错，但是却从未体验过萨拉口中娓娓道来的那种亲密的爱，那份热烈与激情。

“进来坐会儿吧。”两人走到门前时，萨拉对劳拉说道。

“今天不行，”劳拉说，“我得回去，接我女儿爱玛。”

“哦。”萨拉推开了门，“那我们明天见？”

“不，”劳拉轻声说道，“您还记得吗？我以后都周三过来。所以我们下周三见。”

“哦。”

劳拉看到萨拉脸上闪过一丝失望，抑或是疑惑，抑或两者都有，劳拉不确定。“我喜欢听你跟乔的故事，”劳拉说道，“你的生命中有乔，真是太幸运了。”

“嗯，”萨拉回答说，“我那时候确实很幸运，可惜命运总是变幻无常。”

## 17. 尝试

想到第二天迪伦·吉尔就要跟她和希瑟·戴维森见面，劳拉前一

天晚上夜不能寐。天亮后，劳拉差点儿忘了给爱玛准备早餐。不过，爱玛当然还是什么也没说，也没指出妈妈的不对。最后，劳拉给女儿做了抹着果冻的英式小松饼，倒了杯橘子汁。

“宝宝今天得快点儿吃，”劳拉对女儿说道，“吃完我带你去克莉家，妈妈有事要出去一下。”

爱玛停止咀嚼小松饼，眼里充满了警觉。

“克莉爸爸今天不在家，”劳拉说道，“他只有周末才回这里。”

爱玛如释重负，嘴又开始动了起来。

“克莉爸爸人真的很好。”劳拉加了一句。她知道女儿怕他，可她想告诉女儿，她的害怕是毫无根据的。

爱玛还是像往常一样慢吞吞的。劳拉最后不得不将松饼拿走。“去洗手，然后我们就出发。”劳拉对女儿说。

爱玛刚去洗手，电话就响了，劳拉盯着电话，没动。没时间接电话了，不过要是希瑟打来的怎么办，万一她要取消见面呢？劳拉想了想，还是拿起了话筒。

是雷出版社的编辑。他先是简短的自我介绍，劳拉连他名字都没听清。然后他就开始切入主题。

“听着，”他说，“我们需要您给我们寄一张雷的照片，图书的宣传和封面需要用到。您有他的照片吗？”

“嗯，有。我确信能找到。”劳拉手摸头发，努力回想近些年雷都照过哪些照片。大多数都是普通的家庭照。应该有几张他的单人照。“我能找到他执教时的照片。”劳拉说道。

“很好。您尽快寄给我们吧。还有，营销人员很快就会联系您，他们会问您很多问题。这本书能出版，我们都很激动。”这位某某编辑继续说道，“有点儿讽刺，但确实是这样，虽然这对您来说或许很残酷，但事实是，您丈夫的死让这本书更有价值了。可以说您丈夫是位烈士，他为他的事业献出了自己的生命。雷不是出于沮丧而选择了自杀，因为他觉得自己无能，面对街上那些无家可归的人，他无法做更多来帮助他们。能这样说吗？”

劳拉被弄糊涂了。什么烈士、事业的，劳拉一时都没有反应过来。

“唔，雷自杀是多方面的原因导致的。”*主要是因为我*，劳拉暗自想道。

“他都为那些无家可归的人做过什么？”

“你应该问问他没做过什么，这样比较容易回答，”劳拉答道，“他组织建成了一个帐篷区。他为那些无家可归的孩子开设了学习班。他还——”这时，劳拉看到爱玛回到了厨房门口，她低头看了看手表。“他做了很多事，一时半会儿说不完，”劳拉对编辑说道，“我可能没时间说了。我马上就要出门。”

“嗯，那么好吧。我会让营销人员跟您联系的。您记得给我们寄照片，好吗？能快递过来吗？”

“好的，没问题。”

“啊，还有一件事，”他说，“书名得改。《小店客满》的冲击力还不够。”

劳拉想起雷为了想书名，常常彻夜无眠。“但是我喜欢这个名字。”劳拉说道。

“我们想叫《无地自容》。”

劳拉听后皱了皱眉头：“我不明白。”

“您看，就像雷在书中提到的那样，现在的社会政策太不公道。

在这样的政策下，那些流浪人员的问题永远都解决不了。我们每个人都应该感到无地自容。”

“哎呀，”劳拉说道，“我不知道雷会不会喜欢这个题目。”

“我们觉得这个题目会火，”编辑说，“听着，您记得给我们寄照片，行吗？”

挂了电话，劳拉一阵哆嗦。这个人真是贪得无厌，太可怕了。她挤出微笑，转身看着爱玛。

“快，宝贝儿，”劳拉说道，“我们去找克莉吧。”

迪伦坐在希瑟·戴维森的候诊室里，随手翻着旧杂志《人物》，什么也看不进去。接待员是个慈爱的老太太，名片上写着“奎因太太”。她有时会抬头看一眼迪伦，冲他笑笑。迪伦猜她可能知道为什么他会出现在这儿。那她知不知道整件事是多么离奇？她是否知道自己有种想冲出这间房子的冲动？

这样做是正确的，迪伦不断告诉自己。当然，这不是一件容易的事情，但这样做是完全正确的。孩子是他的；照片他已经研究过无数遍，确定无疑。只要是他的孩子，就算是赴汤蹈火，只要能帮她，迪伦都愿意。他责无旁贷。

自从那天贝瑟尼替迪伦取回信件后，迪伦已经一周没见过贝萨尼，也没跟她通过电话了。贝瑟尼给他留过几通讯息，他也掐好时间，找她外出的时候，给她打过电话，留过言。他怕贝瑟尼还会问他有关爱玛的事情。倒不是说迪伦有什么事瞒着她。迪伦只是不想说而已。他虽然想贝瑟尼，但在自己把这件事想清楚之前，他是不会见她的。因此，他没去找贝瑟尼，反而跑到这里来见另一个女人。这个女人跟他一样，不喜欢别人开口闭口追问一些严肃的问题，她只想平平静静度过一段时间。

迪伦以前从来没看过心理医生，至少他自己从来没想过要看心理医生。在坠机事件发生之后，大夫要求迪伦必须去找个心理医生看看。他去了，不过一个疗程就够他受的了。那天下午，他从航空公司辞了职，也放弃了心理治疗。谈话能够解决问题，迪伦觉得这似乎太荒谬了。毕竟，再怎么聊，凯蒂也不能起死回生。

诊所的前门开了，劳拉·布兰登走进候诊室。看见迪伦已经来了，她表情放松了不少，好像她本来没想过迪伦会来一样。劳拉的表情变化，迪伦都看在眼里。

“嘿！”迪伦站起来，问候道。劳拉顿时两颊绯红，看起来妩媚极了。迪伦明白自己当初为什么会在派对上被她迷住。劳拉浓密的棕色长发看起来像金丝线一样，棕色的大眼睛，黑色睫毛。爱玛看起来更像她爸爸，一点儿都不像妈妈。

“你能过来，真是太感谢了。”劳拉说道。

“不客气。”迪伦刚想坐下，又走进来一个女人。

“嘿，劳拉。”这个女人招呼道。她向迪伦伸出手来，说：“我叫希瑟·戴维森，想必你就是迪伦吧？”

“嗯，你好。”迪伦跟希瑟握握手，有些惊奇她怎么会知道自己的名字。这个女人活像个小孩。她扎着马尾辫，粉色的T恤外套着一件暗红色罩衫。

他们三个人一同走进希瑟的办公室。希瑟坐到一张大皮椅上，迪伦跟劳拉则分别坐到整整齐齐并排放着的两张带垫的椅子上。两人这样坐着怪怪的，好像夫妻似的，迪伦暗想。

“呃，迪伦，”希瑟开始说话了，“我不得不对你表示钦佩。你今天就这样过来了，这很需要胆量，所以很令人敬重。”

迪伦在椅子上挪动了一下，感觉有些不自在，他说：“我现在可没有觉得自己胆子大。”

“那你现在什么感觉？”希瑟问道。

“呃……有点儿害怕。”迪伦说道。看他这么坦诚，劳拉和希瑟都露出了笑容。

“好吧，很高心你今天能够过来，不过在你做出决定之前，我还是想把情况的严重性跟你讲明白。因为你的决定不仅会影响你以后的生活，还将影响爱玛的人生。”

迪伦咽下一口唾液，不敢相信自己有多么紧张。

希瑟往前探探身子说道：“在同意跟爱玛相认之前，首先要满足两个条件：第一，劳拉对你百分之百放心；第二，你能百分之百保证好好照顾爱玛。爱玛失去过父亲，这让她不知所措，失魂落魄。如果再让她失去一次父亲的话，她的内心世界肯定会崩溃的。”

虽然希瑟穿着那么随意，可她说起话来完全是心理医生的口气。迪伦点点头。

“这个我明白，”迪伦说道，“但我不明白爱玛到底怎么了。劳拉说爱玛自从她父亲死后就再也没有开口说过话。”

“就是这样，”希瑟说道，“爱玛不仅不开口说话，而且还有些退化了。劳拉，爱玛她现在很黏人，不是吗？”

劳拉严肃地点点头。

“爱玛现在害怕男人，这就是为什么我想要看看你是个什么样的人，以及你能不能帮助爱玛康复的主要原因。爱玛觉得男人都是暴怒凶残的家伙。在爱玛面前，你要好好控制自己的情绪。”

迪伦又点点头。这个孩子的精神怎么会这么失常呢？

“她还经常做噩梦，”希瑟接着说道，“至少我们觉得她常常做噩梦。因为爱玛无法跟我们用语言交流，所以很难知道究竟发生了什么。她现在还经常尿床。在这之前，她已经有两年时间没有尿过床了。”

“可这究竟是为什么呀？”迪伦问道，“失去父亲的不是只有爱玛一个孩子，可别人家的孩子并不会……退化成这个样子呀。”

希瑟看看劳拉。“难道迪伦还不知道雷是怎么死的吗？”她问道。

劳拉摇摇头。“我还没来得及告诉他呢。”劳拉回答道。迪伦做好了心理准备，他估计不会是什么好事。

劳拉正视着迪伦。“我丈夫是自杀身亡的，”她说道，“我那天出门了。雷应该在家照看爱玛的，结果他在我们家卧室开枪自杀了。等我回到家的时候，爱玛正坐在楼梯上哭呢，我怎么哄都不管用。我不知道爱玛是不是看到了雷自杀的过程，或者在雷自杀后看到了他的尸体。不管是怎么样，爱玛就成了……成了现在这个样子。”

迪伦看到劳拉的眼睛里噙着泪水。雷自杀，受到伤害的不仅仅是爱玛一个人。

“天哪，”迪伦说道，“雷竟然在小孩子在家的时候自杀，他真是太残忍了。”

“雷的情绪很失落，我觉得情绪失落的人想问题的时候可能不太理智。”劳拉说道。

听到别人这么说自己刚刚死去的丈夫，劳拉自然话中有话，但还算含蓄。不过迪伦真希望能收回自己刚才说的话。

“没错，雷的大半生都饱受抑郁症困扰，”希瑟看着迪伦说道，“不过劳拉总是为他辩护。雷在世的时候是做了一些好事，不过在我看来，他不是个好父亲，对爱玛关爱照顾都不到位。”希瑟终于道出了实情，她一脸抱歉地看着劳拉。

“他当时一心想出版书，一直都遭到出版社拒稿，”劳拉继续为雷辩护道，“他觉得我一门心思都扑到了事业上，对他漠不关心，所以很生我的气。”

“你从事什么工作？”迪伦问道。他这才意识到，其实自己对这个女人一无所知。

“我从事天文工作，”劳拉回答道，“我在国家航空航天博物馆工作，还在霍普金斯大学教书。另外，我的研究工作需要我长期出差。现在为了爱玛，我已经向单位请了长假。”

迪伦看见劳拉充满内疚的脸，突然有股奇怪的冲动，想要伸手抚摸劳拉的手，宽慰她一下。不过他还是忍住了。“我以前在航空公司工作，需要飞来飞去，”他说道，“我知道出差对感情的影响。”

“如果你要是跟爱玛相认的话，”希瑟打断道，“你不能是雷的替代品，而是要做一个完全不一样的、独一无二的人。你是爱玛的亲生父亲。”

“有没有这样的可能，爱玛是从她父亲那里染上了这些毛病？我说的是他的养父。”迪伦问道，“我的意思是说，如果雷的精神有问题，爱玛是不是也……”

“不。”希瑟向前挪了挪身子，两腿分开，胳膊肘放到膝盖上，看起来很真诚。“迪伦，有一点你一定要明白。爱玛是个健康正常的孩子，她只是心理上受到创伤而已。我们管她的这种病叫作创伤后压力心理障碍症。”

*健康正常的孩子*，听到这些话，迪伦感到宽心不少。尽管这些话

改变不了他要承担责任这一事实，但他还是感到宽慰。

“好吧，”迪伦说道，“如果说我不发愁，那是假的。我是说，我没跟小孩子相处过。家里我是老小。虽然我姐姐有两个小家伙，但我很少见到他们。”就算见了面，他也不知道该说什么。“承担起做父母的责任，特别是承担起抚养像爱玛这样的孩子的责任，我真的想都没想过。”迪伦说着笑了笑，“但是，不管我听到了什么，都改变不了爱玛是我女儿这个事实。我对她负有责任，特别是现在我了解了她的遭遇之后更是如此。我想见见爱玛。”

希瑟看起来则没什么把握，“我担心你把爱玛想得过于理想化了，”希瑟说道，“如果她逼得你发疯怎么办？要是你就是不喜欢她怎么办？”

迪伦深吸一口气，缓缓呼出。“你知道的，这些并不是我想要的。”他说道，“所有这一切都不是我计划中的。我试着不去看那张相片，可我也狠不下心把它扔掉。然后，我看了照片，再然后……我就到了这儿。她是我的骨肉。也许有时候，她可能会让我发疯。可小孩子不都这样吗？做父母的不就是那样吗？我并不期望自己能做个完美的父亲，同样，爱玛也不需要做个完美的小孩。但是，我想帮助她。现在小爱玛——我的亲生骨肉——正在忍受着煎熬，我绝不能袖手旁观。”

迪伦说着看了看劳拉。劳拉赶紧把脸转了过去，迪伦看到她在强忍着眼泪。

“我同意让他见爱玛，”劳拉突然来了一句，“我想让爱玛知道她的亲生父亲。”

虽然希瑟对劳拉的这个决定不是很有把握，但她还是点了点头。

“会不会有其他人，”希瑟问迪伦，“或者说有女人会因为你生活中突然出现一个女儿而感到不舒服。”

“没有。”迪伦摇摇头，贝瑟尼的脸庞从他脑中一闪而过，“我还没结婚，现在也没结婚的打算。”

“那么，”希瑟接着说，“我们就来想想怎样妥善安排你跟爱玛的见面。”

三人又聊了片刻。希瑟建议劳拉通过念书，让女儿明白养父跟生父之间的区别。她还建议迪伦也读几本书，迪伦仔细记下了书名。

“有时候，”希瑟跟迪伦说道，“像爱玛这样自己不说话的孩子，她们更有可能跟陌生人说话。你问她们问题，她们也许会回答。我第一次见爱玛的时候，就试图跟她说话，不过没成功。也许你运气会比较好。”

在开车回家的路上，迪伦回想着两个女人对爱玛的描述。爱玛的养父没有好好待她，迪伦很生气。不过除此之外，爱玛拥有怎样的童年呢？如果迪伦知道爱玛的存在，他能帮爱玛做什么力所能及的事呢？她母亲很疯狂，这点迪伦已经知道了。跟男人有过一夜情的母亲。*留心你的双重标准，吉尔先生。*这个母亲施计骗他带她乘上热气球，然后跟他讲爱玛的事情。虽然当时很生气，可现在想起劳拉的小诡计，迪伦不禁笑出了声。

这真是太疯狂了。迪伦的朋友中就有人——大多数是男人，选择不认自己的孩子，他们觉得那样做是天意。嗯，可能他们并不了解没有父亲的人生有多么糟糕。不过，要是有人在一年前问迪伦有女儿的话怎么办，他肯定也会无动于衷的。

不过，看了照片之后，就完全是另一回事了。

# 18. 相认

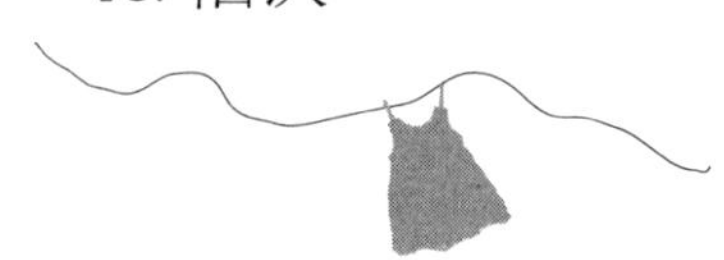

劳拉呼吸急促，走进杂货店时，她就发现自己心跳加快了。当时，劳拉想着那晚要为迪伦准备什么晚餐。不过，爱玛的食谱更是件大事，劳拉挑了汉堡肉、玉米棒以及爱玛最爱的红皮土豆沙拉。一个小姑娘将沙拉倒到塑料容器中，劳拉看着她，怀疑自己是不是心脏有问题了，所以没办法深呼吸。

到了傍晚，劳拉依然不太舒服，不过现在她知道原因了，是自己紧张过度了。劳拉做着汉堡肉饼，剥着玉米，心神不宁。爱玛看起来也很焦躁，手里提着个没穿衣服的芭比，在屋子里走来走去，每隔几分钟，就往窗外望望。

“他五点半到。”在看到爱玛第四次朝车道望去时，劳拉告诉女儿。“你看。”劳拉指着时钟说道，“当钟表长针走到六那儿，时针走到五和六之间时，他就到了。”

爱玛听了妈妈的解释，又看了看钟表，就跑进客厅，打开了电视机。不过，几分钟后，她又出现在了厨房窗子前，劳拉不知道女儿对这个陌生人的到来到底是害怕还是期待。

就在几天前，劳拉跟爱玛进行了一次长聊。当然了，从头到尾都是她自己在说，爱玛根本不吭声。

“爱玛，你记得玛蒂吗？”劳拉边帮女儿掖被子边问道，“就是以前那个在老房子跟你一起玩的小女孩。”

爱玛点点头。

“你还记得玛蒂有两个爸爸吗？”

爱玛又点点头，将小兔子紧紧抱在脸边。

“嗯，跟她住在一起的那个爸爸是她的养父，她去看望的那位爸爸是她的生父。”

爱玛紧皱眉头，盯着天花板。

“你知道一个爸爸和妈妈是怎么有小宝宝的吧？”

爱玛还是点点头。她知道精子和卵细胞的知识，不过从来没有问过这两个东西是怎么结合到一起的。

“是这样的，帮助生宝宝的精子是生父的，所以小宝宝是生父的亲宝宝。不过有时候，生孩子的爸爸不一定要养大那个宝宝。这样的话，那个养宝宝的爸爸就是养父。所以说，林德先生是玛蒂的养父。”

其实，林德先生并不是玛蒂的养父，他只是玛蒂的继父而已，而且也不是个好爸爸。不过为了方便爱玛理解，劳拉只能把他说成是玛蒂的养父了。

“不是每个宝宝都有一个养她的爸爸和生她的爸爸，”劳拉接着说道，“大多数孩子，比如说克莉，她就只有一个生她的爸爸。不过，你正好两个爸爸都有。”

爱玛一脸吃惊。劳拉从女儿的表情可以看出，她听懂了劳拉的话。

“雷——爸爸——只是你的养父，不过他像生父一样疼你。他很爱你。”

爱玛用娇小的指头抓起小兔子的耳朵，不再看劳拉。劳拉心想，她不会一下子就相信的。

“你有一个生父，”劳拉说道，“不过你还没见过他呢。前几天，妈妈跟他谈了谈。他想见见你。”

爱玛的眼睛一下子睁大了，劳拉不知道女儿这是出于惊讶，还是出于害怕。

“不过，他还不会过来呢，”劳拉赶紧补充道，“他会等你准备好见他的时候才过来。我有一本书是讲生父和养父之间区别的故事的。妈妈明天跟你一起读，好不好？”

爱玛没有反应。劳拉弯下身子，亲吻了一下女儿。她把小仙子样式的夜灯打开，离开了爱玛的卧室。走出房间，劳拉觉得自己真不应该在孩子上床睡觉前跟她说这些话。爱玛本来睡眠就不好，现在跟她说这些东西，她肯定更难以入睡了。果真，爱玛那晚基本上没怎么睡。

劳拉把希瑟推荐的书给女儿读了三遍，迪伦也给爱玛寄了一张自己的照片，希望爱玛见到他的时候，不会觉得太陌生。尽管这样，劳拉还是不知道爱玛究竟对这样一个事实能够理解多少，更不知道她心里有什么感想。

下午五点，劳拉带着爱玛走到路边的一排信箱前，找到自家的信箱取信件。信箱里面又有一个白色信封，上面没写回信地址。劳拉用手来回摸了摸，把信封撕开。她停下脚步，拿出信读了起来。

*失忆是件好事。萨拉跟你没有任何关系，以后就不要再去找她了。*

看到这封信，劳拉顿时倒吸一口凉气。这是不是在警告她呢？她又仔细看了看信封。这封信的寄信地址不是费城，变成了新泽西州的特伦顿。

爱玛拽了拽劳拉的T恤衫边儿。

“没事了，宝贝儿。”劳拉说着又开始走了起来。她把信折好，塞到自己短裤的口袋里。*以后就不要再去找她了*。这句话有没有什么言外之意，后面是不是暗含着“否则的话就……”？应不应该报警呢？警察会说劳拉无事生非，或许真的是她想多了吧。可一回到房子里，住在湖边的孤立感立刻涌上心头，劳拉赶紧把门都锁上。

五点半整，迪伦过来了。爱玛正在窗户边上，看见迪伦过来了，她赶紧跑到楼上自己的卧室去了。劳拉没有阻拦女儿。

劳拉走到客厅，打开纱门。“嘿。”劳拉招呼道。

“你住的这个地方可真够偏僻的。”迪伦走进客厅，手里拿着一只盖着箔纸的盘子和一个长方形的礼品盒。他上身穿着件蓝色的短袖衬衫，下身穿着卡其布短裤。

“你还说我呢，你住的地方更偏。”劳拉说道。

“那倒是。”迪伦边说边跟着劳拉走进厨房，“这里是不是真有个湖呀？”迪伦从后窗望去，看到了浓密的树林。

“嗯，就在那儿。”劳拉说着用手指了指树后蓝蒙蒙的一片地方。

“我带了点心。”迪伦从窗前走开，拿出包裹着的盘子，“是巧克力蛋糕。爱玛喜欢吃巧克力蛋糕吗？”

“喜欢，谢谢。”劳拉从迪伦手中接过盘子，放到厨房操作台上。迪伦手里的礼品盒没有拆开，不过劳拉已经知道里面装的是什么了。医生芭比。迪伦先前曾问劳拉，爱玛可能比较喜欢什么样的礼物。“医生芭比，”迪伦吃惊地说道，“我不知道还有这样一个东西呢。啊，原来芭比已经出了这么多系列了呀。”

“想喝点儿什么，柠檬水还是冰茶？”劳拉问道，“然后我上楼看看能不能把爱玛劝下来。”

“冰茶吧。”从外表看不出迪伦有没有紧张。

劳拉帮迪伦倒了一杯冰茶。“顺便说一句，”劳拉说道，“我那天去图书馆借希瑟推荐给爱玛看的那本书的时候，顺便把她推荐给你的那几本书也借回来了，你就不用去借了。”劳拉不想让迪伦觉得自己很不讲礼貌，但是为了女儿，她也顾不得那么多了。

“我已经读过那几本书了。”迪伦答道。

劳拉吃惊地望着迪伦：“你已经读过了？”

“劳拉，我想把事情做好，”迪伦说道，“不想搞砸了。”然后笑了笑，“我读得很认真，现在都快能在儿童护理中心找份工作了。”

劳拉真想上去拥抱迪伦，可是她控制住了自己。她把倒冰茶的水壶放到冰箱里，向楼上走去。

爱玛正在床上靠墙坐着，周围放满了毛绒动物玩具。她深深吮着手指，看起来好像刚三岁似的。

“下楼去吧，宝贝儿，”劳拉欢快地说道，“迪伦想见见你。”

劳拉本以为要费点儿功夫才能把女儿弄到楼下，可是没想到爱玛竟然主动从床上下来，拉住她的手。她们一起下楼向厨房走去。

迪伦微笑地看着爱玛，说道：“你一定就是爱玛。”

爱玛在劳拉身后慢慢挪着步子。劳拉把手放到女儿头上："爱玛，这是迪伦，你的生父。还记得吗？"正在做介绍的劳拉看不到爱玛脸上的表情，但她知道爱玛一定在用困惑的眼神注视着迪伦。

"我给你带了件小礼物，"迪伦说着拿出了盒子，"是送给你的见面礼。"

站在妈妈身后的爱玛稍微挪了挪身子。

"去吧，宝贝儿，"劳拉对女儿说，"去取礼物吧。"

爱玛慢慢走到迪伦面前，接下他手中的盒子，回到妈妈身边，开始拆礼物。

撕下粉红色的包装纸，看到迪伦给她的礼物，爱玛脸上难掩欣喜之情。她眼前一亮，露出了久违的真心笑容。这些天来，劳拉很少看到女儿的笑容。

"喜欢吗？"迪伦问爱玛。此时的爱玛，胸前紧紧抱着她的新宝贝，又一次躲到了妈妈的身后。

"嗯，"劳拉对迪伦说道，"不知道你是否介意吃顿便饭。今晚我准备了汉堡。爱玛最喜欢吃汉堡了，要不——"

"好主意，"迪伦打断了劳拉，"我能帮什么忙？"

"你可以跟爱玛一起做沙拉，"劳拉对迪伦说，她想让两个人一起干点儿什么，缓解缓解紧张的气氛，"爱玛，先洗手，乖孩子。"

爱玛将装着医生芭比的盒子放到厨房台面上，乖乖地爬上水池边的脚凳，洗好了手。然后劳拉递给女儿一碗洗好的生菜："爱玛，你帮妈妈撕开生菜，把它们放在沙拉盘里，好吗？迪伦，你负责切西红柿和黄瓜。"

迪伦一边做沙拉，一边问了爱玛几个问题。当天都做什么了？

最喜欢的玩具是什么？喜不喜欢去湖边游泳？爱玛面无表情，一言不发，专心致志地将生菜撕成各种形状，劳拉很同情迪伦。他在努力跟爱玛对话，可是女儿给他的却只有沉默，劳拉知道这有多么令人沮丧。劳拉在跟迪伦眼神相对时，报之以同情一笑。不过至少现在爱玛愿意帮她准备沙拉。劳拉本来以为爱玛会躲在屋子里，整晚都不出来。不过，当劳拉去露天平台给烤架点火时，爱玛就会飞快蹿下脚凳，紧紧跟在自己身后。很显然，她不想跟这个陌生人单独相处。劳拉没有小题大做，两人回到厨房后，爱玛重新爬上了脚凳。

劳拉从橱柜中拿出一个瓷碗，问爱玛："你知道迪伦是做什么工作的吗？"

爱玛埋头继续干自己的事，头也不抬。

"他是飞热气球的。"劳拉说道。

听到这儿，爱玛抬起了小脑袋，眼神十分茫然。

"爱玛，你知道什么是热气球吗？"迪伦问道。

爱玛两眼看着迪伦，没有回答。

"也许我可以给你画个热气球。"迪伦又说。

劳拉正要起身去家庭活动室拿几张纸，没想到小爱玛抢在了她前头。只见爱玛抱着一盒蜡笔，拿着一张纸，回到了厨房，把东西放到了距沙拉盘不远的台面上。

不到一分钟，迪伦就画好了热气球，涡状条纹，还载有几名乘客。"瞧，"迪伦对爱玛说道，"我先点火，然后热气球内的空气受热上升，带着气球飞上天空。人们就站在这个大吊篮里，随着风儿飘来飘去。下面就是树梢。"说着迪伦又画了几棵树。

爱玛眼角带着笑意，劳拉心里升起一股暖流。父亲和女儿，坐在一起聊着热气球，这一幕如此温馨，劳拉不知道迪伦有没有注意到爱玛表情的变化——爱玛眼里全是他。

不过，即使这样，爱玛还是不愿跟迪伦单独相处。每次劳拉走出厨房，去平台看烤架时，她都像个小尾巴似的跟着妈妈。

“把芭比拿上楼，等你下来后，我们就开饭。”

劳拉跟迪伦走到露天平台，她看了看汉堡好了没，迪伦则注视着她。

“我希望她能跟我说话，”迪伦说道，“你知道，就像希瑟说的那样。如果不认识的人期待她开口，那么她就有可能说话。”迪伦脸上写满懊恼，好像承认自己已经失败了。

“我是爱玛的妈妈，”劳拉将汉堡放到碟子里，对迪伦说道，“按理说是世上跟她最亲，最没有距离的人，可她都没跟我说话。所以不要为此感到难过。至少她对你有好感。这已经比我料想的好多了。”

“我可能过于乐观了，”迪伦从劳拉手中接过盘子，放到野餐桌上，“她真的跟我姐姐的孩子很像。”迪伦又说。

“她像你。”

迪伦露出了笑容：“一看照片我就知道爱玛是我的骨肉，但是，真的见到她，我……真是难以置信。我竟然有个女儿。”

这时爱玛下楼了，三人坐在餐桌边，开始边吃边聊，当然，说话的只有劳拉和迪伦。迪伦又聊了会儿有关热气球的事，然后转了话题。“妈妈说她是个天文学家，”他对爱玛说道，“这份工作肯定超棒。”

爱玛突然离开座位，跑进房间。迪伦跟劳拉面面相觑。

“我说错什么了吗？”迪伦问。

“我也不知道。”劳拉一脸疑惑。

一会儿后，爱玛回到了餐桌旁边。她站在劳拉跟前，手里拿着相框，向迪伦展示了劳拉发现的第五颗彗星的照片。

“她想告诉你，我发现了一些彗星。”劳拉跟迪伦解释说，女儿的举动让劳拉很感动。

“真的？”迪伦将相片拿到手上。然后，他恍然大悟。“劳拉·布兰登，”迪伦说，“你不会就是……这不会就是布兰登彗星中的一颗吧？”

劳拉和女儿同时点点头。“这张是五号布兰登彗星。”劳拉说道。

迪伦看起来非常震惊。“我真不知道，”他看着爱玛，“你妈妈很有名，你知不知道？”

迪伦的问题直截了当，爱玛怯生生地藏到了劳拉身后。

“我以前驾驶过大型飞机，”迪伦说道，“喷气机。我记得以前的时候，我特别喜欢在天气晴朗的夜晚飞行，那个时候，我就看到过这颗彗星。真的非常壮观。”

“我在飞机上也见过一次，”劳拉说道，“感觉自己跟它近在咫尺。”

“自那以后，你又发现了一颗，是不是？”

“其实后来我还发现了五颗。”劳拉回答说。

“五颗！你的意思是一共发现了十颗？肯定破纪录了吧。”

“没有。”劳拉笑着回答，“还差得远呢。不过我刚刚发现的那颗会比你手中的这颗大。”劳拉指了指相片。“明年夏天时，肉眼就能看到。”

“这么说，这就是你的研究领域？你是研究彗星的？”

“其实不是。我的专业是研究行星大气层的。寻找彗星纯属个人爱好。闲暇之余的追求而已，拿着后院的一台望远镜瞎玩。”

“你不是在跟我开玩笑吧？”

劳拉看出来爱玛已经对她和迪伦的对话感到厌烦了，她的汉堡也几乎没怎么动。平日里，劳拉都会劝女儿再多吃点儿，但是今天劳拉决定不管她了。

“咱们玩会儿游戏怎么样？”劳拉提议道，“做完游戏，我们就吃点儿迪伦带来的点心。”

他们在家庭活动室玩了一会儿钓鱼游戏和糖果乐园。爱玛还是紧紧黏着劳拉，并用怀疑的眼神看着迪伦。不过，劳拉却很乐观。她知道迪伦是个好人，他也许能治好爱玛的心理疾病。

到了晚上八点，劳拉带爱玛回房间睡觉。爱玛还是紧紧拉着劳拉的手，显然不想自己一个人待着。或者说，爱玛是不想让劳拉回家庭活动室找迪伦。这时的迪伦正在活动室等着劳拉呢。

“今晚玩得开心吗？”劳拉问女儿。

爱玛耸耸肩，把小兔子紧紧抱到胸前。

“也许咱们可以找一天时间一起看迪伦坐着热气球飞上天，宝宝觉得怎么样？”

爱玛点点头。

“现在好好睡觉吧，宝贝儿。”劳拉轻轻地把手从爱玛手中抽出，弯身亲了一下女儿。

爱玛指指夜明灯。

“我这就给你打开。”劳拉说着给女儿开了夜灯，然后下楼进了家庭活动室。

迪伦站在书架旁边，仔细打量着一张照片，上面有三个人：劳拉、雷和爱玛。照片上的爱玛刚两岁，看起来很弱小，一头黑发。

“这是你父亲吗？”迪伦问道，“爱玛的外公？”

劳拉笑了，她已经习惯别人这么问了。“这个人是雷。”她回答道。

“你丈夫？”迪伦顿时瞪大了眼睛。

“嗯，没错。”

“哦，真抱歉。我还以为……”迪伦的脸颊顿时变得通红。劳拉又笑了。

“一般人都看不出来的，”劳拉说道，“雷比我年长二十一岁。”

迪伦又盯着照片看了起来。“爱玛这孩子那时候真可爱，”他说道，“现在依然可爱。不过你太不容易了，要时时刻刻猜她的心思。”

“嗯，不过我觉得女儿要比我难受上百倍千倍，因为她要跟别人进行无声的交流。”

“爱玛在以前的时候……也就是在这件事情发生之前是什么样子？”

“你想看盘录像带吗？”劳拉问道。

迪伦的眼前一亮：“好。”

劳拉从电视柜抽屉里翻出一盘录像带，放进录像机。“这是爱玛四岁那年录的带子。”劳拉说着坐到离电视机最近的椅子上，手里拿着遥控器。迪伦也坐到了沙发上。“这是在巴西的时候录的，当时我在那儿的天文台出差。爱玛和保姆家的小女孩正在为我们表演化妆喜剧。”

爱玛和卡丽塔走到镜头前，咯咯傻笑着，然后被绑在腰上的布条绊倒在地。两个小丫头的头上都缠着丝巾，耳朵上垂着大耳环，开始表演节目。在劳拉看来，她们完全是没有节奏的无厘头表演，没有任何含义。不过很明显，这场表演对两个小女孩来说肯定意义非凡。从头到尾，基本上都是爱玛一个人在说，她还不时地说出几句跟保姆和卡丽塔学来的葡萄牙语。卡丽塔没有爱玛大，爱玛简直就是个喋喋不休的话痨。每当卡丽塔要开口说话，爱玛就大声地打断她。迪伦坐在沙发边上，被录像带吸引住了，聚精会神地看着。劳拉已经很久没有看过这盘录像带了，她不忍心看。现在的爱玛已经完全丧失了原有的活泼，一点儿自信心都没有。

等录像带一放完，劳拉就关了录像机。她跟迪伦两人默默坐着。

“天哪，”迪伦终于开口了，“爱玛的嘴巴一会儿都没闲着。”

“这就是原来真实生活中的爱玛。”劳拉说道。

“爱玛那时候真活泼。”

“她一生下来就很活泼，”劳拉说道，“她学话也比一般孩子早。总是叨叨个没完，有时候简直就是胡言乱语。不管身边是谁，她都会搭话。要是身边没有人，她就跟自己说。”想到爱玛这孩子以前的样子，劳拉就一阵心酸。“爱玛那时候很会跟人交流。我不知道她现在怎么了。一个总是喜欢跟别人交流想法的人，突然就缄默失声了，这是怎么一回事呀？爱玛怎么能忍受得了啊？那时候，爱玛的喋喋不休有时让我和雷头疼不已，可现在却恨不得总听她叨叨。”

迪伦盯着漆黑的电视机屏幕，使劲儿咽下一口唾沫。劳拉甚至觉得迪伦可能要哭出来了，其实她自己也想哭。

“我觉得自己真的一点儿用都没有。”迪伦说道。

迪伦的话很沮丧，劳拉害怕迪伦是想放弃了，赶紧问道：“你坚持得住吗？”

“嗯，一定坚持到底，”他说道，“我答应过你的，劳拉。我会坚持下去的。”迪伦表情严肃，劳拉知道迪伦没有骗她。迪伦转头看着电视机。“我一直都不知道自己有个女儿，我亏欠她太多了。”

“我之前没有告诉你爱玛的事情，你有没有生气？”

“生气？一点儿也没有。我以前从来没有想过要当爸爸。相信我，我以前真的无法承担起做父亲的责任。”

劳拉叹了一口气，往椅子上靠了靠。“我最近总是疑神疑鬼的，”劳拉说道，“我关心的人都跟谜一样。我猜不到爱玛的心里想些什么。而且还有个女人……”劳拉赶紧驱散这个念头。说这些干什么呀？

“什么女人？”迪伦问道。

“哦，这说来话长。”劳拉说道。

“我有的是时间。”迪伦说着又往沙发上靠了靠，准备听劳拉娓娓道来。

劳拉把父亲之死和他的临终嘱托告诉了迪伦。她还告诉迪伦自己前几次探望萨拉·托利的经历，说自己搞不清楚这个女人和父亲之间的关系。接着，劳拉又将收到信件的事情告诉了迪伦，并从短裤口袋里取出第二封信，递给迪伦。

“失忆是件好事，”劳拉读道，“萨拉跟你没有任何关系，以后不要再去找她了。”一字一句读出声来，劳拉的后背不禁一阵发寒。

迪伦往前挪挪身子，把胳膊放到膝盖上。“这就怪了，”他说道，“她家里没有其他亲人了吗？”

“我父亲说萨拉没有亲人。而且养老院的护士也说，在我探望萨拉之前，从来没人看过她。”

“你现在还没有搞清楚这个女人跟你父亲之间有什么关系吗？”

劳拉点点头。

“他们是情人？”迪伦试探道。

“嗯，我也觉得有这种可能。我七岁的时候，母亲就去世了。

父亲虽然有几个异性朋友，但据我所知，他后来一直没有再找过女朋友。他有没有跟萨拉约会，我就不得而知了。不幸的是，萨拉自己好像也不知道。”

“哦，你父亲肯定会找别人约会的。”迪伦十分肯定地点点头，“哪个男人能离开女人呢？”

劳拉笑了：“我也觉得是，可是我现在还没有一点儿头绪。”

“那她有没有可能——萨拉有没有可能——实际上是记得这些事的，但出于某种原因，她只是不想让你知道？”

这个劳拉倒没想过。“我觉得有可能。”她回答说。

“我们来假设一下，你父亲跟萨拉曾是一对恋人。而有人不想让你知道这一点，所以给你寄来了神秘信件。”

“好像不怎么讲得通。”劳拉说道。

“我想也是。”迪伦也是一脸疑惑。他转而盯着窗外。“哎，今晚天气不错，”迪伦说道，“你有望远镜吗？”

劳拉笑着反问：“你有热气球吗？当然有了。”她说着看了看手表：“想不想看我最近发现的那颗彗星？”

两人上了楼，来到大厅。走到天窗屋子门前，迪伦突然停住了脚步。“哇！”他抬头看见玻璃天花板，顿时喊出了声，“好美啊！”

劳拉拉开滑动玻璃门，两人进了露天平台。“既然今晚天气这么好，我们可以把望远镜移到这儿。”然后，劳拉小心地将望远镜推上平台，移到房子北面。

“这装备可不一般啊。”迪伦对劳拉说道。

“我们先得让眼睛适应黑暗。”劳拉说。

说着劳拉开始调整望远镜的位置，显然，她很清楚在这个时间段，那颗彗星会出现在哪个方位。几分钟后，劳拉透过望远镜，看到了那个小东西，虽然不是很明显，但是它在接近地球时，有望会变得十分壮观。

“你也看看。”劳拉对迪伦说。

迪伦俯身去看目镜。

“看到望远镜里的那片球状星团了吗？”劳拉问迪伦。

迪伦笑着说道：“啊，当然。什么是球状星团啊？噢，是那团白色吗？”

“对。嗯，就在它的左侧。望远镜正中有个小小的模糊球体。看到了吗？”

“啊哈，那就是彗星？”

“嗯。”

“可这颗彗星没有拖着长尾。”

“现在还看不到，不过到明年，它的彗尾会很壮观的。”

“那它会变得跟海尔-波普彗星一样大吗？”

“可能会更大。现在要准确预测它的大小还很难。”

迪伦不说话，继续遥望着星空。劳拉鼓起勇气，问了迪伦一个问题，一个已经在她脑中盘旋很久的问题。

“你结过婚吗？”劳拉开口问道。一个大男人，四十一岁了，还没结过婚，确实有些奇怪。“在希瑟诊所时，你说你没结婚，而且语气还那么肯定。”

“没有，我没结过婚，”迪伦说道，眼睛还是盯着望远镜，“我跟一个女人共同生活过很多年，不过那是很久以前的事了，现在想起来依然很痛苦。所以现在我有点儿……怕给别人承诺。”

“是因为你那段持久而痛苦的恋爱吗？”

“差不多吧。”

“嗯，可你承诺说要照顾爱玛。”

“那不一样。”迪伦说着站了起来，后退了几步，看着劳拉，“她是我女儿。”

听了迪伦的话，劳拉心中涌起一阵莫名的感动。她觉得自己不再孤单。

两人有半夜时间都盯着望远镜。自雷过世后，劳拉就没有这样仰望过星空了。因为，夜晚的星空对她来说已经丧失了魅力；正是劳拉与望远镜相处的时光导致了雷的不幸福。但是今晚，劳拉重拾了那份好奇，那份快乐，那是父亲教给她的。每次她向迪伦解释一些天文现象时，她都能听出自己语气中的活力与自信。当生活中的其他事让她摸不着头脑时，她总会从天空寻找慰藉，因为只有那片星空是她所熟知的，是她可以信赖的。

## 19. 回忆・新工作

“这是闹钟？”萨拉问劳拉，一脸疑惑。

“这既可以当闹钟，又是个日历。”劳拉对萨拉说道。能买到这个玩意儿，劳拉现在还沾沾自喜。然后，劳拉将这个白色塑料装置挂到萨拉小厨房的墙上，萨拉困惑地看着她。这个东西还不小。右边是个闹钟，上面的数字又大又黑。左面则显示着月份、日期和星期。

“您只需每天早上按一下这个按钮，它就会自动改变日期，”萨拉说着示范了一下，“看到了吗？现在我把它调到今天的日子。上面显示是星期三。所以，如果您每天按一下按钮，就能知道哪天是星期三，到那天我就会过来带您散步。如果像上周三一样下雨的话，那我们就看电影。”

上周三是暴风雨天气，劳拉去了音像店，选了《非洲女王号》，准备跟萨拉一起观看，她记得萨拉在讲述她跟乔·托利的故事时曾提到过这部电影。貌似萨拉很喜欢看这部电影，不过劳拉却希望能多听萨拉谈谈自己的故事。

“准备好了吗？”劳拉问道，不过她马上发现自己的问题有些多余。因为萨拉已经打开了门，准备朝楼道走去。

走出养老院，劳拉想领着萨拉换个方向走，可是这个老太太就是盯着人行道不动。看起来，萨拉想要选熟悉的路走，劳拉只好作罢，顺着她走。

“还记得我跟您说，迪伦想要见爱玛吗？”劳拉边走边说。

“迪伦？”萨拉问道。

萨拉当然不记得了。劳拉不知道自己为什么要跟萨拉说自己的事情。听起来毫无意义，但那却是个好的话引子。

“嗯，我的小丫头爱玛的爸爸，我女儿的生父。那天晚上，我让他们两个人见面了。”

“天哪，”萨拉说道，“她……那个小女孩几岁了？”在萨拉凌乱的记忆里，早已没有了爱玛的名字。

“五岁了。爱玛在迪伦面前很羞怯，但是我觉得他们第一次见面还不错。”

“爱玛喜欢迪伦吗？”

“这个，爱玛还是不说话，所以我还不知道她对迪伦的感觉怎么样。她几个月前受到惊吓，然后就缄默失声了。”劳拉本来还要解释失声是什么意思，不过看样子，萨拉已经听明白了。

“啊，”萨拉开口道，“那个……那个小女孩是谁来着？是你女儿？”

“嗯！”劳拉答道。

“她几岁了？”

“五岁了。”劳拉耐心地答道。

“她现在失声了，你是不是经常感到绝望呢？”

“嗯，确实是。”

萨拉望着远方，看着几个街区之外的钟楼：“我以前有个病人也失声了。”

“你？”劳拉好奇地问道。

“那个病人差点儿把我也逼出病来。”萨拉说道。

劳拉笑了，说道：“这到底是怎么一回事，跟我说说吧。”

## 萨拉，1956年

乔把汽车拐到一条长长的车道上，萨拉问道：“那就是圣玛格丽特医院吗？”前面宽阔葱郁的山头上，矗立着一座石头盖的大楼。由于年代久远，墙面已经有点儿发黑，沾满了灰尘。

“就是那座楼，”乔边说边用手指着，“看见那个标牌了吗？”

萨拉顺着乔的手望去，看见山边嵌着一个小白牌子：圣玛格丽特精神病院。真令人难以置信。

“看起来不像医院，还很恐怖。”萨拉说道。

萨拉这次过来是为了参加应聘护士的面试。婚后不久，萨拉就跟乔搬到了马里兰州的郊区，住在公园旁边的一栋温馨小房子里。换了新家后，圣玛格丽特医院要比慈爱医院方便得多。萨拉很高兴来参加这次面试。圣玛格丽特医院是一家一流的医院，但从外面却一点儿也看不出来。

车道在大门前面拐了弯，乔把车停下。“你待会儿自己打出租车回家，没问题吧？”乔问道。

“当然了，没问题的。”萨拉倾过身子，亲了一下乔。

“那就祝你好运啦，”乔说道，“面试完了，往我办公室打个电话，我好知道你的进展怎么样。”

萨拉走出车子，向开车离开的乔挥挥手。她走到这栋看起来有点儿吓人的院门，抚平制服裙子，深吸一口气，推开阴森的木头大门。

萨拉走进了一间足有三层楼高的正方形门厅，里面到处都镶着深色的木边。阳光透过高处的玻璃天花板照射进来，形成一束束金色的光芒。医院里回荡着轻柔的声音。地板上面铺着大块黑白相间的钻石图纹瓷砖。医院里弥漫着古典的高雅气息，而且她也没有嗅到像慈爱医院里面那股熟悉的药水味。

门厅的一侧就是咨询台。

“我跟护士长约好的，”萨拉对桌后的职员说道，“我记得她的名字应该叫洛芙夫人。”

咨询台的职员让萨拉坐下。萨拉找了张花纹图案的长沙发坐着等了约十分钟，洛芙夫人过来了。她是个年轻漂亮的女人，身穿护士服，笑容迷人，走起路来很精神。她领着萨拉穿过一条昏暗的长廊，走进护士长办公室。

萨拉坐在护士长面前的大宽桌子对面。

“好漂亮的胸针啊！”洛芙说道。

萨拉摸了摸制服的领子。乔本来建议她面试的时候把胸针摘下来，可她就是不想摘。就像她承诺的那样，她想每天都戴着乔送她的胸针。

“这是我丈夫送我的结婚礼物，”萨拉对洛芙夫人说道，“在慈爱医院工作的时候，那里的护士长允许我上班的时候戴着胸针。不过，如果您要是……”

“嘿，我也不介意。我们都有自己特别的小物件，我们这里的护士服都很个性化。这是我的小物件。”护士长说着摸了一下自己脖子上精致的金项链。

“真漂亮。”萨拉赞叹道。

“咱们言归正传，”洛芙女士看了一眼桌子上的文件。“我已经看过你的简历了，”她说道，“你的简历给我的印象很深刻。你在慈爱医院的工作很出色，所以你在我们这里工作也一定没问题。”

在这里工作。听起来好像萨拉已经被录用了似的。事实上，接下来的面试确实好像在聊家常，一点儿都不正式。在面试期间，基本上都是洛芙在说，她不断向萨拉介绍圣玛格丽特医院的各种新型治疗方法和各种一流的医疗设备。此外，她还向萨拉介绍了医院的院长，也就是彼得·帕敏托。一提到院长，洛芙脸颊上就泛起了红晕。“你肯定已经听说过他了。”护士长说道。

萨拉当然听说过彼得·帕敏托，所有人都想跟他一起工作，他正在改变精神病学的面貌。萨拉笑了笑，说道：“嗯，久闻大名。”

“彼得院长使圣玛格丽特名扬天下，”洛芙夫人说道，“院长这个人能耐很大，而且拥有丰富的人脉，所以我们这里才有了你想都想不到的先进设施。我们医院正在开展大量振奋人心的医疗实验，彼得大夫总是能找到足够的资金支持，他简直就是个神人。大家都很崇拜他。”劳拉真不知道洛芙夫人口里说的是人还是神。“在这里工作，简直就是天堂。”洛芙夫人补充道。

“听起来真是这样。”萨拉有点儿信服了。

洛芙夫人长舒了一口气，平和下来。“接下来，”她接着说，“我给你介绍一下你的工资和职责范围。”

“您的意思是说，我已经被录用了吗？”萨拉问道。

洛芙夫人笑了：“嗯，那当然了。就这样吧，你愿意吗？”

“哦，我当然愿意啦！”萨拉迫不及待地想要把这个好消息告诉乔。

商量好工作计划和工资问题，洛芙夫人带着萨拉在医院里面转了转。宏大辉煌的门厅只是惊奇的开端。洛芙夫人带萨拉参观了一间病房，萨拉觉得那儿一点儿都不像病房，倒更像是高档酒店的客房。病房里面还有内置卫生间。洛芙夫人赶紧补充道，虽然不是所有的病房都有内置卫生间，但是医院里确实有很多跟这间病房一模一样的病房。

大厅里有间病人休闲室，温暖的阳光洒满了整间屋子，休闲室里放着一张游戏桌，角落里还有一台电视机。就在萨拉和洛芙夫人凝视休闲室时，几个病人也开始抬头张望过来，不过，他们很快就重新回到了游戏里。休闲室旁边是个小型电影院，影院旁边有个美容院。“病人看上去越漂亮，他们的心情就越好，”洛芙夫人说道，“这对那些忍受抑郁症折磨的人有神奇的功效。”

“这些设备真是太先进了。”萨拉感叹道，她几乎惊异地屏住了呼吸。相比之下，可怜的慈爱医院就落后了好多年。

两人走上旋转楼梯，来到三层——洛芙夫人叫它三号病房——一打开通往走廊的门，萨拉就明显感觉到这一层的氛围很不一样。如潮水一般死寂，偶尔有喃喃声，甚至还有撕心裂肺的惨叫。

“禁闭室。”洛芙夫人指着一扇门说道，刚刚的惨叫就是从这儿传出来的。

萨拉点点头。在慈爱医院，她就听到过这种声音，那是因为禁闭室的病人忍受不了无边的寂寞。这些萨拉都屡见不鲜。萨拉没见过的是脑电图实验室，在这个房间里，医生们可以毫不费力地评估脑波。慈爱医院连个脑电图机都没有，更别提什么脑电图实验室了。萨拉真的震撼了。

“我能学习如何操作这些机器吗？”萨拉问道。

“当然了，亲爱的，”洛芙夫人说道，“来到圣玛格丽特医院，你会清楚一件事。那就是，我们鼓励所有的员工扩展技能，多多学习进步。”

穿过大厅，洛芙夫人同意萨拉可以透过门上的小窗户朝里面看看。萨拉看到房间里有几张床，靠墙摆放着，床上躺着睡着的男人和女人。“我们把这种房间叫沉睡室。”洛芙夫人对萨拉说道。

“他们是用了什么药吗？”萨拉有点儿怀疑地问。

“是的。我们给他们用了一些试验性药物，看看什么药对哪种病人最有效。这也是帕敏托医生研究的一部分。”

萨拉感到很不舒服。他们把病人当成小白鼠了。不过，这可是个研究机构，除了这个，萨拉还能期待什么呢？

两人又走过电击治疗室。这个房间也比萨拉想的大多了，里面的仪器也更加精密。当萨拉还是个护士学校的学生时，她痛恨电休克疗法，不过在她看到电休克疗法能对一些抑郁症患者起到显著帮助时，萨拉改变了主意。虽然这种疗法会造成患者部分记忆丧失，但那只是暂时的——通常来说——一旦患者的忧郁症状缓解，他们就能恢复理智。在大多数情况下是这样，但并非都如此乐观。而且，医生无法得知哪种病人会病情好转，哪种病人的病情会恶化。也许，正因为这样，才值得研究吧。或许，她可以跟帕敏托医生谈谈这个。一丝笑容浮上了萨拉的脸庞，能在这样一所充满活力的机构工作，萨拉兴奋不已。

“这是我们的手术室。”两人来到走廊尽头时，洛芙夫人对萨拉说道。

“手术室？”

“主要是做前脑叶白质切除手术。”洛芙夫人说道，萨拉希望她的上级没有看到自己的畏缩。尽管全国多个医院都在进行前脑叶白质切除手术，但是慈爱医院没做过这种手术，萨拉很难不把这种手术跟野蛮联系在一起。萨拉知道自己的思想跟时代不合拍。这种手术竟然得了诺贝尔奖，真是不可思议。

“这是帕敏托医生的办公室。”洛芙夫人指了指对面的房间，“啊，瞧！他在办公室呢。你想过去打声招呼吗？”

“唔……我还是不打扰了。”听了这么多后，萨拉有点儿怕见这个男人了。

洛芙夫人叩了叩门，将头伸了进去：“早上好，P医生。你想见见我们新招的护士吗？”

透过门上的玻璃窗，萨拉看到一个五十岁左右的男人正从桌子后抬头往外看。“当然，”他说道，“让她进来吧。”

萨拉跟在她的新上司身后，踏进了P医生的办公室。

“这位是萨拉·托利，”洛芙夫人介绍说，“托利女士，这位是帕敏托医生。你可以叫他P医生，这儿的人都这样称呼他。”

P医生站起身，绕过桌子，脸上带着温暖的笑容。

“您好，医生。”萨拉伸出了手，P医生热情地握了握萨拉的手，很用力。P医生的确仪表堂堂。难怪洛芙夫人如此迷恋他。

“欢迎你加入我们，托利太太。”P医生浅棕色的头发刚刚开始变白，脸上的表情十分柔和。他相貌温和——除了那双绿色的眼睛，引人入胜却又让人不安。这双眼睛跟P医生的举止极不相称。萨拉见过这种逼人的眼神——她的一些精神病人就曾这样看着她。这些病人从其他方面来看都很健康，但是他们的眼睛出卖了他们，出卖了他们精神上所患的疾病。萨拉赶紧以最快的速度抽出了手，还不能让P医生觉得自己失礼，刚刚脑中所想让她心烦意乱。她面前站着的可是一位技术高超的医生，人人都说他有爱心，他只不过有双锐利的眼睛罢了。自己这样胡思乱想，真是太傻了。

“你安排托利太太在哪个病房工作？”虽然P医生是在跟洛芙夫人说话，可他还是直盯着萨拉，萨拉不得不将眼光转向别处。

“三号病房。”洛芙夫人回答道。

“啊哈！”他看起来十分高兴，这个男人真的是很热爱他的工作，“托利太太，你一定是名技能熟练的护士。乔伊丝不会随便把护士分配到三号病房的。”

萨拉朝她的新上级笑了笑。“谢谢您的信任。”她对洛芙夫人说道。

“我觉得她对我们的研究有兴趣，而且还有过一些治疗经验，所以我让她去三号病房。”

“不敢当，”萨拉赶紧接道，“从护士学校毕业后，就没做过什么手术了。”萨拉可不想被派到前脑叶白质切除手术室工作。

萨拉微弱的反抗，那两人根本充耳不闻。“我大部分的时间都在三号病房，”帕敏托医生说道，“我们院最严重的精神病患者都在三号病房。”

“对您和您的工作，我久闻大名。”萨拉希望自己听起来没乔伊丝·洛芙那样毕恭毕敬。

帕敏托笑着点了点头，将自己的手放到萨拉肩上。“你会成为我们中的优秀一员。”他对萨拉说。

走出办公室，来到走廊，洛芙夫人转身看着萨拉。

“难道他不是个值得敬佩的人吗？”她问萨拉。

“工作让他兴奋。”萨拉回答说，心中依然烦躁，她对这个院长充满了复杂的感情。他是医生，不是病人。萨拉提醒自己。还是一个全国认可的精神病科医生。萨拉不至于愚蠢到以为自己能通过眼神就诊断出别人患没患精神病。

萨拉在圣玛格丽特工作的第一个星期进展得很顺利。医院只给她安排了两个病人，都是患抑郁症的女病人。萨拉觉得这两个人都很可爱，很愿意亲近她们。她坚信病人和护士之间的良好关系有助于帮助治疗病人的精神障碍。萨拉跟她的病人亲切地交谈，在她们需要安慰的时候，还经常拥抱她们，宽慰她们。

在萨拉工作的第一个星期就要结束的时候，医院的三号病房来了一个叫卡伦的新病人，她被安排给了萨拉。卡伦四十岁，丈夫是个政府官员，家里有三个孩子，过去六年来一句话都没有说过。这是萨拉首次遇到病情如此严重的缄默症。卡伦的丈夫说他不知道妻子患病的诱因是什么，只是说卡伦在有一年春天突然不说话了。卡伦不仅不跟丈夫说话，也不跟孩子说话，更不用提跟街坊四邻说话了。不光这样，她连歌也不唱了。要知道，卡伦之前曾在教堂的唱诗班整整唱了十年。

萨拉决心要找出卡伦的病根，她日复一日地陪着卡伦聊天，想要慢慢搞清楚卡伦究竟是受到什么精神打击才缄默的。萨拉充满耐心，而且非常友善，萨拉希望有一天能够取得卡伦的信任，让她吐露出自己的心声。

而彼得院长则采用了一套完全不同的疗法。在卡伦入院的第三天，萨拉正在跟卡伦聊天。就在这时，彼得院长冲了进来。

“你这个无耻的荡妇！”彼得院长吼道。

萨拉惊得脸一沉。院长这是在说谁呢？卡伦瞪大眼睛，用忧伤的眼神看着院长。

“你丈夫告诉我说，你丢下孩子不管不顾，”彼得院长说道，他绿色的眼睛闪着愤怒的火焰，“像你这种女人就该做绝育手术，根本就不应该让你生孩子！”说完之后，院长就走了。萨拉惊魂未定，浑身颤抖，卡伦还是跟刚才一样面无表情。

萨拉碰了一下卡伦的胳膊，站了起来。“我去去就回来。”萨拉说完向门口走去。

萨拉在沉睡室外面碰到了彼得院长，这是萨拉跟他在办公室见面后的首次交谈。自己跟院长的首次真正交流，竟然会是一场争论，萨拉不禁有点儿遗憾。不过，这时候的萨拉确实怒不可遏。

“不好意思，彼得大夫，”萨拉说道，“我不知道您刚才为什么要以那种方式闯进卡伦的病房。要知道，我的病人现在很脆弱。”

彼得嘴角泛起一丝微笑，用手拍了拍萨拉的肩膀。“你这是在质疑我的治疗方法吗？”这些话里颇有些挑衅的意味，但是也有点儿取笑萨拉的意思。

“没……我只是说，没错。我觉得卡伦需要精神支持，而不是——”

“你就用你的方法照顾她，我用我的疗法，”彼得院长好像是想跟萨拉开展友好竞赛一样，“咱们看看最后谁的疗法更好。”

在接下来的几个星期，萨拉继续每天都跟卡伦说一小时的话，有时候还握住她的手。在这期间，彼得院长不断地冲卡伦大吼大叫，对她大声辱骂。彼得要是在走廊里碰到卡伦，就对她骂不绝口。

有一次，萨拉带着卡伦一起向医院的休闲室走去，在走廊又碰到了彼得院长。院长刚从她们身边走过几步，就大声把她们喊住了，那声音整个楼道都能听见。“托利女士，我希望你能带她到美容院去一趟，”彼得喊道，“不过，我不知道美容院的人能不能把她弄得好看点儿，先给她做个整形手术吧。”

卡伦猛一回头，萨拉第一次在她眼中看到了生机。只听见卡伦喊道：“你这个王八蛋，少他妈管我！”

听到卡伦开口说话，萨拉惊得呆若木鸡。帕敏托笑着走开了。

“托利女士，看来第一个回合是我赢了。”他回头说道。

医院的每个人都喜欢帕敏托，萨拉对他的情感越来越纠结。帕敏托一会儿很快活——像父亲般和蔼可亲，人情味十足，有时候又没有一点儿医德，甚至有点儿残忍。大家都觉得帕敏托的方法十分高明，能让卡伦开口说话。打破沉默后，卡伦的病情就不断好转，不过说起话来恍恍惚惚，甚至出言不逊，亵渎神灵。是，萨拉不得不承认，帕敏托的方法确实奏效。可这样做的代价是什么呢？把病人不当人看，只看成是工程项目，这样做会对病人的精神造成什么样的影响呢？

医院里面的工作人员看到彼得院长在病人身上进行新药物的试验，都兴奋不已。“要是我母亲不得不进精神病院的话，”萨拉听到一名护士这样说道，“我想让她进我们医院治疗，因为在这儿，她能获得最先进的治疗。”不过帕敏托的试验让萨拉感到很紧张。帕敏托每天都给抑郁症患者注射一种叫作LSD[①]的麻醉药，希望能够“瓦解他们的精神堡垒”。LSD让萨拉感到很害怕。病人在注射之后，会变得难以捉摸。他们或者大声尖叫，或者在病房里面爬墙，或者钻窗户。有的病人则昏睡不起，一睡就是好几天，而且不知道做了什么难以想象的疯狂噩梦，总是辗转反侧。彼得院长却只是从医学的角度来观察病人的反应，写下了长篇累牍的记录，用来申请更多的研究经费，来进行新的药物试验。

他还对其他病人进行电击治疗，其中包括萨拉负责照看的病人。

① LSD 全称 Lysergic Acid Diethylamide，中译名为麦角酸二乙基酰胺，是一种无色无嗅无味的液体，属于半合成的生物碱类物质，除了能造成严重的精神错乱外，还能给肉体带来痛苦。

萨拉的一个患抑郁症的病人病情很严重，甚至把内衣绑到门把手上，想要自缢。萨拉建议医院对这个病人进行电击疗法。不过，萨拉那时候还不知道彼得院长在电击疗法上面的试验。通常的电击疗法都是用一百一十伏特的电流，可是彼得院长没过几天就会用一百五十伏特的强电流。而且彼得不是只进行单次电击，而是在病人痉挛期间不断进行至少八次连续电击。病人被电击后，就不知道自己是在什么地方，甚至连自己是谁也不知道了。除了电击之外，彼得院长还要采用独创的药物疗法。他解释说，自己想要病人获得“精神上的极端错乱感”。他的方法将会把病人不适应的思维和行为方式一律抹掉，然后他和医务人员就能把健康的思维和行为方式教给他们。虽然院长的理论听起来很合理，但是萨拉很少看到有病人的病情因为这种疗法而好转。

最后，萨拉找到护士长洛芙夫人，道出了自己的忧虑。

洛芙夫人微笑地看着萨拉，一副屈尊俯就的架势。“彼得院长是走在时代前列的人，”洛芙夫人说道，“萨拉，你是个聪明的女人。你知道凡人通常都会嘲笑天才，甚至还会责骂天才。你看看爱因斯坦，人们当初嘲笑他智力迟钝。还有哥白尼，人们觉得他是个疯子。”

“我担心院长的疗法不但不能让病人的病情好转，反而会更加恶化。”萨拉说道。

“你刚来不久，还没看到我们医院取得的切实进展，”洛芙夫人说道，“你必须要把握好大局。在圣玛格丽特医院，我们从彼得院长的疗法上学到的东西，将来会在其他医院得到推广。以后你就知道了。”

“我只是觉得……这些疗法跟我在慈爱医院习惯的疗法太不同了。”萨拉说道。

洛芙夫人的脸上露出了那种不屑一顾的微笑。“我不想对慈爱医院说三道四，”洛芙夫人说道，“慈爱医院是家不错的医院。但事实却是，那里治疗精神疾病的方法已经太过时了。萨拉，你不要这么保守，这会成为你前进路上的绊脚石。”

萨拉想也许乔伊丝·洛芙说得对。这儿的每个人都那么迷恋P医生，那么尊重他那“伟大的工作”。自己会不会就是那种嘲笑哥白尼的人呢？看来她的思想还需要更加开放。

## 20. 枪

尽管现在还是八月中旬，可天还没亮时，清晨的空气里还是有一丝寒意的，劳拉在驶向葡萄酒之乡时，摇下了车窗。

“早起感觉是不是很好啊？”劳拉问坐在汽车后座系着安全带的爱玛。

劳拉告诉女儿她们要去迪伦家时，爱玛皱了皱眉头。去就去吧，天还没亮就得起床，这肯定让爱玛摸不着头脑。不过，当劳拉说她们是要去看迪伦飞热气球时，爱玛几乎从床上一跃而起。“迪伦的气球起飞时间很早，这样他和他的乘客们就能欣赏到日出。”劳拉补充说道，她突然意识到，热气球可能就是打开女儿心门的钥匙。

昨天一大早，劳拉带着爱玛开车兜风，去了跟今天方向相反的马里兰州。劳拉想看一眼圣玛格丽特医院，看看那个萨拉口中栩栩如生的、令人毛骨悚然的古老精神病院，劳拉发现它已经不复存在了，起码它不再是医院了。现在那里是所寄宿学校，但是劳拉不得不承认，从街上望去，它确实很恐怖，她也能想象住在里面的学生会开怎样的玩笑，嘲笑这座建筑的外表。

劳拉想进去看看，至少看一眼有着高高天花板的大厅。劳拉将车停在环形车道上，跟爱玛走进了那扇阴森的双开门。进去后，劳拉发现大厅里面跟萨拉描述的一模一样，只不过从天窗倾洒下来的光比较柔和朦胧。菱形地板砖上走来走去的也不是护士和医生，而是身着深蓝色制服的女学生。

“有什么需要帮忙的吗？”一位年轻女士朝劳拉和爱玛走来，边走边问道。

劳拉冲着年轻女人笑了笑。“我只是想看看大厅。”劳拉开口说道，其实，这座楼的里里外外，劳拉都想一探究竟。学生们现在是住在沉睡室吗？不过，从年轻女人脸上的表情，劳拉可以得知她压根儿不可能有机会穿过大厅，除非她有一个更好的理由，说明她为什么会来这里。

劳拉拉着女儿的手，回到了街上，此时的天雾蒙蒙的。自己这么做确实有点儿疯狂，驾车大老远跑到这儿，就是为了看一眼这个建筑。雷是对的。劳拉是对萨拉·托利着迷了，就像她痴迷于每个科研项目一样。

黑暗中，劳拉看到在通往迪伦家的车道边上有两只鹿。

“快看，爱玛！”劳拉将车子停在路边，给女儿指了指，“是只母鹿和鹿宝宝。”

爱玛的小脸贴在车窗上，但天太暗了，劳拉看不清女儿脸上的表情。爱玛以前知道鹿宝宝的学名叫幼鹿。现在她是不是想起了那个词呢？劳拉猛然间有种痛苦得想哭的冲动。劳拉想对女儿说，*跟我说话，爱玛。告诉妈妈你在想什么*。

劳拉开车沿着长长的车道继续往前走，黑暗中，茂密的树木包围了她们。今天早上车库前停着两辆货车，劳拉靠边停了车，以免挡住别的车。下了车，劳拉看到几个黑影站在牧场中央。

劳拉拉着女儿的手，朝牧场走去。越往前走，劳拉感觉到女儿的抗拒心理越强，因为爱玛开始拖着步子，极不情愿地往前走，她抓着劳拉的手也越攥越紧。可能是黑暗让爱玛受到了惊吓。

“这些人在做热气球起飞的准备工作。”劳拉指了指牧场中间的人影。他们正在巨大的热气球周围忙来忙去，热气球摊在地上，鼓风机正在往里吹冷空气。天就快亮了，劳拉和爱玛走到热气球跟前时，看到了迪伦，他正在检查燃烧器。劳拉想给女儿指哪个是迪伦，但是最后决定还是不要了，毕竟早上跟女儿说要去见迪伦时，爱玛皱了眉头。

迪伦抬头望时，劳拉朝他挥了挥手。然后，他跟旁边的亚历克斯说了些什么，就朝劳拉和爱玛走来。

“嘿，”迪伦冲着母女俩说道，“我最爱的两个女士。”说着露出了笑容，劳拉清楚地记得，正是这个笑容，才有了爱玛的出生。今天他还是穿着蓝色连衣裤，戴着厚厚的手套。“你是来看热气球上天的吗？”迪伦问爱玛。

爱玛挪到了妈妈身后。

“你能稍微介绍一下你们在做什么吗？”劳拉问迪伦。

"当然。"迪伦直起身，"首先，我们往气囊——就是热气球——里装冷空气，然后，我们就加热空气。还记得吗，爱玛，我跟你说过，热空气会让气球升空？"

劳拉不知道女儿点没点头。

"热空气会让气球升空是因为有一团很大的火焰的帮助。所以，当你看到火焰时，不要害怕。本来就应该有火焰的。"

这时，迪伦朝母女俩后面望去，劳拉转身，看到一男一女正在从车道向牧场走来。

"不好意思，失陪一下。"迪伦说着向那对夫妇走去。

几分钟后，他回到了热气球边上。那对夫妇则站到劳拉和爱玛旁边。他们看起来可能已经快七十岁了，脸上挂着期待的笑容。

"您二位肯定是今天早上乘坐热气球的乘客吧。"劳拉说道。

"是的。"那个男人说道。

"我不知道自己怎么会答应他来坐热气球。"那个女人笑着说道。

"今天是我们的金婚纪念日，"男人接着说道，"我一直想要乘坐一次热气球，所以她这次答应陪我过来，就算是送我的纪念日礼物。"

"恭喜恭喜，"劳拉说着想起来自己上次假装生日过来坐热气球的经历，"用这种方式庆祝金婚纪念日，真是再好不过了。"

"你之前乘坐过热气球吗？"女人问道。她显然是想从劳拉那里得到安慰，好让自己宽心。

"坐过。"劳拉说道。爱玛这时抬起头来，惊讶地看着劳拉。"宝贝儿，妈妈真的坐过，"劳拉对爱玛说道，"妈妈几个星期之前来迪伦这边坐过热气球。”接着，她又对那个女人说道：“感觉好极了，您二位肯定会喜欢这次经历的。”

“这么说来，那你们肯定是热气球驾驶员的朋友啦，”那个男人说道，“你们是迪伦·吉尔的朋友。”

“嗯，是的。我叫劳拉，孩子叫爱玛。”

男人把目光转向爱玛，说道：“这个名字真好听，你今年几岁了呀，爱玛？”

爱玛赶紧把脸贴到劳拉屁股上。

“这孩子很害羞。”劳拉说道。虽然劳拉很讨厌说爱玛“害羞”，但她也不知道除了这个词还能怎么说。育儿书刊里面没有教父母怎么应对缄默失声的孩子。不过，劳拉还是担心，如果经常说孩子害羞的话，爱玛可能会真的觉得自己害羞了。话说回来，爱玛现在不是正在变得越来越害羞吗？以前，劳拉肯定不会用害羞这个词来形容自己的女儿。

爱玛突然倒吸了一口气，劳拉赶紧看气球。只见迪伦站在热气球球囊的大圆口下面，已经点燃了火焰。

“你看，”劳拉对爱玛说道，“迪伦正在给气球加热，气球待会儿就会慢慢飞起来了。”

球囊开口处形成一圈火光，映衬出迪伦的轮廓，身后的火光照出他胳膊上健硕的肌肉。劳拉不知道自己站在这儿是不是也能感受到火焰的热气。她的思绪突然转到了萨拉身上，想到萨拉盯着饭店里的裸体图画，浑身发热的样子。劳拉很想笑，但还是控制住了。

劳拉被一时的生理刺激搅得心神不宁，她自言自语道：他只是爱玛的生父，你只是想让他照顾爱玛，仅此而已。

五颜六色的球囊开始升上吊筐，爱玛慢慢从劳拉身边走开，向气球走去。劳拉想要把爱玛喊回来，可又不敢打压女儿这一点点的独立，只要她别碍着迪伦的事就行了。爱玛在一个安全的地方站住了，两只小手交叉在背后。虽然劳拉看不到女儿的脸庞，可她知道女儿此刻一定是好奇地睁大了眼睛。爱玛太小了，她梳着马尾辫，脖子看起来娇小纤细。劳拉把视线从女儿身上挪开，自己也开始看热气球，想象着女儿眼中的热气球会有多么神奇。

劳拉和爱玛看着这对老年夫妇爬进吊筐。那个女人笑起来跟小女生似的，把劳拉也逗乐了。看见这个老太太，劳拉不禁想起了萨拉。眼前这个老太太跟丈夫白头偕老，还能一起爬上热气球，在空中遨游，而萨拉则孤零零地待在养老院，记性一天不如一天。老天怎么会这么不公平呢？想着想着，劳拉的眼睛竟然湿润了，她赶紧眨着眼控制住眼泪。或许，她能每星期多去看几次萨拉。

“咱们大约一小时后再见吧，”迪伦从吊筐里冲她们喊道，“我待会儿给你和爱玛做早餐。一会儿见，爱玛。”迪伦挥手道。

劳拉心想，迪伦确实很有一套。虽然他对孩子一无所知，但心里却时刻惦记着爱玛。虽然爱玛不会回答他，他还是会跟爱玛说声再见。

他们看着气球飞上天。亚历克斯钻进停在牧场的卡车里，布莱恩则跟劳拉和爱玛一同向车道走去。

“迪伦说让你们两人开车跟着我，一起去追赶热气球，”布莱恩对劳拉说道，“不过，你可要跟紧我啊，我在路上随时都有可能会转弯改方向的。说不定气球上的人会发生恶心或者什么不适症状，这个你懂的。”布莱恩说着冲劳拉坏笑了一下。劳拉估计这个人已经知道自己上次假装过生日的骗局了。

“嗯！”劳拉笑着答道。

劳拉把爱玛放到后车座上，给她系上安全带，开始跟在布莱恩的货车后面追赶气球。

亚历克斯和布莱恩在等着迪伦。迪伦驾着热气球朝自己最喜欢的场地降落，看到了他们。这个降落地点是块空牧场，牧场主很喜欢热气球。不过迪伦的眼睛可不是在找寻他的两个手下。

“着陆的时候，吊筐会不会剧烈震动啊？”女乘客问道。

“绝对不会，”迪伦说道，“我们会平稳降落的。”

一飞上天，这位女乘客就放松了，跟丈夫尽情享受着飞行的喜悦。可是当气球一开始降落，飞过树顶的时候，她就开始紧张不安。

迪伦在牧场上来回张望，终于看到了劳拉和爱玛正在向他的两个手下走来，看见她们母女俩，迪伦顿时松了一口气。迪伦心里既如释重负，又诚惶诚恐。他想要帮助那个小女孩，可是不知道该怎么帮。爱玛刚才看气球的时候，一脸好奇，迪伦希望自己能够好好运用她的好奇。他想要让小女孩敞开心扉，开口说话。一般的小孩子只要看见迪伦启动热气球，都会充满好奇地问这问那。这个气球怎么没有着火呀？你在上面怎么调整方向啊？迪伦可以看得出来，爱玛充满了好奇，也很想问这些问题。明明充满疑问，却又只能憋在心里，世上最痛苦的事情莫过于此。

这个孩子成了他的一大难题，但是他会坚持到底。

帮助两名乘客爬出吊筐后，迪伦就立即开始帮助手下拆解气球。然后，他让两名乘客乘布莱恩的货车回去开他们自己的车，自己则跟劳拉和爱玛坐上了同一辆车。

一走进小木屋，爱玛就跑到客厅墙上的大鱼缸跟前，她被缸里五颜六色的观赏鱼吸引住了。迪伦站在爱玛旁边，尽可能地靠近她，向她一一介绍鱼的品种。爱玛两手交叉在背后，仰头看着鱼缸，眼睛里映着鱼缸的颜色。她长着跟她母亲一样的黑色长睫毛，鼻子小巧可爱。爱玛辫子上有一撮头发滑落了下来，迪伦真想给她捋到耳朵后面去，不过他当然不敢那样做。就这样，迪伦一动不动地站在边上，一个人说着。对小女孩的感情像琴弦一样，在迪伦的胸口紧绷着，成了迪伦的一桩心事。

他们早餐吃的是水果沙拉和百吉面包圈。劳拉问了一些小孩子可能会感兴趣的关于热气球的问题，迪伦明白她是为爱玛问的。所以他尽量用基本术语回答，并时不时地瞥一眼自己的两位客人，尽管爱玛只顾埋头吃饭，可迪伦知道她肯定竖着小耳朵在听。

吃过早饭后，劳拉帮着迪伦收拾厨房，虽然迪伦家连个洗碗机都没有，劳拉也没说什么，而爱玛则又走进了客厅。

“她真的喜欢那些鱼。”劳拉一边晾干盘子，一边说道。

“她养过鱼吗？”迪伦问道，“宠物鱼之类的？”

“没有。我们曾经养过一只叫迈克的小白鼠，现在不在了。”

“我想给她买个养鱼缸，你觉得怎么样？”迪伦将泡沫覆盖的玻璃杯放到水龙头下面冲洗，边冲边问劳拉，他脑子里已经开始盘算要给鱼缸里装什么鱼了。

“好主意。”劳拉同意道。

迪伦把目光转向窗外，他看到亚历克斯将车停在路边，卡车车厢后面放着叠得整整齐齐的热气球。然后，亚历克斯将车开上泥土路，朝仓库驶去。

劳拉也看着窗外。“看起来他和布莱恩很了解自己的工作。”她对迪伦说道。

“哦，是的。”迪伦递给她另外一个洗好的玻璃杯，“他们俩很棒。不过亚历克斯想获得自己的执照，所以我最后还是会失去他这个助手。下周，他打算跟女朋友来一次游轮旅行，他希望我能习惯没有他的日子，他自己是这么说的。”

劳拉忽然停下了手中的活。看着迪伦，一脸惊讶地说：“这就对了！”

“对什么？”

“你知道萨拉·托利吗？就是我去养老院拜访的老妇人？”

“你父亲的朋友。”迪伦点点头。

“她曾是游轮上的一名护士，而我父亲在过去搭过几次游轮。也许他就是在游轮上认识的萨拉。他们可能是在游轮上认识的。”

“有道理。”迪伦关掉水龙头，拿起海绵擦，抹了抹台面。劳拉满脑子都在想她父亲跟那位老妇人究竟是什么关系，都有点儿走火入魔了。但迪伦同时不得不承认，自己也很好奇。

这时，迪伦听到客厅有响动，嘎吱作响，虽然听得不是很清楚，但声音有些熟悉。几秒后，迪伦终于意识到这是什么声响，他的心顿时提到了嗓子眼儿。

“枪！”迪伦边喊边扔下海绵擦。冲进客厅，他发现爱玛摇摇晃晃地站在扶手椅上，她面前的玻璃橱柜中就陈列着迪伦父亲收集的手枪。玻璃门已经打开，爱玛的小手正朝其中一支枪伸去。

“下来！”迪伦大叫着，跑到爱玛面前，“马上离开这儿！”

听到迪伦气急败坏的声音，爱玛转过小脸，哆嗦着，眼里透着恐惧。她的身体失去了平衡，从椅子往后仰摔到地上。迪伦想去扶她，可爱玛利索地站了起来，号啕大哭，朝妈妈跑去。劳拉就站在厨房跟客厅之间的走廊里，她同样的一脸愕然。爱玛抓紧妈妈，抽噎着把头埋到妈妈怀里。

迪伦重新站在玻璃橱柜前，用颤抖的双手关好了柜门。他都不知道这些该死的枪是不是装了子弹，有可能没有。这些枪可能对人没有伤害，而迪伦却可能会因此搞砸跟爱玛的关系。

劳拉弯下身子，看着发抖的女儿。“爱玛，你应该很清楚，”她呵斥道，语调柔和但不容置疑，“你绝对不能玩枪。”

迪伦看着劳拉，不知所措，“对不起，”他对劳拉说道，边说边摇头，“我怕她会——”

“没关系，”劳拉回答说，“你是该阻止她。”说着再一次弯下身。“掉下来时受伤没？”她问女儿，“宝宝还好吗？”

爱玛只是把小脸更用力地埋进妈妈怀里。

劳拉朝客厅一角的电视机望了望：“在我们收拾好厨房之前，能不能让她先看会儿电视？”

“当然。”

迪伦说完回到厨房，劳拉则安顿好爱玛，让她坐在电视机前的沙发上。然后她也走进厨房。劳拉背靠台面，双手交叉放在胸前。

“枪里有子弹吗？”她问迪伦。

“我也不知道。”迪伦放下手中刚刚拿起的海绵擦，“是我父亲收集的。我不是个……爱玩枪的人。”他勉强笑了笑，“我只是在橱柜里摆上了那些枪支，但从来没想过看看它里面到底有没有上子弹。

以前我没有担心过这种事情。”迪伦真像个傻瓜。谁会在家里摆放枪支，却不知道里面是否有子弹呢?

“雷自杀以后，爱玛就迷上了枪，”劳拉说道，“她会玩枪——当然是玩具枪——在她接受治疗期间。她可能以为那些枪也是玩具。”

迪伦摸着头。“我真不应该对她发那么大的火。”他说道。

“你刚才必须那样做，”劳拉又重复了一遍，“当时情况很紧急。”

“在爱玛面前，我不应该愤怒的。希瑟就是这样告诉我的。”

“你这不是愤怒，”劳拉对迪伦说道，“你这是担心，对不对？”

“对，可我怕这对爱玛来说，没什么区别。”

“爱玛会没事的。”劳拉说道，迪伦听出了她语气中的不确定。

迪伦顺着走廊朝客厅望去，他只能看到沙发上爱玛的小脑瓜。他在想爱玛脸上是什么表情——眼睛红肿，嘴里吮吸着拇指。如果她能讲话，她肯定会对妈妈说她想回家，想摆脱这个想当她爸爸的坏脾气男人。

“谢谢你帮我把厨房收拾干净。”迪伦环顾一周。厨房看起来整洁明亮。

“不用谢。我也要谢谢你，谢谢你请我们吃早餐，让我们欣赏热气球升空的壮丽。”

劳拉走进客厅，迪伦跟在她后面，也走了进去。

“走吧，宝贝儿，”劳拉对爱玛说道，“我们该回家了。”

爱玛一听，“啪”的一声关掉电视，径直跑到了门口。她飞快地出了门，劳拉跟迪伦走到门廊时，她已经走到了台阶上，她站在那儿，身子背对着他们。

“哇，小家伙真生气了！”迪伦轻声说道，无助感越来越强烈。看来他永远都没有机会扭转局面了。

“跟她说你为什么会那样做。”劳拉耳语道。

迪伦往前走了一步，对着小爱玛的背影说道：“爱玛，我刚刚冲你大喊大叫，真的很抱歉。”迪伦继续说道：“我很害怕。眼看着你就要去拿枪，我怕你会伤着你自己。橱柜里都是货真价实的枪。一些枪还有可能……装着子弹。我只是想保护你。”

爱玛用力耸着肩膀，好像要用肩膀堵住耳朵，不想听迪伦解释。

劳拉领着爱玛从迪伦身边走过时，她碰了碰迪伦的胳膊，冲他微笑了一下，说道：“保持联系，再次感谢你。别因为这件事就灰心丧气。”

## 21. 回忆·P医生

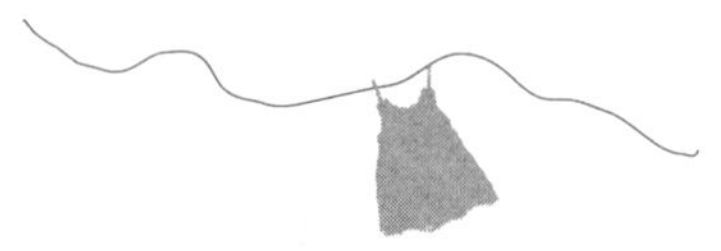

“您觉得我父亲当年有没有可能是在游轮上认识您的？”开始动身散步前，劳拉这样问萨拉，“我那天想起来，我父亲在世时曾坐过几次游轮。”

“他坐的是哪条航线？”萨拉问道。

劳拉绞尽脑汁也回想不起来：“我不记得了。”

“他那时候坐船去什么地方？”萨拉问道，“我大部分时间都在加勒比海一带，不过我最想去的地方还是阿拉斯加。”

“你父亲叫什么名字来着？”

“卡尔·布兰登。”

“他驾驶飞艇，是不是？我小时候见过‘阿克伦’号飞艇。我想那时候我应该只有十岁吧。”

“飞艇？不，他——”

“热气球！”萨拉说道，“他是驾驶热气球的？”

“不，驾驶热气球的是迪伦，我女儿的父亲。我现在说的是我的父亲卡尔。”

萨拉摇摇头，一脸无助。“我搞不清楚。”萨拉说话的声音听起来是那么的微弱可怜，劳拉赶紧把手放到她的肩膀上，用手捏了捏。

“别担心了，”劳拉安慰萨拉说，“没什么大不了的。咱们还是好好享受散步吧。你接着跟我谈谈你在圣玛格丽特医院的工作吧。”

## 萨拉，1956—1957

“他们想要毒死我。”新来的病人朱莉娅说着把萨拉给她的早餐盘子推开了。

“没有，他们没有下毒，”萨拉说道，“你觉得什么食物里面有毒呢？”

“土豆里面就有毒。”

萨拉从餐盘拿起汤匙，自己咽下一口土豆泥。“看见了吗？”萨拉说道，“要是有毒的话，我肯定不会吃。说句实话，这些土豆的味道还不错呢。”她又把餐盘推回到病人跟前。

朱莉娅捡起勺子，开始吃起来。萨拉为自己感到高兴。医院所有人都说朱莉娅不可救药，可在萨拉的帮助下，朱莉娅正在渐渐好转。

朱莉娅二十八岁，人长得很漂亮，红褐色的长发一直垂到腰间。朱莉娅最爱惜自己的秀发，每天都要梳上好几次，她的头发总是干干净净的。在医院里，朱莉娅的秀发也算是一道美丽的风景。

朱莉娅被诊断为患有妄想型精神分裂症，本来被安排在二号病房，在她打伤一名医院勤务人员的鼻子后，就被转到了三号病房。转房以后，她又打伤了一名护理人员，并且还用头撞墙。她整夜整夜地扯开嗓门唱歌。这些都发生在彼得院长给她注射完LSD之后。

彼得在一次员工会议上说道：“朱莉娅·尼古拉斯是咱们院这段时间以来精神错乱最严重的病人之一。她以为邻居家的小男孩要偷她东西，就把那孩子的胳膊扭伤了。她还说自己听到有人在跟她说话，让她去自残，并且伤害别人。LSD会打开她的心智，打破她拒绝治疗的心理防线，也许这是我们找出她病情根源的唯一途径。”

萨拉不敢这么肯定。彼得院长现在对LSD注射的应用越来越大胆了。萨拉觉得他有时候根本没有考虑病人的病情，就直接给病人注射LSD。萨拉确实见到这种药在几个病人身上产生了效果。注射过后，这些病人打开心智，倒出了自己内心深处的满腹苦水。但在大多数情况下，萨拉觉得这种药也让病人变得神志不清，不省人事。这种药物让朱莉娅夜夜高歌，可彼得院长却还想对她再次进行注射。

萨拉开始觉得自己的方法过时了，她能给病人的只有自己。她曾认为如果自己善解人意，真心关怀病人就足以帮助他们康复。跟彼得院长的先进技术比起来，萨拉的这种疗法就显得有几分荒唐可笑了。

一天下午，萨拉在医院的职工食堂吃饭。这时，一个年轻女人坐到了她桌子对面。

“嘿，”这个女人微笑道，“我叫科琳·普赖斯。”她一头金发，发型俏皮，看起来娇小可爱。萨拉认出她是二号病房的护士。

萨拉把三明治放到盘子里，说道：“我叫萨拉·托利。”

“朱莉娅·尼古拉斯在二号病房的时候，我负责照顾她。”科琳说道，“听说她现在是你的病人。”

她们俩聊了一会儿朱莉娅的病史。“彼得院长给她注射了LSD。”萨拉说道。

科琳把三明治上面的一片面包取下来，把里面的生菜叶子放到盘边儿上。“这样做有什么疗效了吗？”科琳说道。

“还没看出来呢。”萨拉说道。

“你觉得这种疗法适合朱莉娅吗？”

萨拉顿了顿。医院里的人十分忌讳与彼得院长持不同意见，不过萨拉抬头看了看科琳，觉得对面这个人志同道合。“我不觉得适合她，”萨拉说道，“我不敢百分百肯定这种疗法是不是适用于所有的病人。”

科琳脸上露出了笑容。“我也不敢肯定。而且P医生所提出的观点有一半我都不相信。”科琳轻声耳语道。

“你在这儿工作多久了？”萨拉问她。

“快一年了。”

“我来这儿才几个月，”萨拉说道，“P医生的有些做法让我很震惊。他在电击疗法中使用过高的电压就是个例子。”

“而且他对有些病人每天都进行电击疗法。”

“还有沉睡室。”

科琳眼珠子转了转：“你们都给沉睡室病人吃什么药？有一天我去三号病房，看到他们中有人像僵尸一样四处移动，有时候还会撞到墙上。还有个人直接站在地上撒尿。”

“他们吃的是一种混合药物，”萨拉回答说，“什么都有一点儿。”萨拉一口气背出了那些药物的名称，“你去过禁闭室吗？”

“去过，”科琳声音轻柔，“我都快吓哭了。”

禁闭室对萨拉来说是个噩梦。其实它连个房间都算不上，而是个长长的矩形箱子，比棺材大不了多少。患者进禁闭室要佩戴护目镜，这样他们眼前就是一片黑暗，他们还要戴着耳机，里面放着千篇一律的杂音。患者胳膊和腿都垫得厚厚的，这样能减少他们的触觉。患者要在禁闭室待整整一个月，除了上厕所和吃饭以外，他们一步也不许踏出禁闭室。这是P医生达到他引以为豪的精神上极端错乱感的另外一种方法。

“我感觉自己的想法过时了，”萨拉说道，“但是我真的不懂这种疗法是利大于弊，还是弊大于利。”

科琳点头表示同意。“我脑中想到了折磨这个词。”她说道。

萨拉坐到椅子上，刚刚的谈话让她卸下了心里的负担，但同时也感到很不安。“我觉得自己快发疯了，”她说，“这里的每个人都觉得P医生在从事一项伟大的创新事业。我觉得自己是个另类。”

“唔，可能是吧。不过如果你说你是另类，那我也是。”

“我开始考虑自己是不是来错了地方，”萨拉承认道，“每晚回家时，我都很沮丧。”

这时，科琳将手伸过桌子，抓住一脸惊讶的萨拉。“你不能走！”她说道，朝萨拉靠了过来，“听我说。我曾经千百次地想过离开。但是，如果我们这些真正关心病人的护士离开了，谁来为病人讲话呢？”

“你认为别的医务人员不关心病人吗？”萨拉问道，“难道你不认为P医生是真心实意地想让他的患者康复吗？”

科琳沉思片刻后说道：“我的确认为帕敏托医生坚信他自己做的是正确的事。他很乐观，也很自信能治好病人，这一点我很欣赏。他十分卖力，其实他跟我们的目标是一致的。其他护士认为她们遵循P医生的治疗方案是正确的选择。但你我都不同意她们的看法。我认为我们应该待在这儿平衡他们的力量。”

“还有没有其他人对P医生的方法持不同意见？”

“有一些。过去更多。不过在他们表态之后，都被解雇了。因此我决定不说出自己的想法。”说着科琳咬了一口三明治，“你觉得朱莉娅·尼古拉斯需要怎样的治疗？”她问萨拉。

萨拉将盘子和没吃完的三明治放到旁边。“我觉得她需要服用安定药，”萨拉继续说道，“我觉得我们应该给予她尊重和理解。她需要一个愿意倾听并真正关心她的人，同情她的人。P医生也会听她说话，可她说的要是不合他意，他就会斥责她。”萨拉看着桌子对面的新朋友，“这叫我们如何期待她能康复……成为一个心理正常的女人……我们都不把她当人看？”

“我们做不到，”科琳说道，“这就是她需要你的原因。你我想法一样。有一天，我们也会开自己的小诊所，但是，此时此刻，我们得待在这儿，竭尽所能帮助这些病人。”

科琳说得对。她们是应该继续留在圣玛格丽特，不管处境如何艰难，都要默默尽自己最大的努力。

“你结婚了吗？”科琳冷不防换了话题。

“结了。我丈夫是《华盛顿邮报》的记者。”一提到乔，萨拉紧绷的神经立刻变得舒缓起来，“你呢？”

“我离婚了，”科琳的声音很轻，好像这个事实让她羞愧，“但我有个两岁的儿子，他叫萨米。他就是我的心肝宝贝。”科琳说到这儿，露出了笑容：“你有孩子吗？”

“还没有。”萨拉和乔现在正在努力要孩子，“那你工作时，萨米怎么办？是保姆在照顾吗？”

“是我婆婆在照顾。虽然我前夫不怎么样，但婆婆却是个值得尊敬的老人。”

自那天过后，萨拉每天都跟科琳一起吃午饭。跟她聊工作，聊私人生活，然后，萨拉才能鼓起勇气，走回到三号病房，直面患者的苦难。

萨拉觉得自己的治疗方法对朱莉娅·尼古拉斯起到了一定的作用。朱莉娅已经像正常人那样，跟萨拉聊了一小时她的童年故事。这样一来，萨拉就能阻止P医生继续给朱莉娅注射LSD了。P医生提过要把朱莉娅转到沉睡室，可萨拉反对。不过后来发生的一件事，让萨拉的一切努力都付诸东流了。

一天午饭过后，萨拉走进朱莉娅的病房，看到她正在轻拂秀发。刚开始，朱莉娅还冲着萨拉笑，霎时间，她脸上没了笑容。只见她拉开梳妆柜顶层的抽屉，将里面的衣服抛向空中，貌似在找什么藏在衣物里的东西。

“你偷我东西！”朱莉娅冲萨拉喊道，萨拉惊得后退一步。朱莉娅语气中的愤怒让萨拉感到不安。

“我偷了什么？”萨拉问她。

“我的胸针！”她指了指萨拉制服领口的胸针，“它本来在我的抽屉里，你偷走了它！”

“这个？”萨拉碰了碰胸针。“这是我丈夫给我的结婚礼物，”萨拉解释道，“朱莉娅，我之前就戴过好多次了，你见过的。”

朱莉娅拽出抽屉，倒过来使劲儿地摇晃。“本来就在这里面，现在却到了你那儿！”朱莉娅直勾勾地盯着萨拉的衣领，大声尖叫。

“不是你的，看到了吗？”萨拉大着胆子，往前探了一步，“你看见这枚胸针的样式了吗？它是由S和J这两个字母组合而成的。代表的是萨拉和乔，也就是我和我丈夫。”

朱莉娅好像没有听到萨拉的解释一样。也不知道哪儿来的力气，她挥舞着抽屉，然后猛地一松手，抽屉就朝着萨拉的方向飞来。萨拉低头躲了躲，可右面的太阳穴还是被抽屉的一角打到了。

萨拉顿时感觉疼痛难忍，赶紧用手捂住脑袋，打开房门，向楼道跑去。

“保安！”萨拉惊叫道。

几个身穿白衣的粗壮大汉已经向病房跑了过来。一定是刚才有人听到了萨拉跟朱莉娅之间的争吵声，所以把保安喊了过来。萨拉靠到墙上，鲜血顺着手指流了下来，一直流到手腕。就在这时，萨拉听到保安制伏这个以为有人抢劫她而歇斯底里的女人。

一个护士跑过来赶紧给萨拉受伤的太阳穴上缠上绷带。“你需要缝几针，”护士说道，“看来朱莉娅·尼古拉斯至少需要进沉睡室待上一个多月了。”

“不要。”萨拉轻声说道。刚说完就昏过去了。

次日上午，彼得院长把萨拉叫进了自己的办公室。

“你怎么样了？”彼得院长说着站了起来，一脸关切地将一只大手放到萨拉肩膀上，把她带到椅子旁坐下。

萨拉的太阳穴缚着绷带。她的伤口只缝了三针，但脑袋仍然很疼。

“没什么事了。”萨拉微笑道，“我本不应该跟她争论的，而应该找到其他的方法来……”

“嘘。”彼得院长轻声说道。他背靠桌子，半坐在桌边儿。“关于朱莉娅·尼古拉斯的治疗，我做出了一个决定，想跟你说一声。”他说道。

萨拉以为他说的是沉睡室。萨拉不知道自己有没有胆量跟院长争论。“我跟她相处得很好，”萨拉说道，“我那时候以为她——”

彼得院长把手伸到半空，打断了萨拉的话。“我已经让你试过你自己的方法了，”他说道，“多年来，人们一直对这些病人实行‘话疗方式’。可是对于病情严重的人来说，这种疗法远远不够。尽管如此，我还是给了你绝对自由，让你放手用自己的疗法，我也觉得你的疗法正在取得疗效。可事实却是，只有一种方法可以帮助尼古拉斯夫人彻底改掉自己的暴力行为。”彼得院长顿了顿，两眼放着绿光，死死瞪着萨拉，“我计划周三对她进行前脑叶白质切除手术。”

“前脑叶白质切除手术？”萨拉盯着院长问道。

“做完手术，她的自制能力就会大大好转——”

“那样她就昏迷不醒了！”萨拉几乎喊了出来，“后半辈子都好不了了！”胆敢这样跟院长说话，萨拉觉得自己不是胆子大就是没脑子。“彼得院长，请您给我点儿时间，让我研究一下症状跟朱莉娅相似的病人使用过的其他好疗法。”也许研究这个词能够多少打动一下院长，“求您了，在您决定进行前脑叶白质切除手术这种将会造成永久性伤害的疗法之前，让我再尝试一下其他的疗法吧。”

“对于像朱莉娅这样的病人，只有这个疗法才能管用，”彼得院长说着侧过身来，看着萨拉，好像她脑子有问题似的，“在你的内心深处，你是知道这一点的，不是吗？”

“可是前脑叶白质切除手术并不是什么治疗手段，”萨拉说道，“这个手术不过是方便我们照看她罢了，只会把她变成温顺迟钝的小孩子——”

彼得院长站直了身子。“萨拉，你需要读一读关于前脑叶白质切除手术方面的东西，”他说道，“要是你不能理解这种手术在精神疾病治疗过程中的重要作用，我们就没法让你在我们医院继续工作下去。”

萨拉低头看着自己放在大腿上的拳头，她头上的伤口一阵阵抽痛。

“我在这一行工作三十年了，而你……十年，是不是？”

“十三年。”萨拉骄傲地挺直了脊梁。

“想必你也知道，”彼得院长说道，“我是全国公认的数一数二的精神病医师。”

“嗯，知道。”

“既然这样，你就应该知道在决定朱莉娅·尼古拉斯这个病人的治疗方案上，我比你更有发言权。朱莉娅在星期三下午三点整将接受前脑叶白质切除手术。我希望你也能过来，她毕竟是你的病人。”

“你想让我……”萨拉不寒而栗。

“你之前有过手术培训，不是吗？”

“在学校读书的时候有过，不过……”

“我也注意到了。虽然你对什么疗法管用、什么疗法不管用的认识还有些不切实际，但确实是我们这里最熟练的护士之一。我想要你在以后的手术中给我当助手。我们对你的培训首先就从尼古拉斯夫人开始。”

萨拉一时语塞。这是她的工作，她不得不从命。

那天晚上睡觉时，萨拉依偎在乔身边。她把自己在医院的经历告诉了乔。一想到自己的病人就要进行前脑叶白质切除手术，她就感到很害怕。

“也许他说的是对的。”乔说着抚摸了一下萨拉的头发，“也许有些人在生活中受到的心理打击太大，他们根本无法忍受，只有破坏掉他们大脑中受伤害的部分才能帮助他们。既然这项医疗手段能够获得诺贝尔奖，肯定有它的过人之处。”

“我不觉得非做这个手术不可，”萨拉说道，“朱莉娅她太……美丽了。她还很年轻，而且精力充沛。”

乔轻轻碰了一下萨拉太阳穴上的绷带。“没错，她确实精力很充沛呀。”他边摸边笑道。

“真让人难过，”萨拉说道，“不过在我的恳求之下，彼得院长至少同意不剃朱莉娅的头发。朱莉娅的头发太美了，而她又是那么在乎自己的头发。”

“朱莉娅真幸运，能有你这样的护士照顾她，”乔说着弯过身子亲了一下萨拉，“能有你做妻子，我也很幸运。”

医院的勤务人员把朱莉娅推进手术室。朱莉娅身穿医院病人的袍子，注射了少量镇静剂，这些药剂仅能够让她保持镇定，不再反抗。朱莉娅睁开双眼，在手术室看见萨拉后冲她微笑。虽然萨拉戴着手术帽和口罩，但是朱莉娅还是认出了她。

“嘿，朱莉娅。”萨拉戴着口罩说道。她帮助勤务人员把朱莉娅从轮床挪到手术台上。洛芙夫人也站在手术室，准备帮忙。

朱莉娅伸手去抓萨拉的手。萨拉见状吃了一惊，她紧紧抓住这个年轻女人的手，朱莉娅肯定是预感到什么可怕的事情要降临到自己头上了。萨拉很高兴这时候自己就在她身边。对于萨拉来说这可能意味着一场煎熬，但是朱莉娅需要知道有个关心自己的人陪在身边。

身穿手术服的彼得院长走进手术室，他戴着口罩，用自己擅长的那种充满父爱的慈祥语气问道：“朱莉娅，你感觉怎么样啊？”说着捏了捏她的肩膀。

“感觉还好。”朱莉娅回答道。

“现在，我要把这个眼罩给你戴上，”彼得院长说道，“这样亮光就不会刺眼了。这光很刺眼，不是吗？”

彼得院长给朱莉娅戴好眼罩，然后伸手去取剃刀。萨拉心想院长拿剃刀肯定不是要剃朱莉娅的头发，可万万没有想到的是，院长已经开始剃她的头发了。

站在手术台对面的萨拉看得清清楚楚。“咱们不是说好了吗？”萨拉说道。

“这个——”彼得院长举起一绺疏松的红褐色长发，“对她来说，再过半小时，就什么都不是了。”他听起来很不耐烦，萨拉没有再开口，可她内心却在流血。

“注射器。”P医生说道，乔伊丝·洛芙将装满局部麻醉药的注射器递给了他。然后他在朱莉娅头皮上进行了注射，注射的区域就是他计划要切开的部分。

萨拉不愿意看到那些接受前脑叶白质切除手术的患者只是局部麻醉，但是P医生说有必要进行局部麻醉，因为他需要知道自己在何时“摧毁了她大脑内的抵触部分”。

手术室中的电钻声和漫天飞舞的头骨碎屑让平日里不易恶心的萨拉倒足了胃口。她扭头去看墙壁，不愿再看P医生的手术，希望没人注意到她的动作。

P医生不停地要器械。萨拉从眼角的余光看到乔伊丝都递给了他，但萨拉还是继续盯着墙壁。最后，乔伊丝递给P医生钢制压舌板，萨拉知道摧毁的那一幕最终来临了。

“朱莉娅，你多大了？”P医生一边进行着手术，一边问病人。

“二十……发。”朱莉娅含糊不清地说道。

“很好。”帕敏托医生说道。萨拉能想象压舌板朝钻孔的更深处摸索。

“朱莉娅，你能数到十吗？”他问朱莉娅。

朱莉娅嘴里咕哝了几句，P医生继续摧毁着朱莉娅的神经。

“朱莉娅，唱首儿歌吧，”几分钟后他又对朱莉娅说道，“唱《玛丽有一只小羊》那首怎么样？”

“嗯。啊！”朱莉娅只是咕哝了两声。

“数到十，朱莉娅。”帕敏托命令她。

一阵死寂。

泪水模糊了萨拉的双眼。朱莉娅的激情和斗志从此再也找不回来了。

萨拉趁机逃出了手术室，走进医务人员休息室。萨拉将自己锁在其中一个小隔间里面，放声大哭。萨拉知道，朱莉娅的手术将给她内心留下一道永远也无法痊愈的伤疤。

## 22. 纠结

数小时后，劳拉终于将女儿从噩梦以及泪水中重新哄入了梦乡。这时，她躺在自己床上，周围放满了从图书馆借的有关老年痴呆症的书。她查阅着索引和各章标题，想要确认一个患有老年痴呆症的病人有没有可能编造一个细节丰富的故事，并且能够清楚地、满腔热情地讲给别人听。劳拉开始怀疑，也许萨拉口中描述的在圣玛格丽特医院发生的一切只是她的臆想。现在她讲的故事越来越荒诞不经了。谁会把一个精神病患者关到一个“像棺材一样的箱子”里，一个月不许出来呢？劳拉分析，也许萨拉只不过是糊涂了，混淆了事实而已。

有一本书上写着“老年痴呆症患者对过去栩栩如生的描述可能会误导护理人，以为患者头脑很清楚，实则不然”。萨拉无疑就是这样的，甚至都有点儿离奇。在跟劳拉散步的时候，萨拉会陷入过去的回忆之中，她描述一件事的时候，细枝末节都照顾到了，丝毫看不出她有什么疾病。可是，片刻之后，她又会看着脚下的路，不知自己身在何处，有时候甚至不知道自己是在陆地还是在海上。劳拉看望过她这么多次，她连劳拉的名字都没记住。不过，她倒是知道，劳拉的出现意味着她可以出去遛一圈。

劳拉刚关好灯，躺到被窝里，电话就响了。劳拉拿起了床头柜上的电话。

“希望我没吵醒你。”是雷的声音。劳拉屏住了呼吸，几秒后，她意识到是斯图亚特打来的电话。

“斯图亚特！”劳拉说道，“你的声音听起来跟雷一模一样，我还以为……”

“啊，对不起。”他说道。

“这不是你的错。”劳拉笑了。

“嗯，听着。我知道已经很晚了，我在最近一期的《出版人周刊》里读到一篇文章，我想读给你听听。”

“好。”

然后斯图亚特就开始读那篇有关雷·达罗即将出版的书《无地自容》的文章。书的题目还是让劳拉感到不舒服，不过文章的作者对那本书的溢美之词不绝于耳，劳拉听着斯图亚特给她读这篇文章，如鲠在喉。文章将雷描述为一个伟大的人道主义者。

“如果每个政客都能读读这篇感人的文章，”斯图亚特高声朗读道，“肯定能带来亟须的社会改革。”他读到这儿停顿了一下，“写得不错，哈？”

劳拉闭上双眼：“我只希望雷能够听到这些话。”

“这是雷的遗产，”斯图亚特说道，“这正是雷生前想要看到的。”

挂了电话后，劳拉侧躺着，双眼大睁，睡意全无，这样过了好久。她伸手去碰另一边床垫，雷以前就睡在那儿，可现在却空空如也，失去雷的痛苦淹没了她。雷是个好丈夫。

不过他对劳拉父亲最后的遗愿所表现出的愤怒除外。

他对爱玛的不耐烦也除外。

劳拉摇了摇头，希瑟·戴维森总是将雷刻画成一个不称职的父亲，现在劳拉自己也有点儿信以为真了，这一切都让她心烦。

## 23. 开口

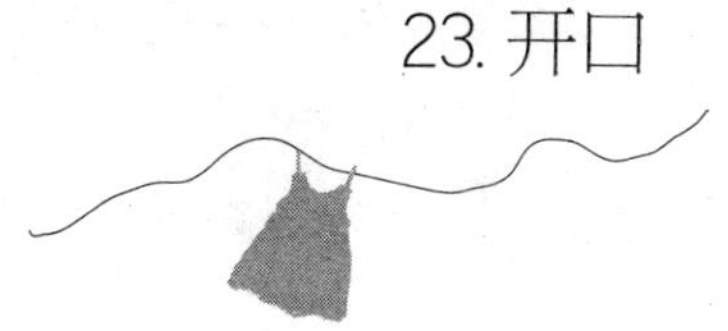

劳拉跟女儿吃早饭时，艾莉森·贝克尔打来了电话。

“我们不得不推迟克莉的派对，”艾莉森说道，“她昨晚胃痛，整夜都没合眼。”

“啊，希望她能早点儿好。”劳拉说，不过她更关心的是萨拉，而不是克莉。她已经告诉萨拉，今天爱玛要参加克莉的生日派对，劳拉会去看她。不过，现在爱玛没地方去了。虽然萨拉很有可能不记得劳拉说过的话，可万一她没忘呢？一想到萨拉穿好旅游鞋等她的画面，劳拉就无法忍受。

“我能帮上什么忙吗？”劳拉问艾莉森。

“不用了，谢谢。吉姆去买姜味汽水和椒盐饼干了，我想应该不缺什么了。”

劳拉挂了电话，回到爱玛对面的椅子上。

“呃，宝贝儿，是克莉的妈妈打来的电话。克莉今天生病，没法办生日派对了。”

爱玛抬起头，望着窗外克莉家的方向。

“妈妈知道你很失望。”她怎么知道？她女儿的所想所感，她知道什么？她现在就是在猜谜，一个巨大无解的谜。而谜底就掌握在两个人手中，一个是缄默的小姑娘，另一个是无法正常交流的老妇人。

劳拉从图书馆借的书中有一本提到说老年痴呆患者就跟小孩子一样。从很多方面来看，萨拉跟爱玛的能力水平确实相当。

“既然你去不了克莉的生日聚会，”劳拉跟女儿说道，马上做出了决定，“你可以跟妈妈一起去见见妈妈的一个朋友。”

萨拉打开房门，眼光马上就落到了爱玛身上。

“你今天带着珍妮一起过来了。”萨拉脸上露出了灿烂的微笑。

“珍妮？”劳拉问道，“不，这是爱玛，是我女儿。来爱玛，这位是托利太太。”

爱玛紧贴着劳拉的腿，不过她没有像平时那么羞怯，而是毫不犹豫地跟着劳拉进了萨拉的房间。爱玛用好奇的眼神看着萨拉。在爱玛的世界里还几乎没有几个年长的老太太。

萨拉引着这两位客人向客厅走去，她眼睛一刻不停地盯着爱玛，竟然撞到了一张茶几，她亡夫的照片掉到了地板上。劳拉捡起相框，放回桌上。

“珍妮要不要跟我们一起去散步？”萨拉问道。

“要是您不介意的话，就让她跟我们一起去吧，”劳拉说道，“不过，她的名字叫爱玛。您还记得我跟您说过我女儿爱玛的事情吗？”

萨拉坐在沙发边儿上，跟爱玛齐高。“好漂亮的小人儿呀！”萨拉说道，“她叫什么名字呀？”

爱玛把芭比递给萨拉。萨拉把芭比放到自己的大腿上。

“她叫什么名字呀，是叫珍妮吗？”萨拉追问道。

“我之前跟您提过爱玛现在不说话，您还记得吗？”劳拉问道。

“你不说话了，珍妮？”萨拉好像很顽固，就是不叫爱玛的名字，“你怎么不说话了呀，宝贝儿？”

爱玛擤擤鼻子，耸了一下肩，不耐烦地靠到沙发扶手上。

“好了，”劳拉对萨拉说道，“您已经把旅游鞋穿好了。”她看看爱玛：“宝贝儿，我们要出去散步了，你需要先去趟洗手间吗？”

爱玛摇摇头。

“好吧，那妈妈先去趟洗手间，”劳拉说道，“妈妈马上就回来。”

萨拉向洗手间走去，看见小厨房墙上的塑料日历挂钟。上面的日期比实际日期提前了三天，她把日期调整了一下。萨拉肯定一天按了不止一次。

劳拉站在洗手间的水槽前洗手，就在这时，她隔着薄薄的门听到萨拉在问爱玛话：“珍妮，你现在上学了吗？”这个“珍妮”究竟是从哪里冒出来的呢？劳拉暗自寻思。

“我不叫珍妮！”爱玛的话听起来一清二楚，“我叫爱玛。”

劳拉屏住呼吸，她已经很久没有听到爱玛说话了，都快忘了女儿说话是什么声音了。对于爱玛这样一个小女孩来说，刚才的声音很响，不过音调很低。爱玛语气中还有点儿气愤。

萨拉真想跑出洗手间，一把将女儿抱在怀里，但她又不敢打破这一难得的瞬间。她把头贴在门上，听着爱玛回答萨拉的问题，而萨拉却仍以为眼前的孩子叫珍妮。

“我的玩偶娃娃叫芭比。”爱玛回答道。

“我今年五岁了。

“我很快就要去上幼儿园了。”

劳拉对着洗手间的镜子，看见自己眼泪汪汪，鼻子通红。她用手纸擦干眼泪，走出洗手间。她觉得最好别把爱玛开口说话当成什么怪事，所以装出一副若无其事的样子。

“爱玛，你准备好要跟我们一起出去散步了吗？”劳拉等待着女儿的回答。

不过爱玛只是从萨拉手中拿回芭比娃娃，小跑到屋门口等着出门。

在散步的路上，萨拉的全部心思都在爱玛身上，根本没有心情回想过去。可不管她问什么，爱玛就是不开口。女儿在劳拉面前不肯说话，劳拉想到这里就一阵心痛。萨拉问爱玛的问题，大部分都是由劳拉回答的。萨拉还是管爱玛叫珍妮。聊到最后，劳拉也放弃纠正萨拉了。

“您肯定认识一个名叫珍妮的小女孩。”劳拉说道。

萨拉露出了深思的表情。“嗯，我认识一个叫珍妮的孩子，”她说道，“但是我们不能谈她。”萨拉走到劳拉和爱玛前面，劳拉知道谈话到此结束。

到了晚上，劳拉在天窗屋子给迪伦打了个电话。打电话的时候她就躺在地板的褥垫上。夜空乌云密布，但是月亮时隐时现，偶尔从朦胧的云层里探出头来。

“爱玛今天开口说话了。”萨拉说道。

“你不会是在跟我开玩笑吧！”迪伦说道，“好好跟我说说是怎么一回事。”

“是这样的，今天上午发生了点儿事，我不得不带着爱玛一起去看萨拉。我在萨拉公寓洗手间的时候，突然听到了萨拉问她——”

劳拉突然听到电话那边有声音，一个女人说道：“怎么了，迪伦？”

“你家里有人，”劳拉感到心中懊悔，“我打扰你了。”

“没，你不用担心，先别挂电话。”

劳拉隐约听到电话那端有窃窃私语声，她知道迪伦已经用手捂住了话机，正在跟刚才那个女人说话。他的……约会对象？情人？

“嘿，”迪伦回到话机前，“这么说来，你带爱玛去萨拉那里了，萨拉还问了爱玛几个问题？”

“嗯。我当时正在洗手间。不知道为什么，萨拉一直管爱玛叫‘珍妮’，爱玛突然就开口了，很生气地对萨拉说道：‘我不叫珍妮！’”

迪伦笑了：“好吧，爱玛这孩子！然后呢？哦，再稍等我一下。”

劳拉又听到刚才那个女人的声音了，声音很清楚。迪伦这次回答那女人问题的时候没有把话筒捂上。“就在壁橱里面，”迪伦说道，“在最上面的架子里，门后面就有个凳子可以垫脚。”然后他又对劳拉说道，“嗯，你接着说吧。”

“看来我是真的打扰你了。”劳拉说道。

“不，一点儿都没有。后来呢，爱玛接着说话了吗？她现在开口说话了吗？”

“没有。我从洗手间一出来，她就又不说话了。”

迪伦沉默了片刻。“真抱歉，”他说道，“你心里肯定特别难受。”

萨拉没想到迪伦会这么同情她，差点儿又哭出来。“至少她开口说话了，”劳拉说道，“我至少知道她还能说话。”

“你觉得萨拉不叫爱玛的名字，是不是为了故意惹恼爱玛，逼她开口？也许萨拉很清楚自己在做什么。她这么做可能只是为了激怒爱玛。”

这些劳拉倒是没想过。“你知道吗，她跟我说当她在精神病医院当护士的时候，曾遇到过一个缄默失声的病人。那里的医生就通过奚落病人，让病人重新开了口。”

“所以萨拉或许也想这么做。”

“不太可能。我不知道，萨拉的头脑应该没那么清楚。”

“也许她比你想象的要理智。”迪伦停了一下，“我有事几分钟后要出门，”他说，“我什么时候能再见到爱玛？如果那天我朝她吼过之后，她还愿意见我的话，我真希望时光能倒流，重新回到那天早晨。”

“星期一晚上过来怎么样？”劳拉建议说，“早上我要跟爱玛去希瑟那儿进行心理治疗。下午我想粉刷客厅的墙，所以你过来的时候，我可能满身油漆，不过我们可以订比萨或者——”

“我下午就过去，帮你刷涂料。”迪伦说道。

“啊，不！我没想让你帮我干活儿。”

“那天我休息，”迪伦说道，“我大概一点半到你那儿，行吗？你家有没有多余的滚筒，没有的话，我过来时带一个。”

“家里还有一个。”

“那到时候见。”

挂了电话，劳拉倒了杯冰茶，来到遮阴门廊，坐到其中一张摇椅上。静夜中，只有湖边青蛙有节奏的呱呱声。通常，在夜深人静之时，劳拉总会得到慰藉。但是今晚，劳拉的心情却久久不能平静。

迪伦真诚善良。劳拉现在也确信了，他真的很关心爱玛。有个善良体贴的男人愿意照顾爱玛：这就是劳拉想要的，除此之外，别无他求。既然这样，为什么当劳拉得知迪伦家有女人时，她会心烦意乱？这太荒唐了。迪伦又没欠她什么。他甚至都不记得那晚他俩上过床，而且迪伦也清楚地表明，他还不想结婚。为什么劳拉就是不能释怀呢？他们今晚会做什么？劳拉想象着迪伦跟那个不知名的女人在客厅里说笑逗乐，在后院吊床上打情骂俏。劳拉眼中浮现出两人在床上的画面。他抚摸着她，头脑清醒地跟她亲热，不像多年前跟劳拉一起时的稀里糊涂。

那又怎样呢？他又不属于劳拉。

劳拉将自己的注意力集中到其他事上，她竭力回想爱玛开口说话的情景以及萨拉是怎样固执地一遍遍将爱玛称作珍妮。对了，想想要把家里的墙粉刷成什么颜色。不过劳拉知道，迪伦今夜将会出现在她梦中。

## 24. 迷茫

“你还在想那个电话。”在两人去电影院的路上，贝瑟尼对迪伦

说道。

迪伦不能否认。爱玛开口说话了！他还想多跟劳拉聊聊，不过那样的话，他们就赶不上电影了。

“对不起，”迪伦说道，“说说你的工作吧。你说经纪人给你揽了个大活儿？”贝瑟尼到迪伦家的时候，口口声声说的不就是这个吗？好像还说什么得做个决定，因为这个工作跟她的摄影事业有冲突之类的？迪伦记不太清了。

贝瑟尼很安静。“我不想谈工作的事，迪伦，”她说，“我想谈谈我们俩之间的事，我们之间发生了什么。或者更确切地说，我们之间没发生什么。”

“我不明白你是什么意思。”迪伦两眼望着前方，贝瑟尼兴师问罪的口气让迪伦很不习惯。

“听着，我知道规矩，”贝瑟尼说道，“我知道我们不能束缚彼此。但是我想得到一些起码的尊重。”

“你在说什么呀？”迪伦一向很尊重贝瑟尼的。

“几周都没你消息，”贝瑟尼说道，“你让我怎么想？”

“我打电话的时候你总是不在家。”迪伦的解释有些站不住脚。他知道贝瑟尼什么时候在家，他明明可以在那时候给她打电话的。

迪伦将车停在电影院停车场一角，准备开车门下车。

“不，”贝瑟尼来一句，“我们说清楚了再走，求你了。”

迪伦松开开车门的手，转过身，看着贝瑟尼。“好吧。”贝瑟尼乌黑的头发在黑暗中几乎看不见，但是，迪伦可以清楚地看到她那双写满了问号的眼睛。

“你跟我说实话，迪伦。我俩一开始就对彼此很坦诚。我们都知道对方还会跟别人约会。但是我们对彼此来说都是特别的存在，难道不是吗？”

“是的。”迪伦握住贝瑟尼的手，“你对我来说的确是个特别的存在。”

“所以要是有人取代了我的位置，你得告诉我。我不会生气。但是我要知道实情。”

迪伦犹豫了，他透过风挡玻璃，看着窗外电影院的大遮檐。一分钟后，他终于开口了：“是的。”抓着她的手更紧了点，“是有人取代了你的位置。不过她只有五岁。”

贝瑟尼偏着头，皱起了眉。“什么意思？”她说，“啊，你说的是照片里的那个小女孩？”

“没错。”

“我就知道她是你女儿。”

“你怎么知道？”

“一看就知道，”贝瑟尼说道，“在她身上，我看到了你的眼睛，你的头发还有你的笑容。”

迪伦听着露出了笑容：“是啊，她确实跟我一模一样，难道不是吗？”

“我猜刚才打电话的不是你女儿，是她妈妈，是不是？”

“是。”

“那么……你怎么看她妈妈？”贝瑟尼的语气中透着担忧。别人也许注意不到，但是迪伦实在太了解贝瑟尼了。

“她只是那个小女孩的妈妈，”迪伦尽量宽慰贝瑟尼，“仅此而已。爱玛……就是那个小女孩……她爸爸不久前刚去世，后来她就不说话了，所以孩子妈妈打电话告诉我说孩子今天开口说话了。就是这样。”

“那你有没有……跟爱玛相认？我的意思是说，你跟她见过面了吗？”

“见过了，”迪伦叹了一口气，“贝瑟尼，这个问题解释起来很复杂，”迪伦说道，“我之所以一直没有跟你联系，事实上也没跟其他女人联系，就是因为我想全神贯注地照顾这个小女孩。我已经亏欠她五年了，现在需要补偿。你能理解我吗？”

贝瑟尼漂亮的嘴唇上露出一丝微笑。“能，”她回答道，“你不能对这个小女孩不管不问，我很喜欢你这一点。不过……”

“不过什么？”

“我还是希望你永远都没有发现自己还有个女儿。”

电影开始了，虽然贝瑟尼看得津津有味，可是迪伦却觉得无聊至极。在回家的路上，贝瑟尼说个不停。迪伦的思绪早已飘到了爱玛身上，根本不知道贝瑟尼说的电影情节和角色是什么。他想象着自己星期一下午再见到爱玛，要怎样克服她的心理防线，尽量消除枪柜事件带给她的心理阴影。他还要给爱玛买一个小涂料刷子，让她也帮助自己和劳拉给房子刷涂料。

等车子开进通往迪伦小木屋的车道时，贝瑟尼凑到迪伦身边，她那锦缎般的秀发滑过迪伦的下巴。她的手也开始在迪伦大腿内侧一个劲儿地摸来摸去。迪伦提不起兴趣，一点儿都没有。他不知道怎么办才好。

迪伦将车子停到车库前面，把贝瑟尼的手从自己的大腿内侧拿开，用力地压到自己膝盖上，说道：“我有点儿事情想跟你聊聊。”

“可我不想说话。”贝瑟尼把自己的手从迪伦手中抽出，从迪伦衬衣纽扣中间滑了进去，“我只想跟你亲热。”

“贝瑟尼，我知道，不过……”

“不过什么……”贝瑟尼把手拿出来，往后挪了挪身子，仔细打量着迪伦，“你今天晚上太不像你了，迪伦，”贝瑟尼说道，“电影是你喜欢的。我是看你需要散散心，所以特意选了一部你喜欢的电影。但是看来事与愿违了。我感觉你看完电影之后，离我更远了。”

“我懂，而且我也很抱歉。不过我现在正……经历一场我自己都不知道的变化。我不知道该怎么跟你解释，其实我自己也说不清楚。我以前从来没有想过要孩子，可现在突然有了个孩子，我觉得自己要对她负责。不单单出于责任感，我甚至……喜欢上了这个孩子。”这话从迪伦嘴里说出来有点儿怪怪的，“咱们看电影的时候，我一直在想下次见面要给她带什么礼物，或者带她去哪里玩，还有怎样才能取得她的信任，让她开口跟我说话。我就是不停地在想她。我不知道自己这么做是不是很疯狂。可我现在就是这么个状况。”

“我不觉得你疯狂，”贝瑟尼说道，“不过，坦白地讲，我倒真希望你现在是被别的女人给迷住了。我知道该怎么跟别的女人斗，但我却不知道怎么跟一个五岁的小孩争男人。”

“你不需要跟她争，你只需要对我多一点儿耐心就好了。”

贝瑟尼叹了口气，嘴唇紧绷着：“你今天晚上不想让我在你家过夜了，是不是？”

贝瑟尼很妩媚，迪伦在月光下可以看见她高挺的胸部。一个星期以来，迪伦每天都想着今晚，想着要跟贝瑟尼睡觉，天亮一起醒来，像往常一样说笑，然后接着亲热。可在此刻，一想起贝瑟尼刚才把手放到自己的大腿内侧，迪伦不但没有觉得快活，反倒有点儿心烦。他真的没了亲热的兴趣。

“宝贝儿，今晚不行，”迪伦说道，“不好意思，让你失望了。”

贝瑟尼想要勉强挤出一点儿笑容，但是没成功。她弯过身子亲了一下迪伦的脸颊。“别忘了给我打电话，好吗？”她说道。

迪伦看着贝瑟尼下车，然后上了她自己的车子。贝瑟尼开着车子驶出迪伦家的车道，尾灯的亮光消失在树林之中。迪伦走进家门，为自己伤害了贝瑟尼而懊悔。不过他也松了口气，因为现在没有人会扰乱他的思绪了，他可以好好地思考自己女儿的问题了。

## 25. 责任

虽然已经过去好几天了，但爱玛跟萨拉说话的声音依旧回荡在劳拉的脑中。劳拉给客厅家具铺上罩单的时候，脑子里依旧是爱玛那句有点儿生气的话。“我不叫珍妮！”想起女儿那天开了口，劳拉不禁露出了笑容。

劳拉这天上午刚刚去了希瑟的诊所，希瑟建议让萨拉在下个疗程跟爱玛一起过来。听到希瑟的建议，劳拉迟疑了：这样一来，萨拉就更迷糊了。在散步的时候，劳拉提议换个方向，萨拉就惶恐不安，她很害怕接触陌生的东西。不过，这个方法可能会见效，可能会对爱玛有所帮助。

爱玛坐在地板的中央，周围铺满了她用手指蘸涂料画成的图画，小丫头已经沉浸到自己的工作中了。劳拉还没有来得及告诉她迪伦待会儿要过来帮妈妈给房子刷涂料。她现在觉得已经非说不可了，因为再过几分钟，迪伦就要过来了。

“爱玛？”劳拉正在撬涂料罐的盖子，里面装的是奶油色的涂料。

正在地上玩涂料的爱玛抬起头，手指已经染成了蓝色，房间里弥漫着涂料的气味。

“迪伦一会儿就会过来。他要过来帮我们一起给房子刷涂料。”

爱玛马上就扭头接着玩涂料了。她不开心了。

“我知道你在他家的时候，他对你有点儿凶，”劳拉说道，“不过妈妈想让宝宝明白，迪伦那时候只是担心宝宝会拿枪伤到自己。他很关心宝宝的。”

爱玛将蓝色涂料胡乱涂到面前的纸上，好像没听到劳拉说话。劳拉见状，就开始粉刷离厨房最近的那面墙壁。

车道上的碎石发出“嘎吱嘎吱”的声响，应该是迪伦到了。劳拉用塞在短裤口袋里的抹布擦了擦手，把门打开。爱玛则坐在地面的凳子上，一动没动。

“你们已经开始啦，”迪伦看了一眼厨房旁边的墙壁说道，“颜色不错。看来爱玛也在忙自己的小事业。”

听到迪伦提到自己的名字，爱玛连头都懒得抬。

“我还想让爱玛帮我们刷墙呢，”迪伦说着从他的后兜里拿出一把刷子，然后蹲下了身子。“你想帮我们刷墙吗？”迪伦问爱玛。

“我看爱玛还太小。”劳拉虽不想惹迪伦不高兴，可她知道女儿不会答应的。但是，劳拉没想到女儿竟从迪伦手中接过刷子，站了起来。

“去那儿怎么样？”迪伦将手轻轻放在爱玛肩上，领着她走到较远的一面墙前，“你先刷一遍。然后妈妈和我在你刷的基础上，再刷一次。”

看着女儿拿着刷子慢慢刷墙，劳拉咬紧了嘴唇。尽管爱玛很认真，也很小心，但劳拉知道他们肯定得重刷，不过，那又有什么关系呢。迪伦跟爱玛抓着刷子沿油漆滚筒画了一圈，他们想去掉多余的涂料，劳拉看着两个人，心中暖暖的。

三个人整整刷了一下午的墙，不过，爱玛提前结束粉刷，跟克莉去自己卧室玩了。

“她们到底有多少芭比啊？”迪伦看到克莉抱着一箱芭比来找爱玛时问劳拉。

劳拉笑了。“你不会想知道的。”她说。现在爱玛去自己卧室了，客厅就她跟迪伦两个人，劳拉感到有些尴尬。迪伦是为了爱玛而来，不是来帮她刷墙的。“你想走的话随时都可以，”劳拉对迪伦说，“这些不是你该做的，你要做的只是当好爱玛的父亲。”

“也没什么其他事可做呀，”迪伦边说边往后站了站，审视他们一下午的杰作，“如果你跟爱玛今晚没什么安排的话，我觉得咱们可以去溜冰。”

“溜冰！八月？”

“阿珀维尔有个溜冰场，你没去过吗？”

“我都不知道那儿还有溜冰场。”

“去那边的人不多。专业的溜冰者都在那儿先练习，”迪伦说道，“但是最出名的是那儿的比萨饼。我们可以在那儿吃晚餐。不过，那得获得爱玛的同意。”

劳拉犹豫了，她不知道女儿会是什么反应。爱玛还从来没溜过冰呢。而且家里冰箱里还有一只消冻的鸡，劳拉的背累得隐隐作痛。不管怎么说，迪伦这个想法不错，想到整晚都能跟他在一起，劳拉也很开心。这样他就不能跟那个女人单独相处了。意识到这一点，劳拉舒了口气，自己怎么能这样想呢，真是荒谬。

“那就去吧。”劳拉对迪伦说道。

“她喜欢滑冰。”看着面前的爱玛轻巧地滑翔在冰面上，劳拉对迪伦说道。劳拉开始还以为女儿第一次滑冰，肯定会摇摇晃晃，站不稳，但是小姑娘二话没说就滑上了，好像驾轻就熟似的。她有时候会跑来拉着劳拉的手，不过她只想确认妈妈在她旁边，能自己一个人滑冰，她看起来很高兴，劳拉看到女儿的独立，喜不自禁。

“她之前没什么机会玩这个，”劳拉说道，“雷会给她读书，有时候也会带她去博物馆，或者是去华盛顿特区的街道。但是，雷不是一个……体力很好的父亲。”

“雷有没有教她骑自行车？”迪伦问道，“游泳呢？或者打垒球？”

“都没有。”劳拉想起了雷虚弱的身体和他敏锐的思想。突然，劳拉觉得自己在迪伦面前贬低了雷，一阵负罪感袭来。“这不是他的错，”劳拉解释道，“爱玛出生时，他已经五十六岁了。而且他只是一个知识分子，又不是运动员。他没法陪爱玛干这些事情，比如说带她滑冰。我教过爱玛骑自行车，不过有安全轮的帮助。去年夏天，我也教过爱玛游泳。不过现在她好像已经忘记了。爱玛现在很怕水。”

“也许这点我能帮上忙，”迪伦提议说道，“我们找个时间去游泳吧。你们家附近的湖周围有沙滩吗？”

“嗯，有个小沙滩。”

“我是个闲不下来的人，让我呆坐着，我会闷死的，”迪伦说道，“我一定要动起来才行，要不然我就得憋疯。”迪伦说着在冰上旋转一周，好像要证明自己所说的话，劳拉露出了笑容。

两人默默溜了一会儿冰，劳拉双眼紧紧盯着爱玛，她看着女儿试图模仿一个年纪稍大的孩子倒溜。爱玛很认真，可以看到她小嘴抿得紧紧的。劳拉开始考虑迪伦说的教爱玛游泳的事。

“我希望你没有觉得我在利用你。”劳拉对迪伦说道。

“利用我？”迪伦问道，“你的意思是帮助爱玛康复？”

劳拉点点头。

“怎么可能，”迪伦说，“我从来不做自己不想做的事。”

“我觉得你是个非常坚定的单身汉，过着自己想过的生活，一辈子就这样了，什么事也不会改变你的生活方式。”

“我就是这样的。”迪伦说道。

“但是，不知为什么，现在你承担起了照顾我女儿的责任。”

迪伦放慢速度，直至停下，他看着劳拉，一脸严肃。“因为她也是我的女儿。”迪伦回答说。

“即便这样，你也不一定要做这些事情。爱玛的出现，肯定会影响你为自己设计好的人生道路。”

迪伦又滑了起来，并示意劳拉跟上。两人肩并肩滑了片刻后，迪伦开口了。

“我父亲在我七岁的时候就离开了。”他说道。

“哦，”劳拉说，“他离开了？你的意思是……”

“他抛弃了我们。我妈妈、我以及我九岁的姐姐。事实上他过去一直是个好父亲，所以他的离开也带给了我们更大的痛苦。我们姐弟俩跟他都很亲密。我崇拜他。然后，一天早晨，他不见了。就是这样。”迪伦把手指弄得咔咔响，“我母亲当时完全不知所措。”

迪伦突然咧嘴一笑，不再讲自己的故事。“你看她。”迪伦边说边指着爱玛，远处，爱玛正在努力做脚尖旋转。啪的一声，她跌倒在冰面上，但是旁边一个小男生帮了她一把，爱玛又坚持不懈地继续滑向前方。

“我看爱玛很有溜冰的天分，”迪伦说道，“我们把这个丫头培养成运动员吧。”迪伦看看劳拉，控制住刚才的兴奋劲儿，“当然了，这需要获得你的许可。”

劳拉笑了。“要是你能获得她的许可，我当然就没意见了。”劳拉顿了一会儿说道，“对了，你父亲当初为什么会离家出走呢？”

“这个嘛，我得先好好回想一下，”迪伦说道，“事情是这样的，他原来在别的州还有一个女人，跟那个女人也有几个孩子。他的工作要求他常年出差，所以就过上了双重生活。那个女人也知道我们家，最后她实在受不了这种生活，要我父亲在两者之间做个决断。最后，我爸就做出了选择，抛弃了我们。”

劳拉想到迪伦承受的痛苦，不禁一愣。“后来就一直没有联系过吗？”她问道，“遇到假期周末的，他没有再回去看看你们，或者——”

“他走得干干脆脆，”迪伦说道，“我们再也没有见到过他。我们是从他的表弟那里知道的真相。我爸现在已经过世了，他是五十岁那年心脏病发作去世的。我希望自己没有遗传他的心脏病基因，也没有遗传他基因中虚伪欺诈的成分。”迪伦满腹苦水，内心凄凉，“不管怎么说吧，现在你应该明白我为什么不能让自己的孩子过没有父亲的生活了吧？特别是在我知道自己能够帮助她的情况下。”

“嗯，我懂了。”劳拉说道。

“我讨厌我爸，但却保留着他收藏的枪支，因为除了这些枪支外，我没有留下他的任何东西。不过我也很讨厌枪。”迪伦说完笑了，但是劳拉能听出这笑声背后的酸楚。

“在没有父亲的情况下长大，你小时候的日子肯定特别不好过。”

“哦，知道吗？”对于劳拉的同情，迪伦只是耸了耸肩，“所有这些都让我更加坚强。不过，我可不想通过这种方式变得坚强。从小没有父亲，这让我觉得自己很……空虚。”

劳拉想到自己的生活。在迪伦失去父亲的年龄，她也失去了母亲，不过这种失去不是因为任何人的错误。父亲给她灌输了对科学的热爱，劳拉从没有感到过片刻空虚。有过挑战，有过压力，有过激励，也有过约束，但从来没有过空虚。

“爱玛知道雷怎么了吗？”迪伦突然话锋一转，“我是说，她知道死亡意味着什么吗？”

“希瑟说小孩子在七岁左右之前都无法理解死亡的概念——无法理解死亡的不可逆转性。所以，我就没有……”劳拉感到万分绝望，难以自已，“说句实在话，迪伦，我一点儿都不知道爱玛理解什么，不理解什么，也不知道她害怕什么，心里在想些什么，因为她什么都不跟我说。”

他们接着溜冰，迪伦扶着劳拉的胳膊肘。“她会跟你说话的，”迪伦安慰道，语气中透着肯定，劳拉自己都不确定，“她已经跟萨拉说话了。她迟早会跟你开口的，只是时间问题而已。”

他们俩默默不语地溜了一会儿冰，劳拉享受着迪伦用手扶着她胳膊的那份温暖。

“我下次带爱玛去找希瑟的时候，要带着萨拉一起去，”劳拉打破了沉默，“不过，这样对萨拉很不公平。我害怕自己这样做会让她更加迷糊，还会进一步扰乱她的神经。”

“你太替别人操心了，你知道吗？”迪伦轻声说道，“你担心会破坏萨拉的记忆力，你担心自己是在利用我，你还害怕自己在利用萨拉。我跟萨拉知道我们在做什么，可以为自己的决定负责。”

听到迪伦这么说，劳拉吃了一惊，她还从来没有觉得自己过分替别人着想了。可是迪伦还是没明白她的意思。“你是没什么事，”劳拉说道，“可萨拉在很多方面就跟个小孩子似的。她没有能力说‘不，我不跟你去’。她连我在说什么都不懂，更别提我让她去哪儿了。”劳拉的声音几乎嘶哑。

迪伦握紧了她的胳膊肘。“你人真好。”迪伦说道。

从来没有人用过“好”这个字来形容她。劳拉回想起媒体上关于她的文章，上面都说她是“聪明绝顶的天文学家”“十分投入的科学家”“敬业的天文观测者”。从来没有人说过她人真好，迪伦还没有充分了解她。

“我在想你父亲和萨拉，”迪伦说道，“也许他们确实是在游轮上见过，不过不是情侣，可能只是病人和护士的关系。”

劳拉在冰上停了下来。“就是！也许是我爸以前患病的时候，萨拉负责照顾他，还有可能救了他的命。不一定非得是在游轮上，但他们的关系倒可能是病人和护士。”

“所以你爸爸觉得亏欠她一个人情。”

“可是，我永远都不会搞清楚的，”劳拉垂头丧气地又开始溜冰，“萨拉是不会想起来的。”

劳拉看了看女儿，这时的爱玛好像渐渐放慢了速度。看来过不了多久，他们就该走了。

“要是我那天晚上打电话打扰到你的话，我很抱歉。”劳拉顿了片刻后说道。

“你没有打扰我。”

“我记得你好像说你生活中没有女人。”

“我没说过这种话。我说的是自己没有男女关系的羁绊。我跟她们没有很正式的男女关系，没有某个特别的女人可以管我。”

“哦，这么说，你跟很多女人都有关系？”

“要说‘很多’可能有点儿夸张。”迪伦笑道，“不过确实有几个。”

“难道她们就不介意你在跟她们相处的同时，还跟别的女人交往？”劳拉问道，“难道她们不知道吗？”

“哦，她们知道，”迪伦斩钉截铁地说道，“还记得我刚才说的吗？我没有继承我父亲的欺骗基因。我不能容忍自己骗人，不能当骗子，再怎么样也不能骗人。”

真诚是迪伦的主要价值观念，劳拉可以信任他。

“嗯，没错，”迪伦接着说道，“有些跟我约会的女人确实受不了我同时跟别的女人交往，所以我再约她们出来的时候，她们就会拒绝我。”

“我真想不出会有女人受得了一个跟自己交往的男人同时跟别的女人在一起。”

“事实却超乎你的意料，”迪伦说道，“也有很多女人跟我一样，她们只是随便玩玩，不想承担任何义务和责任。”

劳拉有点儿搞不懂迪伦这个人了。她想可能是因为他父母的痛苦婚姻让他对婚姻望而却步，而这就是他几个星期之前所说的“漫长而痛苦的故事”了。

“她有点儿累了。”迪伦指着爱玛说道。

“嗯，看出来了。”

“那咱们今天就玩到这里？”

“嗯，时间差不多了。”劳拉说道。她希望自己打听迪伦的爱情生活，没有把他惹烦。她看着迪伦溜到爱玛跟前，穿着溜冰鞋弯下身子，跟她说了几句话，然后就站了起来，重新溜回到劳拉身边。

“她准备好要走了，”迪伦说道，“最起码，我是这么觉得的。虽然她没有点头同意，但也没有摇头拒绝。”迪伦笑道。

爱玛转身冲迪伦和劳拉招招手，然后向溜冰场边上溜去。

“你很会跟小孩子相处。”劳拉说道。不知道自己这么说迪伦，他会不会跟自己听到“你人真好”时一样别扭陌生。

看来的确是这样，迪伦笑了。“以前还从来没有人这么说过我呢。”他说道。

“嗯，也许你以前从来没有注意过吧。”这句话听起来好像有些唐突，不过迪伦冲她微微一笑，一点头继续在冰面上滑着。

“或许是吧。”迪伦说完就跟在爱玛后面向溜冰场边缘滑去。

## 26. 回忆·珍妮

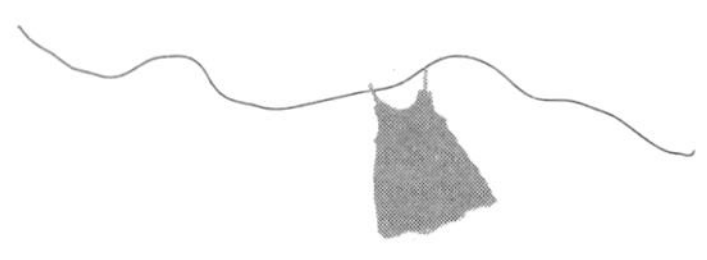

“进来吧，亲爱的。”萨拉边说边敞着门等劳拉进来。她看起来有点儿惊慌失措，“我马上就穿旅游鞋，然后就出发。”萨拉说着走进卧室。很显然，尽管劳拉带给她日历闹钟了，可萨拉还是不知道今天是星期几。

劳拉站在客厅等萨拉。从她站的地方，劳拉可以看到小厨房墙上挂着的日历，上面的日期又提前了，这次提前了两天。劳拉走到跟前，重新设置好日期，回到客厅。

萨拉走出卧室。“我找不到鞋子了。”萨拉对劳拉说道。

“我过来帮您好吗？”劳拉问。接着，她跟在萨拉后面，走进狭小整洁的卧室。床上铺着粉红花瓣图案的床罩，正好跟窗帘的颜色搭配。有人在萨拉梳妆台的每一层抽屉上都贴了字条，好让萨拉分类存放自己的衣服。萨拉的卧室一尘不染。

打开衣橱，劳拉一眼就看到了萨拉的旅游鞋。跟别的鞋子整齐地排列在地面上。

“在这儿呢。”劳拉边说边拿起鞋子，递给萨拉，萨拉则一脸诧异地接过鞋子，好像从来没见过它们是摆放在那儿的。

“这双鞋是散步穿的鞋子吗？”萨拉确认道。

劳拉点点头。

“好吧。”萨拉耸了耸肩。然后，她坐到床边，开始穿鞋子。萨拉的困惑让劳拉感到不安。自己不在的这几天，发生了什么？萨拉已经有多少次不知道自己身在何处，还有多少次穿反了裙子？现在据劳拉观察，情况只会越来越糟。

走出养老院大门，一阵和煦凉爽的微风迎面扑来。

“现在是春天？”萨拉问。

“不是，不过感觉确实像是春天。”劳拉这样说是不想让萨拉觉得自己说什么都是错的，“现在是八月二十六日，夏天快结束了。清凉的空气感觉还不错，是吧？”

“哦，是的。”萨拉加快了速度，劳拉两步并作一步，赶上了萨拉。

“我想问您些事，”在两人走了半个街区之后，劳拉问萨拉，“上次我来的时候，带着我的女儿爱玛。您还记得吗？”

萨拉蹙眉，“不记得。”她表情痛苦地承认道。看来她神志还算清楚，还会为自己记性不好而烦恼。

“没关系，”劳拉对她说，“我带了爱玛过来，但她不说话。我记得您跟我说您曾经有个病人也不说话，她的名字叫卡伦。您还记得卡伦吗？”

"P医生太浑蛋了，那样对她。"

"是这样。他一次次奚落卡伦，最后卡伦开了口。那天您也是这样对爱玛的。您逗弄了爱玛，对不对？您是故意那样做，想让爱玛开口吗？"

"我不会逗弄任何人的。"

"呃，也许我选的词不对。可是您的确一次次地喊爱玛'珍妮'，最后，她忍不住开口跟您说她叫爱玛。"

萨拉把手放到嘴边以示安静，若有所思。"珍妮今天来了吗？"她问道，"我做梦还梦到她了。"

"不，珍妮不在这儿。至少我在的时候没见过她。"劳拉细细地端详着萨拉的脸，"到底有没有珍妮这个人？"她问萨拉，"我想也许——"

"有珍妮这个人，"萨拉回答说，"但是我不该谈论她的。"萨拉边说边回头看，好像后面有人跟踪她似的。

"谁规定你不能谈论她呢？"鉴于老年痴呆症患者跟小孩智力差不多，她们会不会编造一个根本不存在的朋友？珍妮会不会就是萨拉那个不存在的朋友？也许有人告诉萨拉，要是萨拉再谈论珍妮的话，别人就会觉得她在胡说八道。

"P医生，"萨拉回答说，"还有D先生。"

D先生？看来今天萨拉完全脱离现实了，劳拉心里不禁一阵难受。她伸出胳膊，搂着萨拉。"我是您的朋友，亲爱的，"她对萨拉说道，"如果您愿意，您可以跟我说说珍妮的故事。"

萨拉看着劳拉，仿佛在检验她这句话的真实性。然后，萨拉打开了话匣子。

## 萨拉，1958年

萨拉和乔结婚三年后，萨拉终于怀上了身孕。乔和萨拉一样欣喜若狂，他买了很多昂贵的婴儿用品，他细心地给小小的育儿室贴上墙纸，半夜萨拉想吃橄榄果或是巧克力棒时，乔就立马起身，跑遍整条街，只为了满足萨拉。

怀孕六个月后，萨拉才停下了在圣玛格丽特医院的工作，因为那时，她的肚子已经很明显，再继续工作就是逞强了。萨拉跟乔也一直在讨论孩子生下来以后，她是否要回医院上班。萨拉知道，要是她没有工作，乔的薪水不足以支撑三口之家，萨拉明白乔自己心里也不好受。其实也不是不可以，只不过那样的话，一分钱就得掰成两半花了。可是一想到自己去上班，孩子就得由保姆照顾，萨拉心里就不是个滋味。

是的，萨拉知道自己想要回医院上班。她跟病人相处得很好。就跟科琳说的一样，光给病人用彼得院长的疗法不行，还需要萨拉的温情疗法来加以平衡。萨拉有时候晚上睡不着觉，躺在床上为医院的病人担心，要是没有自己在医院护着他们，这些病人不知道要承受什么样的苦难呢。

科琳就是一个好榜样。她家里有个小男孩，但仍旧全职上班。当然，科琳没有丈夫可以依赖，所以她不得不去上班。不过她白天可以把儿子萨米交给婆婆照看。乔的母亲跟他们断绝了一切关系，但是萨拉跟乔的邻居中有位老太太，自从萨拉怀孕后就开始帮忙照顾她。萨拉跟乔提议说在孩子出生后，自己要请六个月的假。在这期间，他们要省吃俭用，看看过得怎么样。之后，萨拉再决定要不要回医院上班。

在四月的一个晚上，萨拉正跟乔在家里的电视上看《荒野镖客》，就在这时，萨拉的子宫开始收缩。她怀孕才刚八个月，临产来得太早了，这可把萨拉给吓坏了。

乔匆匆把萨拉送到医院，大夫说萨拉这是“假临产”。萨拉稳定了许多，可乔的心里却七上八下，大夫让萨拉在医院住了一个晚上，第二天就让他们回家了。

次日晚上，萨拉睡觉的时候后背疼得睡不着。她侧躺在床上，乔帮她揉背，可是她实在太疼了，乔怎么揉都不管用。

就在天快要破晓的时候，萨拉的子宫又开始收缩了。

“咱们得去医院。”乔说道。

“医院的人只会再把我送回家。”萨拉说道。然而，过了一会儿，她就感觉床单已经湿了。她想起在护士学校的时候，就有人在分娩的时候背痛。子宫的收缩一阵连着一阵。“我看你说得没错，”萨拉边喘着粗气，边试着从床上起来，“咱们最好还是去医院吧。”

乔马上起身，赶忙从柜子里抓了几件萨拉的衣服，跑到床边。

这时的萨拉已经站了起来，她意识到自己已经不可能动身去医院了。

“乔，”萨拉尽量让自己平静下来，“这孩子临产期来得太快了，已经来不及让你开车带我去医院了。”她说道，“我现在要回床上去，你赶紧去打急救电话。”

“什么？”向来沉稳冷静的乔看起来有点儿不知所措，“你要在这里生？”他说着就要凑上去把萨拉扶回床上，但萨拉嘘着赶紧让他走。

“我没事，你赶紧去打电话呀。”萨拉喊道。

虽然萨拉嘴上说自己没事，其实可不是。躺到床上后，萨拉知道这个孩子要在救护人员赶到之前出生了。这孩子临产太早了，生下来肯定特别小。又疼又怕的萨拉流出了泪水。

乔跑回卧室，冲到萨拉跟前说道：“他们说马上就到。”

“乔，我怕是马上就要生了。”萨拉说道。

“啊？”

“我怎么说，你就怎么做。”萨拉突然对乔很不耐烦，不过她马上就后悔了。她不应该冲乔发火，乔是她现在唯一的依靠，“我是说，我需要你的帮助。”

乔的脸上闪过一丝惊慌，但马上就恢复了以往的冷静。萨拉曾多次看到过丈夫流露出这种淡定。

“好的，我就在这里。你能告诉我我该做什么吗？”

萨拉不断呻吟，几乎说不出话来，乔无助地抓着她的手。萨拉在接受护士培训期间只见过几个产妇分娩，当然没有一个是在这种情况下进行的。

“把亚麻织布柜橱的干净毛巾拿出来。”萨拉说道。小肚子下方疼得她喘不过气来。乔离开卧室后，萨拉将被子一把撩开，把睡衣用力扯到屁股上。

“这孩子出生得太快了。”萨拉看乔两手抱着黄色的厚绒布回来后说道。

“需要我做什么？”乔问道。

“往我身子下面放……毛巾。”萨拉没说完就痛得失去了知觉，只知道一个劲儿用力。现在用力早不早？萨拉不知道，也毫不在乎，她只是隐隐感觉到丈夫正坐在床沿，全神贯注地看着自己大腿中间的地方。

“再拿一条毛巾接孩子，”萨拉气喘吁吁地说道，“孩子刚生出来的时候，身上会很滑的，还有——”

“我看到孩子了！”乔喊道，“我这时候应该怎么做？是不是要把他拔出来？”

“不，”萨拉强忍着说道，“是他的脑袋，还是……”萨拉牙齿上下打战，只觉得太阳穴猛烈跳动。

“嗯，是他的脑袋。上面全是头发。”

“不要让我撕开口子，”萨拉说道，“用手抱住他的头，别用力。只要把手放到那里就好了，不要让他出来……”萨拉尖叫一声，知道这时候再想阻止自己撕裂口子已经太晚了。尖叫的那一瞬间，她什么也顾不得了。乔的手上拿着毛巾，已经把孩子抱在怀里了。

“孩子还好吧？”萨拉喘了一大口气，想要抬起头来看孩子一眼。

“是个女儿。”乔微笑着说道。

“她没什么事吧？”萨拉用胳膊肘撑住身体，只看到黄色毛巾上面染着模糊的红色血迹。

“我……觉得她好像没有呼吸。”乔的声音听起来很沉稳，但眼中却透着恐惧。

“拿毛巾，用毛巾角清理一下孩子嘴巴里的东西。”萨拉惊恐地说道。她想起有个同事去年生孩子的时候，孩子刚出生就死了。**上帝呀，请让我的宝宝平安无事。**

乔按照萨拉说的做了，不一会儿，孩子发出一声尖叫，接着传出哇哇的哭声。萨拉松了一口气，躺倒在床上，闭上双眼。小屋外传来一阵救护车的鸣笛声。

虽然母女平安，可是萨拉还是跟女儿一起在医院住了将近一个星期。乔经常去医院探望她们，白天不在办公室好好上班也要跑去医院，一直等到晚上医院的人赶他他才肯离开。乔觉得医院的护士之所以允许他比别的新爸爸在医院待的时间更久一些，是因为他跟女儿的关系比一般爸爸跟孩子都亲密。其他爸爸在孩子出生的时候，要跟视为神圣的产房保持距离，而乔的女儿则是他亲自接生的。

他们给自己的女儿取名简，跟萨拉过世的姨妈同名，孩子的小名儿就叫珍妮。萨拉很欣慰地看到女儿长得不像自己，更像乔。乔跟珍妮的关系比其他父亲和孩子的关系要亲密得多，萨拉只能说这是因为乔是第一个抱她的人，也是第一个夸她的人，还是第一个为她流泪的人。乔照看珍妮的技巧和热情完全不亚于萨拉。珍妮就是乔眼中的小公主。

为了能继续住在公园边上的公寓里，萨拉就不得不在生完孩子后重新回去上班。萨拉感到左右为难。一想到自己不得不把孩子托付给邻居家的盖尔夫人，一星期里将有五天时间不能照看孩子，她就感到无比心痛。不过，在萨拉内心深处，她知道自己不会做家庭主妇。她的这个想法只能对乔坦白，而不敢对其他人说，因为这种想法对一个女人来说太不对了，太自私、太没有母性了。可不管怎么说，萨拉需要从工作中获得动力，而且圣玛格丽特医院的病人也很需要她。

乔对萨拉说，她这样想跟她是不是好女人没有关系。乔的想法跟萨拉一样，就算他是个女人，他肯定也会这样做。乔说他会想办法调整工作时间，这样他就能每天早上再陪珍妮几小时。然后，他们就不用麻烦盖尔太太上午也照看珍妮了。

返回医院前的一天晚上，萨拉正在给珍妮喂奶，电视新闻中突然出现了帕敏托医生的身影。她赶紧开大音量，顿时目瞪口呆，帕敏托竟然在跟艾森豪威尔总统握手。新闻播报员介绍说帕敏托医生凭借在圣玛格丽特的研究获了奖。萨拉跌坐到椅子上，矛盾不已，一方面，能跟他一起工作，她感到很自豪；另一方面，这种尚存争议的研究方法也能获奖，萨拉感到很不安。

“你决定回来工作，我真是太高兴了。”萨拉返回医院的第一天，科琳在职工餐厅对她说道。萨拉休假的这段时间，科琳也被派到三号病房工作了，看起来她很不安。“现在状况更糟了，”两人端着三明治坐定后，科琳对萨拉说道，“得有另一个正常的人和我在三号病房工作，要不然我就彻底疯掉了。”

“你说‘更糟’了，是怎么回事？”萨拉问科琳。

科琳转了转眼珠。她头发长长了，现在是金色的小波浪。“你不在的这段时间，医院雇了一个年轻人……或者说一个孩子，”科琳说道，“忽然之间，他就成了P医生的左膀右臂。其他人都叫他D先生。”

“D先生？”萨拉笑着重复了一遍，“看来他赞同帕敏托的方法咯？”

“岂止是赞同？”科琳说道，“他甚至自己都能发明新玩意儿。现在他是心理驱动项目的头头。”

“心理驱动？那是什么？”看来萨拉不在的八个月中，医院已经发生了巨变。

“除了帕敏托和D先生，应该没人知道，不过好像跟——”科琳说着向前倾了倾身体，好像在说一个秘密，“——头盔有些关系。”

“头盔？”萨拉又忍不住笑了，现在的她还沉浸在初为人母以及乐享天伦的幸福和无忧无虑之中，但是她知道，在圣玛格丽特，她的这种感觉不会持久的。

“它们就像是橄榄球运动员戴的头盔，”科琳说道，“但是在每个头盔里面，都接有一副耳机，耳机的另一头连着床头柜上的磁带录音机。磁带会一直不停地播放，当一面结束时，他们就会重放一遍，病人们每天要听十五小时！”

“你是在编故事吧？”萨拉忽然怀疑地说道。这也太荒唐了。

“你很快就会亲眼看到这一切的。”

“磁带上是些什么内容？”

“磁带是P医生为患者录制的。每个患者都有自己专门的磁带。里面可能录有诸如‘你是个蠢货。你毁了你的婚姻。你这个没用的东西’之类的话。”

“什么？”萨拉叫道。

“就是这些话，他们一遍遍地放给患者听，大概放一个月。然后，他们就换另一盘磁带，里面是比较积极的内容：‘你热爱你的家庭。你是个好妻子，好妈妈。你爱你的丈夫。’”

萨拉惊得目瞪口呆。“告诉我你在开玩笑。”萨拉说道。

“没有服药的病人和那些没有被电击得神志不清的病人在听磁带的时候，会哭喊甚至尖叫。”科琳说道。

萨拉气极了：“这些人什么时候能真正为病人着想，拿出个实实在在帮助病人的方案？”

“他们说他们所做的一切都是为了病人，”科琳说道，“这就是所谓的‘想上天堂，先下地狱’疗法。”

“他们就会这个，”萨拉嘟囔道，“帕敏托在这方面确实是个天才，应该也给他颁奖才是。”萨拉看了眼三明治，然后推到了一边。她现在食欲全无。萨拉正式回归圣玛格丽特了。

萨拉回到医院工作，帕敏托看上去很高兴，第一周就让萨拉做了两次手术助理，两次前脑叶白质切除手术。现在萨拉看到病人精神受到摧残时，不再像以前那样全面崩溃了，这让她有些担心。她怕自己在这过程中，也会变成铁石心肠。

现在萨拉有位新病人，所有人都叫她“灰姑娘”，因为她老是觉得自己头发上和衣服上沾满了灰尘，她不停地想掸掉那些灰尘。她是个中年妇女，有些邋遢，偏胖，不过面相和善，举止优雅，萨拉很喜欢她。也是因为“灰姑娘”，萨拉终于见到了D先生。在她回来的这几天，没少听人谈论这个D先生。

D先生让萨拉去他办公室，他想谈谈“灰姑娘”的事。D先生的办公室就在P医生的隔壁，大小也差不多。一见到他，萨拉立马明白为什么科琳叫他“孩子”了。因为他是个在读的心理学博士，所以人们觉得他的实际年龄比看起来要大。但其实这个人看起来最多也就十九岁。难以想象，他已经是博士研究生了。他脸上还点缀着几颗青春痘。

“请坐。”萨拉就座后，他也坐到了桌子对面的椅子上。他的笑容很迷人，融化了萨拉对他强烈的排斥感。“终于见到你了，托利太太，我很高兴，”他说道，“我已经听很多人赞扬你的护理技能了。”

“谢谢。”

“我想跟你说一下我们针对卢卡斯太太，也就是大家称之为‘灰姑娘’的患者的治疗方案。”D医生说的话透露着与其年龄极不相符的成熟，有点儿不自然。她预想的D先生应该是骄傲自大的；再说了，哪个年轻人不是那样呢？不过，骄傲自大这个词不适合D先生。

“‘灰姑娘’，嗯。”萨拉说道。

“我们计划让她参加我们的新项目，也许你还不太熟悉，因为你离开了一段时间。这个项目叫作心理驱动。”

“磁带之类的？”萨拉说道。

“没错。非常激动人心。”他两颊通红，“P医生会依照她的病情，开出适合她的药方，我们确保她服用那些药，然后就将她送进沉睡室。在那儿，我们让她戴上有耳机的头盔，耳机另一端连着磁带录音机，然后，剩余的时间，她就听磁带。当然，洗澡、吃饭和睡觉的时候，她可以不戴头盔。不过其余的时间，她必须要听磁带。然后你呢，就负责照顾她在沉睡室的起居——帮她翻转身体，以免生褥疮，然后替她洗洗身子之类的。”

萨拉坐在椅子上局促不安起来。“磁带里面会录些什么东西呀？”她追问道。

“就是她跟彼得院长进行话疗的一些内容。我们会把她透露的最让她难受的事情录进磁带里。不光这样，我们还会在她的小腿上接上电线，她每听一遍录音，就会受到轻微的电击。”

“哦，D先生，”萨拉反对道，“这太过分了。”

“一点儿都不过分。”D先生说着冲萨拉弯过身子，头发挡住了上面的阳光，两只黑色眼睛放着光芒。虽然长着粉刺，但他仍算得上是个英俊的小伙子。“用这种方法可以从她的头脑中把那些消极的信息剔除出去，然后让积极的思想占领她的头脑，”D先生越说越激动，“使用这种疗法就能省去成千上万小时的话疗，纠正她的行为。”

也让她失去了人与人之间的交流，萨拉心中暗想道，不过她不敢说出口。没错，D先生还是个孩子，不过他现在已经是医院的领导了。萨拉本能地觉着自己不应该挑战D先生的权威。

“您以前见过这种疗法产生疗效了吗？”萨拉鼓起勇气问道。她尽量使自己的声音保持平稳舒畅。

“我们现在还处于早期试验的阶段，”他说着把目光转向办公桌上的几份文件，“但已经初见疗效了。”D先生把一沓文件规整到一起，站了起来。萨拉知道D先生这是在下逐客令。

萨拉从D先生的办公室走出来，心想这个人并不擅长撒谎。他对自己所说的前半部分坚信不疑，不过在他最后提到病人身体恢复的时候并不自信，他一说到这里就赶紧转移视线，他的不安出卖了他。还好，萨拉至少还能看出D先生什么时候在说谎。

在接下来的三个星期里，“灰姑娘”再也没有觉得自己衣服上沾着灰尘，也没有拍打衣服。事实上，她这些天什么都没干，只是在沉睡室里躺着，眼睛不是闭着，就是瞪着天花板发呆，麻木地听着头盔磁带里的录音。“灰姑娘”变得面无表情，吃饭的时候也默不作声。这难道就是所谓的疗效吗？萨拉可不这么认为。

一天，萨拉在职工餐厅对科琳说：“他们扼杀了每个病人的个性，还说这就是有疗效。”

“嗯！”科琳举起满满一汤匙饭送进嘴里。

“我觉得咱们不能就这么袖手旁观，得采取点儿行动才行。”萨拉说道。

“你觉得就凭咱们俩能做什么呀？”

“我们需要让外面的人知道这家医院内部发生的一切。”

科琳笑了笑，说道：“圣玛格丽特医院被外界认为是全美国最好的精神病院之一，彼得院长获得的奖项不计其数。有谁会觉得几个小护士会比彼得院长这样的大人物更懂得治疗？也许，我们真的没有彼得院长懂得多。也许是咱们太落伍了。也许所有的好医院都在进行这类疗法。”

“我可不希望别的医院也使用这种疗法。”萨拉说着向科琳侧了侧身子，“即便这么做最后真的有效，那代价也太高昂了。要是在治疗期间剥夺病人尊严的话，我觉得我们的治疗就一点儿都不能称得上成功。”

“不过，”科琳说道，“咱们要是弄出什么动静的话，我敢肯定，咱们俩都会丢掉饭碗。我不知道你那边是什么情况，但是我需要这份收入。要是丢了这份工作，别的医院也不会愿意用我们的。彼得院长要是炒了咱们的鱿鱼，他就肯定不会给咱们开什么好的工作证明。”

无论从哪方面来说，科琳都是对的。但萨拉眼看着圣玛格丽特医院发生的这一切，心里就是很不舒服，难以释怀。就算回到家陪在乔和珍妮身边，萨拉心里也一直挂念着自己的工作。她有时候会半夜惊醒，梦到自己被关在禁闭室里，然后她就一定要伸手去抓乔，确定他就躺在自己身边。接着，她就会起床把珍妮也抱上床。只有当他们一家三口都挤在床上的时候，萨拉才能感到温暖和安全，心情才能平静下来。

一天晚上，乔对萨拉说道：“你辞掉这份工作吧，咱们总能把日子过下去的。这份工作给你的压力太大了。”

他们俩坐在客厅里。珍妮刚吃过奶，趴在萨拉怀里睡着了。

“我不能就这样说辞职就辞职，”萨拉说道，“我觉得医院里正在发生的事情是不对的，而且很可怕。我不能就这样扔下那些病人不管。”

“你要是真觉得你们医院做得不对，那就应该想办法采取点儿行动才行。”乔说道。

萨拉耸耸肩：“可要真是我自己胡思乱想怎么办？”

乔取出随身携带的笔记本和钢笔，说道："咱们现在把你在医院觉得不对劲儿的事情都写下来，然后再客观地分析一下。"

萨拉把一直困扰着自己的事情一股脑儿都说了出来，真是不吐不快。"前脑叶白质切除手术，"萨拉看着乔在本子上做着笔记，"我知道其他地方也在给病人做这种手术，但是我觉得我们医院做这种手术的频率太高了。还有电击疗法。他——彼得院长——给病人使用这种疗法的时候用的电压特别高，而且电击频率也很高，有时候还会电击正在抽搐的病人。禁闭室，其实说禁闭箱更加合适。还有D先生那种疯狂的'心理驱动疗法'以及医院使用的药物。他们根本不考虑病人的病情就滥用药物。而且，他们还不让病人跟除了医院几个护士之外的其他人进行接触。他们好像是在进行机械式的自动精神疗法。"萨拉亲了一下珍妮的额头，把她放进椅子旁边的摇篮车里。

萨拉回来时，乔看着自己写下的单子："你确定这些疗法现在还没有普及？毕竟，你们院长他——"

"我看了最近的学术期刊，"萨拉说道，"根本没有提到我们医院的疗法。要是有的话，那就是前脑叶白质切除手术现在饱受争议，使用频率越来越低。确实有一些新的药物试验，但是跟圣玛格丽特医院里面进行的完全不一样。"

乔靠到椅背上，把笔记本放到大腿上。"我觉得你的确需要做点儿什么，"他说道，"给美国精神病学委员会打个电话怎么样？你不需要透露自己的身份。"

萨拉之前没有想到过自己可以打匿名电话，现在知道可以这样做了，她一下子放心了。萨拉已经把自己的焦虑告诉了乔，她知道现在只能把自己的所见所闻向权威机构报告了。

次日早晨，萨拉坐在餐桌旁，给医院打电话说自己将迟到一会儿。然后，她拨通了美国精神病学委员会的电话，找委员会里面负责调查不道德医疗的人接电话。等了片刻，电话那端传来一个男人的声音。萨拉把乔的笔记本放在电话边上，慢慢把自己在圣玛格丽特医院看到的情形一一列举出来。萨拉想象着接电话的人会把自己所说的事情都认真记下来，不过电话那头却几乎没有回应。电话那端的冷漠语调，让萨拉想起了沉睡室里的病人。

“很感谢您提供的信息，”那个男人终于开口了，“不过我还不知道您贵姓呢？”

“我不想透露身份。”萨拉说道。

“我们需要留下您的姓名，好做记录，”男人说道，“而且这样也能提高您说话的可信度。”

“我就在圣玛格丽特医院上班，这总该可信了吧。”

“那我怎么确定您不是那里的病人呢？”

“我不是病人。我在那儿工作已经……”萨拉差点儿就要告诉电话那头自己在圣玛格丽特工作多久了，然后她意识到，说这个可能会暴露身份，所以她没再多说。“你一定要相信我说的话。”萨拉对他说道。

“好吧，”电话那头放弃了追问，“我会把您提供的信息传达给有关领导的。”

萨拉挂了电话，这么久以来她第一次感到轻松。她做了自己力所能及的事。

劳拉拉开养老院的门，等萨拉进来，显然这个老妇人现在的步伐比出发时慢了许多。今天两人确实走了不少路，就连劳拉自己都感到疲惫了，不过与其说是因为走路走累了，不如说是听故事听累了，那些在圣玛格丽特发生的荒唐事，真够劳拉消化的了。萨拉有个女儿，这让劳拉吃惊不小。劳拉的父亲告诉她说萨拉没有别的亲人。乔现在很有可能不在世了，可珍妮呢？

“珍妮现在在哪儿？”两人走到贴有电影放映机的那扇门前时劳拉问萨拉。劳拉有点儿怕听到答案，她怕这又会勾起萨拉的伤心事。

“她不在了。”萨拉回答说。

“您的意思是……”劳拉还是鼓不起勇气问萨拉珍妮是不是已经不在人世了。

“珍妮藏起来了。”萨拉说完之后，跟劳拉道了再见，走进自己的房间，关上了门。

## 27. 情陷

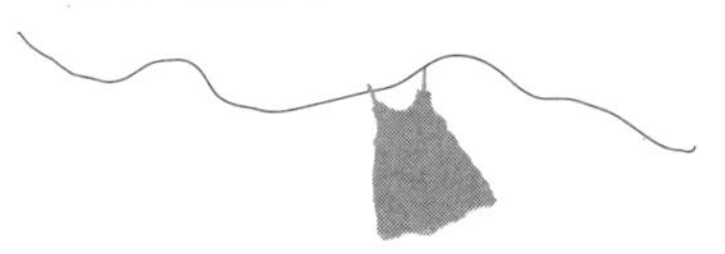

爱玛紧紧握着妈妈的手。劳拉现在正领着女儿从湖边游戏场往家走，劳拉顺着女儿的目光看去，湖边别墅在树林中若隐若现。透过层层枫叶和葛藤，劳拉看到了迪伦，他就坐在门廊里，手里还拿着个大盒子。

“是迪伦！”劳拉高兴地叫道，完全没有理会女儿紧攥她的手表现出的焦虑。劳拉今天一直期待迪伦能过来，她也知道盒子里面装的是什么。“我猜迪伦给你准备了礼物。”劳拉对女儿说道。

爱玛抓着妈妈的手没那么紧了，劳拉不禁摇摇头。她和雷生活简朴，怎么会培养出一个这么财迷的女儿呢？

劳拉跟迪伦前一天晚上通过电话，她同意迪伦今天过来把他准备的礼物送给爱玛。同时，劳拉也给他讲讲有关珍妮的故事。两人还在电话里花了半小时的时间，试图破解萨拉那句“珍妮藏起来了”是什么意思，但最后一无所获。

看到两人走近，迪伦走下门廊台阶。

“我给你带了礼物，爱玛。”他说道。

“谢谢，迪伦。”劳拉低头看了看女儿，爱玛早已被精美的包装吸引了，“让她在这儿打开礼物还是进屋再说？”

“还挺重的，”迪伦说道，“我们先拿进去吧。”

爱玛跑进屋，站到客厅中央等他们进来，圆睁的双眼写满了期待。

迪伦见状笑了。“看来你女儿很贪心嘛。”他轻声对劳拉说道。

“别忘了她也是你女儿。”劳拉也冲他耳语道。

迪伦将盒子放到地板上。“打开看看吧，爱玛。”他对爱玛说道。

爱玛坐到地板上，撕开包装纸，看到了里面的鱼缸。爱玛看到这个礼物后，脸上的表情没多大变化。

“你知道这是做什么用的吗，爱玛？”劳拉问女儿。

爱玛点点头，嘴角浮出一丝微笑，迪伦也坐到了地板上，鱼缸就放在两人中间。

“我们得先找个地方放它，”迪伦对爱玛说道，“放到你房间怎么样，你觉得放哪儿好呢？”

哎哟，劳拉不禁替他担心。迪伦的问题不能用是否来回答，爱玛只是盯着迪伦不说话。

“放在你的房间？”迪伦又问道。

爱玛点点头。

“好的，我们先得过滤放进鱼缸里的水，让它加热一小会儿。然后，趁这段时间，我们可以开车去米德尔堡的鱼店，买几条漂亮的鱼。”

爱玛立刻把头转向劳拉。

“妈妈也去。”劳拉明白女儿眼里的恐惧，对女儿说道。

“好了，”迪伦说着站起身，“首先我们要找一个好地方。你能带我去你的卧室吗？”

爱玛也站了起来，抓着妈妈的手，三人一起上了楼。

他们将一个矮长书架一端靠墙，把鱼缸放在书架顶层，这样不论从哪边看，都能看到鱼缸里面的鱼。迪伦过滤好清水，倒进鱼缸，将热泵放在里面，爱玛和劳拉目不转睛地盯着他的动作。

“我负责每隔几周清洗一次鱼缸。”迪伦对爱玛说。在跟劳拉通电话时，他就毛遂自荐要这样做，“你妈妈说她每周都会检查鱼缸的水、过滤器以及加热器。而爱玛，你要负责喂鱼，两天一次。不过刚开始的几次，妈妈会帮助你的。你能不能做到？”

爱玛点点头，劳拉听到迪伦叫她妈妈。雷提到她的时候，也从没有这么亲密。“你母亲会帮助你的。”雷可能会这样讲。但劳拉更喜欢“妈妈”这样的称呼。

在三人前往米德尔堡二十分钟的路程中，迪伦跟劳拉一直在聊养鱼的事，劳拉也知道了一些她这辈子也许永远都不会想知道的养鱼知识，像什么海藻啊、胎鳉啊，以及水的pH值，等等。一进鱼店，劳拉就把舞台让给了迪伦跟爱玛，那两人开始挑选鱼和鱼缸里的其他东西。劳拉站在水族箱后面看着两人，她的脸几乎都贴到玻璃上了，爱玛什么好看的鱼都想要。迪伦不厌其烦地跟爱玛解释，说有些鱼不适合在她的小鱼缸中生存，还告诉爱玛刚开始应该少养几条，以便让它们茁壮成长。爱玛乐意地接受了迪伦的解释，当迪伦抱着一箱装满鱼的塑料袋向车子走去时，劳拉看到女儿一脸的满意。

劳拉坐在女儿床角，看着她跟迪伦将买回来的鱼放到鱼缸中。就在这时，电话响了。劳拉站起身去自己卧室接电话，爱玛也跟着她出了门。劳拉充满歉意地看了迪伦一眼。看来爱玛还是不想跟迪伦单独待在一起。

迪伦耸耸肩。“我待在这里陪着鱼儿，”他说道，“我就跟这些红莲灯鱼待在这儿。”

劳拉拿起床头柜上的电话，爱玛一下子扑到妈妈的床上。

“您好，请问是达罗夫人吗？”说话的是个女人。还从来没有人这么称呼过劳拉呢。劳拉觉得打电话的人可能是律师。

“很抱歉，我们这里没有达罗夫人。”

“您是雷·达罗的遗孀吗？”劳拉刚想挂电话，那个打电话的人赶紧追问道。

劳拉迟疑了片刻。“我是，”劳拉说道，“您是哪位？”

“哦，您没有跟您丈夫的姓氏，还姓布兰登，是吗？”那个女人接着说道，“我刚才忘记了。对不起，我叫贝姬·里德，是卢肯斯出版社公关部的工作人员。您丈夫那本书的宣传工作由我负责。”

“哦，”劳拉坐到床边，爱玛挪挪身子，把脑袋放到妈妈的大腿上。“对不起，”劳拉说道，“我刚才不是有意冒犯的。我叫劳拉·布兰登，我没有改成我丈夫的姓氏。”

“没关系，”贝姬说道，“我们只是想跟您谈一下我们出版社对《无地自容》这本书的宣传计划。我们寄出了新闻稿，现在已经有脱口秀节目向我们发来了邀请函。”

“脱口秀？可是雷……他已经过世了呀。”

“嗯，可是您还在世呀，是不是？脱口秀节目对于我们新书的宣传推广有很大的作用，所以我们想要充分利用这些机会，希望您能愿意出来做雷的代言人。全世界肯定没人比您更了解您的丈夫。”

做雷的代言人？“可是，我不能——”

“我知道您以前在发现新彗星的时候，就接受过媒体采访了，”贝姬继续说道，“我还读过您去年接受媒体采访的报道……《时代》周刊，是吗？”

“嗯，也许是吧。”劳拉脑子顿时迷糊起来，“我上脱口秀能说些什么呢？”劳拉问道，“这本书是关于雷的工作的，跟我自己的工作无关。”

“但您肯定知道他为无家可归者做的工作，还有他从事的其他人道主义事业。这些信息从您嘴里说出来，肯定特别有意义，而且会特别感人。”

“我不知道自己有没有空。”劳拉这样说道，不过她知道这是个蹩脚的借口。虽然她现在连班都不去上了，但她的确感到有点儿力不从心。“我现在想要全心全意照顾我的女儿，”劳拉抚摸着爱玛的头发说道，“自从雷去世之后，我女儿的状态就一直不好。而且——”

“我们会充分考虑您的时间安排。”贝姬说道。她稍微顿了片刻，再开口的时候，语气中带着几分说教。“我不知道您是不是理解《无地自容》这本书的重要性，”她这样说道，“关于流浪者的书不计其数，但是这本书将会拨动每个人的负罪神经，一定会成为经典。如果别的内容不能打动人心，那章关于那些沦落街头的精神病人的内容也能让每个读者感到深深的自责。这本书将成为国会山最受热议的图书。我们希望总统本人也会读这本书。在脱口秀节目上推广这本书，对我们能否成功至关重要。请您考虑帮我们出版社这个忙。”

“好吧，”劳拉叹气道，“我会考虑考虑的。”她跟出版社的这个人说了声再见，然后挂断了电话，低头看着爱玛。爱玛的大拇指又放进了嘴里，眼睛却睁得圆圆的，直盯着劳拉。

“来，宝贝儿，”劳拉说着把爱玛的头从自己的大腿轻轻地挪到床上，“咱们去看看迪伦跟你的新鱼儿相处得怎么样了。”

劳拉带着爱玛回到她房间时，迪伦已经把所有的鱼都放进了鱼缸。爱玛慢慢走向鱼缸，大拇指还放在嘴里，比起刚才安静多了。

“这鱼看起来真漂亮。”劳拉发自内心地赞美道。鱼缸里有金色、蓝色的鱼，还有棕色的斑点鱼。阳光透过窗户照射进来，屋子里到处都反射着五颜六色的光。虽然劳拉表面看上去很开心，可迪伦还是感觉到了她好像有心事。

“你看起来有点儿不高兴。”迪伦把头偏向劳拉。他这时正在鱼缸对面，用布擦着手。“电话里有坏消息？”他问道。

“不是坏消息，一点儿也不坏。”她说着又坐到爱玛的床上，

“只是……有点儿麻烦。”

迪伦把手里的那块布搁到书架上，说道：“呃？说来听听。”

“是雷的出版商。他们想让我参加脱口秀节目，帮雷的书做宣传。”

“哎呀，这可是好事呀，不是吗？”迪伦问道，“没有多少书能够登上脱口秀节目的。”

“嗯，是不错。可我为什么就是感觉不好呢？”

“那我就不知道了，”迪伦说道，“你为什么觉得不好呢？”

劳拉用手指揉揉太阳穴。“雷已经走了，”她说道，“我想合上人生中的这一章节，不想再打开，也不想再去揭伤疤。我已经忙得一团糟了，现在又添了件操心的事。不过，这确实有点儿滑稽可笑。我现在竟然变得这么懦弱，根本没办法同时应付一件以上的事情。”

刚才一直在看鱼的爱玛慢慢走向自己的床，然后突然一下趴到地板上，在床底打起滚来。劳拉见状立即惊慌不已。在雷自杀后的几个星期里，爱玛每天都要钻到家具下面几小时。劳拉带爱玛看的第一个心理医生说这属于正常反应，爱玛只是想要找寻一种安全感，不用大惊小怪。可是见到爱玛突然又往床下面爬，劳拉还是感到十分紧张。

迪伦疑惑地看了劳拉一眼，劳拉耸耸肩，不知道自己的表情有没有暴露自己对爱玛这种怪癖行为的恐惧。

“嗯，”迪伦好像什么都没有发生似的说道，“劳拉，看来你要应付的事情不是一般的棘手。那天，你说自己的生活变成了一场猜谜游戏。你不知道她们……你想要关心和帮助的人的内心世界。”迪伦瞥了一眼床，好像不知道自己当着爱玛的面这么说合不合适。“你现在真的重担缠身，”他接着说道，“要是你觉得自己应付不过来的话，就不要去参加什么脱口秀节目了。”

很少有人像迪伦这样安慰过劳拉。“但是为了雷，我应该参加。”她这样说道。

迪伦又瞥了一眼床，点头示意劳拉走出房间。

劳拉跟着迪伦一起走出爱玛的卧室，她热泪盈眶。估计爱玛听不到他们说话了，劳拉开口道：“爱玛已经好几个月都没有往床底下钻过了。”

“我觉得这是因为她听到我们在谈论雷。”

劳拉说：“她肯定对雷的死感到很困惑，也很难过。”

“而且她还不能告诉你究竟是什么东西让她困惑，让她难过。你也不知道自己为什么会感到这么不堪重负。劳拉，你现在操心的事情太多了。我支持你，全力支持你，管它什么脱口秀节目呢，别去了。”

劳拉露出了微弱的笑容。她想上去摸迪伦，想要伸手抱住他，但只是嘴上说出一句：“谢谢。”

“嘿，没关系，”迪伦说道，“不管什么时候，有事情想不开的话，就给我打电话。”他看了看手表，“不早了，我得赶紧走了。”

迪伦顺着走廊往前走，进了爱玛卧室。劳拉在外面听着迪伦跟他躲起来的女儿之间的对话。“我要走了，爱玛，”他说道，“但走之前我想跟你说几句话，你还记得我的大鱼缸吗？每当我心情不好，感到沮丧、生气、害怕或是难过的时候，我就坐在鱼缸旁边看鱼儿游来游去。看到鱼儿，我就获得了平静。我要说的就是这些。”

迪伦出了房门，跟劳拉挥了挥手，朝楼梯走去。

劳拉靠着墙，看着迪伦离开的背影，她明白，自己已经坠入了情网。

## 28. 回忆·灾难

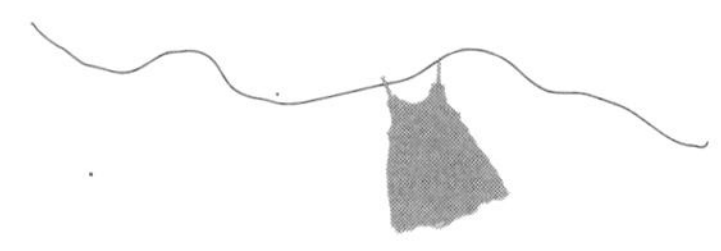

“今天下雨了。”萨拉打开门后，劳拉对她说道。

萨拉转眼看着窗外，一脸失望。“下得不是很大嘛。”她说。

“这雨断断续续的，时大时小。”劳拉边说边走进公寓。她举起手中拿的老电影。“我带了电影，”她说，“但是我真的想跟您说会儿话。”萨拉竟然有个女儿，这让劳拉有些始料未及。她想知道珍妮后来怎么样了。

“嗯，我也想聊聊，”萨拉说道，“我跟你说说乔后来的故事。我还没跟你说吧，说了吗？”

“乔后来的事？”劳拉用手理了理湿漉漉的头发，“我倒是很好奇珍妮最后怎么样了。”

“但是乔比珍妮先出了事。”萨拉四下看了看，好像在找什么，“好吧。其实，他们两人的遭遇都让我伤透了心。”

“如果您不想说的话，就不要——”

“今天是乔的生日，”萨拉笑着说道，“五月三日。”

劳拉朝小厨房墙上瞅了瞅。日历上分明写着八月三十一日；不过今天实际上是八月二十九日。但是劳拉不忍心再伤萨拉的心。

“那今天就是怀念乔的好日子。”劳拉对萨拉说道。

“是的。”萨拉朝沙发走去，“现在，我就告诉你，乔，我的爱人，后来都遭遇了什么？”

## 萨拉，1959年

在萨拉给精神病学委员会打过电话之后，她一直盼望圣玛格丽特医院能发生变化。不过现在就她看来，那些人完全没把她的顾虑当一回事。这里一切照常，在帕敏托医生的治疗下，继续有许多病人在电击或是服药后，陷入昏迷状态。帕敏托医生的所有治疗方法都有一个中心思想：那就是清除病人的记忆，并且要清除得一干二净。不管帕敏托是用药物、电疗法、进禁闭室还是听磁带等方法，他的目的只有一个，抹去病人的过去。但这样做的同时，他也抹杀了患者的灵魂。

病人的情况一天天恶化，萨拉也越来越痛苦。有时候，她甚至怀疑不正常的人是自己。在医院内部会议时，P医生拿病人举例，说明自己的方法已经取得了成效。每当这时，萨拉就会一头雾水，因为P医生口口声声所说的病人情况好转跟萨拉看到的截然不同。

一天晚上，萨拉又做了噩梦。这次不是在禁闭室，而是被下了药，动弹不得，生命垂危，躺在沉睡室里。她头上戴着头盔，D先生正推着电休克疗法仪器朝她走来。萨拉尖叫一声，从梦中醒了过来。

乔将萨拉揽入自己怀中，萨拉觉得自己就像是个笨蛋。她的孩子都已经一岁大了，自己却还常常像个婴儿一样半夜惊醒。

“我有一个计划。”乔看到萨拉心情平静一些后，开口说道。

“‘计划’，什么意思？”萨拉头向后仰了仰，看了看丈夫的脸。可是天太黑了，她看不清丈夫的表情。

“我想住进圣玛格丽特医院，”他说道，“我想亲自看看那里到底发生着什么。然后我要写成文章，发表在《华盛顿邮报》上。”

萨拉倒吸一口凉气，坐了起来。“不许你做这样的事！”她说道。

“我觉得这主意不错，”乔说道，“我会用假名办理入住手续。没有人知道我是你丈夫。别人只当我是个普通病人。然后我就能知道他们到底是怎么对待病人的。”

“乔，你这样做没用，”萨拉态度坚决，“看在上帝的分儿上，求求你了，他们会逼你吃药。用不了一天，你就连自己的名字都不知道了。”

“他们给我药，可是我不咽，等他们走了，我再吐出来，行吗？”

“如果他们用电击疗法，你怎么办？”

“有你在啊，你会确保我没事的。”

“乔，你这样做太疯狂了！”萨拉试图挤出一丝笑容，她希望乔是在开玩笑，可她太了解自己的丈夫了。乔热爱挑战。“你不明白，”萨拉说道，“我不可能分分秒秒都在你身边。你甚至有可能不会成为我的病人。而且在医院，我没有你想的那么有能耐。”

“你的冒险精神都去哪儿了，萨拉？”乔一脸严肃。

是自己太墨守成规了吗？难道自己变成前怕狼后怕虎的老太太了？

“听着。”乔也坐了起来，把妻子的两手放到自己膝盖上。“我会长个心眼儿，”他说，“我能照顾好自己，必须得有人深入你们医院，将里面发生的事情公之于众，你难道不想这样吗？”

“也许是吧，但你不能去。”

“我就要去。”

“乔，要是你想让我辞职的话，我这就辞职。”

“太晚了，我已经打定主意了。”乔是个爱冒险的人，再加上他作为记者的职业禀性，萨拉知道自己肯定拗不过他。

“我去你们医院的时候，上午可以让盖尔夫人过来照看珍妮。”乔显然一直在盘算这件事情，“我会怀念跟珍妮在一起的时光，怀念我们父女相伴的时间。”

“乔，我不敢相信你竟然要——”

“现在告诉我，我应该有什么样的症状，”乔说道，“我怎么样装，才最有可能戴上你们医院那好玩的头盔？”

这个想法很吓人，不过可能真的有用。虽然有风险，但是有可能揭开圣玛格丽特医院所发生的一切的真相。但是萨拉需要对乔多加注意才行。

乔模仿着萨拉教给他的严重抑郁症的症状，用假名字登记住进了圣玛格丽特医院。他给自己编的假名叫弗雷德里克·汉密尔顿。萨拉不敢把乔的计划告诉科琳，不想让自己的朋友为难。这样一来，整个医院就没有第二个人知道乔是个假病人。乔想要的就是这样。

等到乔住院的那天，萨拉失魂落魄。她知道乔走进了大厅，乘坐电梯到了彼得院长的办公室，但萨拉不知道乔将会被安排到哪间病房。乔只有被认定为病情极其严重，才有可能会被安排到萨拉所负责的病房，萨拉不敢想象乔的演技会有那么好。不过，乔一定是成功地骗过了院长，因为到了下午两点整的时候，乔就被送到了三号病房。在走廊里，乔从萨拉身边走过，乔瘦削的身躯旁边站着两名粗壮的勤务人员。经过萨拉身边的时候，乔还冲她挤了一下眼睛，其中一名勤务人员对萨拉轻声耳语道："托利夫人，小心提防他。他妄想自己是个万人迷。"想到丈夫马上就会来到自己身边，萨拉舒了一口气，差点儿没笑出来。

等到病房里只剩下萨拉跟乔两个人时，乔马上就兴致勃勃起来，好像很享受这种冒险的刺激。"我把自己的生活编得凄惨不堪，"他说道，"那个彼得院长果然中招了。我从来没有想到自己的演技有这么好。"

"嘘，"萨拉帮乔抖了一下枕头，"先别得意呢，接下来的几天有你好受的。"

"不过，我早就告诉你这么做准行。现在由你来做我的护士了。"乔说着揽住萨拉的腰，想把妻子抱过来亲一下。

"不行，"萨拉笑着说道，"咱们得依计行事，不能露馅儿。我不知道他们要是知道了你是谁会怎么样。"一想到这里，萨拉就不寒而栗。

在刚开始的两天里，萨拉把医院开给弗雷德里克·汉密尔顿的药物扣下来，不给他吃，全都塞进护士服口袋里。有那么几次，别的护士或者彼得院长也在场，乔就会假装把药吃掉，等他们走之后赶紧把药吐出来给萨拉。萨拉教乔假装昏睡，好像不知道周围发生的事情。乔按照萨拉说的装睡了，但心里却保持高度警惕。乔真是个好演员。有一天上午，彼得院长和D先生过来给他做检查，乔成功地骗过了这两个人。乔假装睡得很昏沉，到了下午，他很兴奋地告诉萨拉，说自己无意中听到彼得院长和D先生之间一场不可告人的对话。

"他们说什么？"萨拉问道。

"我没有一字一句都记得很清楚。我不敢在这里记笔记，只好全都记到脑子里。但他们对话的重点是他们正在参与的一项关于性格重塑的试验。”

“这个我知道，”萨拉说道，“他们正在努力根除病人不正常的反应症状——”

“不，绝不仅仅是这样，”乔说道，“比这个更加严重。他们正在努力开发操控心智的方法。你知道的，就像苏联人用的控心术一样。”

“控心术！你简直疯了。”

“我知道这听起来很疯狂，但是他们当时谈论的就是这个。他们说要操纵某个人的心智，让他做出违背自己意愿的事情。他们当时正在谈论沉睡室里的一个男人，谈论正在如何对他进行洗脑。他们用的就是这个词，洗脑。两个人谈论得很兴奋。其中一个说‘现在正在产生成效’，然后另一个人说这是控制别人心智的第一个步骤，虽然当时闭着眼睛，但我敢肯定这个人就是彼得院长。”

萨拉惊愕地坐在乔的床边，冒险抓住他的手。“我还以为他们是在试验新的技术来帮助精神病患者，只不过是这些技术没什么疗效，”萨拉说道，“但是我总觉得这里的病人被人当成了试验用的小白鼠。”

“他们就是被当成小白鼠了，”乔说道，“你在这里看到的一切，不都正好符合‘试验’这个词的定义吗？那些你从来没有在其他医院看到过的疗法。”

“可……他们在做研究。”萨拉知道自己的解释很牵强。

“这比我听到过的所有研究都出格，”乔说道，“这里的‘研究’完全不讲人伦道德。”

“嗯，现在你已经搞清楚了，”萨拉说道，“趁你现在还能自己申请出院，赶紧出院吧。”

“萨拉，这才刚刚开始呢，”乔说，“我还有很多东西没调查呢，必须坚持下去。”

萨拉看看他们握在一起的手，说道：“好几天晚上没有你睡在我旁边，我已经受不了了。”

“我也是，”乔承认道，“我也想死珍妮了。那些真正的病人长时间待在这里不能跟家人团聚，肯定难受死了。”

“乔，”萨拉站了起来，生怕再在丈夫跟前坐着自己会哭出来，“赶紧找到你想要调查的东西，离开这里，不要等你自己真变成精神病人。”她说道。

第二天，彼得院长对乔进行了一个疗程的话疗，不过显然对治疗的效果很不满意。

“我本以为话语疗法足以打开他的心结，”彼得院长对萨拉说道，“可是他的压抑程度比我想象的要严重得多。我们要给他注射几天的LSD药物。今天晚上给他注射第一个剂量。”

萨拉不敢提出反对意见。她有什么可担心的呢？她绝对不会给乔注射LSD。

到了晚上，乔看见萨拉拿着药物走进他的病房。“这是要注射到我的静脉血管还是臀部，还是什么别的地方？”他问道。

“都不是，”萨拉说道，“一般情况下，我会注射到病人上臂，但现在是你，亲爱的，我要把药注射进你的床垫里。”萨拉取开注射器的盖子，把针头插进床垫里，然后把活塞按了下去。

乔好奇地看着。“注射完这种东西后，我应该有什么反应？”他问道。

“想怎么反应就怎么反应，”她说着把注射器重新盖上，“我什么反应都见过。你可以爬墙，或者学婴儿哭，或者像出现幻觉了一样哭泣。随便你怎么选都行。”萨拉的话中带着愤怒，希望乔能听出自己的恐惧。“乔，求求你到此为止吧，”萨拉哀求道，“你这样做太危险了。每次看见彼得院长跟你待在这里，我都害怕得要命。他有时候还会亲自给病人注射LSD。今天他让我给你注射，这是走运。现在有几个护士闹肚子，我一个人要负责三个护士的病人。我有可能不能——”

“也许我真应该试试这药，一次也行。”乔打断了萨拉，仿佛没听到妻子的话，“要不然，我怎么知道病人的真实感觉呢？”

“说都不许你这样说，乔·托利。”

“得持续多久？我的意思是我得继续演多久？”

“这要看情况，”萨拉说道，“通常是四到五小时，有时候会更久。有些病人也许永远好不了。”萨拉加上最后一句以示警告，然后走出病房。

一走出病房，萨拉就听到走廊里传来的呕吐声，萨拉知道又有病人感染了病毒，现在整个三号病房都笼罩在这种病毒的阴影之下。萨拉祈祷乔别染上这种病。除此之外，她别无他求。

一早，萨拉发现乔做出痛苦挣扎的动作，看上去他今天要走妄想症路线。他缩在病床一角，眼神中闪着令人恐惧的光芒，那真是妄想症病人的眼神。

“你演精神病人演得不错，乔。”萨拉对丈夫说道。

乔闭上了眼睛。他在颤抖，萨拉知道一定是出事了。她赶紧去查病例簿，快速扫了一眼记录，令她担心的事情终于发生了：帕敏托医生昨天晚上来过乔的病房。他很满意LSD的疗效，就又给他注射了一剂。

“啊，乔，你竟然乖乖听他摆布！”萨拉坐到丈夫床边，伸手去抚摸乔的脸颊。“这种事情不能再发生第二次，”她说道，“听见我的话了吗？”

乔点点头，又勉强闭上了眼。他双手紧紧抱着身子，在墙角瑟瑟发抖。萨拉扯过床脚的毯子，披到丈夫肩上。

帕敏托给他注射时，乔到底有没有抗争，还是说他为了进行调查，默默接受了？现在都不重要了。乔现在在忍受痛苦，这才是关键，萨拉不得不把乔弄出医院了。不过要等到药效最强期过了之后，乔现在这个样子，根本动不了，等他好些了，萨拉就把他偷偷弄出去。萨拉有钥匙。弗雷德里克·汉密尔顿会神不知鬼不觉地消失，假姓名，假身份，谁也无法追踪他的下落。

帮助乔逃跑的计划成形之后，萨拉心里有谱儿了，也放松了些。那天晚上，P医生让萨拉再给乔注射一针，不过萨拉完全没有要照做的意思。她一整天都小心翼翼地照看着乔，看着他终于恢复了些理智，萨拉对丈夫说出了她的想法。

“我已经给盖尔太太打了电话，”萨拉说着将注射器放到了床头桌上，“七点之前她会照看珍妮。一旦日班护士离开，你和我就从后楼梯下去，离开这儿。”

“我没说我要走，”乔说道，“现在我知道那个药物——它的名字叫什么来着？”

“LSD。”乔居然忘了药的名字，萨拉不得不替他担心。

“现在我知道它对人的危害了。这一点儿都不好玩。我当时……”乔哆嗦着，“眼前一片紫色，一切都是紫色的，让人软绵绵的。我真的怕自己就要困在那个紫色柔软的世界里面出不来了。可是现在我回来了，安然无恙，我想我该试试磁带播放室了。沉睡室也行。别的什么都——”

“不，乔。”萨拉尽量压低声音，但却抑制不住内心的恐惧和阵阵怒火，“你不能再待在这儿了。看到昨天晚上我不在时发生的事情了吗？太冒险了。”

“但是你看我现在不是好好的吗？”

“乔，求你了。没有什么文章报道比人的生命更重要。”

“我觉得这篇报道就很重要，”他说道，“你是对的，萨拉。这里的确在发生着一些事情，必须得有人去挖掘出来。”

走廊里有护士喊萨拉。萨拉站起来，看着丈夫。

“我六点左右回来，”她说道，“乔，你必须跟我一起走。这件事情就到此为止吧。”

穿着医院病号服的乔一把抓起床头桌上的注射器，使劲儿拔掉注射器盖，直接插进了自己大腿。“我不走。”他说道，萨拉明白自己现在是在跟一个注射了LSD的病人打交道，他已经不是自己以前那个正常、理性的丈夫乔了。

到了六点，萨拉发现要偷偷把乔从后楼梯弄出医院不太可能，乔太吵太闹，肯定会有人注意到他们。萨拉不得不再等一天。萨拉走出病房时，差点跟D先生撞了个满怀，D先生看着她，一脸猜疑。他是不是听到了自己跟乔的对话？萨拉勉强笑了笑。

“依你看，他是不是应该接受磁带治疗了？”D先生问她。

“是的！”萨拉满腔热情。她从来没想过让病人戴上那些头盔，强迫他们听那些重复的话，但是也许听磁带会满足乔的调查欲望，然后离开这儿。再说了，如果乔进了沉睡室，至少萨拉能知道他在哪儿。

“我还不太确定。”D先生说道，萨拉听出来他是在试探自己。

第二天早晨，萨拉一睁眼，就发现自己也感染了席卷三号病房的胃部病毒。萨拉穿好衣服，强忍着恶心，领珍妮出了门，走到隔壁盖尔太太门前，将珍妮托付给她，当时她就感到又一阵恶心。然后一回到自己家，萨拉就又忍不住吐了。

她必须回到乔身边，萨拉感觉自己被巨大的恐惧包围了。今天早上，LSD的药效就过了，萨拉必须阻止乔再接受治疗。

但是，当萨拉拖着疲惫的身子从卫生间出来，撑到客厅给医院打电话时，已经十点了。萨拉跟科琳通了电话。

“听着，科琳，”她说道，“听清楚，我非常抱歉，让你为难，但是——”

“发生什么事了？”科琳急忙问道，语气中透着关切。

“乔现在在医院，”萨拉说，“他进了我们医院，现在假装是个病人，他想写篇报道，曝光咱们医院正在发生的一切。”

“你在开玩笑吧？”科琳声音很轻，萨拉明白周围有别人。

“他就是11号房的病人，名字叫弗雷德里克·汉密尔顿。开始我假装让他吃药，其实都没给他，可P医生给他注射过几次LSD。现在我染了胃部病毒，赶不到医院了。”萨拉的胃液又泛了上来，她使劲儿咽了下去，“我可能下午到，不过我希望你能帮我看着他点儿。确保他没事。”

科琳没作声。

“科琳？你听清楚了吗？”

“嗯……”也许科琳在寻找合适的词，不想泄露她们谈话的内容。“唔，今天早晨我协助P医生对那位病人进行了治疗，”科琳说道，“在电击治疗室。”

萨拉反应了片刻才明白过来："你说什么？科琳，你该不会是说——他们对乔进行了电击疗法？"

"嗯，汉密尔顿先生确实接受了电击疗法。"

"哦，天哪。"萨拉强忍着恶心靠到墙上，"他们为什么不把他送进沉睡室？"萨拉想起那天在楼道里撞见D先生时他脸上狐疑的表情，萨拉害怕自己不幸猜中了。要想让乔忘记在三号病房偷偷获得的任何内幕，最快捷保险的方法就是进行电击疗法。"我得挂电话了。"萨拉说着没等科琳那边说话就挂断了电话。

萨拉现在更加恶心了，她在洗手间又吐了三次，然后赶紧回去拿起话筒。她拨通了医院电话，要求转接到彼得院长的办公室。她大脑飞速转动，思索着该说些什么。她都快急死了，迫切想要知道真相。至少，要得到部分真相。

"您好，有什么事吗，托利夫人？"彼得院长好像已经知道萨拉会给他打电话。

"彼得院长，现在有个天大的误会，"萨拉说道，"咱们院三号病房的病人弗雷德里克·汉密尔顿其实是我的丈夫乔·托利。他是一名记者，想要写一篇报道……关于精神病人的报道。我曾努力让他放弃这个念头，但是没有成功。我很抱歉欺骗了您，但是他的确是个正常人。我现在想要让他出院。马上就出院。"

彼得院长那边沉默了一会儿，萨拉觉得彼得院长这是想让她的内心多受点儿煎熬。

"我知道自己说出真相来，就肯定会丢掉工作，"萨拉接着说道，"这个我懂。但是现在，我只想让我丈夫回家。"说到最后一个字的时候，萨拉差点儿哭出来。说完后，她深深吸了一口气。

“你真的觉得一个‘正常人’会自己住进精神病院吗？”彼得院长问道。

“但是记者会这样做的。一个记者要是真心想要调查——”

“那你丈夫到底发现了什么？”

“嗯，只是一些病人的感受而已。我是说，他尝试了LSD。我想他现在已经尝试过电击疗法了。”萨拉说着用手指紧紧攥着电话线，克制住自己的眼泪，“所以，我觉得已经足够了，我想过去接他回家。”

彼得院长又开始沉默。过了一会儿，他终于开口了，那父爱般慈爱的口吻让萨拉浑身发毛：“托利夫人，我知道真相对你来说十分沉重，但是我相信你丈夫出于对你的爱，一直都想要护着你。他不想让你知道他现在的生活有多么不快乐。亲爱的，你丈夫确实患有极其严重的抑郁症。他住院确实是个小计谋，但真正的受害者是你，不是我们。他不知道怎样让你知道自己多么想要住进咱们医院，也不知道怎么告诉你他真的需要治疗。”

“胡说八道！”萨拉喊道，“我了解自己的丈夫。他是我认识的人里面最开心、最知足的——”

“萨拉，他一直把自己的抑郁深埋在心底，”彼得院长和蔼地说道，“你也见过这样的病人，不是吗？只有进行药物治疗和其他疗法才能帮助他们康复。”

“我这就过去接他。”

“他不想出院了，”彼得院长接着说，“当初是他自己申请住院的，他还签了医疗协议，允许我们采用我们认为最好的疗法对他进行治疗。萨拉，你是知道这些协议的，不是吗？”

萨拉确实知道。那张协议准许医院采用其医护人员认为的一切适当的疗法。“可是他……可是这个……他真的没病！”

电话那头又是一阵沉默。接着，彼得院长用短促而清晰的声音说道：“还有你，当然被开除了。”说完他就挂断了电话。萨拉手里攥着话筒，既恶心又害怕，浑身发抖。她试着站起来，只感到头晕眼花，她紧靠到沙发扶手上。她得赶紧去找乔。他们现在已经知道乔的真实身份了。他们肯定会想知道乔是不是知道比LSD药物作用更多的东西。他们会对乔进行拷打逼问。萨拉想到了禁闭箱。萨拉不能让他们用更加严酷的方法对待自己的丈夫。

由于肚子一直难受得厉害，萨拉直到下午后半晌才动身出门。她开车到医院，感觉自己的身子好像被挖空了一样，浑身只有站直身子的力气了。她走进医院后，径直上楼向三号病房冲去，希望能尽早走进乔的病房。萨拉冲进去一看，乔的病床上躺着另外一个病人，她在门口惊慌地转过身子。

“汉密尔顿先生在哪儿呢？”萨拉问离自己最近的护士。

“他今天上午就离开了。”护士答道。

“去哪里了？”

“我不知道。”

“沉睡室？”萨拉接着追问道，“还是禁闭室？”

“不是，”这个护士说道，“他离开医院了。”

他们让他出院了！她给彼得院长打的电话终于还是发挥了点儿用。可乔要是上午出院的话，他怎么没有回家呢？萨拉心想，也许他回办公室上班去了吧。依照乔的风格，他可能一出院就跑回去上班了。可是……科琳说他刚刚接受电击疗法。要是受了电击，乔自己一个人哪里也去不了。她的心又悬了起来，只觉得脑袋发晕。他们是不是在电击完他之后，就把他扔到街头不管了？萨拉用双手扶着墙，沿着楼道向彼得院长的办公室走去。

听到萨拉敲门，彼得院长说了声："请进。"他站了起来，要搀扶萨拉，不过萨拉一耸肩把他的手甩开了。"托利夫人，快请坐。我们需要好好谈谈。"

"我丈夫现在在哪儿？"萨拉丝毫没有要坐下来的意思。

彼得院长依旧站着，身子往后靠到了办公桌上，双臂交叉放在胸前。"今天上午咱们在电话里面聊完之后，我重新做了他的病情评估，"彼得院长这样说道，"他的抑郁症很严重，也很顽固。我觉得只有一种疗法可以见效。"

萨拉愣住了。"他在哪儿？"她追问道，祈祷着自己的怀疑不要成真。

"他的前脑叶白质切除手术进行得很顺利。"彼得院长说道。

萨拉笑了，那笑声是那么的沉闷和不自然："你这是在跟我开玩笑吗？"

彼得院长噘起嘴唇，假惺惺地看着萨拉。"我知道你很难接受这样一个事实，"他说道，"天哪，就在几天前，你还觉得自己的丈夫是个开心快活的人。他把自己的抑郁隐藏得太深了。不过，请你相信我，他现在好多了，再也没有那种可怕的精神痛苦了。"

"鬼才信你，"萨拉站正身子，"我丈夫现在人在哪里？"

彼得院长把弗雷德里克·汉密尔顿的病例簿递给萨拉，萨拉慢慢掀开，仔细看着彼得院长做的笔记。顽固性严重抑郁症。妄想自杀。最后一份记录写着：一九五九年五月七日下午一时进行了前脑叶白质切除手术。病人的手术非常成功。

萨拉慢慢把文件夹合上，瘫到椅子上。“那他现在在哪儿？”她有气无力地问道。

“我们已经把他转移到了一个负责托管的地方。你现在肯定没有办法在家里照顾他。”

“送到什么地方去了？是收容所？还是托管家庭？”

“现在你还是别知道的好，”P医生说道，“你现在的情绪太错乱了。你——”

萨拉立刻从椅子上站了起来，穿过房间，举起胳膊做出抗争的架势，P医生抬起手，抓住了萨拉的拳头。他声音轻柔，一副以恩人自居的口吻，萨拉最讨厌听到他这样说话。他松开手后，萨拉冲他吐了口唾沫，然后赶紧转身，两脚发软地跑出办公室。

萨拉上了车，坐到驾驶座上，使劲儿喘着气。她要找到乔。她必须找到丈夫。萨拉明白丈夫草率的计划葬送了他自己。就算她找到了乔，他也不一定知道萨拉是谁。

“他去哪儿了？”劳拉问道。萨拉讲到最后时，潸然泪下，劳拉凑到了她旁边，握住了老人的手。

“我不知道，”萨拉接过劳拉递来的纸巾，擦了擦眼泪，“虽然我没放弃过寻找乔，可我一直没找到他。我再也没有见过他。”

“我的天。”太不可思议了，劳拉开始怀疑这个故事的真实性，这也许又是萨拉的臆想。但是这细节也太细致入微了。故事前后一致，这么连贯，一点儿不像是编的。

“您是怎么找的？”劳拉问道，“报警了吗？还是——”

萨拉猛然站了起来，向劳拉挥了挥手，示意她不要再问。

“就说到这儿吧。”萨拉使劲儿摇着胳膊，好像身上有什么脏东西，“你不是拿了电影吗？我们看电影吧。”

劳拉看了一眼手表。“萨拉，不好意思，我得赶回家了。不过我可以把电影留给您。”尽管劳拉知道把碟片留在萨拉这儿，肯定会逾期，她还是这样说了。现在的萨拉急需转移注意力。

萨拉有些迟疑不决，过了一会儿，她终于开口说道：“好吧，你能帮我把它放到……那个里面吗？”

“放到录像机里？当然。”劳拉放好碟片，给萨拉一个拥抱。“我们下周见。”她说道。

在开车回家的路上，劳拉满脑子挥之不去的都是萨拉对乔的痛苦回忆以及圣玛格丽特医院的阴森恐怖气氛。行到半路时，劳拉突然想起她收到的神秘信件。也许寄信人的目的并不是要让萨拉孤独地度过残年余生。或许他们只是想要保护萨拉，因为有时候，过去是如此不堪回首。

# 29. 愤怒

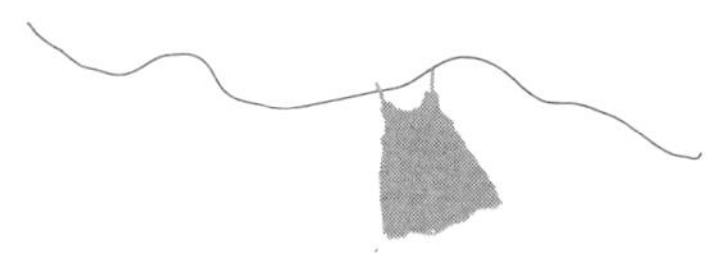

迪伦今晚要跟贝瑟尼一起过夜。久违的浪漫之夜啊，迪伦一整天

都在想。

只不过……贝瑟尼的心情好像不是很好。在餐馆吃饭时，她就很安静，两人到了小木屋后，她更是一言不发。她抿着迪伦煮的脱咖啡因咖啡，看着鱼缸，眼神空洞，沉默不语。

迪伦上前搂着她的肩。“我觉得自己今晚好像是跟爱玛在一起，”他说道，“我得猜你的心思。”他轻轻揉了揉贝瑟尼的太阳穴，“小脑袋里到底在想什么呢？”

“没什么。”贝瑟尼说道。

这回答充满了火药味。不管她为什么心情不好，迪伦都得快点儿哄好她，可不能让贝瑟尼憋着气睡觉，永远都别跟气哼哼的贝瑟尼上床睡觉。两人亲热过后，贝瑟尼的怨气肯定会一股脑儿发泄出来，那时迪伦就不得不整晚向她赔罪。

迪伦开始回想贝瑟尼为什么会闷闷不乐，然后他马上就有了答案：她挎着过夜行李包踏进小木屋时，发现迪伦正在跟劳拉通电话，从那时她就开始阴沉着脸了。

劳拉在电话上告诉迪伦，爱玛跟她的小伙伴克莉假装她们的芭比娃娃是水族馆的工作人员，现在整个书架已经被她们改造成了办公室密集的水族馆大楼，这些小办公室只有玩偶那么大。

然后劳拉又跟迪伦讲了自己去看望萨拉时听到的故事，那些故事让她的心情难以平静，好像是萨拉的丈夫假装成精神病人，混进医院，结果却被实施了前脑叶白质切除手术，真令人难以置信。

然后，贝瑟尼就出现了，她大声宣告自己的到来，迪伦没想到她会这么早。劳拉肯定以为自己屋子里从来不缺女人。

“我又打扰你了。”劳拉说道。这次迪伦没否认。他对劳拉说明天再聊，并感谢她打电话过来。

“谁的电话？”迪伦挂了电话后，贝瑟尼问道。

“劳拉。”接着迪伦就跟她讲了讲芭比娃娃、鱼缸以及书架。但是，贝瑟尼就好像看疯子一样看着他。

“天哪，你竟然会谈论芭比娃娃。”她说道。然后吻了吻迪伦，给他倒了杯葡萄酒，但迪伦还是从她僵硬的动作里看出她不高兴。这就是她现在不开心的原因吗？难道过了几小时后，她还不能释怀？

迪伦捏了捏贝瑟尼的肩膀。“我知道你心里有事，”他说道，“肯定不是‘没什么’。跟我说说，怎么了？”

贝瑟尼身子前倾，避开迪伦的手，把杯子放到桌上，转过身看着他。“你知道今天晚上你一共说了多少次‘爱玛’吗？”贝瑟尼问道。

迪伦耸了耸肩：“有几次吧。”

“三十六次，”贝瑟尼说道，“而且我是从吃饭时才开始数的。”

“你竟然数这个？数这个有什么——”

“你知道你说了多少遍‘劳拉’吗？”贝瑟尼不等迪伦回答就说道，“二十三次。”

二十三次？“别这样，贝瑟尼——”

“你还说自己对爱玛的母亲没有兴趣，可是你提到她的次数已经够多了，”贝瑟尼说道，“猜一下你刚才一共说了多少遍‘贝瑟尼’的名字？”

迪伦知道不管自己怎么回答，都说不过贝瑟尼。“我不知道。”他丧气地说道。

“迪伦，你说了两次。两次。”贝瑟尼的眼中燃烧着怒火，“现在你想留我在你这里过夜，是不是？”

“我想你是想留在这里过夜的，”他说道，“你带来了你的——”

贝瑟尼站了起来。“别做梦了！我不会在你这儿过夜的。”她说着朝厨房走去，她过夜用的行李包就放在那里。

“要是你不高兴我谈论爱玛这么多，那你刚才为什么不早说？”迪伦也发起火来，跟着贝瑟尼走进厨房，“你刚才是不是太忙着数数了？在忙着要抓住我的小辫子？”

贝瑟尼把包带搭到肩上，边朝门口走边说道：“好心肠的老朋友贝瑟尼，不管你什么时候需要她，她都会乖乖过来。你可以把自己的问题一股脑儿向她倾诉，她可以充满同情地倾听。还有，她还会跟你睡觉！多好的朋友啊！够了，我不想再做你的朋友了，迪伦。”贝瑟尼“砰”的一声把纱门关上，径直离开了迪伦的院子。

迪伦呆呆地看着贝瑟尼离去。刚才到底是怎么回事呀？就在前一分钟，他们俩还依偎在沙发上抿着咖啡，下一分钟她就雷霆大怒。很显然，贝瑟尼整个晚上都攒着怒火。在迪伦喋喋不休地说着爱玛的时候，贝瑟尼的怒火就在一点点积聚。

过了半小时后，迪伦拨通了贝瑟尼的电话。他知道贝瑟尼肯定到家了，可是贝瑟尼不想跟他说话。

“别给我打电话，好不好？”贝瑟尼说道，“在你还没有搞清楚自己想要什么之前，不要给我打电话。”电话那头顿了片刻，迪伦知道是贝瑟尼在哭泣。“迪伦，我爱你，”贝瑟尼接着说道，“我知道你没有这种感受，我不能再这样等你了。还有……我觉得最好告诉你一声，我现在准备和……某个别人睡觉了。在我看来，你永远都走不出这个不正常的关系了。”

挂断电话，迪伦躺到沙发上。屋子里唯一的亮光就是鱼缸泛着的光芒了。他看着一条鱼从鱼缸的一侧顺利地游到另一侧。他想起来自己跟爱玛说过，每当自己感到烦恼或者伤心的时候就会盯着鱼发呆。现在的迪伦既烦恼又伤心。

他想要看看爱玛在书架上放的鱼缸。他想要看着爱玛在鱼缸旁边玩耍。爱玛给鱼儿起名字了没有？他自己怎么知道呢？就算爱玛给鱼儿起了名字，爱玛也会永远埋在她心里。不，不会永远都埋在爱玛心里。只要她开始说话就好了。

贝瑟尼说得没错：迪伦现在满脑子想的都是他女儿。

可是关于劳拉呢？迪伦不知道是怎么一回事。他真的把劳拉的名字说了二十三遍吗？

## 30. 回忆·分离

第二天，劳拉又来到养老院。前天夜里，劳拉睡得很不好，担心萨拉一个人对丈夫的不幸遭遇胡思乱想。劳拉心里想，萨拉也给她带来一个好处：她不用揪心迪伦前天夜里又找了谁到他家过夜。

“咱们出去走走吧？”萨拉一看见门口的劳拉就马上问道，“我已经穿好鞋子了。”

“好哇。”劳拉走进萨拉的公寓，目光马上就落到了茶几上那张乔·托利年轻时候的照片上。这天上午，乔的照片看上去好像跟以前不一样了。照片上的乔咧着嘴，露着怪笑，眼睛炯炯有神。劳拉可以想象得出乔当初混进圣玛格丽特医院时的样子。

“您喜欢那部电影吗？”劳拉问道。

“电影？”萨拉一脸茫然。

“就是我昨天给您放进录像机的电影光碟。”

“哦。”萨拉瞥了一眼录像机，“我记得自己没有看电影。我一整天都在想乔。”

劳拉从录像机里面取出电影光碟，放到厨房台面上自己的包旁边。接着，她帮萨拉打开公寓的房门，跟她一起走进楼道。

“你跟我说了一些关于乔的事情，很让人揪心。”劳拉说道，不知道继续追问萨拉是不是很残忍。

萨拉只是点点头。

“你说你后来再也没有见过他，是不是？”

萨拉叹了口气。“乔·托利是个善良、可爱、聪明而又爱冒险的男人，”萨拉说道，“但最后聪明一世，却糊涂一时。”

## 萨拉，1959年

萨拉从彼得院长那里得知了乔的命运，几分钟后，她从盖尔夫人那里接走了珍妮。萨拉的头脑发昏，由于上午病情发作，她的肚子还很不舒服。萨拉不知道自己该做什么。她给珍妮喂了奶，陪她玩了一会儿，然后给她掖好被子让她睡了。萨拉坐在卧室，透过窗户，盯着外面的路灯。

乔已经不在了——不管怎么说，萨拉认识的那个乔已经不在了。乔那敏锐的思想和逍遥快活的性格就这样被一个残忍的手术永远扼杀掉了。萨拉难以想象会发生这样的事情。不过萨拉之前曾见过彼得院长对别的不该做这个手术的人实施了手术。而且彼得院长很可能知道了乔的目的。要想阻止乔的报道得见天日，还有什么办法比破坏他的神经更好呢？

但是萨拉的头脑还很清醒，而且她也知道乔在医院的调查结果。乔跟她说过，彼得院长正在用病人做试验。这些试验是关于控心术的。洗脑。她可以去找到当局机构，把自己知道的事情上报。找警察局或者联邦调查局都行。不过第二天上午她需要再给美国精神病学委员会打个电话，把乔的情况上报给这个委员会。彼得院长要为自己的所作所为接受惩罚。

萨拉哭了整整一个晚上，好像要把眼泪挤干似的。萨拉知道，一旦跟彼得院长对着干起来，就不能流眼泪了。

到了早上，萨拉把电话打到了精神病学委员会的会长那里。这次，她亮明了自己的身份。然后她就开始控诉圣玛格丽特医院发生的一切，电话那边打断了她。

“你在说什么，我完全听不懂。”他说道。

尽管昨晚哭了一夜，可打电话的时候，萨拉还是止不住眼泪。她边哭边提高了音调。她知道别人肯定以为自己是个疯女人。

“我是圣玛格丽特医院的一名护士，”她说道，努力控制自己的情绪，“我认为我们医院正在发生一些怪事，因此我想跟您……跟委员会汇报。”

“什么‘怪事’？”他问道。

“残酷，不人道的试验，”萨拉说道，“我丈夫是《华盛顿邮报》的记者，他扮成病人登记入院，想要揭露医院发生的事情。然后当他们——帕敏托医生和……D先生，我不知道他姓什么，当他们发现我丈夫的计划后，就对他实施了前脑叶白质切除手术。现在他们拒绝告诉我我丈夫在哪儿。”

委员会会长没有立马回答。“有些牵强附会啊。”过了好一会儿，他才开口说道。

“请您相信我！请你们派人去查他的住院卡。不过上面登记的不是我丈夫的真名。他用的是假名字，弗雷德里克·汉密尔顿。”

“彼得·帕敏托是我国顶尖的精神病学家。”电话那头的男人说道。

“我知道他很有名，可是也许他名不副实，”萨拉反驳道，“你们有没有记录我上次电话的内容？”

“我会核实的。只要你打过电话，我们一定有记录。”

“我上次打电话是匿名的，你们却无动于衷。那里受折磨的不止我丈夫一个人。”

“好的，托利太太。你的故事让我有些难以接受，不过我保证会亲自调查的，好吗？”

“什么时候？他们不让我见我丈夫。我想见我丈夫。”

“我今天会给皮特[1]打电话。”他说道。

皮特。听起来他跟帕敏托好像是老朋友似的。

萨拉挂了电话，缩在沙发一角，默默发呆。他们不可能在手术后

① 皮特是英文名彼得的昵称。

这么快转移乔。也许乔还在那儿，他们却撒谎说乔不在了。于是萨拉给科琳打电话，想告诉科琳她的想法，但是科琳打断了她的话。

“我知道，”她说道，“他们发现乔在调查他们的试验，所以对乔实施了前脑叶白质切除手术。我非常同情你。”

从科琳口中听到这些话，萨拉一阵恐惧，看来一切都是真的。

“你知道他们带他去哪儿了吗？”萨拉问。

“我看了他的病历簿，”科琳说道，“上面什么也没写。”

“我不相信他们能这么快转移乔。乔会不会还在医院？你能帮我看看吗，科琳？他们有可能把乔藏起来进行术后护理，你能不能帮我查看一下乔是不是还在医院？”

科琳犹豫了。“今天早上D先生叫我去他办公室，”科琳说道，“他说你被解雇了，还说我应该……说我应该断绝跟你往来。”

“为什么？”

“他说我要是想保住饭碗，就不能跟你有联系。”

“科琳，求求你了。请帮我找找乔吧。他们不会知道你在干什么。”在科琳眼中，她与萨拉的友情竟然比不过D先生的指令，这让萨拉很伤心。

“好吧。”科琳有点儿不情愿地说道，“我休息时去查查别的病房。”

那一天似乎特别漫长。萨拉推着婴儿车，带珍妮出去转了两圈，而在家时，萨拉就一直将女儿抱在自己怀里，时间一长，小珍妮就嘟囔着要妈妈放开她。萨拉几乎忘了给女儿喂奶。萨拉心里早已没了吃饭的概念。

科琳晚上打来电话，说她已经彻底查过医院所有的病房，没有发现乔的影子。

“我想起来了，昨天下午，医院停着一辆救护车，”科琳说道，“当时我觉得跟这事没有关系，现在想想，他们有可能那时候就在转移乔。”

也许乔根本就没撑到手术结束，萨拉一阵哆嗦。有可能。虽然她还没见过有病人死在前脑叶白质切除手术台上，但是的确有这样的先例。也许，他们就没想让乔活着下手术台。所以他们不告诉自己乔被送到哪儿了。

第二天一大早，萨拉就起床了，她坐在客厅里，计划自己下一步应该怎么走，就在这时，电话响了。是帕敏托的秘书打来的，她让萨拉赶紧去医院，帕敏托有事要见她。

萨拉马上穿好衣服，将珍妮托给盖尔太太照顾，自己驱车前往圣玛格丽特医院。

帕敏托和D先生都在院长办公室。萨拉进来时，两人都站了起来，不过萨拉可没有心情讲究繁文缛节。

“我有权要求知道乔的去处，”萨拉说道，“你们是不是在手术台上杀了他？”

“请坐。”P医生说道。

“只要告诉我——”

“坐下，亲爱的。”他的语气更加坚定，于是萨拉坐了下来。凭什么萨拉要听这个男人的话？

帕敏托重新坐定，两手交叉放在桌子上。“我昨天见了精神病学委员会会长，”他的声音听起来很亲切，但是锐利的眼神咄咄逼人，“我们是在高尔夫球场见的面，我详细地跟他解释了整个情况。

你丈夫患的是精神疾病，这些我都原原本本告诉了他。我还提到你拒绝承认这个事实。”

“他没有患精神病。”萨拉咆哮道。她感觉自己就像个凶猛的野兽，随时准备捍卫自己的家人。

D先生坐在萨拉旁边的椅子上：“你肯定很痛苦吧。”

虽然萨拉正在气头上，D先生的温柔还是让萨拉的内心升起一股想要靠在他肩头的冲动。但是萨拉知道他是一头披着羊皮的狼。

“你现在肯定很难受，托利先生背叛了你。”他说道。

“乔？”

“是的。在你面前，他假装一切正常。但是在我们面前，当你不在旁边的时候，他告诉我们他的生活有多痛苦。他甚至还想过自杀。自杀的念头折磨了他很久。”

“那不是乔。那是弗雷德里克·汉密尔顿。他说的都是虚构的，不是真的。”

D先生一脸悲伤的笑容。“那不是虚构，”他说，“那些都是乔的真实情感。你以为他故意装成病人，登记入院是为了他的计划，但其实这是乔在寻求帮助，难道你没发现？”

“没有！”萨拉想要站起身，但是D先生将手按在萨拉肩上，不让她站起来。“乔爱我，”萨拉说道，“他爱珍妮，爱我们的小女儿。他不会——”

“我们记录了他病情一天天恶化的情况，”P医生打断了萨拉，“我说要把住院卡拿给克利夫看，可他说没这个必要。”

萨拉可以想象得出彼得院长跟那个克利夫之间说了些什么。她现在心情不顺畅，精神发疯，因为自己被炒鱿鱼而耿耿于怀。

“好吧，”萨拉举起双手表示投降，“我不再找你麻烦。你只要告诉我乔现在在哪里，我就——”

“克利夫也同意我的看法，在现在这个节骨眼儿上，你最好还是不要见乔了，”彼得院长说道，“你现在太虚弱了，而且——”

“真他妈的！”还没等D先生拦阻，萨拉就站了起来，“我一点儿都不虚弱。我一点儿都不神经。”

D先生冲萨拉伸出一只手。“托利夫人，你先坐下。”D先生看了看彼得院长，院长冲他点点头，“我们有一件非常非常重要的事情要跟你商量。”

听到D先生这种冷峻的声音，萨拉马上安静下来。她重新坐到椅子上。昨天的恶心症状又出现了，她只能强忍着，绝对不能在这里呕吐。

D先生把自己的椅子往萨拉跟前挪了挪，直到跟她面对面：“我跟彼得院长已经讨论很久了，我们觉得有必要把这个秘密告诉你。我们很清楚，你在跟美国精神病学委员会联系。我们甚至在前天就已经知道了。”

“你们是怎么——”

“这并不重要，”D先生说道，“重要的是，你不要告诉任何人——任何人——圣玛格丽特医院使用的任何医疗技术。托利夫人，这事关我们国家的国家机密。”

“什么？”

D先生在座位上向前侧了侧身子，萨拉知道他眼神中的忧虑是真切的。“苏联人和中国人在控心术的技术研究上远远比我们美国发达，”他说道，“已经发生的一些事情令人忧心忡忡，但我们又没有办法解释。举个例子吧，在朝鲜战争中，被中国人俘获的百分之七十以上的美国战俘都在请愿书上签了字，呼吁美国停止战争。他们中有些人不是真心想这么做的。可怕的是，在安全回国后，他们仍不悔改。萨拉，他们被洗脑了。你难道不觉得这很吓人吗？别的国家，我们的敌国，可以给我们的国民洗脑，而我们却对他们的洗脑技术一无所知。你难道不害怕吗？所以只有让彼得院长和其他几个……开拓者……来完善美国的控心术。咱们的敌人比我们先进，主动权在他们手里。我们需要夺回主动。”

萨拉一下子被他话语里透出的狂热吓蒙了。“可是……你们说的控心术指的是什么，具体是什么？”萨拉问道，“心理驱动？电击疗法？禁闭室？”

“这些都是我们的研究内容，”D先生说道，“还有一些药物的应用。”

“LSD？”

“是的，还有其他别的药物。”D先生叹了口气，重新坐到自己的椅子上，“萨拉，我跟你说得太多了。也许知道太多对你没什么好处。但是我和彼得院长觉得你应该知道这些内情。”

“是谁授权你们进行这些……试验的？”萨拉追问道。

“美国联邦政府，”D先生说道，“说句老实话，要是你去美国联邦调查局或者中央情报局，告诉他们你在这里的所见所闻，你只会告诉他们一些他们早已知道的事情——事实上，咱们医院的经费也是他们资助的。”

“资助！”

“没错，但是萨拉，这件事不能传出这间屋子，”D先生说道，“彼得院长和我，现在还有你，只有我们三个人知道我们研究的经费来源。”

“这么做真没良心，”萨拉说，“你们在拿毫不知情的病人做试验。”

“我们只对那些被认为精神状况已经糟糕到不值得再活下去的人进行最高级别的试验。”D先生说道。

“我还是觉得这么做不对，”萨拉说道，“得有人揭发这里的事情。”

“就这样破坏一个精心设计的研究项目吗？”彼得院长终于开口了，“毁掉一个受政府批准，用来研究方法对付共产主义威胁的项目吗？”

“乔只不过是这个项目的牺牲品，不是吗？”萨拉问道，“他知道的太多了。你们需要让他闭嘴。”

“你说的一点儿都不对，”彼得院长说道，“乔的确患有精神疾病。”

萨拉知道自己永远都不可能让彼得院长承认事实。他受人尊敬，获奖无数，是精神病学界的一代天才。在别人看来，萨拉只不过是个弱不禁风、情绪波动，而且受人欺骗的可怜妻子。

“我们之所以让你知道并且理解我们在这里所做的事情，”D先生说道，“主要是因为我们需要你，萨拉。我们想让你加入我们的团队。我们知道你需要点儿时间来接受你丈夫的事情。但是你是个娴熟的护士，当之无愧的三号病房最优秀的护士。你是我们拥有的宝贵人才。而且你肯定也理解我们这个项目的重要意义了。”

萨拉站了起来。“我不想参加你们所说的研究，也不想跟你们俩一起工作，也不想再在圣玛格丽特工作了，”她说道，“你们毁掉了我的丈夫，你们伤害了我的病人，现在还想让我跟你们同流合污？做你们的美梦去吧！”

“你现在缺乏理智，”D先生说道，声音中流露出由衷的同情，“我们可以理解。希望你可以考虑一下我们刚才说的事情。这事关我们国家的——”

“鬼才信你们！”萨拉喝道，“这是个自由的国度。我们不会以国家安全的名义毁灭自己的同胞。我一点儿都不相信政府会批准你们俩现在的所作所为。你们放心，只要我离开这里，我就直接去找……找那些你们说的当局部门。”萨拉说着就向门口走去。

“先别走，托利夫人。”彼得院长用威胁的口吻把萨拉喊住了。他缓缓站了起来。两只眼睛直勾勾瞪着萨拉，好像要把她钉到墙上似的。

萨拉闭上双眼，避开彼得院长那双恶狠狠的眼睛。萨拉第一次见到彼得院长时对他的判断一点儿没错，他确实是个疯子。“什么事？”萨拉问道。

“你有个年幼的女儿，是不是？”彼得院长不动声色，但明显带着威胁，“你想要你女儿遭受跟你丈夫一样的命运吗？也许比你丈夫的命运更惨？”

萨拉倒吸一口凉气。“你少恐吓我。”虽然萨拉嘴上这么说，但声音却在颤抖。

“我从来都是说到做到，”彼得院长说道，“我能发现问题，就能解决问题。你丈夫乔·托利是个问题，我就把他解决了，而且迅雷不及掩耳，你敢说不是吗？”

D先生站到彼得院长和萨拉之间。“我看咱们没必要相互威胁。”他显然是想缓和双方剑拔弩张的气氛。萨拉第一次意识到，这个年轻的精神病学学生可能并不是完全支持自己的导师。

“我看也是，”彼得院长说道，“要是托利夫人能够理解她把我们的工作透露出去的严重后果的话，那自然最好。我们可以放她出去。但是她好像并不理解情况的严重性。所以，我要对你说一句，托利夫人——闭紧你的嘴巴，就没人伤害你和你的孩子。说白了吧，还有比我更有权势的人，他们对这项事业比我更加狂热，他们会保证你不把这里的事情说出去。听明白了吗？”

萨拉没有说话，但她的双腿在不住地颤抖。

帕敏托朝她走来。“你明白吗？”他重复说道，“我要你发誓，你知道的所有关于圣玛格丽特的事情，你全都要守口如瓶，不能告诉任何人。”

萨拉转过头不看帕敏托。“我发誓。”她边说边后退。然后便飞也似的逃离了这间办公室，逃离了圣玛格丽特医院，这辈子她再也不想踏进这个鬼地方。

## 31. 心疼

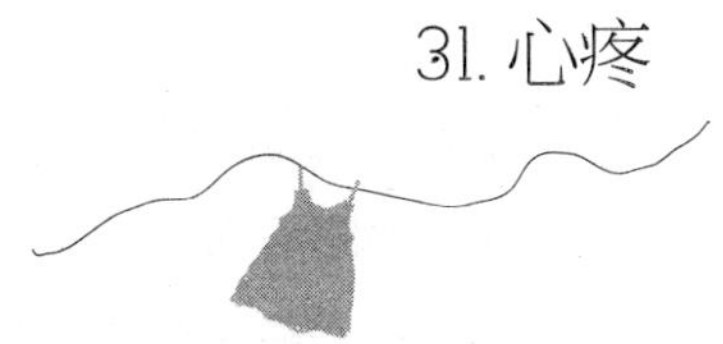

劳拉从萨拉那儿回到家后，打开留言机，发现负责雷新书宣传的

贝姬·里德留了一条很长的信息。劳拉倚着厨房台面，听着留言机里的内容。

“周末还给您打电话，真不好意思，”贝姬的声音从留言机中传了出来，“但是现在情况紧急。我们暂定了两场地方性的脱口秀节目，而且还有——坐稳喽——奥普拉脱口秀。您一定也知道，那可是大手笔。虽然播出时间是十一月，也就是雷新书《无地自容》出版的时候，不过，节目下月底就要录制了。所以我们现在必须知道您想不想上节目——我们当然希望您能赏脸啦。”贝姬还留了她家的电话，让劳拉“马上”给她回电话。

于是，劳拉给康涅狄格州的斯图亚特打了个电话，告诉他这个消息。

“奥普拉！”斯图亚特叫道，“太棒了。”

“录制时间是九月底，”劳拉说道，“太赶了。我——”

“还有一个多月呢。”斯图亚特顿了一下，“为什么你听起来不是很激动呢，劳拉？这可是雷毕生的心愿啊。”

“我不想去，”劳拉没有拐弯抹角，“或许你可以试试。”

斯图亚特沉默了。“我上节目跟他妻子上节目，效果可不一样，”他终于开口说道，“你几乎已经是家喻户晓的名人，人人都知道你发现了彗星。你他妈是怎么了？”斯图亚特平时说话不带脏字，劳拉知道这次他可能真生气了。

“我不知道，斯图亚特。我只是觉得眼前的一切已经够让我筋疲力尽的了。”劳拉看着窗外，朝湖泊望去。虽然现在只是八月底，可已经有树叶变成了金黄色。“爱玛到现在还是不说话，而且又开始往家具下钻了。”爱玛就往床下爬过一次，劳拉拿女儿做挡箭牌，心里感到有些内疚，“现在我正在协调跟爱玛生父的关系，而且——”

“现在？”斯图亚特问道，“这么快？”

“那件事过去已经八个月了，斯图亚特。”劳拉向他解释了迪伦为什么会出现在她的生活中。

“我感觉还是有点儿快啊，”斯特亚特说道，“你确定这对爱玛来说是最好的选择吗？”

不，她不确定，但这个决定她已经做了，现在她太累了，也不想为自己的选择辩护。“他人不错，”劳拉说，“而且爱玛的心理医生也觉得值得一试。”

“你听起来很沮丧，劳拉。”

“我刚从萨拉那儿回来。你还记得吗，那个我父亲让我照顾的女人？她说了一些……让人忧心的话。”

“什么忧心的话？”

劳拉叹了口气：“现在我真的没有心思说那个。”

“也许跟别人说说，可能会好——”

“我累了，斯图亚特。”

电话那头又没了声音。“劳拉，你为什么要这样做？你都已经感到心烦了，为什么还要去看望她？何苦呢？在我看来，看望她对你没有任何好处，你再看看你自己现在的生活状况——”

“但是我去看望她，对她有帮助。至少我觉得是这样，”劳拉说道，“她喜欢跟我一起去散步。更何况我也喜欢她，斯图亚特。如果我不去看望她，我会觉得——”

“你说你太累了，不能帮你丈夫宣传他的新书，可是你却有时间——”

“我没有说我不能去。”劳拉紧接着斯图亚特说道。

“难道你不觉得这是你欠他的吗？”

雷自杀带给劳拉的罪恶感再次袭来，劳拉无力招架。

“好吧，我同意上节目，”劳拉说道，“我只不过有点儿紧张。我不知道上去说什么。不知道怎么解释雷的死因。也不知道——”

“哎，”斯图亚特开口说道，“要不然我尽快找个时间来弗吉尼亚州？我九月第二周出差，正好顺路。我们可以坐下来，谈谈上节目怎么说。”

“那太好了，”劳拉说道，“谢谢。”

劳拉无力地放下电话，心烦意乱，羞愧难当。自己到底是怎么了？为什么不愿做自己丈夫事业的捍卫者？

第二天下午，迪伦来劳拉家，准备三人一起去游泳。去年，爱玛可喜欢游泳了，但是今年夏天，劳拉带她去湖边沙滩时，她连水都不碰。而且现在除非克莉也跟着去，爱玛才愿意去。

那天早上，劳拉拉开衣橱最底层，拿出两件泳衣，到底穿哪件，劳拉拿不定主意，也好一阵心烦。其中一件至少买了有十年了，腿部的松紧带早就松了。另外一件是新的——最多也就三年光景——可它是连体黑色泳衣，穿上肯定像个老太太。平时劳拉买衣服只注重用途，不注重款式。但在那天早晨，劳拉真希望能够在此之前想起自己手中只有那两件松弛的旧泳衣，可以提早准备一件稍微入时点儿的泳衣。

劳拉把最旧的泳衣丢进垃圾桶，穿上那件黑色泳衣，打量着镜子里的自己。自从雷去世之后，劳拉消瘦了许多。她的腿很瘦，而且胸看起来好像也萎缩了。她身上略微有点儿晒黑，但是只晒到大腿中间往下和肩膀上面几英寸的地方。要是换在一年前，劳拉肯定毫不在意，可是现在因为迪伦要跟她们母女一起出去，所以她感到十分懊恼。她对自己的相貌感到自惭形秽。于是，她在泳衣外面套了条短裤，准备穿成这样去湖边沙滩散步。

迪伦来了，他穿着宽松的游泳短裤，上身穿着一条夏威夷式的短衫。他过着农民般的生活，所以皮肤被太阳晒成了小麦色。他站在客厅，伸出一只手，跟劳拉露在外面的胳膊比了比。“我看咱俩都需要多去沙滩走走才行。”他说道。

就在这时，爱玛跑进了房间。她看见迪伦马上停了下来，羞怯不已。

“爱玛，想一想，”迪伦说道，“每当看着自己的家，就会想到这间房子能这么漂亮，里面也有你的功劳。”

爱玛往四周墙上张望了一下。

“窗帘也是爱玛帮忙挑选的呢。”劳拉接过话茬儿说道。

“这孩子长大了肯定是另一个家政女王玛莎·斯图尔特。”迪伦说。

劳拉笑了。“宝贝儿，去把你的人字拖拿过来。”她对爱玛说道。

在去沙滩的路上，他们在克莉家门口停了一会儿。爱玛和克莉这两个小丫头在湖边小路上跑到了劳拉和迪伦的前面。今天很热，劳拉刚走没多远就出汗了。

“今天玩水肯定特别爽快。”沙滩映入眼帘后，迪伦说道。

沙滩是新月状的，很小，沙质土壤。只有湖边的家庭才可以在这里游泳，所以沙滩从来都不拥挤。救生员的位置上坐着一个十几岁的男孩。在太阳光的照射下，他的头发几乎变成了银色，皮肤晒成了焦糖色。两对年轻人躺在毯子上晒日光浴。湖水里只有一个年轻妇女跟她年幼的儿子，他们母子二人站在湖边用绳子围起来的浅水地带。这个浅水地带是专门供儿童戏耍的。

劳拉在沙滩上铺了一张毯子，克莉则钻进了她那绿色的龙形游泳圈。

“来呀，爱玛！”克莉边喊边向水里跑。

爱玛一动不动。

“你想玩你的橡皮筏吗？”劳拉问女儿。

爱玛摇摇头，把拇指塞进嘴里。

“快下水呀，爱玛。”克莉接着喊道。她已经套上游泳圈，跳进了水里。劳拉手里抱着橡皮筏，跟在克莉后面，小心留意着她的安全。劳拉一进水就回头看了看，只见迪伦在爱玛身边蹲下身子，跟她说起话来。虽然爱玛没有走开，但也没有看迪伦。劳拉真希望自己能够听到迪伦在跟爱玛说些什么。

“推推我吧。”克莉央求道。劳拉拉着克莉跟她的游泳圈在水里转了几圈。

过了一会儿，迪伦站了起来，走进湖里。劳拉看见迪伦一脸垂头丧气的表情。

“谢谢你的努力。”等迪伦靠近劳拉和克莉的时候，劳拉对他说道。

“还是说不动她。”迪伦说道。

那个在母亲身边玩水的小男孩喊克莉过去跟他一起玩。克莉问劳拉：“我能去那里玩吗？”

“行，”劳拉说着冲那个小男孩的母亲招招手，“不过，你得好好待在那里，别乱跑，要不然我就看不到你了。”

劳拉看着克莉从自己跟前游走，自己则爬上了橡皮筏子。劳拉趴在筏子上，看着岸上的爱玛。她就像是一个站在水边的小雕像，蓝色眼睛，淡褐色皮肤。

“我真心疼这个孩子，”迪伦两手背在后面，看着沙滩说道，“从她的表情就能看出来，她想下水。”

“我也看出来了。”

“看着克莉先是跟你戏水，后来又去找那个小男孩玩耍，爱玛心里更加不好受了。”迪伦看着劳拉，“你每日每夜都面对这种情况，”他说道，“你是怎么应付过来的呢？这得多难受啊？”

“是不太好受，”劳拉承认道，“不过，我现在已经有些习惯了。”

迪伦钻进水里，靠到绳子上。“那么，”他说道，“劳拉现在怎么样了？”

“劳拉是个懦夫。”劳拉手指拂过水面，“我已经同意参加脱口秀节目了。”

“这是怎么回事？”

“雷的弟弟昨天晚上拨动了我那根内疚的心弦。”

“你这个人太懦弱了。”迪伦带着几分轻视嘲弄道。

“这我也知道。可我要是不去的话，那我还算是他妻子吗？”

迪伦没有理会劳拉这个问题。“嗯，这个决定是不是加重了你的压力？”他问道。

“嗯，增加了不少压力。”劳拉没有告诉迪伦，找一件泳衣在他面前穿这件事，更让她感到焦虑不安。水面拍打着迪伦乌黑的胸毛，泛起点点亮光。他双手摊开，扶着绳子，他的肌肉比劳拉想象中的更加结实。这大概是因为他常年在热气球上工作的缘故吧。迪伦觉得她的身材怎么样呢？苍白无光的双腿？大腿后面的赘肉？

“你那天晚上在电话里跟我说的是什么？”迪伦问道，“你说萨拉的丈夫被实施了前脑叶白质切除手术？这太令人难以置信了。”

“你不过是刚听了个开头而已，”劳拉说道，“在给乔做完手术之后，他们还要萨拉加入他们。”劳拉把彼得院长提到的政府批准的控心术试验给迪伦描述了一遍。

“这类事情确实发生过，”迪伦说道，“但不是在这里。至少我觉得不是发生在这里。”他说着仰望天空，若有所思。“我以为这种试验只发生在加拿大。发生在二十世纪五十年代，里面有中央情报局的参与。”

“我好像也隐约回想起什么来了。”劳拉说道，“萨拉开始说这件事的时候，我听着有点儿熟悉。他们真的用精神病人做试验了吗？”

“我觉得是，而且他们还用其他一些不易引起人们怀疑的人来做试验。”

“我在想，那个给我寄信的人是不是想要保护萨拉，不让她把记忆中的事情说出来。”

“这些信有没有可能是她女儿寄来的？”迪伦琢磨道，“就是那个不见踪迹的珍妮？”

劳拉思考着迪伦这个说法的可能性。那些信要是萨拉的女儿寄过来的，她有可能是为了保护萨拉，不让她回想起伤心的往事。“但是，如果珍妮真的那么关心爱护自己的母亲，怕我伤害她的话，那她为什么不出面照顾萨拉呢？难道连露面看看萨拉也不行吗？”

“也许她身不由己，不能露面。不管什么原因，要是她现在还不能露面，就是不敢见自己的母亲。”

劳拉看着克莉跟那个小男孩在一起戏水。“我真想知道乔到底怎么样了，”她说道，“萨拉后来再也没有找到乔的下落，不知道他是被人收容了，还是被杀了，或者发生了什么其他的事情。我觉得要是让萨拉知道乔的下落，她多少会心安一些。没准乔还活在世上呢。”

“前脑叶白质切除手术过后，人还能活那么久吗？”虽然太阳开始西沉，但迪伦的眼睛还是在夕阳之下晶莹透亮，深深地迷住了劳拉。

“我不知道，”劳拉说道，“他比萨拉岁数小。好像是小七岁，所以他有可能还活着，只不过现在的他肯定连自己是谁都不知道。但是我还是想试着找找他。”

“为萨拉还是为你自己？”迪伦问她。

“这我还真不知道。”劳拉笑了，“而且，我还想找到珍妮的下落。”

“嘿，好呀。”迪伦开玩笑道，“反正你也没什么别的事要做。”

劳拉立刻变得严肃：“我又着魔了。”

“不，这是你的兴趣。这些事情令你兴奋。雷却想要压制你，他太残忍了。”

劳拉想要替雷辩解，可最后还是选择了沉默。

迪伦这时叹了口气。“我受不了了，”他盯着沙滩说道，“爱玛小小的身影站在那儿，那么无助，那么孤独，像个流浪的小孩，我看不下去了。我们也去那边吧。”

“好的。”劳拉滑下橡皮筏，朝岸边走去。

两人走到沙滩上时，太阳已经躲到了树后面，克莉跟爱玛两个小家伙肩并肩地坐在毯子上，克莉裹着沙滩浴巾，还在瑟瑟发抖。

“你今天晚上想要一起吃饭吗？”劳拉一边擦身子，一边问迪伦。

迪伦摇了摇头："今晚有约了，不过谢谢你的邀请。"

"那就下次吧。"劳拉边说边开始专注地擦自己肩膀上的水，好像要把每一滴水都吸干才行。

起码，迪伦没撒谎骗她。在水中，劳拉迷恋过他结实的胸肌，但是，在迪伦眼中，劳拉只不过是他孩子的母亲，一个穿着老式泳衣的女人，仅此而已。迪伦约过的女人不计其数，她们长相迷人，跟她们在一起，迪伦也没有任何牵挂。没有孩子。好吧，那么劳拉和迪伦就是朋友了。既然他俩是朋友，那么她就可以问他晚上约会的事。那个女人是谁？你们要去哪儿？你觉得她怎么样？

但是劳拉什么都没问。她一点儿都不想知道。

## 32. 相亲

今天迪伦是要去相亲，他还没见过这个女人，迪伦很久没有相过亲了，他知道肯定又是徒劳。不过这个女人是亚历克斯一个朋友的朋友，鉴于他跟贝瑟尼还耗着，迪伦答应了这次约会。在去她家的路上，迪伦暗自发誓，再也不会提——连想都不想——爱玛跟劳拉。他依然记得贝瑟尼那件事。

迪伦一下就找到了米德尔堡的联排别墅。前门上装饰着花环，上面的花朵已经干枯，迪伦按了门铃。

“嘿，我是谢里。”女人一边介绍自己，一边把迪伦请进屋。谢里迷人性感，一头乌黑的长发，身材火辣。迪伦看着谢里拿好钱包、钥匙和看电影的眼镜，然后走进另外一个房间，迪伦听到她跟什么人说了句话。然后，谢里走进客厅，脸上挂着笑容。“不放心，又跟保姆强调了一遍。”她说道。

保姆。她有小孩。照说这很正常，但是对今晚的迪伦来说，这个消息让他兴高采烈。他尽量不让自己表现得很兴奋。

直到吃完晚餐，迪伦都没有提起爱玛，他跟谢里聊她的工作，聊她的骑马爱好，虽然迪伦也想认真听谢里的回答，不过没听进去多少。

今晚的电影又长又慢又拖拉，典型的英国佬风格，迪伦的思绪飘回了沙滩，他开始想自己还可以说什么其他的话，鼓励爱玛下水。

在开车送谢里回家的路上，迪伦终于开口问了谢里孩子的事情。

“我有三个孩子，”谢里说道，“三个女儿。最大的九岁，最小的五岁，还有一个七岁。我希望这不会把你吓跑。”谢里充满歉意地说。可能之前谢里的追求者一听她有三个孩子，都夺路而逃了。

“哪儿的话，”迪伦说道，“最近我自己在一个五岁小女孩身上也花了不少心思。”迪伦知道自己一旦开口，就停不下来了，就像酒吧里的醉汉摇摇晃晃想找人倾诉一样。

“真的吗？”谢里问道，“你的孩子？”

其实他可以说谎的。他可以说爱玛是他的侄女。但是迪伦是个不会说谎的人。“她是我女儿。”迪伦说道，女儿这个词对迪伦来说还是很陌生，但是他喜欢这个词。

“你有女儿？”谢里问道，“我还以为你没结过婚呢。”

“我是没结过婚，”迪伦说道，“我也是大约一个月前才知道自己有个女儿。”

“啊。”谢里显然意识到这个出乎意料的事实后肯定隐藏着很多故事，不过，她是个聪明的女人，并没有立刻逼问。

“说说你五岁的小家伙吧，”迪伦问谢里，“她长什么样？她喜欢做什么？爱玛……就是我的女儿，她现在碰到一些问题。我不太清楚这个年龄的小孩喜欢什么。”

“嗯，珍妮喜欢游泳。她还在上摔跤课。她喜欢收集豆豆娃和芭比娃娃。”

“爱玛也喜欢，”迪伦说道，“反正就是芭比之类的。”然后他跟谢里讲了自己给爱玛买鱼缸的事，还告诉她，爱玛是怎样将书架变成玩具娃娃办公楼的。

“是的，”谢里说道，“小孩子往往很有创造力。”

她这么说是表示不耐烦了吗？迪伦并不在乎。“爱玛以前很喜欢游泳，”他说道，“不过现在突然怕起水来。怎样才能让她重新喜欢上游泳呢，你有什么想法吗？”

“不好意思，我真没什么想法，”谢里回答道，“我这三个孩子都是活泥鳅，她们见水就欢。”谢里想把话题转回到成人问题上，谈谈热气球生意或者刚刚一起看的电影。谢里有三个孩子，却极力回避孩子的话题，这让迪伦怏怏不乐。

他把车子开进停车场，在谢里家的联排别墅前停了下来。

“本来应该请你进去的，”谢里说着拿起放在车上的包，“不过现在天已经很晚了，我得赶紧把保姆送回去。”

“我送你到门口。”迪伦说着打开车门。很显然，谢里并不喜欢他。不过也没什么关系。迪伦陪谢里一直走到她家门口，没有亲她就走了。他觉得这样对彼此都好。

在开车回家的路上，迪伦才意识到谢里刚才没有问任何关于劳拉的事情。

她本有可能会问：“跟我说说，你跟你女儿的母亲之间到底是什么关系？”

要是这样的话，他可能会支支吾吾地回答说：“这个，呃，我们只是朋友关系而已。”

迪伦看了看窗外，望见繁星闪烁的夜空，回想起跟劳拉一起用她的望远镜看星星的那个夜晚。他真渴望自己此刻正在跟劳拉看星星。

## 33. 回忆·如影随形

候诊室里，劳拉坐在萨拉对面。萨拉一直盯着接待员桌上的名牌来回看，嘴里还一遍遍默念着“奎因太太”这个名字。就这样盯了半天后，她终于看了劳拉一眼。

“咱们现在是在米多伍德村吗？”萨拉问道。

“不是，”劳拉回答道，“我们现在在爱玛的心理医生的诊所里，你跟爱玛要在一间游戏室单独待上一会儿。既然爱玛除了你之外不跟任何人说话，她的心理医生觉得你跟爱玛在这里待一会儿对她可能会有些帮助。”

萨拉看看爱玛。这时的爱玛正坐在屋子一角，努力想把一匹塑料马玩具平稳地摆到一堆积木上。萨拉问道：“我待会儿要跟珍妮一起玩？”

“嗯，但不是在这儿，”劳拉回答道，“这里有间专门供人玩耍的房间。您跟珍妮……我说的是爱玛一起玩耍，这样对她有好处。我会非常感谢您的。”

虽然萨拉点了点头，但劳拉不确定她知不知道自己待会儿要做什么。萨拉脸上露出迷茫的沮丧神情，劳拉真想上去抱住她。

过了一会儿，希瑟走出了办公室，向萨拉做了自我介绍。她领着萨拉和爱玛走进游戏室，让她们坐到一张宽桌子旁，上面摆着一箱小玩具和一栋玩具小屋。看见萨拉轻松地坐上了小孩子坐的椅子上，希瑟松了口气。然后，希瑟跟劳拉走进旁边的屋子里，透过一面两面镜向里看。

希瑟跟劳拉刚一离开，爱玛就开口说话了：“把你想要的小人都拿出来吧。”爱玛边指挥萨拉边把一盒塑料玩具抱到萨拉跟前。

劳拉瞥了希瑟一眼。这是希瑟头一次听到爱玛的声音。

萨拉伸手去拿一个小的男玩偶。

“不行，你不能拿那个！”爱玛喊道。然后她用轻柔的声音说道，“我能拿那个小人吗？”还没等萨拉答应，爱玛就从盒子里把那个男玩偶拿了出来。

“这个娃娃漂亮。”萨拉说着从箱子里取出一个小女孩的玩偶，“珍妮，你想要这个吗？”

爱玛恼怒地揉揉眼睛，劳拉看见这个动作笑了出来。“我的名字叫爱玛·布兰登·达罗，”她一本正经地说道，“现在请把那个娃娃放到一个小房间里吧。”爱玛接着说道。

“至少，爱玛还记得要使用礼貌用语。”希瑟跟劳拉耳语道。

希瑟跟劳拉看着爱玛跟萨拉玩了半小时。爱玛摆出一副跋扈的样子，不断地指挥萨拉做这做那。

“真是太棒了，”希瑟看着萨拉跟爱玛之间的互动说，“我还不知道爱玛性格中还有这一面呢。”

“这就是爱玛以前的样子，”劳拉解释说，“充满自信，还有点儿自以为是。”她以前可不是现在这个住在湖边的忧郁女孩。她以前也不怕黑，不会尿床，也不会看着朋友在湖里戏水，自己却站在沙滩上旁观。

“真鼓舞人心，”希瑟说道，“她遭遇的事情太多了。劳拉，我知道你现在还很难相信，但是我觉得这个孩子会好起来的。”

“但是如果爱玛知道我能看到她的话，她就会缄默不语，”劳拉说道，“这可真让我难受。”

“下次，”希瑟安慰道，“你还能再带着萨拉过来吗？看起来，萨拉自己玩得也很开心。”

“也许可以吧。”劳拉一边看着萨拉跟自己的女儿玩耍，一边这样回答道。萨拉好像一会儿是小孩子，一会儿又变成女人。她一会儿跟爱玛一样聚精会神地玩着玩偶，一会儿又用长辈的方式教导爱玛。不管爱玛再怎么喊叫着纠正，萨拉还是一直管爱玛叫珍妮。

疗程结束后，劳拉把这位老人和自己的孩子送上汽车，给她们系好安全带，准备回养老院。

“你们俩刚才玩得开心吗？”在车子驶出停车场的时候，劳拉问道。

“我们刚才是在哪里来着？”萨拉问道。

车后爱玛的座位上一片沉寂。

“在一个心理医生的诊所，”劳拉说道，“您刚才陪着爱玛在游戏室玩耍。”

“咱们现在是要去散步吗？”

“今天不行了，”劳拉说道，“我待会儿把您送到您的公寓，然后就得带着爱玛回家了。不过，我明天会再来找您的，明天咱们再去散步，好不好？明天的天气应该不错。”

“那我明天早起的第一件事就是穿上旅游鞋。”萨拉说道。

“好主意。”劳拉瞟了萨拉一眼，看见她一听说要散步，脸上就乐开了花。“也许等到明天散步的时候，”劳拉接着说道，“您可以跟我谈谈您离开圣玛格丽特医院后又发生了什么事情。”

## 萨拉，1959年

萨拉很惧怕彼得院长和D先生。她领教过他们在一家合法医院内的恶行。萨拉虽然不知道他们的魔爪能够在医院之外伸多长，但是她心中一直惶恐不安。很显然，这两个人将会不惜一切代价地维护他们所谓的“研究”。彼得院长那句暗含威胁珍妮的话仍在萨拉的耳畔回荡。

萨拉决定搬到别的镇子去。她卖掉了自己跟乔的房子，搬到了三十英里之外的一间公寓。搬家让萨拉痛苦万分。家没了，乔也没了，萨拉对乔的记忆仿佛也随着搬家一并抹去了。但是至少萨拉还有珍妮，女儿就是她现在跟丈夫唯一的联系了。萨拉现在每天都戴着乔送给她的胸针。

萨拉在一所叫爱茉莉之春的普通精神病院谋到了一份工作，离她的新家很近，这家医院并没有采用圣玛格丽特医院使用的“变革式”疗法，萨拉卸下了心理负担。萨拉一有空闲时间，就去大小医院，希望能找到乔或是弗雷德里克·汉密尔顿的影踪，她有时也会去城市近郊寻找乔的下落。萨拉带着珍妮，开车从一地找到另一地，只为了再见到乔。没有一家医院有乔或是弗雷德里克的住院记录，萨拉怀疑他们用另外的假名让乔登记住院了。不过，乔首先得从可怕的手术中存活下来。

科琳是唯一一个萨拉还敢联系的圣玛格丽特医院的员工。萨拉离开后，科琳也被立即解雇了，他们也威胁科琳，要是她不听话，他们就会伤害她的儿子萨米。现在科琳急欲找到一份工作。她也没有钱搬家。萨拉明白，乔的计划败露导致了科琳的失业，造成了她现在所处的困境，所以十分内疚。

尽管因为乔的事情，萨拉一蹶不振，但是为了小珍妮，萨拉在试着变得开心、乐观。随着时间的流逝，萨拉慢慢开始放松，也觉得有了新家、新工作，一切都在走向正轨，不过在萨拉内心深处一直有个想法，那就是必须向权威部门报告在圣玛格丽特医院发生的一切。那里进行的实验是政府批准的，鬼才相信。她应该给联邦调查局的人打电话。如果帕敏托医生的工作的确有政府撑腰，那萨拉要说的他们肯定早有了解。但万一不是，萨拉就可以结束病人们被迫忍受的痛苦了。不过，萨拉还是不敢打电话，因为帕敏托早就知道曾给精神病学会打过电话的人就是她。是的，萨拉的确担心圣玛格丽特医院的病人，但是现在她必须把珍妮——以及她自己的安危——放在首位。联邦调查局的号码就贴在厨房的电话墙上，只要萨拉能鼓起勇气，她随时都可以拿起话筒。

十一月一个星期六的清晨，萨拉正在收拾房间，门铃响了。有个邻居之前说要来萨拉家喝杯咖啡，但是萨拉没想到她会来这么早。

萨拉将拖把靠到厨房墙上，看到珍妮正在游戏围栏里自己玩得不亦乐乎，她朝门口走去。打开门后，萨拉倒吸了一口气，本能地朝客厅后退了一步。

D先生站在走廊里，露出了笑容："我没想吓你。"

"你来干什么？"萨拉问道，"你怎么知道我住这儿？"萨拉觉得自己已经够小心了。

"我能进屋吗？"D先生问她，"我有要紧的事要跟你说。"

萨拉犹豫了一下："好吧。"不过她要开着门，要是发生什么事，她就大喊救命。邻居们就会听到。

"这是你女儿吧，"D先生朝珍妮走去，珍妮见状，伸手要D先生抱。这些日子，珍妮缺少了父爱，真的需要男性的关怀。

"坐到沙发上。"萨拉站在D先生跟游戏围栏之间，命令他道。

D先生坐了下来，可萨拉还是站着。

"你想干什么？"萨拉问道。

"就几件事情。"他丝毫没有因为萨拉的唐突而生气，"首先，我想告诉你，医院上上下下都很想念你。你真的是我们医院少有的优秀护士。只要你想回来，我们随时都欢迎。过去的事就让它过去吧。"

"我死也不会回那座人间地狱。"萨拉说道。

D先生点点头，表示理解。"我知道，帕敏托有时会很……执拗，”他说道，“但是他的事业的确很伟大，而且——不过我知道你可能不相信——他的事业对我国国家安全意义重大。”

“听着——”萨拉朝门口走去“这样谈下去没什么意思。我知道在你眼中，帕敏托医生是神，他所从事的也是神圣的事业。我只是跟你想法不同而已。我们就——”

“你跟别人说了。”他一动没动，坐在沙发上说道。

“我……你在说什么？”

“你在爱茉莉之春的同事，你告诉了她们。”

“你怎么知道我在哪儿工作的？”萨拉背后的汗毛全竖了起来。

D先生低声笑了笑：“找你真是太容易了，萨拉。你的很多事，我都了如指掌。你每天早晨八点出门上班。然后你把珍妮托付给你的邻居，也就是一楼的苏赫尔太太照顾。你到爱茉莉之春时大概是八点半。你每天下午五点准时到家。这栋楼里你的好朋友是葆拉·罗丝和苏珊·泰勒。你晚上偶尔会去她们两家串门。你在特莱斯街的A&P超市购物。每天晚上十点半睡觉。你的生活习惯特别规范。”

“你是怎么知道这些的？”萨拉两手交叉，放在胸前，突然感到一股寒气袭来。

“我们告诉过你，政府会想尽一切办法保护我们的研究，”他说道，“不过我们是如何得知你的情况，这不重要，萨拉。真正重要的是你说过——你发过誓——你不会跟任何人说起圣玛格丽特的事情，看来你并没有信守诺言。”

“可是我并没有告诉哪个有权力改变这一切的人啊。”

D先生笑了："确实，因为那个人还没出生呢。"他身体前倾，"也许P医生和我应该事先就跟你说清楚。我们说不能告诉任何人，意思就是谁都不能说。"

"那好。好吧。我明白了。现在，请你离开。"

看到D先生站起身，朝门口走来，萨拉心里才松了一口气。"你听我说，"他说道，"我也不想说难听的话，可是你必须管好你的嘴。彼得·帕敏托做事一往无前。他是个天才。有时候，天才和疯子只有一步之遥。你明白吗？"

萨拉点点头。

"那就好，"他说道，"祝你好运，萨拉。"

D先生走后，萨拉关好门，上了锁。她用颤抖的双手抱起珍妮，坐到沙发上，瑟瑟发抖。她以为自己跟同事们说说以前在圣玛格丽特工作的事情没什么大碍。会是谁告的密？她就不应该信任她们，也不该相信她的邻居。她还得搬家。再换份工作。她要不要改名字？不，这样乔就永远也找不到她了，但是萨拉不得不放弃寻找乔，也许他们知道她在找乔。D先生说她是个很容易找到的目标。萨拉得做点儿什么来改变自己现在的处境。

这一次，萨拉穿过州界，搬到了弗吉尼亚州，在一家小医院凑合找了份工作。她雇了一个保姆，白天的时候让保姆在家帮忙照看珍妮。她还把手中美国联邦调查局的电话号码丢掉了。现在要给联邦调查局打电话，萨拉连想都不敢想。

虽然这样，萨拉晚上做噩梦还会梦到圣玛格丽特医院的病人。这些病人信任照看自己的医护人员，最终却被人有步骤地慢慢折磨致死。

# 34. 热气球之旅

电话铃响时，劳拉正在客厅给爱玛读书。

“今天傍晚本来有人预订说要乘热气球看日落，结果刚刚才取消，”迪伦没有打招呼，直接说道，“你想不想跟爱玛一起和我乘坐一次热气球？我得先跟爱玛说几句话，确定她可以应付热气球旅行。还有，你们得在一小时之内赶到我这里来。”

“我记得你说过不能带八岁以下的孩子上天。”劳拉清楚地记得自己上次乘坐热气球的时候，迪伦曾这样跟她说过。

“没错。所以我才想跟爱玛说几句话。你觉得她会害怕吗？能让她接我的电话吗？”

劳拉低头看看女儿。爱玛就在她旁边，也在沙发上坐着。“是迪伦来的电话，爱玛，”劳拉对女儿说道，“他想知道我们今天傍晚想不想乘坐他的热气球上天。”

爱玛惊讶得睁大了眼睛。她从沙发上跳下来，在地板上欢快地又蹦又跳。有几分惊讶的劳拉见状笑了起来。“不，”劳拉对着话筒说道，“爱玛不害怕。”

“那就让我跟她说几句话吧。”迪伦要求道。

“迪伦有几句话要跟宝宝说。”劳拉说着把话机递给女儿，爱玛只是盯着话机看，“你要是想坐热气球，就需要知道一些重要的规矩。”

爱玛伸手接住话机，放到耳边。

“迪伦，她在听。”劳拉大声说道。

劳拉听到了迪伦那边嘈杂的说话声，爱玛聚精会神地听着。一会儿脸上竟然露出了笑容，她还点了几次头，好像迪伦能看到她似的。听了一会儿后，爱玛又把话机递还给劳拉。

“嘿。”劳拉说道。

“我刚才跟爱玛说，我还从来没有带过五岁的孩子上天。要想让我带她上天，她就必须像大人一样表现，而且还要好好听我的话。”迪伦说道。

劳拉看看爱玛。“宝宝真的想去吗？”她问爱玛。

爱玛点点头。

“刚才迪伦说你要好好听他的话，你听明白了吗？”

爱玛又点点头。

劳拉又对着话筒说道：“我们这就过去。”

这是劳拉第一次在白天见到准备起飞的热气球，看起来并没有破晓前那么壮观。在破晓的时候，火焰冲进球囊口，映射出热气球飞行员的轮廓。不过，爱玛还是感到无比兴奋，穿过牧场的时候又蹦又跳。

这真是太不可思议了。爱玛既怕水又怕黑暗，但好像一点儿也不害怕飞上几千英尺的高空。

劳拉和爱玛走到热气球跟前，迪伦停下了手头的工作，走到她们母女跟前，给她们讲解乘坐气球须知。爱玛边听边点头，表示听懂了。爱玛对待这个需要“像大人一样表现”的事情十分认真。

迪伦首先爬进了热气球的吊筐。爱玛也许是意识到自己在劳拉爬进吊筐之前要单独跟迪伦在一起，所以在劳拉帮她爬上梯子的时候迟疑了片刻。

“上去吧，宝贝儿，”劳拉说道，“妈妈就跟在你后面。”

劳拉看着迪伦帮爱玛站到丙烷罐上，然后下到吊筐底上。迪伦碰到爱玛身子的时候，爱玛一动不动，可等劳拉也爬进吊筐，爱玛的小脸就笑开了花。

“好了，爱玛，”迪伦说道，“只要待会儿飞起来了，你就可以站到那个丙烷罐子上看风景。”爱玛站在吊筐里，几乎看不到吊筐口皮边儿外的东西。“可是现在，我需要你就在那个角落里，两手紧紧抓牢那几个绳子把手。”迪伦说完看看劳拉，“孩子的妈妈也是一样。”他说道。

爱玛和劳拉都按照迪伦的要求做了。亚历克斯和布莱恩解开卡车上的绳子，放飞气球。迪伦往火焰里面放燃料，金色的火柱高高冒起，直冲球囊口。爱玛见状蹦了起来，但她没有离开迪伦让她站的角落，仍旧牢牢抓着绳子把手。她踮起脚，想要看看吊筐外面的世界。这个小丫头真是太可爱了。见到女儿这样，劳拉的爱女之心隐隐刺痛。

气球缓缓离地，一直飞过树梢。

“好了，爱玛，”迪伦说道，“现在小心点儿，可以站到这个罐子上面了。”迪伦扶着爱玛往丙烷罐子上面走，爱玛并没有畏怯与迪伦的身体接触，“不过还得牢牢抓住绳子把手。好了，就这样。”

一片葱郁的绿色海洋从下方滑过，爱玛睁大了惊奇的眼睛。等飞过树木，爱玛惊讶地张开了嘴巴，用手指着地面。劳拉往爱玛指的牧场望了望，并没有看到什么特别的东西。迪伦抢先认出来是什么东西吸引了爱玛的注意。

“没错，爱玛！”迪伦说道，“那是一匹阿帕卢萨马[①]。还有好几匹呢，通常有五匹。你能找到它们吗？”

爱玛不仅找到了其余几匹马，还看到了几头奶牛。

天空一会儿桃红，一会儿粉红，一会儿紫色，迪伦跟爱玛解释了为什么在日落时分，天空会出现绚烂的色彩。他让爱玛看天空中云的形状。指给爱玛看远处的青山，两人还远远地朝地面游泳池中的孩子挥了挥手。迪伦甚至说他还看见了一只狐狸。但是劳拉觉得就他们现在的高度来看，那更像只小脏狗，不过爱玛看得那么入迷，劳拉决定还是不纠正迪伦的好。

他们在热气球上已经一小时了，可爱玛丝毫没有厌倦，这的确出乎劳拉的意料。

爱玛嘟囔着不想下去，劳拉看到迪伦满脸笑容。

“你可以在那儿多站一会儿，”迪伦对爱玛说道，“然后你就要返回到角落里去，直到降落，好不好？”

爱玛点点头，小脚依然站在丙烷罐上，看着热气球缓缓掠过树梢。

---

① 北美洲一个雄健的马种。

“现在，站到角落里去，你们俩都去。”一分钟后，迪伦对两人说道。

爱玛抓着妈妈的手，走下丙烷罐，走到吊筐的角落。她站在迪伦对面，紧紧抓着绳子的把手。

劳拉想看着女儿的眼睛，告诉她妈妈为她骄傲，迪伦说的她认真听也认真做了，整个飞行过程中，她也很乖、很听话，并且很有耐心。

但是爱玛一直盯着迪伦。她的父亲。她用一种近乎崇拜的眼神看着迪伦。

迪伦让亚历克斯和布莱恩拆卸热气球，自己朝围栏走来，走到劳拉和爱玛面前。爱玛让他刮目相看。真不敢相信她就是那个在沙滩上连水都不敢碰的小女孩。

“其他人会负责收拾热气球的，”迪伦对劳拉说道，“他们把我的货车也开过来了，去我家怎么样？布莱恩给了我两只大龙虾。它们现在正在我的浴缸中无忧无虑地游来游去呢。”

“听起来不错。”说着三人往迪伦货车的方向走去。

“你吃过龙虾吗，爱玛？”迪伦问道。

爱玛抓着妈妈的手，蹦蹦跳跳往前走，没说话。

“她没吃过呢。”劳拉替女儿说道。

“估计她看到浴缸中的龙虾，有可能不想吃，”迪伦低声说道，“不过我家不缺花生酱和果冻。”

“再说吧。”劳拉笑着说道。

迪伦担心爱玛想起那次的橱柜手枪事件后，会不敢进他家门，没想到爱玛径直穿过前门，走到了鱼缸跟前。今天晚上爱玛完全像换了一个人。她喜欢乘坐热气球，而迪伦也很高兴自己抛开了五岁小孩不能乘坐热气球的担忧，带爱玛飞上了天空。在热气球落地时，爱玛甚至举起双臂，同意让迪伦抱起她，递给吊筐另一头的劳拉。迪伦表现得毫不在意，好像这个动作很正常，但这么多年来，迪伦第一次体会到了从未有过的轻松和充实。

迪伦将活蹦乱跳的龙虾丢进煮沸的水中时，爱玛哭了一阵子，可到吃饭时，她将一个钳子上的肉啃得一点儿不剩，还吃了一根玉米，迪伦将从小花园摘的几个西红柿切好，爱玛也吃了几片。

在音像商店售货员的推荐下，迪伦给爱玛买了《美女与野兽》，他把片子塞进录像机，好让自己跟劳拉收拾厨房时爱玛有事做。

迪伦走进厨房，劳拉背对着他，手正在水槽里忙活。

“我给放枪的橱窗重新装了把锁。”迪伦怕劳拉担心，对她说道。

劳拉转过脸看着迪伦，一脸镇定，迪伦还没有见过劳拉如此平静。她的脸色娇艳红润，洋溢着温柔的微笑。她比几小时前看上去年轻多了，也自在不少，迪伦内心突然燃起一阵莫名的冲动。

“今天晚上，你跟爱玛相处得很融洽嘛。”劳拉开口道。

迪伦赶紧伸手去拿洗碗巾，躲开劳拉的视线。“我真没想到她会让我抱她。”迪伦说道。

“我也没想到。”劳拉边说边递给他冲洗好的碗，“不过我觉得在热气球上，爱玛发生了一些改变。”

“比如说？”

“我看她现在有点儿把你当成英雄了。”劳拉露齿一笑。

迪伦脸红了。“我一直梦想着能成为别人眼里的英雄。”他说道。

劳拉身体前倾，瞥了眼窗户外面。“我们收拾完厨房后，能用用你的望远镜吗？”劳拉问道。

迪伦也朝窗外望了望。一轮新月挂在树梢。“咱们现在就过去吧，”边说边把洗碗巾放到厨房台面上，“这些我等下再收拾。”

两人穿过客厅。他们看到爱玛蜷缩在沙发里，目不转睛地看着电视，嘴里还吮着大拇指，迪伦上前摸了摸她的头发。“美女跟野兽现在怎么样了？”迪伦问爱玛，他知道爱玛不会回答，爱玛也的确没有作声。

迪伦将他的业余望远镜从客厅一角搬了出来，一脸窘迫。“今晚它属于你，任凭你发落。”他对劳拉说道。

劳拉开始调试望远镜，使其聚焦到月亮上面，她一低头，秀发搭在了肩膀上。“那儿，”劳拉说着后退一步，“你过来看。”

迪伦透过目镜望去。在众星环绕的正中央，一轮弯弯皎洁的新月，除此之外，迪伦还能清楚地看到月亮的其余部分。他甚至还能辨认出上面的陨石坑。“哇。”迪伦感叹道。

“这就是有名的‘新月抱残月’。”劳拉对迪伦说道。

迪伦从望远镜里抬起头，冲劳拉一笑。“听起来有点儿像萨拉跟劳拉，是吧？”迪伦问道。

劳拉脸上的笑容消失了，她咬紧了嘴唇。

“哦。”迪伦直起身，“看我都说了些什么？”

劳拉靠着阳台栏杆。“你知道，”她说道，“我可能永远也搞不清萨拉是怎么认识我父亲的，但是我真的希望他是萨拉的好友。我希望父亲带给过萨拉快乐，虽然她可能不记得。萨拉这一辈子真是太苦了，命运太不公平。”

迪伦走到劳拉身边，也靠到了栏杆上。“上次我们谈过之后，你有没有再去看过她？”迪伦问劳拉。

劳拉点点头：“昨天她跟我说她搬家了，她想摆脱圣玛格丽特医院带给她的伤害，但是他们还是找到了她。就是那个古怪的心理学博士D先生——”

“那个心理驱动项目的头头？”

“就是他。他出现在萨拉门口，对萨拉的行踪了如指掌。听起来好像有政府的人为他们撑腰。他甚至知道萨拉什么时候上床睡觉。听听就觉得恐怖。所以萨拉不得不停止寻找乔，萨拉认为他们能找到她是因为她联系了很多医院寻找乔的下落。现在我越发想找出乔和珍妮最终的下落了。”

“可是，你要怎么查呢？”迪伦问道。劳拉为这件事操了很多心，但是迪伦并没有责备她什么。

“我也不清楚。也许我可以查一下一些老的机构档案。图书馆或许也有些可以利用的资源。下个星期，我需要去霍普金斯大学填些表格，申请延长假期。我可以用一下他们的图书馆。不过，我还得带着爱玛跟我一起去。到时候得让她有事做，然后才能去做调查。”

“我有个主意，”迪伦说道，“我跟你一起去吧，在去霍普金斯的路上，你把我和爱玛丢在巴尔的摩水族馆就行。”其实迪伦也不知道爱玛愿不愿意跟他单独待在水族馆。

劳拉有点儿犹豫。“我们可以试试，”她说道，“但如果爱玛不想跟你待在一起的话，我不想强迫孩子。”

“嗯，我也不想强迫她。不过既然现在我成了她心目中的英雄……”迪伦假装谦虚地耸耸肩，把劳拉逗笑了。她伸出手来，抓住迪伦的胳膊。

“迪伦，你真是个好人。”劳拉说道。

迪伦可以从劳拉眼睛中看到弯月的影子，他突然有种上去亲吻她的冲动，但是爱玛也在房间里。而且，这是个不怎么明智的想法。

他又走到望远镜跟前。“那么，”他开口道，“你想哪天去霍普金斯大学呢？”

那天夜里，迪伦躺在床上跟自己生闷气。他为什么会突然那么喜欢劳拉呢？也许是因为他很久没有碰过女人了吧。

或者是因为他太过关注爱玛了，所以不知不觉中也喜欢上了爱玛的母亲。

迪伦喜欢自己女儿的母亲，这是件好事，一点儿问题都没有。可是当他一闭上眼睛，他就想起坐热气球的经历，想起落日的晚霞在劳拉的头上泛起一层光晕。他想起劳拉在室外的露天平台触碰他胳膊时的感觉，还会想起劳拉眼中银色的月影。

要是他跟劳拉在一起的话，只会让事情更加复杂。万一他们俩在一起后发生矛盾或者分手，爱玛也要承受负面影响。要是他跟劳拉约会，他再跟别的女人约会就会有负罪感。这种关系肯定会让爱玛摸不着头脑。这是个坏想法，简直坏透了。

迪伦拿起了电话。

贝瑟尼几乎马上就拿起了话筒。

“这个周六晚上想出来吗？”迪伦问道，“我保证这次再也不提爱玛跟劳拉这几个字，而且会多说贝瑟尼这三个字。”

贝瑟尼笑了。迪伦感觉自己暂时又掌握了两人关系的主动权。

“这个周末不行，”贝瑟尼答道，“我这周末要出趟远门。”

迪伦不知道贝瑟尼是要自己单独出去，还是要跟那个和她睡觉的男人一起出去。

“那下个星期六怎么样？”迪伦又问道。

贝瑟尼那边停顿了片刻。“迪伦，你现在不再想那对母女了吗？”贝瑟尼问道。

“呃，嗯。”虽然迪伦觉得自己说得有气无力，但是贝瑟尼相信了。

“那就好，”贝瑟尼说道，“好吧，那就这样，咱们下周六见。”

迪伦挂掉电话，担心自己欺骗了贝瑟尼。没错，他这一分钟的确没有想爱玛母女。可是就在五分钟前，他还在想。谁也不能担保再过十分钟他不会接着想。

## 35. 寻踪

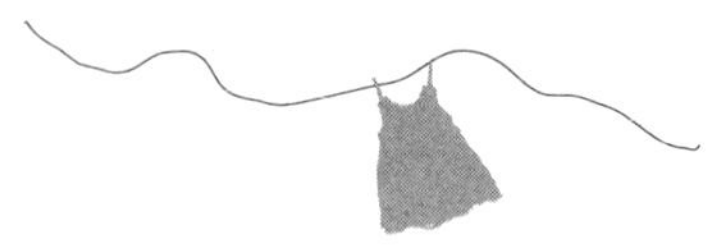

他们三个人乘坐劳拉的汽车前往巴尔的摩。迪伦听着劳拉向爱玛

讲解自己下午的安排：她要把迪伦和爱玛丢在水族馆，自己开车去图书馆待几小时，然后再回水族馆接他们。爱玛和往常一样默不作声。迪伦不确定爱玛有没有听明白劳拉的安排，也不知道到了水族馆，爱玛会不会有什么出格的反应。

很显然，劳拉也很担心。劳拉把车子开到巴尔的摩水族馆入口处停了下来。“不知道这样做到底行不行。”劳拉低声对迪伦说道。

迪伦转身看看后排座位上的爱玛。“好了，爱玛，”迪伦说道，“妈妈现在要去图书馆了，咱们俩在这里待会儿，一起去看鱼，怎么样？”

爱玛看看劳拉，劳拉冲女儿点点头。“你会喜欢这里的。”劳拉说着走下车来。

爱玛解开自己的安全带，也下了车。迪伦看见劳拉脸上露出了惊奇的表情。

“你需要在图书馆待多长时间？”迪伦问劳拉。

“要是可以的话，我三点钟回来接你们。”劳拉答道。

爱玛已经往水族馆门口走了过去。

“你觉得爱玛知道只有我和她两个人在水族馆吗？”

“嘿，”劳拉笑了，“爱玛只是不说话，又不是傻子。”

“好吧，那你去慢慢忙你的吧，”迪伦说道，他越来越有信心，“祝你好运。”

迪伦追上爱玛，把手伸到爱玛可以够到的地方，但没有要求爱玛非得抓住他的手。爱玛还是把手放在身体两侧。买完门票，他们走进这栋漂亮的三角形建筑。

“咱们先看什么呢？”迪伦带着爱玛走到一张水族馆内部地形图

前说道。

爱玛指了指一张海豚的图片。

“好，不过海豚表演要半小时后才能开始，”他说道，“这半小时你想不想去看一个超好看的鱼缸？”

爱玛点点头，迪伦带着爱玛在巨大的圆柱形水族馆里的斜坡道上看着鱼缸里各种各样的海洋生物，不知不觉半小时过去了。

整个下午都很顺利。爱玛对鱼儿太着迷了，丝毫不亚于她妈妈对星星的痴迷。迪伦心想，也许爱玛是个不说话的缄默孩子，但她绝不会闷闷不乐。爱玛在看海豚表演的时候不住地鼓掌。看见海鹦后，她乐得咯咯笑。爱玛走到每个鱼缸前都会驻足，把脸紧紧贴到玻璃上，好奇地打量着里面的生物。

整个下午只发生了一个小插曲，在海豚表演进行到一半的时候，爱玛就开始在座位上来回扭动，面露不安。过了好一会儿，迪伦才弄明白原来是爱玛想上洗手间了。迪伦忘了跟劳拉讨论这个问题了。他不能亲自带着爱玛进女洗手间，也不想带她进男洗手间。最后，迪伦碰到一个正准备带自己女儿进洗手间的女士，就请这个女士在洗手间帮忙留意一下爱玛。爱玛上完洗手间就出来了，没有一点儿问题，活蹦乱跳地往鲨鱼馆跑去。

就在他们准备去亲身体验中心的时候，迪伦听到有人喊他的名字。他回头看见一位女士坐在体验中心入口旁的长椅上。迪伦认出自己几年前曾跟这个女士约会过，但已经忘记她叫什么名字了。

“嘿，”迪伦打了声招呼，“你是跟孩子们一块来的吗？”迪伦猜她有不止一个孩子，他希望自己没猜错。

“是的。他们在那儿呢。”女人一边说，一边指着学习中心，

“这位是？”说着朝爱玛笑了笑。

“这是我女儿，爱玛。”他将手轻轻放在爱玛背上，不知道爱玛对于自己这样随意地称她为女儿会怎么想，“爱玛，这位是……”

“琳恩。”女人很快做了补充。“确实很久没见了，”她承认道，“我不知道你还有个女儿。”她身体前倾，“嘿，你好，爱玛。你跟爸爸长得真像，是不是？”

爱玛向迪伦边上靠了靠，每当她没有安全感时，她都会这样靠近劳拉，迪伦体会到了这个简单的动作中所蕴含的信任，他的心都快激动得跳出来了。他将自己的手移到爱玛肩上捏了捏。

“你去过亲身体验中心了吗？”琳恩又问爱玛，“那里面有个寄生蟹，可棒了。”

可爱玛只是睁大眼睛看着她。

“胆子小？”琳恩问迪伦。

迪伦本来想点点头算了，可是当着爱玛的面撒谎，又有什么好处呢？“不是，爱玛其实一点儿都不胆小，”他说道，“但是爱玛暂时不能说话。不过等她准备好了，她就会重新开口。”

琳恩一脸茫然。“我明白了。”她说。

“好吧。”迪伦看着入口，“我们想进去看看。再次见到你真高兴，琳恩。”

“我也是，迪伦。玩得开心。还有，”琳恩补充说道，“你女儿真可爱。”

图书馆管理员领着劳拉来到微缩胶卷藏品区，指给她装着年代久远的《华盛顿邮报》报纸的抽屉。

“有没有索引？”劳拉边说边拉开其中一个巨大的抽屉，看到里面排成一列列的微缩胶卷。

“恐怕一九七二年以前的报纸都没有。”女管理员说道。

“哦。”看来这比她想的要麻烦，估计得花不少时间。劳拉拿起几个二十世纪五十年代后期的微缩胶卷，坐到了宽阔的微缩阅读机前。

在过去的几天里，劳拉一有空闲，就努力寻找乔和珍妮的下落。她给马里兰州、弗吉尼亚州以及华盛顿特区的州立图书馆都打了电话，想知道在乔接受住院治疗时，都存在哪些长期护理医院。她倒是知道了几个医院的名字，但更多的时候，人们会立刻告诉她，那些旧的医疗记录早已不复存在。劳拉不得不另想办法。

在当地的公立图书馆里，劳拉找到了一本关于如何找寻别人下落的书，里面提到了存有离世记录的电脑数据库。劳拉翻了翻，想找到乔·托利和简·托利的名字，里面的确有两人的名字，可是看他们的出生日期，又肯定不是。看来乔和珍妮都还活着。

互联网上有个人声称没有他找不到的人，萨拉联系了他。可他立即发邮件抱怨劳拉没给他乔或是简的社会安全号[①]，可是劳拉真的没有办法搞到他们的号码。乔的生日可能是五月三日，劳拉说道。一九三零年左右出生。劳拉记得萨拉说过，珍妮出生于一九五八年四月。那个声称无所不能的找人者尽管没什么把握，可还是说会很快联

① 在美国，社会安全号码（Social Security Number，SSN）是发给公民、永久居民、临时（工作）居民的一组九位数字号码，是记录安全号持有者的一切信用、教育、犯罪、缴税等记录的一串数字。

系劳拉。

几小时后，他回复了劳拉。约瑟夫·詹姆斯·托利[1]一九三零年五月三日生于华盛顿。简·伊丽莎白·托利一九五八年四月八日出生于马里兰州。

刚听到消息，劳拉很兴奋，但是很快就冷静了下来。现在怎么才能找到他们呢？

"你还有关于他们的其他信息吗？"互联网上的那个人问道，"职业什么的。"

就在那一刻，劳拉想起来，乔曾在《华盛顿邮报》工作过。也许他的工作单位能提供一些线索，帮助劳拉找到乔。但是现在坐在这儿，翻查这些旧报纸，一页一页没完没了，劳拉已经眼神呆滞，思绪飘到了水族馆。

看着迪伦和爱玛一起离开，劳拉还真有些不适应。她只记得雷牵着爱玛的小手一起走路的情景。看起来她并不想拉迪伦的手，可是当她跟迪伦离开时，也没回头看妈妈。迪伦脚步轻快，跟雷不一样，他边走还边跟爱玛说话。他的心思全在爱玛身上，而不是想着他书的下一章节应该怎么写。

也许为了不让雷忽视她的存在，爱玛不得不抓着雷的手。

几天前，劳拉坐在两面镜后，看着希瑟试图跟爱玛说话，但爱玛一心沉浸在画画的乐趣中，没工夫理她的心理医生。劳拉看到爱玛拿着蜡笔一笔一画地在纸上勾勒着，抿着小嘴，全神贯注。

"我知道你在萨拉面前开口了。"希瑟对爱玛说道。

---

① 乔(Joe)是约瑟夫(Joseph)的简称。

爱玛将手中的蜡笔放到盒子里，重新拿了一支。

“你能不能也跟我说话呢？”希瑟问道。

爱玛摇摇头，继续画着。

“我猜萨拉肯定很平易近人，跟她说话很轻松。”希瑟对爱玛说道。

爱玛的小脑袋几乎贴到了画纸上，她握着蜡笔，使劲儿在纸上画着。忽然，爱玛靠到椅子上，举起了自己手中的画纸，劳拉看到上面画着一个热气球，禁不住露出了笑容。看来那次日落热气球之旅带来的喜悦还没有散去。

爱玛跳下椅子，开始翻找房间一角装满了玩具娃娃的盒子。她从里面找出一个男玩偶娃娃，将它举起来，跟自己画的热气球同高，在房间里蹦蹦跳跳起来，跟热气球和玩具娃娃一起踏上美妙的空中之旅。

约瑟夫·托利

这是劳拉今天找到的第一篇署名为乔的文章，劳拉将思绪重新拉回到微缩阅读机上。劳拉贪婪地读着，即使她和乔相隔数十年的距离，可她还是急切地想要感受乔的气息。之后的报纸里，乔的名字随处可见，大多数都出现在社论版面。劳拉一边看表，一边草草地看乔写的文章。他的文章选题新颖，读起来身临其境。劳拉从言语中读出了乔的活泼、聪明和机智，但一想到他自我毁灭的举动，劳拉不禁黯然神伤。

劳拉还在一九五九年十一月的报纸中，找到了一篇关于乔的报道。文章的标题是《新闻记者精神崩溃》。劳拉也匆匆扫了一眼。

圣玛格丽特医院院长彼得·帕敏托证明，《华盛顿邮报》记者约瑟夫·托利患严重抑郁症入该院接受治疗，然后转移到了另一所机构，何时出院尚不确定。出于对病人隐私的保护，帕敏托不打算公开约瑟夫转移机构的名称。暂时无法联系到托利先生的太太萨拉对此事置评。

劳拉复印了这篇文章，然后关上了机器。她盯着黑色的屏幕看了几分钟，想缓过神来，回到现在。但是，在她开车离开图书馆向水族馆驶去的路上，劳拉的思绪还停留在乔·托利身上，她对这个人充满了同情。

## 36. 约翰·所罗门

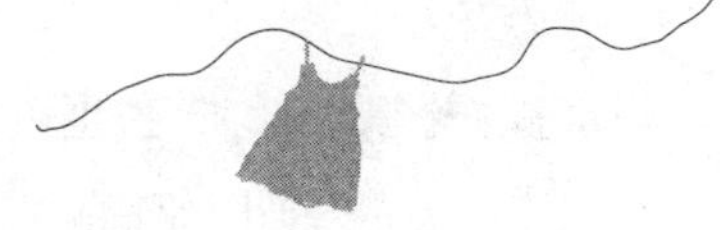

虽然劳拉知道斯图亚特要来，可是打开门看见他站在走廊灯光下的时候还是吃了一惊。斯图亚特的神情太像他死去的哥哥了。斯图亚特站在那里，脸上甚至也有点儿无精打采，跟雷一模一样。

“嘿，斯图。”劳拉跟斯图亚特走进客厅，他带着过夜用的行李包。劳拉亲吻了一下小叔子的脸颊，“谢谢你能过来。”

斯图亚特看了一下手表。“爱玛已经睡了吗？我刚才还想着到你家后能赶上见见爱玛呢。”

“我大概半小时前就给她掖好被子了，她好像头一次睡得这么快，”劳拉说道，“你可以明天再看她。”

斯图亚特一路开车过来，看起来很疲惫。劳拉心想，斯图亚特年纪太大了，这样在东海岸来回奔波推销教科书，确实有点儿力不从心了。

“客房已经给你收拾好了，”劳拉说道，“吃过东西了吗？想马上就睡觉吗？”要是斯图亚特想要倒头就睡的话，劳拉就会失望。让斯图亚特过来，就是想让他教教自己在脱口秀节目上说些什么。劳拉越早搞定要在脱口秀上说什么，就能越早舒口气。

“我在路上吃过东西了，”斯图亚特答道，“还不是很累。我把行李放到客房，稍微洗一下，咱们就开始谈正事。我明天下午就得走，所以咱们今天晚上说得越多越好。”

斯图亚特进了浴室，劳拉给他煮了一壶脱咖啡因咖啡，还准备了一碟巧克力饼，一起放到了咖啡桌上。斯图亚特再回到客厅的时候手里拿着一个笔记本，劳拉也从墙角的桌子上拿了个笔记本。

“好了，”斯图亚特说着坐到沙发上，“咱们现在就开始谈雷的事情。”

他们首先罗列了一下劳拉可能会被问到什么问题，他俩发挥想象力，解释雷自杀的原因，以免他被人们认为是个精神病患者。有斯图亚特在身边真是太好了。虽然劳拉了解雷在过去十年间的无私善举，但是斯图亚特却可以一直把雷的无私事迹追溯到儿童时代。

在他们谈论了将近一小时的时候，劳拉听到门口车道上碎石的碾轧声。她往窗户外面瞥了一眼，看见是迪伦的客货两用汽车。劳拉没想到迪伦会过来，特别是在晚上九点半这个时间点。迪伦来得可真不是时候。不过，看见迪伦的车子，劳拉的心里还是有几分激动。

劳拉起身去开门。

“希望你不会介意我过来看看，”迪伦说着就往门廊的台阶上走，“我刚才就在这附近……呃，有点儿……嗯——”他看见了坐在沙发上的斯图亚特，“哦，不好意思。我打扰你们了。”

“进来见见斯图亚特吧。”劳拉说着往后退，引迪伦进屋，“这是雷的弟弟，爱玛的叔叔。”

斯图亚特站了起来，两个男人互相握了握手。

“斯图亚特，这位是迪伦·吉尔，”劳拉介绍道，“他就是爱玛的生父。我之前跟你说过的，还有印象吗？”

“哦，记得。”斯图亚特微微一笑。

“是这样，”迪伦说着将一个厚纸皮的文件夹递到劳拉面前，“我没想打搅你们。我只是在拜访一个朋友，他家离这儿就几英里，这东西是他送的。他在《纽约时报》驻华盛顿办公室工作，他以前欠我一个人情。我跟他打了个招呼，看他能不能找一些关于控心术试验的材料，他从各种材料上复印了一堆东西。我还没有来得及浏览，我觉得你可能想先睹为快吧。”

“哇。”劳拉从迪伦手中接过笨重的文件夹。“真是太感谢你了，”她说道，“也谢谢你的这位朋友。”她瞥了一眼斯图亚特，不知道该怎样应对这种场合，“我正在跟斯图亚特商量我在脱口秀节目上的台词，但是我们可以稍微歇一会儿，是不是，斯图？迪伦，你想进来喝杯咖啡吃点儿点心吗？”

“谢谢，不用了，”迪伦答道，“听起来你们正在讨论的问题很重要，我就不打扰了。”

“我看他应该留下来，”斯图亚特赶紧说道，“要是他愿意的话，可以进来做我们的观众。也许他比我们俩都客观公正。他可以提醒我们什么话该说，什么话不该说。”

劳拉看看迪伦。“我们俩说话可能会很无聊。”劳拉说道。

“不会的，”迪伦说道，“我对雷的事情很感兴趣。”

“那就坐下来吧。我再去拿个杯子。”

劳拉走进厨房，听到斯图亚特问迪伦：“你们说的控心术试验是怎么回事？”

“哦，”迪伦说道，“劳拉最近在看望一个以前在精神病院上班的老太太。可能有人在那家精神病院进行过心智控制的试验。”

劳拉端着一杯咖啡走了进来。

“你现在还去看那个叫萨拉的女人吗？”斯图亚特用很不满的口吻问道。

“斯图亚特，我必须得去看她，”劳拉说道，“我觉得她盼着我去探望她。”劳拉看看迪伦，“雷在世的时候曾经要求我不要去看萨拉，所以斯图亚特不愿意让我去。雷在世的时候，他担心照看萨拉会占用我用来陪伴他和爱玛的时间。”

“迪伦，你觉得一个女人应该把谁的想法放在第一位，她丈夫的呢还是她父亲的？”斯图亚特问道。

“嗯啊……”迪伦尴尬地笑了笑，“我看我还是别蹚这浑水了。”

“事情不是那么简单的，”劳拉边说边坐了下来，“我希望你能理解。”

“但是现在我觉得雷是对的，”斯图亚特继续说道，“你总是沉迷于你的天文研究项目，现在看起来你又对萨拉这个女人着了魔，雷怕的正是这一点。所以他才选择了自杀。”

“噢，斯图亚特，雷自杀是多方面的原因导致的。”劳拉又气愤又愧疚，久久不能平静。

“但是你不能否认你父亲的要求刺激雷选择了自杀。”斯图亚特说道。

“我不知道雷是受了什么刺激才自杀的。”

这时迪伦身体前倾，将手放在劳拉胳膊上，劳拉一下子得到了慰藉。“不要这样对她，”他对斯图亚特说道，“即使说因为劳拉看望萨拉，引发了雷自杀的行为，那也不是她的错。你不要全归罪于她。”

劳拉热泪盈眶，不是因为斯图亚特责备了她，而是因为迪伦在替她说话。

“我并不是说这全是劳拉的错。”斯图亚特松了口。

“听起来就是那个意思。”迪伦毫不退让。

“好了，你们两个。”劳拉勉强笑了笑，“这都是过去的事了。过不了几个星期，我就要跟奥普拉面对面地聊雷的故事了。现在我们能继续谈这件事情吗？”

迪伦松了手，板着脸坐到自己的椅子上。尽管他铁着脸，剑拔弩张，可他还是帅得不成样子。这时劳拉替斯图亚特感到抱歉。他本来是来哥哥家看望嫂子和侄女的，可现在却被这个比他年轻许多，长得也不错的外人批评了。不过，斯图亚特也是自作自受。

斯图亚特开始假装采访劳拉，可是要在迪伦面前大唱雷的赞歌，劳拉感觉有些尴尬。不过很快，她脑子里就只剩自己已故丈夫崇高一生的光辉形象了，真是天妒英才，还没等到他多年呕心沥血的作品出版就去世了。劳拉谈及了雷倡议建立帮助流浪者找到工作的就业计划，以及针对患有精神疾病的流浪者的一对一工程，他教那些人如何寻找食物，怎样打扮自己。劳拉还说雷一次次地给那些人送去食物和衣服，并且还负责培训在收容所工作的志愿者。每年圣诞节，雷还为流浪者发起各种活动。不过劳拉没有提及两年前的圣诞夜，那天，雷给无家可归的小孩子们准备了满满一货车礼物，却忘了给爱玛送礼物。

当斯图亚特问完所有问题的时候，劳拉靠到了椅子上。“你肯定会让他们刮目相看的。”他说道。

迪伦将喝完的咖啡杯放到茶几上。“听起来雷是个很不错的人物。”他说。

“嗯。”劳拉表示赞成。

“现在是不是更有信心了？”斯图亚特问她。

“当然了。”劳拉实话实说。

“咳。”迪伦站起身，“我该回去了。”

“拿些核仁巧克力饼路上吃吧。”劳拉指了指桌上盘子里剩的饼干，迪伦拿起一块，包在纸巾里。

“很高兴见到你，斯图亚特。”他说道。

“我也是。”斯图亚特也站了起来。

劳拉送迪伦到门廊时，他转过身看着她，刚刚脸上的客气不见了。

“别听他的，好不好？”迪伦说道，“显然他很崇拜自己的哥哥，想让雷的死更有意义。但他这样把责任推到别人身上又有什么用呢？”

“谢谢，”劳拉对迪伦说道，“有你陪着我，我真的很高兴。”

迪伦笑着握住劳拉的胳膊：“进去后你就跟老斯图说晚安，然后钻进自己被窝里，看我拿给你的文件夹吧。”

“嗯，谢了。”劳拉站在门廊上，目送着迪伦开车离开，直到货车的声音被蝉鸣声取代，劳拉还是没有进屋，依然站在那儿，朝远处望着。

劳拉照迪伦说的，拿着文件夹上了床。文件夹里全是二十世纪七十年代控心术最终曝光后各种报纸和杂志上的文章。一九七七年召开了国会听证会，揭露了在病人毫不知情的情况下，药物滥用到了多么严重的地步。听证会结束后，相关部门制定法律，通过药物规范和签署知情同意书来保护病人。

但是在二十世纪五十年代，没人保障病人的权益。虽然利用精神病人进行控心术研究在美国是违法的，但在加拿大则没有这些束缚，美国政府资助了设在蒙特利尔的亚伦纪念研究所，他们就用病人做实验。彼得·帕敏托医生也非常想参与此次研究，但因为他是在美国本土进行实验，政府不能批准他的研究。不过，一些政府官员着了魔似的要找到控心术的秘密，所以在他们的秘密支持下，帕敏托也开始了他的研究。他一直视自己为这个领域的开创性先驱，但这篇文章将他描述为一个“沦为精神病人的流氓精神病医生”。劳拉看到这儿，不禁笑出了声。萨拉第一次见到帕敏托时，给他的诊断是对的。文章说帕敏托死于一九六八年。但是并没有提到D先生。

当读到文件夹里最后一篇文章时，劳拉已经累了。她快速扫掠着这篇一九七七年登在太浩湖一家报纸上的文章，然后，她的速度慢了下来。很奇怪，这篇文章的风格为什么这么熟悉。她看了一眼署名，约翰·所罗门。所罗门为这家报社撰写专栏，上面还有他的照片。劳拉将报纸凑到桌灯前。不可能，劳拉告诉自己。肯定是在开玩笑吧。约翰·所罗门长得跟萨拉房间相框里的乔·托利几乎一模一样。应该不可能，况且劳拉对那张相片也只有模糊的印象。而且，约翰·所罗门对控心术实验的报道完全客观，没有掺杂一丝个人感情。

劳拉静静地将报纸放到床头柜上，睡着后，文章作者的照片一直萦绕在她梦里。

# 37. 原因

“你把这个女宝宝放到台阶上。”爱玛边命令边把女玩偶递给萨拉。萨拉很听爱玛的话，扶着这个小塑料人上台阶，开始往玩具屋里走。

“别，你先等等，萨拉！”爱玛飞快地说道。然后她用稍微轻柔一点儿的声音再次开口，“先别这样呢。我得去拿一个男玩偶。”爱玛说着站起身，走过玩具屋，来到放满了玩具小人的盒子前。

“爱玛还真是叽叽喳喳的。”希瑟对劳拉嘀咕道。她们俩正在两面镜后面密切关注着爱玛的一举一动。

“我何尝不知道啊，”劳拉说道，“我才不管她说什么呢，只要能听到她说话就行。”

现在下午一点刚过去一会儿。这个上午可真够长的。劳拉和斯图亚特带着爱玛到湖对岸的码头垂钓。爱玛不敢太靠近码头边缘，虽然他们钓到的鱼都小得不能饲养，但是爱玛还是玩得很开心。

在他们从码头往家走的时候，爱玛跑在斯图亚特和劳拉前面。斯图亚特见爱玛听不到他们说话了，便问劳拉是不是在雷去世之前就开始跟迪伦见面了。

劳拉目瞪口呆地瞪着斯图亚特，气不打一处来：“什么？你说这话到底是什么意思？”

“嗯，看样子你们两个很亲密，不像是刚刚联系一个来月的样子。”

“斯图亚特，你太过分了。”劳拉气得脸颊绯红，“我是在爱玛的心理医生建议之后才跟他联系的，之前根本没有联系。我们是在七月取得联系的。天哪，他一开始都没认出我是谁。”

斯图亚特踢开小径上的一颗石子：“那他这么快就爱上你了，是吧？”

“爱上我？”劳拉无奈地笑了，“他是爱玛的亲生父亲，斯图。仅此而已。”

“也许是吧。但是从他看你的眼神，还有他那么着急地替你说话的样子来看……我觉得没这么简单。”

“要真的还有什么的话，我真是一点儿都不知道。”劳拉说道。

斯图亚特吃过午饭就走了。虽然斯图亚特在脱口秀台词准备上帮了劳拉一个大忙，但劳拉还是很高兴看着他离开。劳拉无法忍受斯图亚特对自己的无端指责，也不想看到他对雷那样盲目膜拜。

劳拉给爱玛换上一身干净衣服，开车带着她一起来到萨拉的养老公寓。一进屋，劳拉就看见了茶几上那张乔·托利的老照片。

“萨拉，我能不能借一下这张照片？”劳拉问道，“明天就还给你，好不好？”她要怎么解释才能既不让萨拉感到迷惑，又不让她心怀幻想，“我在一张旧报纸上看见一张照片，我想要对比一下——”

“亲爱的，你当然可以借了。”萨拉心不在焉地说道。她走进小厨房，打开冰箱门，站在跟前看着盛冰茶的水壶和最上面架子上的橙子。劳拉看见她一脸迷茫。

“我这是要找什么来着？”萨拉问道。她摇摇头，又把冰箱门合上了。

虽然劳拉不确定萨拉有没有听明白自己要借乔的照片，她还是把这张带框的照片快速塞进了自己包里。只要一回到家，她就可以拿这张照片跟约翰·所罗门的照片进行对比。

“她又去拿枪了，”希瑟这句话再次将走神的劳拉拽回到现实，“她已经有段时间没有玩枪了。”

爱玛从房间另一侧的箱子里取出一把小孩子玩的银色手枪，又回到桌子旁边的座位上。她想把枪递给萨拉。

“现在，接着这支枪，萨拉，”爱玛说道，“然后你冲这个男人的脑袋开枪。”

劳拉肩膀上的肌肉顿时绷得紧紧的。

“我不想要枪。”萨拉拒绝接爱玛递过来的手枪。

“你必须拿着。”爱玛说道。

“不，我不喜欢枪。”

爱玛生气地咬紧嘴唇。“那我自己来。”她说道。只见爱玛左手拿起男玩偶，拿枪对准玩偶的身子。劳拉赶紧凑近身子，想看看爱玛到底要做什么。虽然玩具枪几乎跟小人一般大，爱玛好像还要让这个小人用手拿住手枪。她用力扭着小玩具人的胳膊，让玩具枪口对准他的脑袋。

“砰！”爱玛叫了一声。然后她就把玩具小人扔到屋子另一头，一动不动地坐着，眼睛盯着小玩具人。

“你打死他了。”萨拉说道。

“是他自己打死自己的。”爱玛声音低沉。接着她转向萨拉，轻声地对萨拉说：“要是你说话太多的话，他就会自杀。”爱玛的声音很小，劳拉刚刚能听清楚。

劳拉的脊柱一阵发寒。她转身看看希瑟。“这是不是说……”她窃窃私语道，“你觉得——”

“嘘。”希瑟拍了一下劳拉的膝盖，“咱们再接着看会儿。”

又观察了几分钟后，劳拉走进希瑟的办公室，希瑟则安排爱玛和萨拉到候诊室的游戏区，奎因夫人负责照看她俩。劳拉坐立不安，她在希瑟的办公小屋里踱来踱去，心不在焉地看着希瑟挂在墙上的证书和证明。希瑟终于进屋了，劳拉差点儿没有扑上去。

“爱玛以前在家经常喋喋不休，”劳拉说道，“雷总是叫她安静。他说只要爱玛在他身边，他就静不下心。爱玛让他抓狂。他甚至还会想办法收买爱玛，让她闭嘴。他会对爱玛说：‘你要是能坚持一小时不说话，我就给你二十五美分。’不过，雷从来没因为这个冲爱玛发过火。爱玛只当是场游戏。”

希瑟点点头，说道：“你先坐下来再说，劳拉。”

劳拉强迫自己坐下，然后深吸了一口气。她浑身颤抖。

“要是你都能看出来雷讨厌爱玛絮絮叨叨，”希瑟说道，“那爱玛肯定也会知道。”

“可是……这跟雷自杀又有什么关系呢？”

“有没有这样一种可能，就在你去看萨拉的那天，雷让爱玛安静一会儿，然后爱玛不听他的话？”

“这很有可能，”劳拉说道，“很有可能是这样。但雷也不至于因为这个就自杀呀。”

“嗯，但是爱玛不知道呀。爱玛只知道是自己不听雷的话，然后他就自杀了。”

劳拉用手捂住嘴巴。“雷情绪这么低落，我当时真不应该把爱玛留在他身边。”爱玛内心承受着害死雷的深深负罪感，这孩子的心里得多么难受啊！劳拉对这种负罪感深有体会。

“你当时也不知道雷要做什么。”希瑟安慰道。

“倒也是，但是……”劳拉声音越来越小，“现在我们该怎么办？”她问希瑟，“我们要怎样帮爱玛呢？”

“我们让她发泄出来，多少遍都无所谓，这样对她会有帮助。我会在旁边引导她的想法。这个办法会有效的，劳拉。”

“我直接跟爱玛解释不行吗？”

“我们得让爱玛按她自己的步调克服这个难关，”希瑟说道，

“她会按照自己的速度康复的。”

在开车返回萨拉公寓的路上，劳拉几乎说不出话来，车里一片安静。到了养老院，她下车去送萨拉，陪她走进大厅，穿过走廊，走到她公寓门口，并许诺说明天还会过来陪她散步。然后，劳拉开着车朝家驶去，后车座上坐着的小女孩是个不敢说话的小孩，她怕她一开口，又会发生不幸的事情。

劳拉准备晚饭的时候，爱玛也过来帮忙，然后两人边看《美女与野兽》，边享用晚餐，现在，《美女与野兽》已经成了爱玛的最爱。但是劳拉没有心思看电影。她马上就要落泪了。劳拉看着女儿，想知道女儿在过去的这几个月中，饱受了多少内疚和羞愧的折磨。

给女儿洗好澡，哄她上床睡觉之后，劳拉这才哭出声来。然后，等到她觉得情绪稳定一点儿了，才拨通了迪伦的电话。

“今天，在爱玛接受心理治疗的过程中，发生了一件重要的事。”她对迪伦说道。

“什么事？”迪伦问道，“你听起来很伤心。”

劳拉没觉得自己的声音有什么异常，但迪伦还是听出了她语气中的忧虑。“我没事。”说着眼泪又涌了出来。一分钟后，劳拉才重新开口：“今天发生的事太令我震惊了。”

“要不我去你家吧？”

“太远了——”

“我三十分钟后到。还需要什么吗？我顺便买给你？”

“不需要。只不过……你能来我太高兴了。”她说道。

劳拉挂了电话，坐在漆黑的客厅里等迪伦，有点儿解脱，同时又痛苦万分。幸好她不用一个人面对这些。

三十分钟不到，迪伦就到了劳拉家，等他走上门廊，劳拉已经为他打开了门。

“发生什么事了？”迪伦走进房屋时问道。

“我们已经找出爱玛不开口的原因了。”劳拉说道。

“真的吗？是什么？”

劳拉坐到沙发上，迪伦过来坐在她旁边，劳拉把爱玛跟萨拉一起进行心理治疗以及爱玛如何让小玩偶自杀的事情告诉了迪伦：“她说：‘要是你说话太多的话，他就会自杀。’”

迪伦一阵哆嗦，像自己被枪打了似的。“她以为那就是雷自杀的原因？”迪伦问劳拉，“就因为她说话太多？”

劳拉点点头：“我觉得是。雷老是叫爱玛安静点儿。他那天可能也叫爱玛安静些，而爱玛一直以来是个——至少以前是那样——一分钟都闲不住的孩子。有可能雷对爱玛感到失望，而且他没有掩饰情绪，朝爱玛发泄了出来，然后，爱玛看到的一幕就是雷拿起手枪，杀死了自己。”

“你有没有跟她解释，雷的死跟她说不说话没有关系？”迪伦问劳拉。

“希瑟觉得让爱玛在游戏中表现出自己的想法，然后她试图指引爱玛用正确的方法想问题，这样会更好一些。她说在这事上我们应该跟着爱玛的节奏。”她忍不住又哭了，“你能想象爱玛经受了多少痛苦吗？如果她一开口，就会有人死，那她该有多害怕呀？”

迪伦往劳拉身边移了移，伸手搂住了她，劳拉把头靠到迪伦身上。“我知道，”劳拉感觉到了迪伦说话时呼出的热气，“但是劳拉，爱玛很坚强，也很倔强。她继承了你的聪明和我的固执。”迪伦边说边碰了碰劳拉的背，劳拉想让时间就停在这一刻。

“我知道她很坚强，”劳拉说道，“只是一想到爱玛还要受这种苦，我心里就难受。我没有尽到保护她的义务。”

“嘘，胡说。”迪伦说道。尽管现在劳拉已经止住了眼泪，他还是搂着她。最后劳拉不得不直起身子。

“有你这么关心她，我很欣慰，”她说道，“要不然我自己太孤单了。”

“你们两个人我都关心，劳拉。”迪伦强调说。他说完赶紧移到了沙发另一头，好像被自己的话吓到了。“那么，”迪伦重新开口，气氛有点儿尴尬，“你有没有看我给你的文件夹呢？”

劳拉也想努力转移话题。“看了，”她说，“啊！我差点儿忘了。你坐着别动。”

劳拉跑上楼，进了卧室，去拿约翰·所罗门写的那篇文章，但是她脑中还想着刚刚发生的一幕。他本无意说出自己也关心劳拉的。是不是因为那句话不是真心的，还是说他不想与自己分享他的这些想法？劳拉记起斯图亚特曾断言说迪伦爱上她了。*他只是关心，你却延伸为爱，劳拉，你可真行。*

“我昨天晚上看到这篇文章的时候，就觉得作者跟乔长得很像，我见过萨拉公寓里有乔的照片。而且，我在看照片之前，就好像认出了他的文章风格。几天前，我在图书馆大概读了二十多篇他的——乔的——文章。所以，今天我从萨拉那儿借来了照片，想放一起对比看看。”劳拉说着打开灯，坐到迪伦旁边，将相框凑到报纸跟前。

“是一个人。”迪伦说话了。

“你确定？”

"非常确定。你看他俩的眉毛。而且两人的嘴都有点儿微偏。"

迪伦说得没错。尽管约翰·所罗门是稀疏的银发，但是他的眉毛跟乔一模一样。

"耳垂也一样。"劳拉说道。

"嗯。"

"但他们怎么可能是同一个人呢？"

"咳，我看乔根本就没接受前脑叶白质切除手术，要不然就是那次手术很失败。"

"但他为什么要改名换姓呢？而且一直都没有联系萨拉？这说不通啊。"

"你把我问住了。"迪伦耸了耸肩。

"不知道约翰·所罗门是否还在世。"劳拉看着这份剪报说道。

"你说萨拉的丈夫如果在世的话，也就六十来岁，如果这人真是乔，我想他很有可能还活着。"

"我们上网查查吧。"劳拉说着从沙发上站了起来。

两人去了天窗屋子，上网查找约翰·所罗门的住址。半小时后，他们找到了两个约翰·所罗门，都在内华达州——一个在里诺，一个在宁静湖地区。

"好了，"劳拉草草记下两人的住址和电话号码，"我想给他俩写封信。一起写怎么样？"

"为什么要写信？"迪伦从电脑前的凳子上站了起来，走到铺满褥垫的地上。然后双手放在脑后，平躺上去。"我们给他俩打电话吧，"他说，"现在我们这儿是晚上十点，他们那边应该才八点。"

劳拉看看手表。几分钟后，她就能跟萨拉失散多年的丈夫说上话了——而这个人可能并不想被人找到。“这好像……有点儿太唐突了。”她说道。

“打个电话，有什么呀？”迪伦问道，“想让我替你打吗？”

劳拉摇摇头。“好吧。”她仔细看了看抄写的地址，“先打里诺这个电话，还是宁静湖这个电话？”

“宁静湖，”迪伦说道，“这个地方听起来更有意思。”

劳拉关掉电脑，拿起电话，拨通了号码。电话那边马上有人接了。

“请问是约翰·所罗门吗？”劳拉问道。

“是，”这个男人的声音低沉，十分友善，“您是？”

“您不认识我，所罗门先生。我叫劳拉·布兰登。我——”

“您就是劳拉·布兰登？”

劳拉反应了一会儿才明白过来。“哦，”劳拉笑着说道，“没错，嗯，就是我。”

“嗯，一个著名的天文学家给我打电话，不知道有何贵干呀？”他人听起来不错，真的不错。

“所罗门先生，我很难跟您解释清楚，我甚至都不知道您是不是我要找的人。请问您是记者吗？”劳拉问道，“您能告诉我，您以前在《华盛顿邮报》工作过吗？”

电话那头沉默良久，劳拉感觉迪伦的目光正在注视着自己。

“我觉得咱们不能在电话里讨论这个问题。”约翰·所罗门说道。

劳拉终于松了一口气。就是他。劳拉用嘴形不出声地告诉迪伦："所罗门先生，我住在美国的另一个海岸，我不知道我们怎么能够……我能不能问您几个问题？"

"不可以，"所罗门坚决地说道，"我真的十分想听听你要说什么，但是绝对不可能在电话里跟你讨论。"

"那我可以给您写信吗？"劳拉接着问道。

"写信更不行。"

"或许我可以去您那里一趟，"劳拉冲动地说道，"我……您让我好好想想再答复您。这样可以吗？"劳拉看见迪伦用一只胳膊肘撑起脑袋正看着她，他肯定以为劳拉刚才疯了。

"呃……您真把我给搞糊涂了，"所罗门说道，"一个天文学家关心我在《华盛顿邮报》的工作干什么？您真的是劳拉·布兰登吗？告诉我一些只有劳拉·布兰登才知道的事情。"

"我穿的鞋码是七号半[①]。"劳拉边说边咧嘴笑。不管他究竟是谁，她都喜欢上这个男人了。

所罗门也笑了。"你发现第一颗彗星的天文望远镜是什么牌子的？"他问道。

"没有牌子，"劳拉答道，"是我自己造的。其实，我发现前三颗彗星用的都是这台望远镜。"

"那好吧，"所罗门说道，"你不是冒牌的。你能告诉我……不，别介意。不能在电话里说。"他叹气道，"我希望你真的能够过来一趟，订好计划后记得给我打个电话。"

劳拉应允之后就挂了电话，然后看了看迪伦。"我想去找他。"

---

① 相当于中国女鞋鞋码的三十八号。

劳拉说道。她把头靠在椅子上，透过树脂玻璃天花板仰望漆黑的夜空，思索着这样一趟旅行会有什么后果，“我想要带上爱玛。”

“还有我。”迪伦又躺倒在了褥垫上。

“什么？你还有热气球的生意需要照料呢。”

“我认识一个人，他可以帮我照看几天，”迪伦说道，“你会用得到我的。在你去找约翰·所罗门的时候，我可以帮你照看爱玛。”

如果劳拉要去找约翰·所罗门，她希望迪伦跟自己一起去，但绝不仅仅是想找个人帮忙看孩子。

“我想尽快动身，”劳拉说道，“订近期机票的话会很贵的。”

“那你就更需要我了，”迪伦说道，“我是个老飞行员了，还记得吗？我可以走走后门，你想什么时候走。”

“明天。”

迪伦从褥垫上坐了起来。“我这就给航空公司打电话。”他说道。

“别这样，”劳拉阻止道，“这太不理智了。我这明明是在缘木求鱼嘛，你算是什么朋友啊？”

“这个朋友跟你一样，都很想知道这个家伙到底是不是乔·托利。”迪伦回应道。

在开车回家的路上，迪伦打开车窗，九月凉爽的秋风拂着他的脸颊。

自从凯蒂去世后，迪伦还从来没有过这种感觉，从来没有这么高兴过。他既满足又充满了渴望。可是跟凯蒂在一起的时候，迪伦很清楚自己，也很清楚自己对凯蒂的感觉。他对劳拉的感觉就没有那么干脆了，这里面还夹杂着对爱玛的爱。

迪伦告诉劳拉自己很在乎她的时候并没有说谎，但是迪伦也没想到会从自己嘴里说出这种话。迪伦对自己说的话感到惊讶，这些话有没有让劳拉也感到吃惊呢？

要是劳拉愿意，他们俩也许可以拥有超越普通朋友的关系。虽然这意味着迪伦即将失去自由，再也不能随时随地随便找女人约会，但他还是想要尝试一下。他记得劳拉不相信会有女人容忍他同时跟别的女人交往，也知道劳拉绝对不会容忍自己的男人跟别的女人鬼混。不过就在此刻，迪伦一点儿都不想找别的女人了。除了劳拉之外，没有任何一个女人能像他一样爱爱玛。

可万一他跟劳拉在一起之后关系处理不好怎么办？要是他无法满足劳拉的要求怎么办？他们要想在一起就得有心知肚明的默契，他们要把爱玛的需求放到第一位。万一他跟劳拉的关系破裂了，他不想把爱玛牵扯进来。

或许劳拉对他根本就没那个意思。很有可能。不管劳拉愿不愿意，都不是现在最重要的事。等回到家后，迪伦还有个电话要打呢。

迪伦到家后已经过了晚上十一点，但贝瑟尼是个夜猫子。果然，她接电话的时候还没睡。

“嘿，贝瑟尼。”迪伦说道。

“嘿，迪伦。你给我打电话来，是想跟我确定明天晚上约会的事吗？”贝瑟尼问道。

“其实……我打电话是想取消约会。”迪伦坐在床上，两眼盯着鱼缸，“不好意思。”

“没出什么事吧？”

“没，没什么事，”迪伦说道，“不过，我想要告诉你，你是对的。我的心思全在爱玛和劳拉身上，只是当时自己没意识到。现在我才明白。”

“也包括劳拉？”贝瑟尼问道。

“嗯，我不知道我跟她最后能不能……走到一起，但是现在我心里已经有她了。我不想找别的女人，或许你早看出来了。”

贝瑟尼长叹了一口气。“好吧，浑蛋。”她说道。

“如果你觉得我骗了你，我向你道歉。”

“哦，你没有骗过我，迪伦，”贝瑟尼说道，“我以前就知道你不知道自己在做什么，也不明白自己的感受。尽管你自己没有明说，但我看得很清楚。”

“我暂时不打算跟其他人约会了。”迪伦说道。

“你是说也包括我？”

“任何人。”

“暂时？”

“嗯，至少是暂时。”

迪伦又听到一声叹息。“其实我早就觉察到了。”

“你能这么理解我，非常感谢。”

贝瑟尼笑了。“我倒希望你是个骗子，王八蛋，”她说道，“这样要忘记你就没那么难了。”

迪伦放下电话，躺到自己床上，可怜的贝瑟尼很快就被他抛在了脑后。他脑海中已经描绘出一幅场景，他跟他最爱的两个女人踏上去内华达州的旅程。

# 38. 决心

今天不能跟萨拉散步了。劳拉驶往音像店的路上，滂沱大雨在风挡玻璃上肆意浇灌，自入春以来，劳拉第一次打开了车内暖气。

劳拉冒雨跑进音像店，淋了个落汤鸡。她冻得直发抖，赶紧选了部老电影光盘，希望萨拉会喜欢，然后跑回到车里，她没有立即离开，而是看着音像店隔壁的珠宝店。珠宝匠已经联系她好几个月了，说项链已经修好，问她什么时候过来取。劳拉一拖再拖。这个她曾经最心爱的吊坠现在却勾起了她痛苦的回忆：父亲弥留之际不小心将它从自己脖子上扯了下来，自己拿着它到珠宝店修理的那天，雷选择了自杀。

想一想劳拉又下了车，走进了珠宝店。

劳拉走到萨拉房门前，敲了敲门，发现里面没有动静。她可能去大厅或是活动室了。劳拉最后敲了一下，正准备去找萨拉的护理凯罗琳时，门缓缓地打开了。萨拉正在用手抹平扣子只扣了一半的上衣，看上去她是匆匆忙忙间穿的衣服。她眼眶红红的，头发蓬乱。看见萨拉这个样子，劳拉很忧虑。

“萨拉，”劳拉边说边走进客厅，“发生什么事了？”

萨拉从上衣口袋里摸出纸巾，擦了擦眼睛。她看起来心神不定，说不出话。

“是因为下雨吗？”劳拉知道即使不能散步，萨拉的反应也不应该如此强烈，但她还是问了一句，“不过我有碟片，咱们可以看电影。”

“是乔。”萨拉终于开口了。

“乔？”

“我找不到他了！”萨拉一脸绝望。

“啊，萨拉，我知道，亲爱的。”劳拉将手放在萨拉肩上，“我知道你到处找他都没找到。你肯定很不好受。”

“不，不是！”萨拉喊道，“我找不到他了。”说着指了指茶几，劳拉一下子明白了。萨拉说的是乔的照片。此刻正躺在劳拉手提包里的相框。

“您说的是乔的照片吗？”劳拉问道，“在这儿呢。还记得吗？我昨天跟您借的。现在您不用难过了。”劳拉把手伸进包里，拿出了相框，希望萨拉别问自己为什么要借乔的相片。现在她还不想告诉萨拉约翰·所罗门的事情，她想先弄清楚事实。

“啊！”萨拉脸上恢复了笑容。她从劳拉手里接过相框，抱在胸前。

劳拉等着萨拉问自己为什么会拿着乔的照片，可萨拉似乎一点儿没有要问的意思。她只知道乔回来了，这就够了。

劳拉让萨拉坐在她最喜欢的椅子上，将碟片塞进了录像机。看电影时，萨拉时不时地吸吸鼻子，有时还用手轻轻抚摸着乔的照片，估计电影也没看进去多少。

劳拉当时就下定决心，自己一定要去内华达。

## 39. 真相

劳拉侧过身子，检查了爱玛的安全带。爱玛已经是个经验丰富的小飞人了。她跟小时候一样，飞机一起飞就在座位上睡着了。不过，迪伦就是另外一回事了。刚开始，劳拉看见迪伦紧张，还以为是自己想多了呢。迪伦在向乘务人员递交登机牌的时候，手微微颤了一下，不过幅度不大。从他们登机找座位开始，迪伦的脸色就一直煞白。劳拉什么都没说，她觉得肯定又是自己胡思乱想了。迪伦以前当过好几年的飞行员。也许只是因为这次要陪着劳拉跟爱玛坐飞机，才让迪伦感到精神紧张吧。

不过，现在迪伦已经点了第二杯酒了，劳拉得问问迪伦到底有什么心事。

“你没事吧？”劳拉问道。

迪伦朝劳拉勉强一笑：“只要飞机在宁静湖降落，我就没事了。”

“你是不是……害怕坐飞机？”

“我不喜欢害怕这个词，”迪伦说道，“听上去，我好像是个胆小鬼一样。”

“那你觉得该用哪个词呢？”

“我……只是不太喜欢坐飞机罢了。”迪伦答道。

“哦，好吧。这就是你辞掉航空公司工作的原因吗？”

空姐把迪伦点的酒送了过来，迪伦喝了一大口，眼睛盯着自己前面的座位。“六年前的一天，”迪伦说道，“我本来要驾驶一架波音747从纽约飞往旧金山。不过在起飞之前我的耳朵感染了，于是决定请假。通常情况下，大夫会建议飞行员停飞。不过那天公司的大夫说我可以自己决定要不要休息。嗯，我觉得没必要拿自己的耳膜冒险，所以我没有飞这趟航班。”迪伦说着又啜了一口酒，“然后这趟航班就坠毁了。”迪伦接着说道。

“哦，天哪。”

“航班上无一人幸免，全部罹难。事故的调查结果很快就出来了，是飞行员人为过失。他在起飞前一天晚上熬了夜，服用了一些药物，而且还喝了很多酒。”迪伦正视着劳拉说道，“要是飞机是我开，就不会坠毁。”

“但是你生病了呀。”

“我是病了，但是我可以飞行。是我自己决定放弃那趟航班的。”

“飞机会坠毁，是那个飞行员的错，”劳拉说道，“不是你的错。”

“我也知道，最起码在我清醒的时候是知道的。”迪伦把酒放到搁盘碟的折叠桌上，慢慢搓着手掌，“那趟航班上面有几个是我的朋友，”他接着说道，“其中有个空姐，名叫凯蒂。我跟她同居了好几年，都已经决定好要结婚了。坠机事件发生的时候，离我们俩定好的婚期只有几个月的时间。”

过了片刻，劳拉才理解迪伦说的话题多么沉重。她把手放到迪伦胳膊上。“别难过了。”劳拉说道。难怪他以前的日子那样过，难怪他总是和许多女人鬼混，也难怪他这么玩世不恭。

“坠机事故改变了一切，”迪伦说道，“我辞掉了航空公司的工作，开始酗酒。也就是在那个时候，我碰到了你。也就是你提到的那个夜晚。当初我是怎么遇到你的，我到现在也没有一点儿印象。”

“没关系的。”劳拉说着用手捏了捏迪伦的胳膊。

“我当时有点儿……迷失自我，”迪伦说道，“那次事故让我觉得自己的生命——所有人的生命——都不过是划过茫茫宇宙的一颗流星，说没就没了。”

劳拉点点头。“作为天文学家，你不可能没有这个意识，”她说道，“只要研究天上的星星，很快就能感到自己的渺小。”

迪伦盯着自己的酒，但是没有碰杯子。“嗯，”他接着说道，“意识到这一点后，我决定要及时行乐。我不去思考什么未来。能不能活到未来还不一定呢，所以想它干什么呢？我后来的日子就是这么过的。其实这样过也不错，过一天算一天。可是等我见到爱玛……”迪伦皱皱鼻子，“一个人要是有了孩子，就不能不思考未来。”

“嗯。”劳拉同意道。

一名空姐从迪伦座位旁走过，迪伦把没有喝完的酒递给她。“我真的不想喝醉，”迪伦说着把头靠到座位上，看着劳拉，“不过有次喝醉了，也发生了一件好事。”

“有吗？”

迪伦冲着爱玛点点头，劳拉明白他什么意思了。

“咱们三个人都是背负着罪恶感的人，”劳拉说道，“你为坠机事故内疚，我和爱玛为雷的死内疚。”

“我们三个都深受其苦，不是吗？”迪伦说着闭上双眼，嘴角露出一丝微笑，“到了宁静湖后，别忘了叫醒我。”

特拉基是位于加利福尼亚州边界一座静谧的小镇，离宁静湖不远。汽车租赁公司的女士建议他们先在这个镇子上住上一晚，主道边儿上的小旅馆内应该有毗邻的客房。

在去约翰·所罗门家之前的几小时，他们开车到了塔霍湖，租了一艘小艇。哄了好一会儿，爱玛才同意上船。船舶出租摊位上的小伙子跟爱玛说这艘小艇绝对不会翻船。虽然劳拉知道这个人有点儿言过其实，但是她并不介意。这个年轻人还给爱玛穿上了他们“质量最上好”的救生衣。看见爱玛最后终于同意上船了，劳拉还是有些吃惊。爱玛坐在船中央，迪伦坐在船尾，劳拉坐在船头。

空气中有些寒意，但并不让人觉得难受。塔霍湖周围群山环绕，湖水碧绿清澈，一派湖光山色。虽然劳拉热切渴望见到约翰·所罗门，但她也很享受这段跟迪伦和爱玛在一起的时光。劳拉已经很久没有这么轻松过了。

开车到宁静湖需要四十五分钟。从公路上看去，湖不算很大，但很平静，像一面透亮的蓝镜子。湖周围的房子都是山间农家别墅的风格，每家每户的门口都有一条甬道通到公路上。劳拉心想，这甬道也许是为了铲雪时方便。周围地面上已经积了几英寸的雪，但马路上还很干净。

他们找到了约翰·所罗门的住址。他住在湖边的一座尖顶木屋里。劳拉看见院子里堆着一大垛木柴，一把斧头插在树桩上。后院有只红色的独木舟，扣在两个锯木架子上。劳拉突然怀疑这个人是不是他们要找的人。这座房子看起来像一个年轻好动的小伙子住的地方。

通往屋门口的小路上覆盖着积雪，劳拉和迪伦领着爱玛一起向门口走去。劳拉没有把自己的担心告诉迪伦。爱玛紧紧抓着劳拉的手，好像不知道将要发生什么。屋门口垂着一条皮绳，上面连着门铃。劳拉一拉绳子，门铃“丁零”作响。爱玛听到铃声就乐了。

不一会儿，一个男人出现在了门口。劳拉忍不住露出了微笑，她没找错人。她回想起萨拉说的很久之前在火车上见到乔·托利时候对他的印象。萨拉说过乔那个时候很像詹姆斯·斯图尔特，他现在看起来依旧很像。

“请问您就是所罗门先生吗？”劳拉伸出手，“我是劳拉·布兰登。”

“请进，劳拉。”这个男人说道。

他们走进铺着石板的门厅，门厅再往里就是客厅。透过屋里三角形的玻璃墙，湖光美景一览无余。

“这位是我的朋友，迪伦·吉尔，”劳拉说道，“这是我的女儿爱玛。”爱玛紧紧靠着劳拉的大腿。

他们身后传来一个女人的声音：“我帮你们把外套挂上吧。”

劳拉回头看见一个女人正朝他们走来。这个女人看上去不到六十岁，留着短发，深色的头发中间也有点儿发白。她脸上挂着和蔼的笑容，看起来精神矍铄。劳拉心想，这样一个女人很难让人讨厌，不过她还是希望没有这个女人。劳拉没有想过约翰·所罗门的生活中还会有别的女人。

“这是我的老伴伊莱恩。”约翰介绍道。

他们向客厅走去，劳拉感觉迪伦捏了捏她的脖颈，像在宽慰她。

劳拉坐到一张长长的时髦沙发上说道：“您家里布置得可真好。”所有的家具都带着直边儿。房间布局开放整洁，直接通到种着树木的院子和湖滨。看着眼前乔的房子和生活，再想想萨拉那间狭小的养老公寓和她逐渐衰退的记忆，劳拉眨着眼睛忍住了眼泪。

他们首先寒暄了几句，谈论了一下天气和塔霍湖地区的风景。

“你们这里每年降雪量多少？”迪伦问道。他身子前倾，胳膊肘支在膝盖上，看起来好像很关心这个问题。

“一年七百英寸左右，”约翰回答说，言语间透露出些许自豪，“说出来你可能不信，过去几年，我儿子和女儿都搬到了阿拉斯加州。我猜七百英寸的雪满足不了他们。”

“您有孩子？”劳拉按捺不住自己的惊讶。他说的女儿有没有可能就是珍妮？

“嗯，哈，”伊莱恩回答说，“就两个。我孙子跟爱玛一般大。哦，爱玛，上次他走时留下一本没动的着色簿。你知道吗，就是那种一碰水，里面颜色就会消失的书？”

爱玛点点头，突然来了兴致。

“你想在上面画画吗？”伊莱恩期待着爱玛的回答。

“爱玛这段时间不怎么说话，”劳拉解释说道，“不过我想她肯定非常乐意。”

伊莱恩走进另一间屋子，一会儿，她手里拿着一杯水、一支画笔和一本着色簿走了出来。她让爱玛趴到咖啡桌前自己玩，然后坐到约翰的椅子扶手上。

“那么，”约翰对劳拉说道，“你怎么知道我过去在《华盛顿邮报》工作过？”

劳拉深吸一口气。“在这儿说这个可能不太合适。”劳拉冲房子的主人笑笑，一脸歉意。“您认识萨拉·所罗门吗？”她问道。

约翰·所罗门脸上的笑容消失了，伊莱恩也收起了笑脸，将手放在自己丈夫肩上。

“你接着往下说。”约翰对劳拉说道。

“这有些复杂，”劳拉说道，“不知道为什么，家父在临终之前，托我照顾萨拉。以前我从未听他说起过她。我根本不知道她是谁。”

“令尊贵姓？”约翰问道。

“卡尔·布兰登。”劳拉一脸期待，“您认识他吗？”

约翰摇了摇头。

“然后我就去看望萨拉。她住在一家养老院里，有自己的小房间。她患有早期老年痴呆症，所以她不能——”

“老年痴呆。”约翰轻声重复道。

“是的。养老院不许她单独出门。她也没有家人，至少养老院的人认为她没有。不过她跟我讲了很多故事。我们一起散步。她非常喜欢去户外。过去发生的事情，她记得非常清楚。她跟我提到了乔·托利这个人。”

劳拉说到这儿，看了一眼约翰。不知道是不是因为自己泪眼婆娑，她看到约翰眼里有泪花闪动。约翰点点头，示意劳拉继续。

“她说她跟乔在火车上相遇。然后两人相爱、结婚，她还提到了她在一家精神病医院工作——”

“圣玛格丽特医院。”约翰插嘴说道。

“对。有人在圣玛格丽特医院进行控心术的试验。然后乔——也就是您——”

约翰点点头。

“登记入院，想做些调查性报道。但是后来您突然消失了，萨拉从医院得知，他们对您进行了前脑叶白质切除手术，然后——”

“他们是这样告诉萨拉的？”约翰身体往前倾了倾，劳拉这次看清楚了，约翰的确热泪盈眶。

“是的，而且他们不告诉她您的下落。萨拉找遍了当地的医院，都没找到您。他们还威胁她，并且威胁要伤害你们的女儿。”

“珍妮。”约翰这时身子都快离开自己的椅子了，“你刚说萨拉没有亲人。那珍妮呢？”

显然，他刚说的女儿不是珍妮。“我不知道，”劳拉说道，“萨拉有次告诉我说珍妮藏起来了。但是萨拉现在头脑不是很清楚。我知道圣玛格丽特医院里面的人威胁要伤害她，伤害珍妮。”

约翰鼻孔外张。“这些医生什么事都能做出来，”他说着抬头看了看老伴，握住了她的手，坐回到椅子上，然后看着劳拉，“听到这些，我很难受，”他缓缓说道，接着赶紧补充说道，“但是你能来，我很高兴。非常高兴。我这儿有你想要的答案，你想知道，是不是？”

“求您了。”劳拉说道。

“首先，我老伴伊莱恩知道萨拉，也知道我的过去，”约翰说道，“你说话不用介意。”

劳拉点点头。

约翰继续说道："很明显，至少我希望在你看来是这样，我没有被实施前脑叶白质切除手术，我也不知道他们骗了萨拉。我还以为他们跟萨拉说我已经死了。"

"他们到底怎样处置您的？"

"嗯，我记不太清了。当时我几乎完全昏迷。我进了电击疗法室。身体非常虚弱。但是后来我慢慢拼凑出事情的经过，我猜可能有一个——或者好几个——政府里的人很快将我送出医院。我还是不太确定这到底是怎么回事。然后我就到了内华达的里诺。在这儿，我成了另一个人。约翰·所罗门，我有他的社会安全号，有他内华达的驾驶证，有这个人该拥有的一切。他们命令我永远都不要试图联系萨拉或是珍妮，要不然她们娘儿俩就会有危险。说实话，当时我脑子一片混乱，萨拉和珍妮是谁我真的不是很清楚。自己到底是乔·托利还是约翰·所罗门，有时候我也搞不清。他们将我丢到里诺一家旧旅馆，我在那儿待了两年多，我想活下去。当时他们给我服用的药疗效持续了很长一段时间。说实在的，那些年的事情我现在都不怎么记得了。但是，慢慢地……慢慢地……我眼前的迷雾开始消散。我记起来了，他们说我要是试图找萨拉的话，她们两人就会有危险，但是，我还是义无反顾地找了。她们是我的家人。是我的一切。"约翰说到这儿，闭上了双眼，喉结上下跳动得厉害。伊莱恩揉了揉丈夫肩膀，然后约翰重新开口，"我甚至还找了私人侦探，"他说，"但是还是没找到她们。萨拉好像消失了一样，以前的老邻居不愿开口，现在回想起来，他们——帕敏托和政府那帮人——肯定找过他们，所以邻居们才什么都不说。在那个年代，要想恐吓一个人很容易。再后来，就连我雇的私人侦探都不接我电话了。"

“那您认为侦探也受到了他们的威胁？”迪伦问道。

约翰耸耸肩：“什么事情都有可能发生。我以为那些人把我偷偷弄走之后，也用同样的方法把萨拉弄到别的地方了，也给了她一个新的身份。我一直渴望萨拉能够带着珍妮过上崭新的生活。那段时间，我就是靠着这个信念坚持过来的。现在我才知道原来萨拉在东躲西藏，怕别人发现，不是躲我，而是为了躲开圣玛格丽特医院的那些‘名医’。”

“嗯，”劳拉说道，“他们很容易就能追查到萨拉的行踪，所以萨拉搬了好几次家，每次都不想泄露自己的行踪。”

“我跟伊莱恩是在一九六九年认识的，”约翰接着说道，“那时候距离我变成约翰·所罗门已经有十年之久了。我们从一九七零年开始一起生活。虽然我跟伊莱恩并没有结婚，但是为了孩子，我们就以夫妇相称。我不知道萨拉是生是死，只要这件事情还没有弄清楚，不管我是谁，我都觉得自己不应该再婚。”

听到约翰坦诚相告，劳拉点点头，舒了一口气。

“我们俩这对假夫妻还挺有模有样的，”伊莱恩微笑着说道，然后又用手揉了揉丈夫的肩膀，“我们两人相处得很好。但是我知道约翰无时无刻不在想着萨拉和自己的女儿。”

“去年的时候，我把自己的身世遭遇告诉了儿子和女儿，”约翰说道，“我还跟他们说，他们有个同父异母的姐姐。我儿子花了点儿工夫找寻珍妮，但是没有找到。我觉得她们母女也已经更名改姓，再也找不到了。现在你们告诉我说，那帮人从来没有让萨拉改名换姓，我真不知道该怎么办了。”

“我收到两份匿名信，警告我不要去找萨拉，”劳拉说道，“我跟迪伦在想，寄这些信的人有没有可能就是珍妮。我不知道她为什么要给我写信，但是我们觉得最有可能的人就是她了。”

“也许这些信就是珍妮寄来的。”约翰兴奋地说道，“寄信地址是哪里？”

“一封是从费城寄来的，另一封是特伦顿。两封信上都没写寄信地址，而且信也是打印的。”

“看来也没有多大帮助，是吧？”约翰又靠回到椅子上。他突然无精打采起来，劳拉不知道约翰是不是不欢迎她了。

“嗯，我觉得我今天这一天跟您二位说得够多了，”劳拉说着站了起来，她靠到咖啡桌上，“宝贝儿，今天就到这里吧。我们也该回酒店去了。”

约翰看看伊莱恩，好像在用眼神向她传递着什么信息。然后他又回头看着劳拉。“你明天能再过来一趟吗？”他说道，“给我跟伊莱恩点儿时间，不过我还想听你再说说。你们明天还在镇子上吗？”

“在，”劳拉说道，“那我们明天再过来找您。”

# 40. 告白

“今天是我一生中最难熬的一天。”劳拉坐到迪伦酒店房间的

双人坐椅上说道。房间很舒适，典型的西部装饰，灯罩是用牛仔帽做的，墙上还挂着一个往牲畜身上打印的烙铁。咖啡桌就是一架上面铺着木板的小马车，桌子上放着他们晚餐剩下的一个大纸盒和几张纸碟子。

离开宁静湖后，他们回到了特拉基镇上的旅馆。劳拉给疲倦的爱玛洗了个澡，迪伦出去买吃的。回来时拿着一大包墨西哥食品。爱玛只勉强吃了一点儿墨西哥玉米饼就睡着了。劳拉把爱玛抱回她跟女儿合住的客房，放到一张双人床上，给她掖好被子，然后她就回到迪伦的房间边吃东西边跟迪伦一起做事后总结。

“我是找到了乔·托利，”劳拉说道，“可这又有什么用呢？他实际上已经娶了别的女人。”

迪伦站在窗户边上，抿了最后一口苏打饮料，把空杯子丢到桌子的垃圾堆上。“起码你帮助他解开了一个困扰他很久的谜，”迪伦说道，“同时也解开了一个苦恼你还不算太久的谜。”

“我简直走火入魔了，你知道吗？”劳拉说道，“我遇到问题了，就一定要弄个水落石出，要不然绝不罢手。”

“我倒觉得那是个值得赞扬的好品质。”迪伦说着走到墙边。劳拉没想到他会按下开关，他们头上的顶灯灭了，迪伦朝她走了过来，坐到她旁边。

“我想跟你说件事。”迪伦说道。

借着窗外昏暗的灯光，劳拉看着迪伦的蓝眼睛。

“什么事？”

“我已经决定，不想再继续‘过一天，算一天’了，”迪伦对劳拉说道，“我想将自己的精力放在你跟爱玛身上。当然了，如果你愿意的话。”

劳拉不确定迪伦想说什么：“你的意思是——”

“我的意思是我不想再当花花公子，我决定只爱一个女人。”

“一个女人？”

“一个女人。是的。就是你。如果你愿意的话。”

劳拉禁不住笑了。“没有了那些女朋友，你觉得自己还能活下去吗？”她取笑迪伦道。

“没问题。除了……”迪伦握着劳拉的手说道，“我必须说实话。我很担心一件事。如果我俩在一起了，我们就得非常……成熟地处理我们的关系。如果事实证明我俩在一起是个错误，我不想爱玛因为我们分手而受到伤害。不过，到现在，你还没告诉我你愿不愿意呢。”

“噢，迪伦，我当然愿意，只不过我不知道这是不是个好主意，”虽然这是劳拉长久以来翘首期盼的，但她还是说出了自己的忧虑，“我总是处理不好感情关系，”她承认道，“现在的我只是休息时的我。如果我重新开始工作，你就会看到我的另一面。雷就为此感到很苦恼。爱玛也受到了影响。我不想再那么自私，只顾追求自己的事业，可是，迪伦你必须明白，这就是我。”

“我知道，”迪伦说道，“你说你自己在萨拉的事上走火入魔。可是这些我早就知道啦，你还记得吗？我猜你工作的时候，也是一样的着迷。这对我来说不是问题，劳拉。”说着迪伦望着窗外特拉基街头星星点点的灯光，“但如果你要拿我跟雷对比，我就不一定能受得了了。”

“跟雷对比？你到底在说什么？”

“我搞不懂雷。他是伟大无私，但同时，他又是个差劲儿的丈夫和父亲，而且——”

“他并不差——”

“我担心的就是这个，”迪伦打断了劳拉，“你把他奉为偶像，不管他值不值得。我怎么跟他比啊？”

劳拉两脚交叉，将迪伦的手放在自己膝盖上，转过脸看着他。“雷对我来说很特别，这是事实，”她说，“他一辈子做了很多好事，他通过自己的努力，给那些流浪者的生活带来了改变，而且他新书的出版，可能会产生更大的轰动。但是你说他没有权利批评我过于执着，我觉得你是对的。我对工作的执着远远比不上他对流浪者的关注。很多时候，我感觉在雷心里，慈善比我跟爱玛都重要。但他对我很好。他没必要娶我的，可他却跟我结了婚。他是想关心我的。只是他……他不知道该怎样关心。他只是不擅长做这种事罢了。但是你就不一样了，迪伦。每次你跟爱玛在一起时——”劳拉想到那幅画面，脸上露出了笑容，“你都那么全神贯注，让我吃惊。你在她身上倾注了你全部的精力。请不要担心无法取代雷。你们就像苹果跟橘子，无法相提并论。”

迪伦深情地看着劳拉，然后凑过脸去吻她，劳拉不由自主地呻吟了一声。

“那晚我俩亲热的场面你还有记忆吗？”迪伦耳语道。

“我什么都记得。”劳拉承认道。

“你在开玩笑吧？”

“不，没开玩笑，我真的都记得。”

迪伦身体倚向劳拉。“我要听。”他说道。

劳拉靠在迪伦肩上。“卧室里只亮着一盏灯，”她开口说道，“就是角落梳妆台上的纱灯，整个屋子就像淡蓝色的海洋。透过房间宽敞的飘窗，可以看到外面飘扬的雪花。风呼呼地吹着。”

“还记得不少啊。”他说道。

那晚的事情，是的，她确实记得。“床单是绿色的，”劳拉接着说道，“草绿色。然后我们躺在床上。”

迪伦双手拂过劳拉的脖颈，劳拉闭上眼睛，躺倒在了沙发上。他轻吻着她的唇边，然后滑至劳拉的耳垂，以舌卷绕。

“那天……床是四柱床。”劳拉呢喃道。

“我们现在就那样做，”迪伦说道，“去床上吧。”

劳拉抬起头，眼神迷离。“可这儿床单是蓝色的。”她说。

“很好。”迪伦直起身，伸出双手，“我不想什么都跟那晚一样。今晚发生的事情，我想记住。”

劳拉起身轻轻关上了将两个房间隔起来的门，然后两人躺到了床上。迪伦爬到劳拉身上，用腿温柔地将劳拉的双腿分开，尽管两人都没脱衣服，但劳拉还是感觉到了迪伦的勃起，让她激动得不能自已。

迪伦深情地吻着劳拉，然后抬起头看着她：“你是爱玛的母亲，真是太好了。”

这句话就是迪伦给她的礼物，劳拉想礼尚往来。“雷跟我亲热的时候……”劳拉咬着嘴唇，她知道这句话一出口，她跟迪伦的关系会更进一步，今天她跟迪伦做什么倒不重要了，“我一直把他当成是你。”

迪伦听了这句话，脸上的表情变得十分严肃，他侧躺着，伸出手轻抚劳拉的脸颊。

“我爱你，劳拉。”迪伦说道。

“我也爱你。”

迪伦望着劳拉，两手开始解她上衣的纽扣，解到最后一颗纽扣时，隔壁传来哭泣声。

劳拉抓住迪伦的手，竖着耳朵听了听。又是一声。

“爱玛又做噩梦了。”劳拉说着从迪伦身下钻了出来。她下了床，理了理头发，就在朝爱玛房间走去的过程中，她完成了从爱人到妈妈的转变。

“妈妈在这儿呢，爱玛。”劳拉一进门就对女儿说道。然后打开了灯。

爱玛脸色苍白，泪流满面。她伸出小手让妈妈抱。

劳拉坐在床边，将女儿揽入怀中。“没事了，小宝贝儿。现在我们是在特拉基的一个酒店里，还记得吗，那个名字很好笑的小镇？妈妈就在隔壁跟迪伦谈些事情。”

爱玛将拇指放进嘴里，依偎在妈妈怀里抽泣着，因为害怕，她小小的身子还在微微颤抖。劳拉轻摇着女儿，一抬头，看到迪伦站在走廊里看着她。

“你确定你不想过刺激的生活，要来到我的世界？”劳拉轻声说道。

看着迪伦脸上的笑容，劳拉知道她要的答案是肯定的，迪伦要的就是她。

# 41. 项链

第二天上午，迪伦、劳拉和爱玛一行三人又开车来到宁静湖畔的所罗门家。一夜之间，情形大变。他们三个人的关系比起昨天晚上更加亲密了。爱玛可能并没有意识到这一点，但是劳拉知道迪伦和她都已经感受到了这种不同。虽然那天晚上剩下的时间里，劳拉都陪着爱玛，迪伦则睡在自己的房间里，但他们之间已经产生了前一天还不存在的关系。

天气十分温暖，公路边上的积雪已经开始消融。

伊莱恩打开木屋房门，把他们三个带进客厅。她早已在咖啡桌上摆好了咖啡和果汁，还有刚从烤箱里取出来的松饼。约翰打开尖顶房屋的一扇后门，放进一些温暖的空气。

“哦，”跟伊莱恩并肩坐在双人椅上的约翰说道，“我需要你们几个人帮我做个决定。”他说着抓住伊莱恩的手，“我知道自己有些法律问题需要处理，”他说道，“但是更重要的是，我应不应该去弗吉尼亚找萨拉呢？”

所有人都看着劳拉。劳拉昨天夜里想这个问题想了很久，已经有了自己的想法。“您要是去找她的话，可能会发生两种情况，”劳拉说道，“萨拉可能认不出您是谁。这种情况很有可能会发生。她仍然很爱您——她把您的照片一直摆在自己的公寓里。但她喜欢的是照片里的您。我不知道她能不能把现在的您跟照片中的您联系起来，要是不能的话，您去不去就没有多大意义了。”

“那么第二种情况呢？”约翰问道。

“如果她真的认出您来了，您就得告诉她您现在……有了别的女人。”劳拉感到自己的下嘴唇在颤抖，“我不想让萨拉承受这样的打击和困惑。”

伊莱恩点点头。“要是那样就太不好了。”她说道。

迪伦抱住劳拉，爱玛听到妈妈说这些话时的语气，也开始担忧地看着劳拉。

劳拉打量着约翰的脸庞，想看他会有什么反应。约翰坐在那儿沉默不语，眼睛盯着劳拉的脖子。

“你项链的吊坠是从哪里来的呢？”约翰问道。

劳拉摸了摸项链。“这是我奶奶留下来的。”她回答道。

约翰皱皱眉头，突然站了起来。“现在天气回暖，已经可以划独木舟了，”他说道，“劳拉，咱们出去划一会儿独木舟吧。伊莱恩，你能替我招待一会儿迪伦和爱玛吗？”

看见约翰突然改变计划，伊莱恩先是一阵惊讶，然后赶紧转向迪伦。“你和爱玛跟我一起出去散散步，怎么样？”她问道。

“好主意。”迪伦同意道。

约翰已经走出了后门。劳拉困惑地向迪伦耸耸肩，然后跟着约翰来到院子里。

虽然上了年纪，约翰的力气还是很大，他把独木舟从锯木架上抬下来，搬到水边。

“你先上去，坐到船头。”约翰把独木舟摆弄稳当后说道。

劳拉按照他说的坐到船头。约翰递给她一支桨，然后爬上船尾。

他们轻松地划了一会儿，谁都没说话。劳拉不知道约翰是不是没有她想象中那么理智。突然要出来划独木舟，究竟是为了什么？

“咱们歇一会儿吧，”约翰终于说话了，“劳拉，请你转过身来，看着我。”

劳拉又遵照约翰说的做了，她抬起脚，转过身来，不过有点儿紧张不安。他们现在距离岸边已经很远了。

约翰的目光再次落到了劳拉的项链吊坠上。他抬头凝视着劳拉的脸庞。

“我跟萨拉结婚的时候，”他说道，“我曾送给她一枚胸针。我觉得你项链上的吊坠就是用那枚胸针做的。”

劳拉摸摸项链。“这不可能。我告诉你了，这是我奶奶留下来的。”

“你还有没有见过跟这个一样的项链吊坠？”

“没见过，这个吊坠很罕见，这也是我珍爱它的原因之一。”

“如果你仔细看的话，就能看到上面有两个字母，‘S’代表萨拉，‘J’代表乔。”

劳拉可以轻松地想象出吊坠的样子。一看到这枚吊坠，劳拉就会想起一位头戴老式宽檐帽子的妇女。劳拉把船桨横放到独木舟上，解开项链，放到膝盖上。看到吊坠，劳拉又和往常一样想起一位妇女。

她说道："我看不到。"

约翰小心翼翼地走到劳拉面前。"看到了吗？"约翰说着用指尖画出吊坠上字母的轮廓。"这是一个'S'，这是一个'J'"。

"天哪，"劳拉惊讶道，"这怎么可能？"

"你把它翻过来，能看到以前哪个地方是针吗？"

说真的，吊坠两头有两个小的金块凸起，以前可能就是胸针上的针扣。这两个小凸起一直都在上面，可是劳拉从来没有想过为什么。

约翰回到自己座位上。"再跟我讲讲你是怎么得到这个东西的。"他说道。

"这是我奶奶留下来的，"劳拉说道，"我从来没有见过我奶奶，但是我的名字是随着她的名字起的。我大概八岁那年，我妈刚去世不久，我爸就把这个项链给了我。他让我永远戴着这串项链。当时这个项链对我来说很大，但我很喜欢它。自从我爸把项链给了我以后，我就一天都没有摘下过。"

"不知道你爸爸是通过什么途径，"约翰说道，"从萨拉那里得到的这个东西。"

劳拉用力思考，感觉自己好像在一个圆圈里来回转悠似的，又回到了原点，想搞清楚父亲跟萨拉之间究竟是什么关系。

"劳拉，你看着我。"约翰说道。

劳拉抬头看着约翰。

"我昨天开门后，看见你，马上就想到了我的女儿，她住在阿拉斯加。你跟她长得像极了，后来伊莱恩也这么跟我说。"

"您说这个干什么？"劳拉问道。

"我觉得你就是珍妮。"

劳拉笑了：“不好意思，约翰，不过这也太荒唐了。我知道自己的父母是谁。”

“你今年几岁了？”约翰问道，然后不好意思地笑了。“请原谅我的冒昧。”他说道。

“我的确跟珍妮的年纪差不多，”劳拉说道，“但是我出生在一九五八年七月，珍妮出生在那年四月。”劳拉重新戴项链时两手颤抖。她心头一阵悸动，突然想到家里的相册没有自己婴儿时期的照片。她爸爸在世时曾跟她说过，我们家地下室进水的时候，你的婴儿照片就遗失了。

“我想要你回弗吉尼亚州，找出事情的真相，”约翰说道，“让萨拉看看你的吊坠。然后打电话给我。”

## 42. 回忆·骨肉分离

劳拉三人乘坐的航班遇到延误，这让她心烦不已。现在已经五点了。要回到湖边别墅，至少还得一小时，迪伦说会帮她照顾爱玛，然后她还得开半小时车去萨拉的养老院。

飞机上的劳拉很沉默，心事重重，没怎么跟迪伦说话，迪伦似乎读懂了劳拉的心情。他抓着劳拉的手，让她靠在自己肩上打盹儿，没问她到底有什么烦心事。不过，就算他问，劳拉也不一定能讲清楚。

劳拉到养老院时，天色已暗，萨拉开门看到她，一脸惊讶。

“嘿，萨拉，”劳拉说道，“我知道已经很晚了。但是今天我必须见您。”

“现在去散步，是不是有点儿晚？”萨拉边说边望了望劳拉身后的窗子。

“是的，确实。我们就坐下来说会儿话，行吗？”这时劳拉听到屋内电视机的声音，“是不是打扰您看电视了？”

“没有，”萨拉回答说，“没关系。进来坐吧。”

劳拉看着萨拉坐在沙发上，用手摸索遥控器老半天，才找到关机键，关上了电视。

“萨拉，”劳拉坐到萨拉旁边，“我希望您能跟我说说珍妮的事。她后来怎么样了。”

“不行。”萨拉摇摇头。

“是的，”劳拉态度坚决，“我知道提到这个会让您很痛苦。我都知道。但是，您一定要告诉我，这很重要。”那一瞬间，劳拉好像在萨拉脸上看到了自己的影子。劳拉低头看着自己的双手，然后又看了看萨拉正在紧张地拨弄遥控器按键的手。两人都拥有细长的手指，白白的指甲尖：“萨拉，请告诉我吧。”

萨拉抿了抿嘴。“这件事情真的很让人伤心。”她说道。

“我知道，”劳拉温柔地安慰道，“但是我真的需要知道珍妮最后怎么样了。”

萨拉盯着黑黑的电视机屏幕，然后叹了一口气，坐直了身子，

“好吧，”她说道，“我告诉你吧。”

## 萨拉，1960年

现在已经是三月底，可天气依然很糟糕。风还是很凛冽，从自己工作六个月的医院下班回家的路上，萨拉感到一阵阵寒风袭来。她想赶紧回家，把自己昨晚做好的炖菜热热，跟女儿吃晚饭。珍妮现在已经两岁了，她喜欢找出炖菜中的蔬菜，将它们丢进嘴里。

拐过弯就要到家时，萨拉看到一个女人从她家公寓楼里走了出来，走向门外停着的车。她看上去有点儿像萨拉雇的保姆贝伦华兹太太，应该不可能是她。但是，那不是她的头巾吗？那辆车不就是她的吗？

萨拉追了上去。“贝伦华兹太太！”她叫道，“等等！”

那个女人打开驾驶座的门，正准备上车，听到萨拉的声音，她抬起了头。

“你好，托利太太。”她笑着将风吹乱的几丝银发塞进头巾。

萨拉慢下脚步，上气不接下气地说：“你怎么出来了？珍妮呢？”

“噢，你回家就知道了，有惊喜。”贝伦华兹太太戏弄萨拉道。

“什么意思？”

“你上去就知道了。”

“不，请你现在就告诉我。”萨拉真想上去扭她的脖子，“我要生气了。”

“好了，好了，”贝伦华兹太太让步道，“别生气。你弟弟正陪着她呢。”

“我弟弟？”

“是的，他说他想给你个惊喜。还让我先走，珍妮留给他照看，他顺便等你回来。”贝伦华兹太太自己也开始担心了，“我没做错吧？”

“我根本就没有弟弟！”萨拉边喊边朝公寓跑去。她两步一跨，冲上楼梯，到了三楼自家门口，她呼吸急促，摔开了门。

D先生正坐在沙发上，怀里抱着珍妮，小珍妮看上去还很悠然自得。

“妈妈回来了。”D先生对珍妮说道。

萨拉跑到沙发跟前，一把抱过珍妮。“你好大的胆子！”萨拉厉声说道，“马上离开我家。”萨拉泪眼模糊。他又找到她了。

“真对不起，刚才吓到你了，”D先生说着站了起来，“不过我觉得你应该知道你和珍妮是多么容易就能被别人找到。所以，你现在还是要对自己知道的事情守口如瓶。”

“我一直都没有跟别人说！”萨拉说道，“你们还想让我干什么？”

听到妈妈愤怒的声音，珍妮哭了起来。萨拉把孩子放到屋子边上的婴儿围栏里。

“宝贝儿不哭不哭，”萨拉哄道，“没事的。”

“请你坐下来，我有些话要跟你说。”D先生说道。

“你给我出去。”萨拉试着控制住自己的情绪，不想再吓到珍妮。

“萨拉，我过来是想帮你，”D先生接着说道，“我知道你并不相信，但这的确是真的。彼得·帕敏托大夫——他现在越来越……疑神疑鬼了。他现在谁都不相信了，他总是提到你和科琳·普莱斯背叛了他。”

“你让我怎么相信你？”萨拉说道，“我怎么能相信你嘴里说出来的东西？你可是帕敏托的左膀右臂。”

“我以前是，”D先生点头道，“而且我觉得，彼得院长现在依旧把我当成他的得力助手。不过我越来越担心他的治疗手段，我现在也是如履薄冰、战战兢兢。我仍然相信他在医院做的研究很重要，但他现在越来越疑神疑鬼了，所以我觉得有必要提醒其他人。比如，我要提醒你。彼得现在还买了把手枪。我告诉你，他现在已经坠进了无底深渊，而且是头先扎进去的。”

萨拉不知道应不应该相信这个D先生。不过，要是他现在说的都是真的呢？要是现在真有个拿着枪的疯狂医生想加害自己怎么办？

萨拉感到很无助。她最后一次搬家的时候连转寄地址都没留。她在公寓的两道门上上了三把锁。她的电话号码也没有进行登记。她上班的时候也没有跟任何人提起自己的过去。

萨拉解开脖子上的围巾，坐了下来。“我已经搬过两次家了，”她说道，“我不知道自己还能怎么做。”

“我看你还得再搬一次家，”D先生说道，“这次要搬得远远的。隐姓埋名，好好隐藏起来。”D先生说这话的时候好像很认真。

“这太过分了，”萨拉说道，“在我看来，你才是那个疯子。我为什么要再带着女儿东躲西藏？下一秒，你又跑到我新家的门口，再跟我说些别的东西。”

“现在，不管你认为我和彼得谁是疯子都不重要了。”D先生低头看看自己的双手，过了一会儿说道，“我本来不想跟你说这个，”他说道，“但是我不知道除了这个，还有什么事情能够让你理解情况的严重性。”D先生黑色的眼睛里满是忧郁，“你朋友科琳的儿子死了。”

萨拉的心一下子跳到了嗓子眼儿。“萨米？”她回想起科琳让她看过那个可爱的小男孩的照片，“萨米死了？”

“他死于一场意外。”

“什么意外？”

“这孩子在后院的树屋里玩耍的时候，树屋塌了，”D先生说道，“他摔断了脖子。”

科琳以前跟萨拉说过家里的树屋。这栋树屋是科琳的公公盖的，一定很结实，不管一个五岁的男孩再怎么捣蛋也不会塌的。听到这里，萨拉突然明白D先生为什么要跟她说这些。

“你是不是说，这件事跟帕敏托有关？”萨拉毛骨悚然。

“不，我没有这么说，”D先生说道，“不过我的确觉得这件事情很蹊跷，彼得拿科琳的孩子威胁过她，接着这个孩子就死了。”

萨拉需要给科琳打电话。她站起身，D先生马上也站了起来，朝萨拉走来。萨拉吓得一声尖叫，赶紧往后退。

D先生举起双手。“对不起，”他说道，“我没想要吓你，我——”

萨拉冲到门口，打开房门说道：“你走，马上走。离开我的生活。”

“好吧，”D先生静静地说道，“不过，请你考虑一下我刚才说的话。为你女儿考虑考虑。”

D先生出门后，萨拉“砰”的一声把门关上，赶紧把那三把锁都锁好。她从一个房间走到另一个房间，把所有的帘子都拉上。不过，这些都不够。他们已经知道她住的地方了，他们永远都会知道。

萨拉走进厨房，连外套都没有顾得上脱就拨通了科琳的电话。也许这一切都是D先生编出来的。萨拉边给科琳打电话，边祈祷这一切都不是真的。

“喂？”科琳的声音是那么平淡冷漠，一点儿都不像以前的她。

“科琳，”萨拉说道，“你没事吧？”

“你听说了？”

“听说……”萨拉闭上顺眼，瘫倒在椅子上，“你是说，萨米他……”

电话那边突然传来科琳的抽泣声。

“科琳，到底怎么了？”萨拉问道。

“他那天在树屋上玩，好端端的，屋子突然就……塌了。”

“哦，天哪，科琳。真是太不幸了。”

“肯定是帕敏托在背后捣鬼。”

“你是怎么知道的呢？”萨拉真希望科琳说出来的理由不成立。

“啊，我知道，”科琳说道，“他不止一次拿萨米威胁过我。”

“警方审问过他了吗？”

“已经审问过了，只问了一次。帕敏托说自己对这件事毫不知情，警察就相信了。毕竟你也知道，帕敏托的能耐大着呢。”科琳的语气中带着辛酸，“他们说树屋上有块木板没有钉好，或者是什么别的问题。我可怜的公公现在内疚得要死。我跟他说，我确定有人在树屋木板上搞了鬼，但他以为我只是想安慰他。”

“你能不能再找找警察？”萨拉怯懦地问道。她几乎喘不过气来。珍妮在隔壁房间里哇哇大哭，等着吃晚饭。

“连联邦调查局的人我都找过了，”科琳说道，“他们把我当疯子一样看待。他们很快就会把我关起来，然后就像对待乔一样，把我的大脑切开。”

萨拉大惊失色。珍妮的哭声更加响亮了。

“萨拉，对不起，”科琳说道，“我不该提乔的。”

“我现在都不知道该怎么做了，”萨拉说道，“D先生刚刚来过。萨米的事是他告诉我的，不过他否认萨米的死跟彼得院长有直接联系。他要我赶紧搬家，还要再搬。科琳，我真不知道这些人的能耐到底有多大。”

科琳沉默了很久。“没用的，”她说道，“搬家根本没有用。他们有办法找到我们。我们根本无法对抗这个巨大的阴谋。他们会抓走珍妮的，萨拉。我要是你，我就时时刻刻跟珍妮在一起。我会辞掉工作，把自己跟珍妮绑在一起，绝不让她走出我的视线之外。这是唯一的办法。我本应该时刻不离地盯着萨米的，不分白天黑夜，寸步不离。”

他们会抓走珍妮的。萨拉耳畔一直回荡着这句话。

“我听见珍妮的哭声了，”科琳语气平缓，“你还有她，你真幸运，萨拉。你最好赶紧过去看看孩子吧。”

萨拉喂女儿吃了点东西，自己没有一点儿食欲。她给珍妮洗好澡，哄她上床。然后将一张椅子顶在门口，用餐桌堵着消防逃生通道。接着从厨房抽屉中取出最锋利的菜刀，紧紧握在手里，一动不动地坐在珍妮的婴儿床边，一整夜没敢合眼。外面寒风中的树枝敲打着窗户，任何响动都会让萨拉心惊肉跳。

婴儿床里的珍妮就像个小天使，长长的睫毛盖在眼上。她真漂亮，可就因为她是萨拉的女儿，她就得面临危险的处境。

萨米当时是不是很痛苦？D先生说他摔断了脖子。那么他应该很快就死了。如果他们也很快杀死珍妮，萨拉会不会得到些慰藉？想到这儿，萨拉痛苦地叫了一声。她不能让珍妮承受那样的命运，但是科琳说得没错：不管萨拉搬到哪儿，他们总是能找到她。

到了第二天早上，一夜没合眼、精疲力竭的萨拉做了一个决定，她身上还穿着昨天上班的制服。她必须放弃女儿。除此之外，萨拉再想不出其他能保障女儿安全的办法。只要女儿跟着萨拉，就不安全。任何人都不能找到珍妮。所以萨拉不能把珍妮托付给家人或是朋友，也不能把她送进领养机构，因为D先生他们可能会追踪收养记录。

萨拉打电话到医院，请了病假，她不想让女儿离开自己的视线。确认门上了锁，萨拉手持菜刀，给珍妮准备午饭，然后，她突然有了主意。

想到领养机构，萨拉倒是想起了几年前火车事故中她和乔遇到的那个心地善良的社会工作者，安。如果萨拉能找到她，她或许能运用自己的关系，帮珍妮找一个安全、温馨的新家庭。

萨拉开始飞快地翻阅以前的旧文件，一会儿，她找到了火车事故后安留给她的地址。安还住在那儿吗？毕竟，萨拉自那以后，都搬过好几次家了。不过，安又没有被人追，不用到处跑。

接下来的一小时，萨拉开始打包珍妮的衣物跟玩具，她专心收拾着珍妮的东西，不去想这个决定意味着什么。可是，当她开着车，踏上驶向费城郊外三个半小时的路程，当小珍妮安然闭上眼睛睡着时，她终于忍不住，任泪水肆意滑过脸颊。

萨拉一边开车，一边紧紧盯着后视镜，确保没有人跟踪她，路上她只停了一次车，喂珍妮吃了点儿东西。

傍晚时分，萨拉来到安的家门前，房屋不大，但是可以看出维护得很好，是科德角式样。门前的街道很窄，路两旁都种着树。窗子里透出昏黄的灯光。前廊上有一盏煤气灯，最高层的台阶上还放有盆栽的杜鹃花。

安，你一定要在啊。萨拉将珍妮抱出车子，朝前门走去。不过就算开门的是安，她会相信这个不可思议的故事吗？

萨拉按了门铃，开门的正是安。她还住在这儿，萨拉如释重负，差点儿哭出来，竟然连打声招呼都没了力气。

"你是……？"安顿时一脸灿烂的笑容，"你是萨拉，是不是？火车上认识的萨拉？"

萨拉点点头，试图挤出一丝笑，没料却哭出了声。

"啊，怎么了？"安问道，"快进来，进来。"

萨拉踏进安炉火通红、暖意融融的小客厅，怀里紧紧抱着珍妮。

"我帮你脱外套吧，"安说道，"这是你的女儿？真可爱。我也帮你脱外套，小宝贝儿，好不好？"

萨拉还是说不出话来。她看着安脱掉珍妮的外套，然后再帮自己脱了外套。

"萨拉，你坐在火炉边，暖暖身子，"安说道，"我给你沏壶茶。家里还有汤，想不想来点儿？"

萨拉摇摇头。"喝口茶就行了。"她强打精神说道。萨拉怀里抱着珍妮，坐在最靠近火炉的椅子上，还是瑟瑟发抖。房间里很温暖，都有点儿热了，可萨拉的牙齿却在打战。

安泡好茶，给萨拉倒了一杯，将茶壶放在离萨拉最近的茶几上。然后她蹲在萨拉面前，手放在萨拉膝上。“萨拉，亲爱的，”她说道，“告诉我，发生了什么事。”

珍妮睡眼惺忪，伸着小手去抓安金色的头发。

“我能抱抱她吗？”安问她。

萨拉不想让女儿离开自己，可是她逼自己松了手，然后珍妮就到了陌生人怀里。安坐到沙发上，抚摸着小家伙的头发。

“告诉我发生什么事了。”安再次问道。

“你不能告诉任何人。”萨拉告诫安。

“谁都不说。”安回答道，萨拉知道自己可以百分百地信任这个女人。她可以将女儿的一生交给她。

萨拉哭着把事情的全盘经过告诉了安。萨拉讲了圣玛格丽特医院进行着的残忍试验，乔试图揭露恶行的败露以及乔为自己的鲁莽付出的代价。她提到了帕敏托对她的威胁和无论搬几次家，D先生都会找上门来的恐惧，当萨拉讲到萨米遭遇的“事故”时，安吓得面无血色。

“可怜的人儿，”安说道，“你肯定已经吓得走投无路了。”

萨拉一听这话，眼泪又止不住地掉了下来。“我真的是走投无路了，”萨拉说道，“所以我才来找你。求求你。安。求求你。你能不能帮珍妮找个新家庭，但不留下任何记录？在任何情况下，都不能有人找到她，可以吗？她跟我在一起很危险，我希望——”萨拉使劲儿咽了一口唾沫，从包里取出纸巾，擦了擦眼泪，“我希望能有好心的夫妇收留她。夫妇。跟我在一起，她只有妈妈。我希望他们能将珍妮视为自己的亲生女儿。珍妮的名字要改，生日也得改。下个月珍妮就满两岁了，但她往后不能过以前的生日，这样就没人会知道她是我女儿。她也就安全了。”

这时的安也泪流满面，她没有出声，生怕吵醒怀里熟睡的珍妮。她抬起头，望着天花板，萨拉知道她在想一个万全之策。所以没有打搅。

终于，安低头看着萨拉。“我现在已经不是社会工作者了，”她说道，萨拉心里一沉，“我做社会工作确实不在行，你还记得吗？但是，你听着，亲爱的。”安停顿了一下，好像在重新整理思绪。“我已经订婚，现在正准备结婚呢，”她轻声说道，“还有两个月。”

“哦，恭喜恭喜。”萨拉礼貌地说道。

“我最近才得知自己无法生育，我和我未婚夫年纪太大了，也不能领养孩子。我们为此非常难过。要是你觉得……要是你觉得可以的话……你不知道我们的条件怎么样，毕竟你也不是很了解我们。”

“不！”萨拉往前坐了坐，“我十分清楚你的条件，我那天在火车上看见你跟那个小男孩在一起待过，忘了吗？那个时候我就知道你肯定会是个好妈妈。”

安喜极而泣：“我知道我会是个好妈妈。可是萨拉，你必须清楚自己这是在做什么。我已经三十九岁了，我未婚夫也四十二岁了。做你的孩子的父母，我们俩可不年轻。”

“你们俩来做她的父母，肯定会比我好得多。”萨拉相信，这就是命运的安排。命运让她跟安在失事的火车上相遇，也是命运安排她今夜来到这里。“跟我介绍一下你的未婚夫吧。”萨拉请求道。

“我敢向你保证，他喜欢孩子，”安说道，“他们家兄妹八个，他是最小的。他这个人非常聪明。”安脸红地说道，“嗯，我觉得吧，不管怎么说，我承认，自己的看法可能夹杂着个人感情。他在一家飞机发动机设计公司上班。萨拉，他是个好男人。”

萨拉点点头。“那就好。”她说着慢慢站了起来。她突然觉得自己的身子有千钧重：“她的东西还在车上放着呢。”

“哦，萨拉。”安小心翼翼地把珍妮放到沙发上，站起来去握萨拉的胳膊，“先别决定呢，别着急——”

“让我出去，”萨拉说着从安身边穿过，“我马上就回来。”

萨拉没穿外套就向汽车走去，一点儿都不觉得冷。不一会儿，她就拿着珍妮的东西回来了。

安接过萨拉手里的行李箱，放到台阶上。

“珍妮醒来之后看不到我，她可能会有点儿害怕，”萨拉说道，“不过她的适应性很强。你刚才也看到了，她很快就不觉得你陌生了。我担心她会对谁都不陌生，所以……”萨拉哽咽地说不出话来。

“萨拉，我懂。”安又摸了摸她的胳膊，“听着，亲爱的。我觉得你应该跟珍妮单独待一会儿。我觉得你应该坐在她跟前，再好好想想。也许还能想出别的法子来。”

萨拉瞥了珍妮一眼，看见她在沙发上安静地睡着了，然后马上就把视线转开。“不用了，”萨拉说道，“不，我早就想好了。我不想给自己改变主意的机会。”

“那我以后怎么跟你联系呢？”安问道，“我想让你知道这孩子她怎么……”

“不，”萨拉马上回道，“太危险了。我们必须断绝一切联系。”她说着摸了一下衬衣领子，取下乔送给她的胸针，“请你把这个给孩子，”她说道，“我是说，等她长大一点了给她。一定要让她知道送她胸针的这个人很爱她。”

安从萨拉手中接过胸针，握在自己手中。“我会的。”她说道。

“谢谢你。”

萨拉穿上外套，愣了一会儿，然后就离开了安的房子。在向汽车走去的路上，萨拉知道安一定在用担心的眼神看着自己。上车后，萨拉头也不回地离开了。虽然心里难受得厉害，但是她知道珍妮跟安在一起后就安全了，所以也踏实了一点儿。

“哦，萨拉，”劳拉靠过身子，把手放到萨拉的手上，也就是她妈妈的手上，“您心里当时肯定难受得要死。”

“很难受。”萨拉点头道，“但是这么做是对的。我知道那里有人会照顾她，也没有人能找到那里去。”

劳拉捏捏萨拉的手。“我有件事情得告诉您，”劳拉说着举起脖子上的吊坠，“您认得这个吗？”

萨拉眯着眼打量着这枚吊坠：“这是个戴帽子的女士吗？”

劳拉露出了微笑。“萨拉，这就是您的胸针，就是乔给您的那枚胸针。”

“不是，我的上面带着针呢。”

“嗯，我知道。不过那枚胸针被做成了项链。”劳拉说着解开项链，递给萨拉。

“哦，天哪！”萨拉惊呼道，“这个东西看起来太像我的胸针了。”

“这就是您的胸针呀。”劳拉柔声说道。

“乔当年给我的胸针跟这个很像。”

“萨拉，您听好了。我就是珍妮。我就是您的女儿。”劳拉很激动，说起话来断断续续，“我就是您送给安的那个小女孩。安待我如同她的亲生女儿。安和她的丈夫卡尔。卡尔就是您刚才故事里面提到的她的未婚夫。这就是我父亲认识您的原因。他当初肯定是用什么方法查到了您的消息。他老人家想要确保您永远都有人照料。您把我送给了他和安，他对您感激不尽。”

萨拉面无表情地看着劳拉。

“您让安等我长大的时候给我一枚胸针，是不是？她或者卡尔把那枚胸针改造成了项链，就是这个。”劳拉说着又举起吊坠，“然后卡尔把它给了我，您明白了吗？”

萨拉摇摇头，脸上露出孩子般迷茫的表情。

“萨拉，您知道我叫什么名字吗？”

萨拉又摇摇头。

“我叫劳拉·布兰登。我父母一个叫卡尔·布兰登，一个叫安。我就是您送给他们的那个小女孩。我是您的女儿。”

“你不是，”萨拉看起来有点儿恼愠，“我女儿叫珍妮。”

“我就是珍妮。”劳拉绝望地咬着嘴唇，泪花闪闪，赶紧眨眼睛，“安和卡尔给我起名叫劳拉。是您叫他们给我改名字的，您忘了吗？”

“我想上床睡觉了。”萨拉说着站了起来。

萨拉不明白。她可以把自己的过去全部告诉劳拉，她甚至还记得科德角房屋门廊上的盆栽杜鹃花，可她却不能将自己离散多年的两岁女儿跟坐在自己面前的这个女人联系到一起。

劳拉站起来，弯身亲了一下萨拉的脸颊。“我爱您，”她说道，“睡个好觉。”

## 43. 牵挂

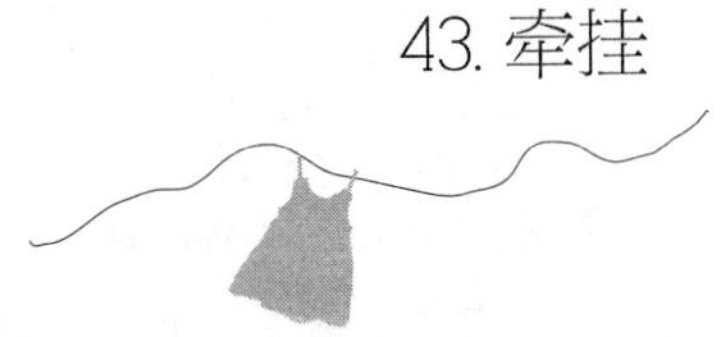

“我爸妈那时候老说他们是一九五七年结的婚，”劳拉说道，她跟迪伦挨着坐在湖边别墅的后门廊上，“但是我觉得他们之所以这么说，是不想让我觉得自己是非婚生的。”

“你爸爸有没有在一家生产飞机引擎的公司工作过？”

“他的确干过。他们住在厄尔金斯公园社区，费城郊区。我就在萨拉说的科德角房屋里长大。我爸爸在楼上的一层修了个户外平台放望远镜。”

“你太淡定了。”迪伦伸手抱住劳拉的肩膀，“我觉得你肯定受不了了。”

“我没有觉得自己受不了，”劳拉说道，“我觉得——”劳拉梳理着自己的情感，“难过，我的亲生母亲不知道我是谁。想到她生活中遭受的这么多苦难，我就觉得更加难受。不过，我很幸运，我要感谢萨拉。如果爱玛也陷入了危险之中，我不知道自己能不能做出跟萨拉一样的抉择。她当时肯定肝肠寸断，但要是她没有把我送人，谁知道会发生什么事情呢？”

门廊有几分寒意，劳拉身子颤抖了一下。迪伦更加用力地抱紧劳拉的肩膀。

“萨拉给我找了个好人家。”劳拉想起了安。劳拉都不知道自己的养母曾经是个社会工作者。“我真希望自己以前能够更加了解我的母亲——安。要不是因为我父亲，我很可能就成不了天文学家。我不得不承认，是他连哄带逼让我踏进这个领域的。”劳拉笑着说道，“但是我一点儿都不后悔。”

“现在，你又有了一个父亲。”

“嗯，”劳拉轻轻地说道，露出微笑，“我应该给他打个电话，把我从萨拉那里知道的事情告诉他。”

“对，”迪伦说道，“然后你就应该跟我一起睡觉。”

劳拉惊讶地看着迪伦，又笑了。“嗯，没错。”劳拉扬起下巴亲了迪伦一下，“我待会儿去我的卧室找你。”劳拉说着站了起来。

“天窗屋子。”迪伦反驳道。

“好吧，”劳拉说道，“就天窗屋子。”说完就进房去给约翰·所罗门打电话。

走进没有开灯的天窗屋子，劳拉看见迪伦正躺在从她床上偷拿过来的被褥里。他的衣服堆在墙角，星光照射到黑色的褥垫上，映衬出他一丝不挂的胸膛。

“你下面穿衣服了吗？”劳拉问道。

“当然没有。”

劳拉迟疑了片刻，也开始脱衣服，把衬衣和牛仔裤丢到迪伦的衣服上。想到等下要从衣服堆里找出自己和迪伦的衣服，劳拉就很兴奋。星光照到了她的身子，劳拉突然一阵害羞，闭上了双眼。

劳拉对迪伦的爱确信无疑，她知道迪伦是爱她和爱玛的。

这份爱就像她对天上星星的爱一样真切。

## 44. 回忆·分裂

劳拉把汽车的火熄了，但是没有下车。一对老年夫妇走进养老院，劳拉目光茫然地追随着他们。

“你没事吧？”迪伦问道。

“嗯。”劳拉回答道，但是仍然没有伸手开门。劳拉把跟萨拉见面的日期推迟了几天，生怕自己会在她面前痛哭起来。劳拉上次来看萨拉已经让她感到迷糊了，劳拉不想再让老太太困惑了。今天的天气很适合散步，劳拉让迪伦过来跟她们一起散步。过去的几天里，迪伦成了劳拉的有力支撑，劳拉已经开始依赖他了。

“我不知道现在该跟她说些什么。”劳拉说道。

“你为什么不问问她在把你送人之后，自己又经历了什么事情呢？”迪伦建议道，“诱导她说话，就跟你往常做的一样。”

## 萨拉，1960年

把珍妮送给安之后，萨拉就陷入了极度的失落之中。她辞掉了工作，马上搬到了弗吉尼亚北部的一个小镇，以免街坊朋友打听珍妮的去向。就这样，她孤身来到了一个谁都不认识的小镇，在一家谁都不认识的小精神病诊所找了一份工作。

每天挣扎着去上班，就已经让萨拉筋疲力尽了，她变成了一个平庸而且错误不断的小雇员。她心里想的只有自己的孩子。她没有任何人可以诉说，她无法承受生活中这么多的谎言和孤独。除了孩子，她了无牵挂。萨拉新公寓的门上有一把破锁，到了晚上她甚至都懒得去锁。珍妮和乔都不在了。她孤身一人，什么都不在乎。

在把珍妮送到安那里三个星期后，萨拉接到了彼得院长打来的电话。虽然萨拉的新电话号码并没有进行登记，但彼得院长显然没费多大力气就把它搞到了。不过，萨拉一点儿也不吃惊。

“我想请你来一趟我的私人办公室，”彼得院长说，“就在我家里，我会把地址告诉你。”

“凭什么？”萨拉问道，“凭什么你让我干什么，我就得干什么呀？我已经跟你没有任何关系了。”

“你先别挂呢，”彼得院长赶紧说道，“有些事情你可能会感兴趣，是关于你丈夫的消息。”

“在电话里说吧。”萨拉说道。

“我看还是当面说比较好。”他听起来非常冷静，也很理智。他有乔的消息了。不过，能够重要到当面告诉萨拉的事情只有一件，那就是乔已经死了。但萨拉还是想过去看看。

萨拉穿上外套，心里盘算着：理智的女人是不会去疯男人的办公室的，何况这个男人的手里还有枪；理智的女人至少会叫个人陪她一起去，或者叫上警察陪同；理智的女人会在乎自己的安全。但是，理智这个词已经不再适合萨拉了。

帕敏托的住宅位于麦克莱恩市一个树木丛生的地区，跟周围邻居的房子隔着很远一段距离。房子里一片漆黑，只有连着车库的一栋小屋窗户里亮着灯。萨拉心想，这间小屋应该就是他的办公室吧。

萨拉披着浅色的外套，沿着车道走过去，敲了敲办公室的房门。不一会儿，彼得过来把她领进屋里。

“我帮你把外套脱下来吧。”彼得说道。他看起来有点儿不对劲儿，眼神中的那份疯狂已经蔓延到了整张脸上。他的脸上完全没有了先前慈父般的和蔼。萨拉看见他之后吓得一阵寒战。

“不用了。”萨拉没有打算在这里多待。

这是一间等候室，装饰着名贵家具，很有品位。

“进我的办公室吧。”彼得说道。

萨拉跟着彼得走进旁边一间屋子，惊讶地看见D先生也在里面。他坐在一张带着真皮扶手的椅子上，旁边立着一张大桌子。看见萨拉进去了，他马上站了起来，好像也很吃惊。

“她来这里干什么？”D先生用质问的口气问道。萨拉一下子蒙了，完全摸不着头脑。

“我把托利夫人邀请过来，是想看看你到底有多背叛我。”帕敏托对D先生说道。然后坐到桌后，“请坐吧，托利夫人。”

“我不需要坐，”萨拉说道，“我不知道你们想干什么，不过你说你有乔的消息。要是有乔的消息，请告诉我。要是没有，我马上就走。”

“你走吧，萨拉。”D先生朝萨拉走来，“他根本没有乔的消息要跟你说。”他转头看着帕敏托，脸气得通红，“没有理由把她也卷进来，”他说道，“这是咱们俩之间的事情。”

萨拉眯起眼睛，看着帕敏托，问道：“你有乔的消息要跟我说吗？”

“没有。”帕敏托竟然露出了微笑。

“天哪，我恨你。”萨拉转过身子就要走。

“那珍妮呢？”帕敏托的声音很沉稳，萨拉马上停住了脚步，心一下子提到了嗓子眼儿。她深吸一口气，鼓起勇气大胆向帕敏托的椅子走去，靠近他身边。

“她怎么了？”萨拉问道。*上帝呀，千万不要跟我说他们找到珍妮了。*

“我知道你把她偷偷藏了起来。我不知道是不是D先生提醒你这么做的。是他提醒你的吗？”

萨拉不知道这间屋子里面到底正在发生着什么，一时不知道该怎么回答。“我是在……听说科琳·普莱斯的儿子出事后，”萨拉吞吞吐吐地说道，“然后我才……”

“不要把她牵连进来，彼得。”D先生这时说话了。他双手紧抓椅背，指关节绷得发白，“没错，是我告诉她想办法保护她女儿的。我很高兴自己那么做了。你——我们两个人——给萨拉带来的苦难已经太多了。”

“你这个狗娘养的。”帕敏托慢慢从桌子后面的座位上站了起来。依然站在他身旁的萨拉赶紧后退一步。“我那么信任你，”帕敏托对D先生说道，“我这么赏识你——”

“这很神圣，”D先生赶紧打断道，“这是一项神圣的研究。可是为了保护这项研究，你已经不择手段了，彼得。”D先生说着慢慢向帕敏托跟前走去，“彼得，你需要帮助，”他平静地说道，“我知道——”

“别再往前走了。”帕敏托往桌子的一只抽屉摸去，萨拉看见他紧握枪柄，吓得目瞪口呆。她应该跑，赶紧躲开，但她的脚却动弹不得，好像钉在了地上。

“你背叛了我。”帕敏托说道。他举起手枪，对准D先生，手指马上就要扣扳机。

萨拉本能地撞了一下他的胳膊，希望枪会打偏。接着就传出一声震耳欲聋的枪响，子弹打中了D先生的肩膀。疼痛难忍的D先生不住地惨叫，萨拉从他跟前冲了出去，跑出等候室，一直冲出门外，沿着车道向自己的汽车狂奔而去。冲出门口的那一刻，萨拉嘴里只念叨着一句话：主啊，千万别让珍妮再因为我陷入危险之中了。

晚上，萨拉坐在自己公寓凌乱拥挤的客厅里，盯着电话发抖。她想要报警，把真相告诉警方。不过这样一来，她就必须向警方解释珍妮的下落。她当然得告诉警方自己把孩子送到哪里了。可万一警方跟精神病委员会和联邦调查局那些权威机构一样，在背后给帕敏托撑腰怎么办？萨拉盯着电话，一直到凌晨两点才平静下来，上床睡觉。

那天夜里，萨拉梦到了帕敏托和D先生。后来的许多夜晚，她又梦到他们很多次，却再也没有了这两人的音信。安也是音信全无。萨拉无时无刻不在想念着自己的女儿，她知道自己当初把女儿送走，躲开圣玛格丽特医院那帮疯子的伤害是完全正确的。

“我们得走了。”坐在萨拉客厅的劳拉突然打断道。散步结束时，萨拉故事还没讲完，现在劳拉非常想离开这里。她只觉得头昏眼花，站起来的时候眼前一片模糊：“迪伦，咱们走吧，好吗？”

听到劳拉这么急切，迪伦不禁有几分吃惊。他转身看着萨拉，问道：“我们要走了，在走之前还能为您做点什么吗？”

迪伦是个体贴的男人，但此刻的劳拉却希望他不要这么好。萨拉摇摇头，把他们送到门口，劳拉这才舒了口气。

一走出养老院，迪伦就抱住劳拉。“我懂，”他说道，“听到萨拉一个劲儿地说着珍妮的故事，却不知道珍妮就在她眼前，你心里肯定特别难受。”

“不是因为这个。”劳拉说道。她现在仍然觉得天旋地转，眩晕得厉害，“我甚至都不知道该怎么说才好。”

迪伦看起来忧心忡忡。“你想让我来开车吗？”他问道。

劳拉点点头，她现在也不敢亲自开车。

等车子开上主道，劳拉才说出了内心的恐惧。“我知道这听起来很荒唐，”她说道，“但是我有种不祥的预感，雷可能就是萨拉说的D先生。”

“什么？”迪伦笑了，“这比荒唐还要荒唐，姑娘。你怎么会有这种想法呢？”

“雷的肩膀上有处中弹留下的伤疤。”劳拉说道。她可以清楚地说出那道伤疤的样子，皮肤上一处圆形凸起，“他总是跟我说这疤是在朝鲜战场上负伤留下来的。”

“肩膀上中过弹的人又不是只有雷一个人。”迪伦说道。

“不过，还有别的证据，”劳拉说道，“雷经常说某个人——一般都是说我——坠进了无底深渊，而且是头先扎进去的。我每次投入一个新项目的时候，他总是这么说我。”

“那又怎么了？”迪伦皱了皱眉毛。

“有一次，萨拉说D先生也这么说过。”

“劳拉，这个说法很常见呀。”迪伦说话很有耐心，好像在解释给小孩子听。

“大多数人都说‘跳进’无底深渊，而不说坠进，也不会在后面加上一句说是头先扎进去的。萨拉当时说的时候，我头脑中就闪过了雷。但是直到刚才，我才有了这种联想。”

“你真的以为萨拉能一字不差地重复D先生的话吗？”

“我不知道。”迪伦一个劲儿的宽慰让劳拉感到沮丧，“但我只知道整件事情让我感到很不舒服。”

“D先生的D可能代表什么呢？”迪伦问道。

“雷姓达罗，首字母正好是D。”

迪伦握住劳拉的手：“劳拉，我知道你很难过，但是我真的觉得你这是在捕风捉影，胡思乱想。雷那时候太年轻了，不可能是D先生，对不对？”

“我出生的时候，他已经二十一岁了，”劳拉说道，“D先生在圣玛格丽特医院工作的时候还很年轻。萨拉说过，D先生的脸上甚至还长着青春痘呢。而雷年轻的时候确实长过青春痘。”

“很多人在青春期都长青春痘，”迪伦说道，“要是这么说，我那时候也长过青春痘。”

劳拉瞥了一眼迪伦光滑的脸颊，说道：“撒谎。”

迪伦耸耸肩。“虽然长得不多，但也有过一两个痘痘。”他冲劳拉笑笑，“我不想看到你为了这件事情胡思乱想。”他说道。

“不过，萨拉说他是个心理学专业学生，”劳拉边思索边说道，“我不得不承认，这个跟雷不相符。雷学的是社会学专业。”

“还有他写的书也跟D先生不符，”迪伦说道，“D先生听起来有雷这么关心流浪者和精神病人吗？”

“嗯，这你倒是说对了，”劳拉承认道，“雷绝不可能在精神病人身上进行那么不人道的试验。可是……”劳拉声音渐小。她无法摆脱自己的担忧。

“我看你纯属是胡思乱想，”迪伦说道，“D先生迫使萨拉·托利把自己的女儿送给了别人，然后自己又机缘巧合地娶了这个女儿，你难道不觉得这种巧合的概率太低了吗？”

劳拉笑了。迪伦说得对，她的想法确实荒唐可笑。

几小时后，他们吃过晚饭，跟爱玛一起玩钓鱼游戏的时候，这个不安的想法还是萦绕在劳拉心头。

玩儿完游戏之后，劳拉给爱玛洗了个澡，迪伦主动提出要在床头给爱玛读故事。劳拉很高兴自己可以一个人待会儿了。于是，她开始在柜橱里翻腾起来，找出雷读书时的旧档案。劳拉坐在地上仔细翻阅着这些档案。一阵强烈的恶心感再次袭来，刚才在萨拉的公寓，她就几乎被这种恶心感所击倒。

劳拉走到楼道，见迪伦正关上爱玛的房门。

“他是心理学专业的学生。”她说道，手里拿着雷的学生档案。

“谁？”迪伦瞥了一眼劳拉手里的档案，“雷？”

“他二十世纪五十年代后期在天主教大学攻读心理学专业，最后辍学了。我一点儿都不知道。辍学四年后，他重返校园，但是改学了社会学专业。”

“劳拉，”迪伦想要把劳拉抱紧在怀里，“我还是觉得——”

劳拉挣脱迪伦的胳膊。“我这就去给斯图亚特打电话，”她说道，“我一定要搞清真相。”

劳拉拿起卧室的电话，迪伦坐在她身后的床上，抚摸着她的后背。斯图亚特正在外出差，不过萨拉拨通了他在费城酒店房间的电话。

“出什么事了吗？”斯图亚特问道。劳拉以前从来没有在斯图亚特出差的时候给他打过电话。听到劳拉打电话，斯图亚特的声音听起来很关切：“爱玛没出什么事吧？”

“我需要你告诉我一些事情，斯图，”劳拉说道，“雷以前有没有在圣玛格丽特精神病院工作过？”

劳拉从斯图亚特长时间的沉默中猜到了答案。

“哦，斯图亚特。”劳拉用手扶着额头，迪伦则用力捏着劳拉的肩膀，“我希望你告诉我，是我错了。”劳拉说道。

这时，劳拉听到斯图亚特一声长叹。“我明天就去弗吉尼亚，”他说道，“我们见面再谈，好吗？”

“他就是D先生。”

“嗯。”

“可是——”

“劳拉，明天再说吧。我明天午饭之前就能赶到。”

## 45. 往事伤痛

“爱玛，你等等我。”走在路边小道上的迪伦加快了脚步。爱玛冲在迪伦前面，向运动场奔去。爱玛拐过弯后，迪伦就看不到她了。

等迪伦追上来的时候，爱玛正在爬秋千。

“你想让我在旁边给你摇绳子，还是陪你一起荡秋千？”迪伦问道。

爱玛没有回答，用力地荡起秋千来，一飞老高，乌黑的头发飞在空中。迪伦在爱玛旁边的秋千上坐下，也荡了起来。迪伦已经记不起自己上次荡秋千是什么时候了，突然荡起来感觉脑袋晕晕的。

迪伦半小时前来到了劳拉的湖边别墅，跟斯图亚特来的时间一样。迪伦觉得斯图亚特好像比上次见面的时候苍老了许多。他脸色苍白，愁眉苦脸，他说想跟劳拉单独谈谈。迪伦见状主动提出带爱玛去运动场玩耍。迪伦不想听斯图亚特说什么，觉得还是跟女儿待着比较好。要是劳拉也不用听该有多好。因为今天凌晨有人预订要乘坐热气球，所以他昨天晚上没能陪在劳拉身边。迪伦真不忍心在劳拉那样的状态下把她一个人丢下。

迪伦在秋千上荡呀荡呀，脑袋有点儿眩晕。这时，爱玛从她的秋千上下来，跑到旋转木马那边去了。迪伦看了几分钟，只见爱玛推着转盘转起来，然后就爬到了木马上。接着，迪伦走到跟前，帮助爱玛推动转盘，越推转得越快，直到他自己看得眼花缭乱。爱玛喜欢这样玩耍，她坐在旋转木马外圈，一只手扶着马尾巴，一只手伸展着，好像在飞翔一样。迪伦听到爱玛喉咙里发出飞机引擎的声音。

虽然爱玛高兴地在木马上坐着不想下来，可是迪伦摇了一会儿后，胳膊就累得动不了了。于是，他坐到旁边的一根树桩上，看着旋转木马慢慢停了下来。

“你喜欢飞，是不是？”等木马停下后，迪伦问爱玛。

爱玛点点头。她翻身跳到平台上，看起来也有点儿眩晕。

“没事吧？”迪伦问道。

爱玛笑了，露出了全世界最甜美的微笑。

“我给你讲讲我当飞行员的故事吧，好不好？”迪伦问道。

爱玛没有回答，只是看着迪伦。

“有一架要穿过美国东西两岸的飞机有天轮到我去开，”迪伦说道，“可是我当时生病了，不能开飞机。那个接替我的飞行员喝了太多酒。他喝醉了。你知道喝醉是什么意思吧？”事实并不完全是这样的。在那个飞行员的体内不止发现了酒精，但迪伦只能这么说。

虽然爱玛没有点头，但是迪伦知道爱玛听明白了。

“不管怎么说吧，轮到我开的那趟飞机坠毁了，死了很多人。”

爱玛的眉头一皱。

“没错，”迪伦接着说道，“你知道吗？很长一段时间以来，我都以为那是我的错。我觉得要是我当时没有生病，或者要是我带着病去开那趟飞机，飞机就不会坠毁，飞机上的人就不会有事。可是后来，我才明白这件事情根本不是我的错，而是那个喝醉酒的飞行员的错。这件事情跟我一点儿关系都没有。就跟你一样，你爸爸的死跟你没有任何关系。”

爱玛本来目不转睛地看着迪伦，但这时却匆忙转过头，朝旋转木马场地望去。

“你爸爸患有成年人才有的疾病，所以才会把自己杀死。”迪伦不知道他把话说得这么直接，希瑟会怎样看，“你爸爸的死跟你和你妈妈一点儿关系都没有。跟你说多少话，或者做什么事情没有任何关系。”

爱玛站了起来，冲到旋转木马那里。她跑到一堆五颜六色的大塑料圈旁边，一头扎进一个塑料圈。迪伦看到自己没有成功，便不由得叹了一口气，望着头上的树梢。树上很多叶子都已经变成了金黄色。这些叶子什么时候变了颜色？

迪伦看看那些塑料圈。爱玛已经钻到了里面，完全看不到了。她已经在运动场找到了一处只属于自己的地方，不管迪伦再说什么，她都不想听了。

# 46. 隐瞒

“他的抑郁症经常发作，”斯图亚特边转动着柠檬玻璃杯中的汤

匙边说道，“不过，我觉得这个你早就知道了。”

“我当然知道了。”虽然斯图亚特隐瞒了事实的真相，劳拉感到十分恼怒，但她也很为斯图亚特担心。劳拉透过从走廊纱窗照射进来的阳光打量着斯图亚特，看见他两眼都有浓重的黑眼圈，好像好几个星期没睡觉了似的。

“在孩童时代，雷就说自己想死，”斯图亚特接着说道，“但是之后，他没有再这样想。长大一点儿后，他开始对他自己的内心世界十分着迷，并立志成为一名心理学家。”

“这个，我从来都不知道。”

“嗯，他从来都没有跟你说过。听我说，你待会儿就明白了。”斯图亚特说着把勺子从杯子里拿出来，看着杯里的旋涡，“他在天主教会学校获得了心理学的学士学位，然后就开始攻读博士，进行研究。”他又把勺子放进饮料里，“而且在这个时期，他很爱国。”

“雷？”劳拉非常诧异地问道。

“你必须理解那个时期的历史背景，劳拉。那是段十分恐怖的岁月。我们以为美国处于危险状态，时刻等待着炮弹降落。政府坚信存在控心术，而且我们的敌人会这项技术。雷找到了可以为国效力的机会。他不知道通过什么方式得知了彼得·帕敏托正在进行的试验。他听说在蒙特利尔市正在进行一项研究，名字叫‘心理驱动’——”

“用头盔和磁带。”劳拉说道。

“一点儿没错，”斯图亚特说，“雷跟帕敏托讨论用心理驱动的方法研发控心术。帕敏托对这个想法很着迷，迫切想要找出这样做的结果。所以，他雇佣雷到圣玛格丽特医院发展‘心理驱动项目’。”

“我不敢相信雷会用活人做那种试验，听起来简直惨无人道。”

“现在是新世纪之交，听起来是这样。但是在四五十年前，这听来像一种可以改变别人思维和行为的方法。他们当时迫切想要研究这种方法。”

“可是雷是在用大活人做试验。”劳拉反驳道。

“雷后来也后悔了，劳拉，请相信我。但是他在参加帕敏托的工作时简直无比兴奋。他觉得自己找到了一个可以为国效力的机会。不过，他那时候除了我之外，不能跟任何人提起这个项目。他还让我发誓不把这件事情说出去。我觉得他没有跟除我之外的任何人提起过这件事。”

斯图亚特看看嫂子，肯定从她的脸上看出了厌恶之情。

“劳拉，不要因为这件事情恨我哥，”斯图亚特央求道，“请你试着理解他，他那时候觉得自己做的事情是正确且有必要的。就是政府也支持他的工作。他的工资是中央情报局发的。只不过中间经过几个洗钱环节，但是雷知道政府支持他的工作，而且会不惜一切代价防止研究项目外泄。”

劳拉搓了搓毛衣袖子。感觉浑身起鸡皮疙瘩，一想到雷曾经碰过她，她就感到作呕。

“不过，过了一段时间以后，雷开始发觉彼得·帕敏托自己就患有精神疾病，”斯图亚特接着说道，“随着帕敏托的疑心病越来越重，他害怕萨拉·托利和其他几个在圣玛格丽特工作过的人可能会把事情捅出去，所以他不择手段，想让这些人闭嘴。帕敏托知道可以通过威胁萨拉的女儿达到目的。雷当时左右为难。他以前跟我说过。他依旧认为试验项目十分有必要，但是他也对帕敏托的疯狂举动极力反对。”

“他提醒萨拉保护好珍妮，”劳拉说道，“也就是保护我。”

“很可能就是他做的。这件事情的真相，我不是很清楚。但是我知道雷和帕敏托之间的关系越来越紧张，到后来竟然动起手来，雷中了帕敏托一枪。自那之后，雷把帕敏托弄到了另一家精神病医院接受治疗。不过，雷仍旧热衷于这项研究，希望继续试验，但是政府停止了包括经济扶持在内的一切资助。雷不得不就此放弃。”

“他们俩打斗的时候，萨拉就在现场，”劳拉说道，“帕敏托想要开枪的时候，她打了帕敏托的胳膊一下。要不然的话，雷可能就被打死了。”

斯图亚特一脸惊讶。“我完全不知道。”他说着把杯子里的柠檬汁一饮而尽。劳拉懒得再给他倒饮料，只想听他接着说。

“研究项目泡汤之后，他就丢掉了工作，”斯图亚特说道，“这样一来，他也没钱上学了，不得不暂时辍学一段时间。他在男装商店工作了几年，挣够了钱才重返校园。在辍学的这段时间，雷对政府的态度发生了变化。越战爆发了。我看见他对自己曾经的事业失去了信仰。他开始觉得被政府、帕敏托和自己愚弄了。那时候，他真是无比抑郁。我记得他跟我声泪俱下地说起自己在医院做帮凶折磨过的那些病人。他当时用的词就是折磨。他努力想要忘却过去，假装什么都没有发生，他对心理学的兴趣也索然全无。自己在圣玛格丽特医院的所作所为，让他羞愧得无地自容。回到学校后，他改修了社会学。从那时候起，他就开始帮助那些被精神病院赶到街头自生自灭的病人。”

劳拉望着树林，试图去同情、理解并原谅雷以前的所作所为。二十世纪五十年代的时代背景跟现在迥然不同。在那个年代，对共产主义威胁的恐惧——不管是真实的还是人为臆想的——到处泛滥，弄得人心惶惶。劳拉想起萨拉说过的那个叫多尼的小男孩，发生火车事故的时候，那孩子害怕他们遭到了“炸弹袭击”。但是那个时候的人毕竟也是血肉之躯。在禁闭箱里关上一个月的病人所遭受的苦难，并不比劳拉现在关一个月禁闭箱少。那些病人戴着那些头盔，迫切渴望通过治疗获得康复。他们信任医生，身体虚弱，极易受到伤害。把劳拉放到这些病人的位置上，她也会跟他们一样痛苦。

“虽然结束了在圣玛格丽特医院的工作，但有个人让雷难以释怀，那就是萨拉·托利，”斯图亚特说道，“他觉得他们让萨拉遭受的苦难太多了。他们……我忘了他们是怎么对待萨拉丈夫的了，但是——”

“他们给他吃药，并且用电流电击他，还把他带到内华达州。在内华达，他们给了他一个新的身份。”劳拉听出了自己的话中透着苦涩和怨恨。她现在还不能原谅他们，“他们——包括雷——都跟萨拉说她丈夫被实施了前脑叶白质切除手术。”

斯图亚特吃了一惊：“嗯，后来，我记得他们好像威胁萨拉，要伤害她的女儿，也就是你。萨拉吓坏了，只好把你送给了别人。这些事情你都知道了吧？”

劳拉点点头：“不过我不知道雷最后为什么要娶我。这不可能只是巧合吧？”

“不是巧合，当然不是。”斯图亚特把空杯子放到咖啡桌上，

“雷不知道萨拉把你送哪儿了，所以备受煎熬。他不知道你是不是安全。所以想方设法找寻你。年复一年，他还是没有找到你。最后，他不得不放弃。不过，后来你发现了彗星。我记得好像是你发现第五颗彗星时，那颗大彗星。”

劳拉紧蹙眉头：“这跟他找到我有关系吗？没错，我的照片登上了各处媒体，但他不可能凭借照片认出我。他也不可能从我的名字得到任何线索。”

“嗯，不过他认出了这个。”斯图亚特伸手碰了一下劳拉脖子上的吊坠，“你在拍照的时候和在电视上接受采访的时候都戴着这个项链。他知道这个吊坠肯定是用萨拉经常戴的胸针做成的。雷当时说，这种吊坠独一无二。他做了一些侦察工作，查出了你的年龄，确定你就是珍妮。然后，他就借机跟你认识——”

“在霍普金斯的餐厅里，他走到我跟前问能否跟我同桌。”劳拉回想道。

“嗯，跟你聊了一会儿之后，他确定你就是珍妮——那个他苦苦寻觅多年，并且威胁过其母亲的小女孩。”

“我记得他当时问过的所有问题，”劳拉说道，“我当时以为他只是好奇而已。很少有男人对别人的私事这么好奇。”

“劳拉，他很关心你。也许在刚开始的时候是因为他觉得他改变了你的生活，伤害过你。不过我知道，你们俩后来成了好朋友，我相信你们俩之间的友情十分纯洁。当得知你怀孕后，他想都没想就向你求婚了。”

“听起来，他应该是出于内疚。”劳拉说着又感到一阵作呕。

“我更觉得这是出于对你的爱。”斯图亚特说道。

劳拉没有回答，只是朝湖面望去，秋叶挡住了她的视线。

“听说你要去照顾萨拉·托利，这把雷给吓坏了，”斯图亚特说道，“他害怕你会了解他的过去。他不想再面对自己的过去，你明白吗？这就是他自杀的原因。这跟你专心投入工作，或者出版社拒绝出版他的书没有任何关系。是雷的羞愧和自我厌恶害死了他。他从来没有原谅自己当年在圣玛格丽特医院所做的错事。”

“他当初就该告诉我。”劳拉说道。不过她知道，自己如果知道了雷的过去，肯定不会对他有丝毫的怜悯。

“我也永远都不想让你知道这一切，”斯图亚特说道，“更重要的是，我不想让其他任何人知道。雷将凭借他写的书树立起威望，并赢得世人的尊敬，这件事情会毁掉这一切。”

“是你干的，”劳拉瞪着自己的小叔子说道，“那些信是你寄过来的，你想恐吓我不要去找萨拉。”

“嗯，是我干的，”斯图亚特承认道，“我采用了懦夫的方式。”

“斯图亚特，你想让我远离我的妈妈，”劳拉愤怒地说道，“我的亲生母亲。”雷和斯图亚特两个人都在戏弄她，都想控制她以达到自己的目的。

“我知道，”斯图亚特说道，“可是你当初并不知道她是谁。你有可能一辈子都不会知道真相，这又有什么大不了的呢？我现在仍然希望你当初看了信之后就不再去找萨拉。”

劳拉想起萨拉，一个人坐在养老公寓里，记性一天天衰退，只有乔的照片陪伴着她。

“我真庆幸自己没有上你的当。”劳拉说道。

# 47. 往事重演

“爱玛需要睡觉。”迪伦说道。

劳拉看着女儿拖着步子走进厨房，膝盖、胳膊肘和一半脸颊上都沾着尘土。“还要洗个澡，”劳拉说道，“爱玛，你先上楼去吧。妈妈马上就上去。”劳拉冲迪伦挤出一丝微笑，“谢谢你陪着孩子玩，”她说道，“斯图亚特已经睡了。你能再待会儿吗？我把他说的话跟你聊聊。”这时的劳拉充满了憎恶与愤怒，脑袋疼得难受，迫切需要找人倾诉。她感觉自己被人利用了。她一直明白自己的婚姻基础并没有深厚的浪漫爱情，她也能接受。可是，这场婚姻的基础甚至连友谊也算不上。雷跟劳拉结婚，只不过是为了减轻自己的负罪感。

“劳拉，这个恐怕不行。”迪伦看看手表说道，“我得赶紧回去准备今天傍晚的热气球飞行了。不过要是可以的话，我飞完热气球再回来。”

“好吧，”劳拉嘴上是这么说，但是她知道要是那个时候斯图亚特还在，自己就不好开口了。她肯定把失望的表情写在了脸上。

“你不高兴了。”迪伦往劳拉跟前走来，又看了看手表，“我还可以再待——”

“不用了，”劳拉知道迪伦现在已经迟到了，“我们今天晚上再说吧。”

迪伦快速地吻了劳拉一下：“爱玛跟希瑟见面的时间约定在几点？”

劳拉呆住了。“我差点儿忘了这件事了，”她说道，“我们约好的时间是下午两点半，我跟她说我会带着萨拉一起去。在现在这种情况下，也许我应该把这次见面取消。”

“我觉得你要是没有什么大问题的话应该过去，”迪伦说道，“小孩子聪明着呢，别让爱玛知道。也许让爱玛跟萨拉说说话，对爱玛会有好处。”

虽然让劳拉在下午两点之前把自己和女儿都收拾好出发，时间上有点儿紧张，但是她觉得迪伦说得在理。“我尽量吧，”劳拉说道，“我这就去给孩子洗澡。”

劳拉把自己跟希瑟的预约告诉斯图亚特后，他说道：“要是你不介意的话，让我跟你一起过去。她的诊所就在李斯堡的商业街上，你跟我说过，没错吧？就是图书大厦在的那条商业街吧？你去找爱玛的心理医生，我在书店待着就行。”

劳拉本不想让斯图亚特跟着去，但是想不出什么合适的理由拒绝他。他们两人之间已经剑拔弩张，但是在爱玛面前又不好发作。

在车上，斯图亚特一直想跟爱玛说话。他滔滔不绝地说个没完，爱玛一直沉默不语。劳拉把注意力转移到跟希瑟的见面上，一点儿都不想听自己的小叔子唠叨。

自从上个疗程见面后，发生了很多事情。到那之后，她或许可以先让萨拉和爱玛在候诊室玩上一会儿，自己先单独跟希瑟谈谈。希瑟也迫切想要了解最新的进展。

劳拉把车子停到养老公寓前的停车场，进去接萨拉。

“我这就去换旅游鞋。”萨拉一开门发现劳拉站在走廊里，马上开口说道。

“萨拉，您不用换鞋了，”劳拉说道，“我们今天要跟爱玛一起去见她的心理医生。您可以跟我们一起去吗？”

萨拉微笑的脸上马上罩上了一层困惑。“要是你想去的话，我就去。”她说着耸耸肩，环视着客厅。

“那儿呢。”劳拉指了指小厨房操作台上的包。

“哦，对。”萨拉拿起包，“准备好了。”

“谢谢您，”劳拉说着跟萨拉一起走到长长的走廊上，“谢谢您能跟爱玛一起去她心理医生的诊所。我知道您更想跟我去散步，散步对您太重要了。”

“我们昨天晚上玩宾果游戏了。”萨拉说道。

“哦，那您有没有赢什么东西呀？”

“我不知道。哦，我们玩的不是宾果游戏，是别的游戏。”

劳拉心事重重，没有心思跟萨拉交谈，也不知道她说的到底是哪种游戏。

她们走进秋日的阳光里。“我的车子就在那里，”劳拉用手指着车子说道。由于斯图亚特已经坐在了副驾驶座上，所以劳拉只能给萨拉打开车后门。“萨拉，这位是我丈夫的弟弟，他叫斯图亚特。”劳拉边介绍边给萨拉系安全带，然后回到驾驶座上。

“嗯，你们昨天晚上玩什么游戏了？”劳拉问萨拉。

没人回答。

“萨拉？”

劳拉透过后视镜看着身后。萨拉正目不转睛地盯着斯图亚特的脸。劳拉瞥了一眼斯图亚特，突然意识到萨拉可能在斯图亚特身上看到了雷——也就是D先生的影子。斯图亚特和雷小时候经常被人误认为是双胞胎。可是，雷在圣玛格丽特医院工作的时候刚刚二十岁出头，而且斯图亚特现在已经快六十岁了。不过，斯图亚特看起来没有六十岁。他没有像雷一样发福长胖，而且没有秃顶。

“那就是图书大厦，斯图。”在把车子开到心理诊所停车场的时候，劳拉向商业街指了指，“想要我开车送你过去吗？”

“不用了，我走着去吧。”斯图亚特走出车外，舒展身子，“走路感觉很好。”

劳拉帮萨拉解开安全带后，萨拉坐在车上一动不动。她还是目不转睛地盯着斯图亚特，看着他穿过停车场，向图书大厦走去。

“他要去哪里？”萨拉问道。

“他要去那边的商场，”劳拉说道，“他叫斯图亚特，”劳拉生怕萨拉真的把斯图亚特当成雷了，所以又重复了一遍，“他是我丈夫的弟弟。”

萨拉慢慢走下汽车，用手牵住爱玛。要知道，她以前从来没有牵过爱玛的手，不过爱玛并没有反抗。她们三个人一起向希瑟的心理诊所走去，萨拉转头看着斯图亚特走向商业街。

希瑟出现的时候，爱玛已经在候诊室玩起了玩偶。劳拉站起来说道：“今天，我得先跟你聊聊才行。”

“好的，”希瑟回答道，“萨拉和爱玛，你们两个人待在这里玩一会儿，奎因夫人会照看你们的。”

萨拉一动不动地坐在椅子边儿上，没有向游戏区挪动。劳拉往希瑟办公室走的时候，从萨拉身边经过，她忧虑地看了萨拉一眼。萨拉今天的表现很反常。

走进希瑟的办公室，劳拉把这几天发生的事情一股脑儿说了出来，令希瑟大跌眼镜。

“你肯定恨死雷了。”希瑟说道。

“嗯，没错。”

“好了，劳拉。这也有当时的历史背景原因。”

“我可以勉强原谅雷当年在圣玛格丽特医院的所作所为。他那时候还很年轻。当时的政治背景也很特殊。但是我无法原谅他对我的所作所为。他拦着我，不让我找我的母亲，想把我永远都蒙在鼓里。”劳拉攥紧了放在大腿上的拳头，“他是个虚伪的骗子。”劳拉说着突然想起了迪伦，迪伦是那么崇尚真诚。想到这里，怒不可遏的劳拉不禁感到一丝喜悦。

就在这时，办公室外有人敲门，奎因夫人把门推开。“萨拉和爱玛跟你们在一起吗？”她问道。

劳拉的心咯噔一下。

“没有啊。”希瑟说道。

“她们也不在候诊室，”奎因夫人说道，“我从办公桌上抬头一看，发现她们俩都不见了。”

劳拉马上从座位上站了起来。她急匆匆跑进候诊室。候诊室里空空如也，只有一个候诊的中年男子，等着见别的心理医生。萨拉的包还放在她刚才坐的椅子上。

“您刚才看见她们去哪儿了吗？”劳拉向这个中年男子问道，“一个小孩和一个老太太。”

这个男人一脸茫然地看着惊慌失措的劳拉。“我进来的时候，这里一个人都没有。”他回答道。

“去休息室看看，”希瑟在走廊里向劳拉喊道，“我去别的办公室看看。”

休息室也是空的，劳拉顿时慌了神。她上次慌神是因为在巴西的户外市场跟爱玛走丢了。那一次，劳拉找到爱玛的时候，看到她正在跟一个不懂英语的巴西商人滔滔不绝地说话。

劳拉跑出门外，喊着萨拉和爱玛的名字，没有人回应，也看不到她们的影子。她站在停车场上，无助地转了一圈，不知道她们往哪个方向走了。

希瑟也跑了出来，站在劳拉旁边。“咱们得保持冷静，”希瑟说道，“她们最有可能还在这座楼里，这座楼一共有四层。她们很有可能上了电梯。咱们先别慌，赶紧在楼里再找找，好不好？”

劳拉一动不动，她的脚好像钉在了停车场上。

“要是她们俩出来了，”希瑟接着说道，“咱们在这儿应该可以看到她们，不是吗？一个老太太跟一个小孩子，她们俩能走多快呀？”

劳拉点点头，听完希瑟的理智分析稍微松了口气。不过，在往楼里走的路上，她想起自己在跟萨拉散步的时候就经常跟不上她的步子。

劳拉、希瑟、奎因夫人和候诊室的那个男人一起在楼里进行了拉网式排查。打开一个个房门，看见里面不是陌生人就是没有人，劳拉的心越来越悬。最后，希瑟报了警。劳拉给迪伦打了电话。在拨迪伦电话号码的时候，劳拉的手不停地颤抖。迪伦今天傍晚还有一次热气球飞行任务。他现在可能已经出来在仓库里了。不过劳拉还是打通了电话，迪伦二话没说，就说自己马上过来。

警方很快就赶了过来。他们的组织严谨有序，而且富有责任感。但是警方的出现并没有让人感到宽心，他们的表情冷峻吓人。

“一个缄默的五岁小孩，还有一个患有老年痴呆症的老太太？”劳拉无意中听到一个警察这样说道，“真够倒霉的。”

一名警察告诉劳拉待在诊所里哪儿也别去，以防萨拉跟爱玛自己回来。透过窗户，劳拉看见警察向四周散开，大部分都向附近的商场走去。

没过几分钟，斯图亚特走了进来。劳拉告诉他萨拉和爱玛走丢了。

“我觉得是你让萨拉想到了D先生，”劳拉说道，“也就是雷。”劳拉感到自己的话中带着诘责。

斯图亚特看起来很吃惊。“我这就出去找她们。”他说着就向门口走去。

“不行，”劳拉坚定地说道，“如果萨拉是被你给吓跑的，她看见你会跑得更远。”

斯图亚特叹了口气，坐在候诊室。他那副垂头丧气的表情跟雷平时一模一样，劳拉早就厌烦了。

劳拉和斯图亚特相互沉默了一会儿。

“劳拉，真对不起，”斯图亚特终于开口了，“我为我所做的一切向你道歉。我不想让你知道真相，试图阻止你去找萨拉。我一心只想着雷的渴望。我们小的时候，雷的日子过得很苦，我不忍心看他那么难受。我希望雷在死后能够过得幸福，想让他开心。我不惜牺牲你的利益来保护雷。对不起。”

劳拉觉得自己应该表示原谅，饶恕斯图亚特。也许以后会吧，但劳拉此时此刻还无法原谅他。

“我不去参加什么脱口秀节目了。”劳拉说道。

斯图亚特用犀利的眼光瞥了劳拉一眼，好像要跟她争辩，但最后只是点点头。接着，斯图亚特凑过身子：“让我至少再在楼里找一遍，好吗？我不能闲着。”

劳拉知道萨拉和爱玛肯定不在楼里，让他找找也无妨，所以点了点头。

迪伦把车子开进停车场，四处寻觅着自己的女儿和萨拉。迪伦心想，自己也许是多此一举。他开了半小时的车才赶到希瑟的心理诊所，到现在他们应该已经找到爱玛和萨拉了。

迪伦走进希瑟诊所的候诊室时，劳拉一下子扑进他的怀里。迪伦明白这动作背后是无法找到女儿和萨拉的恐惧，而不是找到她们后的轻松。

“她们还没回来吗？”迪伦不安地问道。

“没呢。”劳拉离开迪伦的怀抱，“警察正在外面找她们。他们怕萨拉和爱玛会回到这里来，所以让我待在这里别动，可是现在已经这么晚了。天马上就要黑了，迪伦。要是天黑之前，警察还是找不到她们怎么办？”

“他们认为是萨拉把爱玛带走的呢，还是有人——”

“我不知道警察是怎么想的，”劳拉打断了迪伦，好像不想让他把话说完，“但是我猜萨拉看到斯图亚特就想起了雷，所以想要保护爱玛，不想让她受到伤害。”

尽管迪伦不确定劳拉在说什么，但他不想把时间浪费在解释上。

“我亲自去找她们。”迪伦说道。无论如何，迪伦都不能就这样待在诊所里傻等。劳拉说得对，天确实就要黑了。

“他们主要在这附近搜寻，”劳拉说道，“就在商业街上。我跟他们说萨拉走得很快，但是我敢肯定他们以为我在胡说八道。”

迪伦点点头。“那我就往商业街之外找找。”他安慰劳拉道。

“往那边走，警察基本上都在商场里面找呢。”劳拉指着北方说道。

走出诊所门口，迪伦穿过停车场向商业街外冲去。

迪伦边走边寻思，萨拉想要保护爱玛躲开斯图亚特。那她就会找地方躲起来，嗯，对吧？可是她会躲到哪里去呢？

迪伦放慢脚步，停下来回头看看垃圾箱和灌木丛，心情不安地一会儿看一下手表，真希望分针能够慢下来。迪伦很久以前听过一个令人讨厌的统计数据：小孩子走丢的时间越长，能够安全找到的可能性就越低。现在，这个数据在不断地折磨着迪伦。

至少走了半小时后，迪伦看见昏黄的天空中飘着一只充着氦气的小热气球。地面上的一盏聚光灯照得气球闪闪发光。迪伦朝这只气球走去。要是爱玛刚才能够看到这只气球的话，肯定会被吸引过来的。

走近一看，迪伦才看出来这只气球原来是二手汽车广告。气球上用红笔写着：肖记二手汽车，气球下面的停车场里停放着两排各种各样的二手汽车。

迪伦慢慢从停车场中间穿过。

“来这里淘车吗？”

一个男售车员突然冒了出来，吓了迪伦一跳。这个销售员五十多岁，戴着一顶红色棒球帽。“我们店里今晚有几辆好车。”他推销道。

“今天过来随便看看。”迪伦转过身去，没搭理售货员。见售货员也没有跟着他，迪伦松了一口气。

迪伦慢慢搜查着停车场，小心翼翼地查找每辆汽车，最后他终于找到了目标：萨拉和爱玛，两人依偎在一辆奥兹莫比尔的后座上，看起来睡得很香。

迪伦泪如雨奔，赶紧稳住情绪，之后，才打开汽车后门。

爱玛的眼睛睁开一条缝，睡眼惺忪地向迪伦张开双臂。

“爸爸。”爱玛喊道。

这是迪伦从来没有听到过的称呼，但是他希望这个称呼能陪伴他一辈子。

# 尾声·婚礼

十个月后

“爸爸，我要抓住绳子吗？”爱玛问道。

迪伦的视线从正在气球边站着的布莱恩身上转移到女儿身上。“你现在还不用抓得太紧，宝贝儿，”迪伦说道，“再过几分钟咱们才能起飞呢。”

迪伦身穿无尾的半正式晚礼服，头发看起来更加乌黑，眼睛也更蓝，劳拉目不转睛地盯着他。劳拉则穿着一条轻柔纤细的淡蓝色长裙。爱玛身上那件紫罗兰色的裙子是她自己挑选的。几个星期前在商店选衣服的时候，爱玛看见一个穿着紫色衣服的塑料模特就跑了过去，喊道：“就是它了，妈妈！不用再找了！”

热气球的吊筐里一共有四个人：劳拉、迪伦、爱玛和迪伦的朋友格雷格。格雷格是个牧师，再过几分钟，他会在几百英尺的高空宣布这三个人将成为一家人。

布莱恩和新来的伙计史蒂夫也穿着燕尾服。他们和迪伦身穿正装，检查气球的起飞准备工作，看起来很滑稽。起飞前的检查完成后，劳拉把注意力转向葱郁的牧场。这时的牧场五颜六色，热闹喧哗，充满了生机。一个乡村乐队和迪伦的几个朋友在仓库旁边立起的舞台上哼着欢快的音乐，来宾们在草地椅、遮阳伞和放满美食的桌子之间来回穿梭。迪伦的家人也来了——姐姐和她家里人、各位表兄妹、各位姑舅叔嫂——所有亲戚都很喜欢劳拉和她那多话的女儿。人群中也有几个劳拉在博物馆和霍普金斯大学的同事。她还看见约翰·所罗门的儿女也带着配偶过来了，就站在酒桌旁。为了参加这位同父异母的姐姐的婚礼，他们提前几天就从阿拉斯加飞了过来。

约翰和伊莱恩·所罗门、萨拉·托利这三个人穿着典雅，坐在一棵橡树的树荫下。约翰和伊莱恩提前一个星期就过来了，他们住在劳拉的湖边别墅。知道马上就要见到萨拉了，约翰感到很紧张，所以为可能出现的各种情况做好了准备。劳拉早就知道不会发生任何情况：萨拉不会认出来约翰是谁，即便约翰向她解释自己的真实身份，萨拉也肯定听不懂。劳拉猜得没错。虽然约翰这一个星期来跟萨拉共处了很长一段时间，陪她和劳拉散步，在迪伦的小木屋外野餐，萨拉还是不知道他是谁。萨拉也许不知道这个男人为什么对她这么好，但是她并没有问。萨拉的记性和自理能力一天比一天差。

“妈妈，你在看什么呢？”爱玛问道，“你应该看着爸爸，他在准备热气球呢。”

“妈妈在看你外公呢。”劳拉把爱玛抱到丙烷罐子上，让她看清吊筐外面的世界。约翰站了起来，开始跟伊莱恩共舞，两人围着一张餐桌随着音乐节奏不断转圈。劳拉心想，我爸还是那么爱冒险，也不怕在崎岖的草地上扭了脚踝。

“外公又在耍酷了。”爱玛咯咯笑道。这是爱玛刚学的词，这几天爱玛没少说这个词。

“女士们，赶紧回到自己的角落去。”迪伦跟布莱恩做完检查工作后说道。

他帮爱玛从丙烷罐上下来，让劳拉挪回自己的角落，又转头看着牧场上的人群。

一天晚上，劳拉和约翰一起坐在湖边码头上，看着“布兰登”号彗星美丽的长尾。与此同时，伊莱恩、迪伦和爱玛在院子里玩耍。劳拉和约翰平静地聊了一会儿，两个人很投机。约翰说，现在终于找到自己的女儿，他的人生第一次感到平和。

仰望星空，约翰赞美着星星的美丽，劳拉想起了小时候跟卡尔坐在夜色下，他会让自己辨认星座。劳拉心想，约翰肯定不会在乎自己能不能辨认星座或者在众多星星中指认出哪颗是木星。他也不会在乎女儿有没有发现面前的彗星，或者有没有获得什么奖项。约翰只在乎她是自己的珍妮。

在爬进热气球吊筐之前，劳拉看见约翰从椅子上凑过身子跟萨拉说话。她听见约翰问自己的前妻，知不知道这是谁的婚礼。“你知道上气球的那个人是谁吗？”约翰问道。

萨拉点点头，说道：“她就是那个经常带我散步的可爱女孩。”

（全文完）

## 作者说明

Breaking the Silence

虽然《谜一样的女儿》中的圣玛格丽特医院和里面的员工都是虚构的，但是书中所描述的试验确实在二十世纪五十年代的一些精神病机构和大学进行过，而且还获得了政府批准。二十世纪七十年代后期，当这些精神试验的程度曝光后，国会曾成立委员会开展调查，调查把毫不知情的病人作为试验研究对象所带来的影响。我们今天习以为常的两项保护措施，即新药物的试验需要病人的书面同意和联邦政府的批准，实际上在一定程度上是受此次调查的影响而制定出台的。

图书在版编目（CIP）数据
谜一样的女儿 /（美）夏伯兰（Chamberlain，D.）著；程亚克，王立鹏译.
—长沙：湖南文艺出版社，2013.1
书名原文: Breaking the Silence
ISBN 978-7-5404-5431-9

Ⅰ.①谜… Ⅱ.①夏… ②程… ③王… Ⅲ.①长篇小说—美国—现代 Ⅳ.①I712.45

中国版本图书馆CIP数据核字（2012）第262537号



著作权合同登记号：图字18-2012-482



谜一样的女儿

作　　者：［美］黛安娜·夏伯兰
译　　者：程亚克　王立鹏
出 版 人：刘清华
责任编辑：丁丽丹　刘诗哲
监　　制：张应娜
策划编辑：马冬冬
版权支持：辛　艳
版式设计：李　洁
封面设计：吕彦秋
出版发行：湖南文艺出版社
（长沙市雨花区东二环一段508号　邮编：410014）
网　　址：www.hnwy.net
印　　刷：北京市兆成印刷有限责任公司
经　　销：新华书店
开　　本：880mm × 1230mm 1/32
字　　数：320千字
印　　张：12.5
版　　次：2013年1月第1版
印　　次：2013年1月第1次印刷
书　　号：978-7-5404-5431-9
定　　价：32.80元
（若有质量问题，请致电质量监督电话：010-84409925）